子弹出膛

北海隐客 著

图书在版编目（CIP）数据

子弹出膛 / 北海隐客著. —北京：当代世界出版社，2017.6
ISBN 978-7-5090-1211-6

Ⅰ. ①子… Ⅱ. ①北… Ⅲ. ①长篇小说—中国—当代 Ⅳ. ①I247.5

中国版本图书馆 CIP 数据核字（2017）第 116590 号

书　　名：	子弹出膛
出版发行：	当代世界出版社
地　　址：	北京市复兴路 4 号 (100860)
网　　址：	http://www.worldpress.com.cn
编务电话：	(010) 83908456
发行电话：	(010) 83908409
	(010) 83908377
	(010) 83908455
	(010) 83908423（邮购）
	(010) 83908410（传真）
经　　销：	全国新华书店
印　　刷：	三河市宇通印刷有限公司
开　　本：	787 毫米 × 1092 毫米　1/16
印　　张：	22.25
字　　数：	353 千字
版　　次：	2017 年 10 月第 1 版
印　　次：	2017 年 10 月第 1 次
书　　号：	ISBN 978-7-5090-1211-6
定　　价：	42.80 元

如发现印装质量问题，请与承印厂联系调换。
版权所有，翻印必究，未经许可，不得转载！

目 录

楔子 / 1
第一章　紧急空降 / 4
第二章　子弹出膛 / 9
第三章　血债血偿 / 15
第四章　召集反恐精英 / 20
第五章　红颜祸水 / 25
第六章　漏网之鱼 / 30
第七章　绝对信任 / 36
第八章　卓越战绩 / 42
第九章　四两拨千斤 / 48
第十章　一线生机 / 54
第十一章　近在咫尺 / 60
第十二章　Wuha！ / 66
第十三章　礼尚往来遭炮击 / 72
第十四章　声东击西 / 77
第十五章　强大的气场 / 82
第十六章　未雨绸缪的吸血鬼 / 88
第十七章　致命狙击手 / 93
第十八章　Go！Go！Go！突围！ / 99
第十九章　交叉火力封锁线 / 105
第二十章　合则生，分则死！ / 110
第二十一章　疑云重重的便利店 / 116
第二十二章　激战锡金警察局 / 122

第二十三章　漂亮女警小嫂子 / 127

第二十四章　燃烧吧，复仇的火焰！ / 132

第二十五章　思念也是一种病 / 137

第二十六章　战地生存法则 / 142

第二十七章　豪情万丈真男儿 / 147

第二十八章　弥足珍贵的儿时记忆 / 152

第二十九章　贴身家信 / 157

第三十章　解铃还须系铃人 / 163

第三十一章　国际反恐特种小分队"暗影" / 168

第三十二章　被昔日队友玩坏 / 173

第三十三章　全球总动员 / 178

第三十四章　保卫战拉开序幕 / 183

第三十五章　生死狙击大战！ / 188

第三十六章　伟大的理想猥琐的人 / 194

第三十七章　自古忠孝难两全 / 199

第三十八章　生死袍泽情！ / 205

第三十九章　粉红系改装专家博士 / 211

第四十章　肤白貌美大长腿 / 216

第四十一章　红颜？知己？无法抉择！ / 222

第四十二章　无情的黑衣人中校 / 228

第四十三章　警告无效，就地射杀！ / 234

第四十四章　尖刀探路，刺客易容 / 239

第四十五章　重新分配战斗位置 / 245

第四十六章　仅次于核武的超级炸弹 / 250

第四十七章 "剑齿虎"特警防暴车 / 255

第四十八章 遭遇重重埋伏,患难见真情! / 261

第四十九章 闪光震撼眩晕弹 / 267

第五十章 木讷的 zippo / 273

第五十一章 以暴制暴才是王道! / 279

第五十二章 打起精神,肃清内奸 / 284

第五十三章 活着,是一种奢求 / 289

第五十四章 SFG:比利时陆军特种作战大队 / 295

第五十五章 对敌人仁慈,就是对自己残忍! / 300

第五十六章 女扮男装,巾帼不让须眉 / 306

第五十七章 引领世界潮流的华夏高科技军工行业 / 312

第五十八章 背道而驰,不按常理出牌 / 318

第五十九章 兵者,诡道也! / 324

第六十章 大杀器开路,神挡弑神! / 330

第六十一章 斩首行动遭遇 T-95 主战坦克 / 336

第六十二章 全身而退,去向成谜 / 342

楔 子

9月18日，深夜。
东经88.35度、北纬27.25度。
锡金。

  这里位于华夏与印度之间喜马拉雅山脉东段南坡，不丹跟尼泊尔之间。属于印度的一个内陆邦，是一个三不管地带，常住人口接近七十万，社会治安极差，警察局却只有一个。
  2015年9月18日深夜，当地居民像往常一样开始了夜生活，普通人家大门紧闭，生怕招惹是非。
  在一些阴暗的角落里，吸食了K粉的年轻男女开启疯狂运动模式。
  忽然，一伙暴徒装扮的蒙面武装分子出现在锡金几条主要街道上，见人就砍。
  遇到反抗的人，暴徒们直接开枪射杀，男女老少无一幸免。
  很快，周边的居民收到了消息，大规模骚乱就此形成，局面越发不可控制。
  位于锡金中心街道的一家便利店内，一个老头正戴着老花镜坐在收银台后面看报纸，完全没有意识到危险正在一步步逼近。
  "咣当……咔……"
  玻璃门被人直接从外面敲碎，白发老者吓得一哆嗦，手中的报纸也无声滑落到地面上。
  望着冲进店里的五个彪形大汉，老板颤颤巍巍地问道："你……你们要干什么？"
  "砰！"

子弹出膛

枪响的同时，白发老者下意识地向右侧了侧身子，避开要害部位。

子弹擦着左侧肩膀飞了过去，蹭掉一块皮肉。猩红色的鲜血溅在墙上，令人触目惊心。

一个壮汉走到白发老者近前，抬起枪对准他的脑袋，用一口流利的英语冷哼道："老不死的，咱们又见面了。给你小儿子打电话，让他到这里来，快！"

白发老者临危不乱，从抽屉里取出一部卫星电话，按下一串数字，是他小儿子霍南的号码。

"喂？爸，您老最近身体还好吧？"此时正值霍南休假，电话很快就接通了，里面传来一个小伙子爽朗的问候声。

"小南，0070314，你千万要记住，这是我一辈子都在守……"

"咚！"

站在旁边全副武装的壮汉见白发老者不听话，高举枪托砸在对方的后颈上，头也不回地命令道："带走！"

"喂……喂喂……爸？"

望着不停响起杂音的卫星电话，壮汉皱了皱眉，抬手扣动扳机就是一枪，卫星电话被打成一地碎片。

众人出门之后，立刻有几个身穿黑色作战服的武装分子围了过来。壮汉冷声问道："陷阱都布置好了吗？"

"是的，队长，保证能把老家伙的大儿子给炸到天上去，哈哈……"

"好！撤退！"壮汉命令道。

十几个全副武装的雇佣兵，在夜色的掩护下迅速撤退到锡金郊外，消失得无影无踪。

短短十几分钟的时间，从最初那一百多号暴徒为主力的武装规模，发展到三四百人。

很多小混混见势也拿起凶器开始打砸抢烧，暴徒看到他们之后却并不动手。

锡金警察局早已接到电话，七十多名荷枪实弹的警察全部出动。

其中有辆警车直奔那间24小时便利店呼啸而去。坐在副驾驶位置上的一位中年警察握着手机，一遍又一遍地拨打着同一个号码。

"嘟……嘟嘟……对不起，您拨打的电话暂时无人接听，请稍后再拨。"

中年警察连续拨打了数十遍都没人接电话，那颗原本就紧张不安的心顿时悬了起来。

"快点！再快一点！"中年警察神情焦急地望向前方的道路，嘴里不停地催促道。

驾驶员闷不做声，一脚把油门踩到底，警车的时速瞬间飙至120迈。

"轰隆！"

眼瞅着再过一个路口，拐个弯就到家了。中年警察可谓归心似箭，完全没有留意道路两旁的情况。

突然，巨大的爆炸声从车底响起，重达一吨多的警车瞬间被掀翻。

"轰隆……"

爆炸声再次响起，是警车自带的油箱被炸弹引爆了，车内四名警员当场英勇殉职！中年警察临死之前，依旧紧紧地握着那部始终无法打通的手机。

那手机上沾满了鲜血，爆炸现场一片狼藉，惨烈异常！

"轰轰轰！轰隆……隆！"

与此同时，连环爆炸声从锡金各个角落响起，十几辆警车全部报废，七十多名警察折损近半！

这一夜，锡金死伤无数，多少个家庭支离破碎，又有多少幸存者看见亲人被暴徒残忍杀害，却只能躲在角落里瑟瑟发抖，无助地哭泣。

整个锡金如同人间炼狱，看不到希望，没有未来……

第一章　紧急空降

"嗡嗡嗡……"

2015年9月19日，一架华夏造武直10从西南边境某空军基地起飞，隐藏在黑夜中，向印度锡金极速前进。发动机的轰鸣声，响彻璀璨的星空。

偌大一架专业武装直升机，内部就只有两个人。

武直10采用串列双座式设计，坐在前方驾驶飞机的是一位美女，叫韩彩儿。

她戴着黑色的贝雷帽，身穿黑色束身背心，一条蓝色迷彩裤，勾勒出一副傲人的身材。

后方座位上则坐着一个青年男子，约摸二十出头。

他短短的毛刺头看上去十分精神，英俊的外表、一米七八的个头、纤瘦的身材却布满肌肉块，足以迷倒万千少女。

这两个人身上流露出来的气质，不是普通军人所能具有的，可不知为何他们都没有穿军装，而是一身便服。

"霍南，这次姐姐可是被你坑惨了，私自驾驶刚刚交付部队的新型武装直升机外出，还打晕了两个宪兵，回去还不知道该怎么交差呢！哎……"美女幽幽地叹了一口气。

被称作霍南的年轻男子抬起头来，望向缥缈虚无的星空。他的双眼布满了哀愁，眉宇之间英气十足。

"谢谢你，不管这次行动成功与否，所有责任由我一人承担！"那年轻人眉头紧皱，目光看向窗外的群山峡谷。

韩彩儿轻轻地点了点头，随后宽慰道："别上火了，再有半个小时就能飞抵锡金。只不过是没人接电话而已，说不定大伯只是被紧急转移了。"

"不可能！"霍南神色凝重地分析道，"即使老爷子那边没事，可为什么我大哥也不接电话？他向来都是手机不离身的！听说这次锡金暴恐案规模空前，印度政府派出的军队到现在还没能控制住局势，也不知道当地乱成什么样子了？唉……"

其实，韩彩儿心里也十分清楚，这么大规模的暴恐袭击，幕后肯定有一只黑手在掌控。

只是，当看到坐在旁边那个昔日阳光灿烂而今脸上却阴云密布的大男孩，韩彩儿便有些心疼，不再提及此事。

驾驶室内短暂的沉寂。

望着窗外，霍南一时失神，想起了上午在军区内发生的那一幕。

锡金"9·18"特大暴恐案的情况，在昨夜凌晨时分就已经传到周边国家。

因为涉及各国公民生命安全等重要问题，媒体大肆报道，华夏国内也很快散播开来。

身在军区的霍南看到这则新闻后，二话没说冲到"鹰隼"特种侦察队的办公室。他是"鹰隼"侦察小队的一员，有什么事情自然要向队长汇报！

霍南原本主动要求"鹰隼"出击，趁着到边境布防之时，偷偷潜伏进锡金打探亲人的下落，却遭到了队长的无情拒绝。

后来，无计可施的霍南只能道出实情，好不容易征得了队长的同意，却又被"鹰隼"特战队直属军区司令给否了！

时间不等人，他往家里打了上百次电话，都无人接听。就算霍南再怎么天真，也不愿意就这样干坐着等新闻播报结果，他意识到自己必须要做点什么才行。

行动一旦开始，自己便成了名副其实的"逃兵"，意味着将被开除军籍，以往在"鹰隼"特战队所得到的一切荣誉都会被收回。

但是为了老爸，为了哥哥，霍南必须这样做！无论结果如何，他都不会后悔。

"叮叮当当……"

等待的时间总是过得很慢。正当霍南望眼欲穿之际，直升机左下侧传来一阵金属碰撞的清脆响声。

"哒哒哒……"

紧接着，一连串的枪声依稀传入霍南耳内："什么情况？"

子弹出膛

"靠！你眼瞎啊？有人朝咱们开枪，还好武直10装有防护装甲，机体正面能承受12.7mm机枪子弹射击。"韩彩儿一边说着，一边紧急拉升高度。

即便如此，仍然有子弹击中武直10机体，一向大大咧咧的韩彩儿不禁面露忧色。

"霍南，怎么办？这里距离锡金还有不到五公里，估计是恐怖分子散布在外围的巡逻队。"

霍南随手抓起放在脚下的战术背包，从里面抽出一件滑翔服穿在身上。然后他把背包背在身上，里面除了几个水袋跟压缩饼干之外别无他物。

"彩儿，把直升机拉到最高，然后你就返航吧，注意安全！"说着，霍南打开舱门，半边身子探了出去。螺旋桨旋转产生的巨风，将他的面部吹得变形了。

"咔嚓！"

就在此时，一发子弹打在直升机前侧的挡风玻璃上！

尖锐的呼啸声过后，子弹紧贴着韩彩儿的头顶飞了过去，嵌在身后的座椅上面。

见此情景，霍南当时就急眼了，不顾大风张开嘴巴嘶吼道："连防弹玻璃都能穿透，肯定是穿甲弹！有狙击手，注意避让，赶快拉升高度！"

韩彩儿也有点慌神了，平日在部队被父亲娇纵惯了，哪里见过这种场面？她大脑一片空白，本能地按照霍南所说的去操作直升机。

"彩儿，武直10不是攻击机吗？我记得配备一座旋转式机炮塔，机体两侧武器短翼可挂载反坦克导弹以及空空导弹。请求用火力覆盖下方11点钟位置，狙击手肯定在那里。"说着，霍南不得不返回驾驶舱内，一旦得到肯定答复就立即按下发射键，火力全开！

从子弹飞来的角度看，霍南几乎可以判定，狙击手就藏在这个位置。

韩彩儿在情急之下喊道："咱们是偷跑出来的，什么武器都没装备，这架武直10就是个空壳。"

"砰！"

又是一发穿甲弹高速袭来，距离油箱仅有不到五厘米。

中弹部位冒出一缕缕黑色的烟雾，霍南不由得倒吸了一口凉气。

韩彩儿从左侧储物箱内取出一把精致的沃尔特PPK女式手枪，头也不回地丢了过去。她提醒道："你身上什么武器都没有，把这个拿上吧，关键时刻说不定能派上用场。"

她透过反光镜见霍南迟疑不定，伸出来的手又缩了回去，便急忙解释道："这是我过18岁生日时老爸送的，没有在部队录入信息，属于私人收藏品哦。"

"那我就不客气了。"让韩彩儿开直升机送自己，霍南已经心中有愧了，他只是不想给这个心地善良的女孩儿带来更多麻烦。得知手枪的来历后，他便没有什么顾忌了。

"彩儿，我下去了，后会有期！"

"霍南，你一定要活着回来见姐姐，听见了没？"这个节骨眼，韩彩儿还不忘在嘴上占点便宜，实际上她的年龄比霍南还要小一岁。

还没等韩彩儿把话说完，霍南的身影早已消失得无影无踪。

由于霍南身穿黑色滑翔衣，初始滑行速度极快，在黑夜里根本无法用肉眼追踪。韩彩儿也不敢继续在此地逗留，将武直10在空中调转方向，往华夏国边境飞去。

"轰隆！"

受损的武直10刚刚离开原地，便有一枚地对空火箭弹在空中爆炸。火光照亮了夜空，也让韩彩儿心有余悸。

再看穿着一身滑翔衣的霍南，如同一只鹰隼在高空中风驰电掣般飞行，张开双臂利用增大的阻风面积来减缓下降速度。

渐渐地，霍南的飞行速度从130公里每小时，减慢到了50公里每小时。

虽然，这个速度还是有点快，但此时距离地面已经很近了。霍南不得不紧急迫降，他深呼了一口气，尽量伸展四肢。

霍南没有时间精挑细选，仓促地选择了一大片茂密的森林作为降落点。剩下的，他就是戴上防风镜紧闭双眼一切听天由命了。

考虑到这次任务的特殊性，霍南选择滑翔服时没有装备小型降落伞，而是选择了一款先进的充气式滑翔服，这样不容易暴露目标。

只是，充气式滑翔服的技术还有些不成熟，性能也并不是很稳定。

"嘭！"

"咔嚓……咔！咔！咔……"

大片树枝被撞断，无形之中帮了霍南一把。他落地的一刹那，滑翔服开始自动充气，承受住了大部分冲击力。

即便如此，霍南仍被撞得眼冒金星，躺在地上好半天才缓过神儿来。

"哒哒哒……"

一阵枪声传来，恢复行动能力的霍南快速脱下滑翔服，随手塞进战术背包内。他顺势弯腰，拔出插在腿部的一把三棱军刺。

霍南左手紧握三棱军刺，右手持枪，朝着枪声响起的方位悄悄摸了过去，无声无息……

第二章　子弹出膛

小跑了没几步，霍南忽然觉得有点不对劲儿，多年的侦察经验提醒他危险正在悄然逼近。

霍南停滞不前，就地一个翻滚躲到左侧前方的一棵巨树后面，防止自己腹背受敌，这是一名优秀侦察兵所必备的野外战斗技能！

只见，霍南从战术背包内取出防风镜戴上，按下侧面的一个黑色小圆钮，立刻切换成夜间热成像模式。

通过非接触探测红外能量，并将其转换为电信号，进而在防风镜片上生成热图像。

霍南眼前浮现出一片密密麻麻的小红点，还有几个比较大的轮廓正在向自己这边移动，只是看上去有些模糊。

根据对地形的判断，霍南确认那些小红点应该就是栖息在树上的鸟儿，而几个轮廓必定是恐怖分子。

"呼……"

长出了一口气，霍南手心里都紧张得冒出汗来了，因为他发现除了那几个移动的红色轮廓之外，还有一个人形轮廓趴在地上长时间一动不动。

"不出意外这个家伙就是刚才开枪差点打中彩儿的狙击手！"霍南心想。

霍南小心翼翼地探出半个脑袋，发现那几个人形轮廓的移动速度并不快，而且方位也发生了变化，不再朝着自己这边，一颗悬着的心随即落地。

看来他们并没有发现自己，只是在漫无目地游荡而已。

此时，霍南庆幸不已，多亏他提前发现了隐藏的狙击手，要不然待会儿连怎么死的都不知道。

子弹出膛

他必须先把狙击手干掉！

这是霍南的首要目标，否则一旦暴露，不仅面临生命危险，狙击手肯定还会把其他帮手召集过来共同剿杀霍南。

有一点霍南可以肯定，对方的狙击手没有夜间热成像装备，要不然自己早就被发现了。

霍南背倚着树，缓缓地站起身来，居高临下方便观察狙击手的体位特征。

夜间热成像显示，人形轮廓匍匐在地上，脑袋大概冲着两点钟方向，而霍南则位于五点钟方向，位于狙击手的可视范围最边缘地带。

"目标两点钟方向，立即转移！"

霍南又将周围进行了一次十分彻底的侦察，确认没有其他恐怖分子，这才缓缓地向左侧平移。

只要移动到八点钟位置，就能绕到狙击手身后，形成绝对射击死角，接下来的行动就游刃有余了。

另外几个人形轮廓越来越模糊，而且有分散的趋势，证明他们逐渐放松下来，给霍南创造了绝佳的动手时机！

将韩彩儿的沃尔特PPK手枪插进后腰，霍南张嘴咬住三棱军刺手柄处。他这样做是为了解放双手，避免突发状况，能够在不发出半点声响的情况下全速前进。

"咔……"

距离狙击手还有不到十米的时候，霍南不小心踩断了一根树枝。

能成为一名合格狙击手的人都不简单，警惕性是何等敏锐，对方立刻拔出配枪扭头望向声音方向。

霍南面前任何遮挡物都没有，两人四目相对，对方显然愣了一下。

"嗖！"

电光石火之间，霍南将三棱军刺甩了出去，直奔狙击手的咽喉而去。

狙击手下意识地抬起右手挡了一下，虎口处却被三棱军刺扎了个对穿，鲜血顺着放血槽喷涌而出。

"啊……"

配枪仍然握在手里，可狙击手却再也无力扣动扳机。

霍南见状毫无顾忌地冲了过去，绝对不能给敌人发出求救信息的机会。

值此紧要关头，不是你死就是我活，任何一个错误的决定都会导致霍南陷入万劫不复境地！

冲到狙击手近前，早已取下防风镜的霍南终于看清对方的真实面目：一个面目狰狞的络腮胡黑人壮汉，力气大得惊人，正单手挥舞着重达五公斤的狙击步枪砸向霍南。

霍南稍一弯腰便躲过枪托，将全身力量集中于一点，右拳猛然轰出，打在络腮胡大汉的左侧脸颊上。

络腮胡大汉当时眼冒金星，彻底蒙圈了。霍南见机抓住三棱军刺末端，从对方的手腕上轻轻一用力便拔了出来。

"噗！噗噗……"

将络腮胡大汉压倒在地，霍南举起三棱军刺，以最快的速度在其心脏要害部位三进三出。

一个个菱形的血窟窿赫然映入他的眼帘，鲜血咕嘟咕嘟冒出，止都止不住。三棱军刺的霸道表现得淋漓尽致！

再看络腮胡大汉，早已经翻了白眼，死得不能"再死"了。

经过一番搜集，霍南把络腮胡大汉身上所有装备都摆在地上。霍南抱着狙击步枪熟练地拉动枪栓。

"L42A1 狙击步枪，英制 7.62mm 口径，弹夹容量 10 发，有效射程 1000 米，杀伤射程 3200 米。"

扛起 L42A1 狙击步枪，霍南又随手把络腮胡大汉的配枪也别在后腰处，外加一个狙击步枪备用弹夹、三个配枪备用弹夹，一股脑塞进自己的战术背包内。

剩余的东西霍南也没有直接丢掉，他并不知道自己即将面临怎样艰难的困境。留一条后路总是好的。

于是，霍南把带不走的东西统统挖了个坑埋起来，待有用的时候直接回来取就行了。

做完这一切，霍南又把络腮胡的尸体拖进杂草之中，用落叶盖住，尽可能延缓被恐怖分子发现的时间。

"刺啦……刺啦……"

子弹出膛

就在此时,络腮胡耳朵的无线电通讯器响了起来,吓得霍南一把扯下来,紧张地听着里面的对话内容。

几个外围巡逻队员似乎察觉到异样,正在急速向络腮胡埋伏的位置赶过来。

他们一边跑一边不停地呼叫着同一个名字,估计就是死去的狙击手的名字。

原本霍南打算就此离开,尽快潜入锡金市区,可转念一想,必须先把这支小队全部干掉才行,否则会给自己带来无尽的麻烦。

霍南打定主意后,环顾四周,在络腮胡尸体附近找了一棵枝叶最为浓密的大树,背着装备匆匆爬了上去。

霍南把整个身体都隐藏在枝叶当中,只露出两只眼睛跟黑洞洞的枪口。

"咔嚓!"

拆下L42A1狙击步枪弹夹,霍南直接把那个满的备用弹夹换上。

原先的弹夹里还剩下两发穿甲弹,看来是络腮胡为了打直升机特意换上的。

霍南小心翼翼地把两发穿甲弹收好,说不定以后还能派上大用场,随后又将络腮胡的配枪也拿出来挂在旁边的树干上。

一切准备就绪,霍南死死地盯住瞄准镜,连半刻都不敢松懈,呼吸声也压到最低,气息若有若无。

不一会儿,瞄准镜中出现几个身影,数了数有五个人。

其中四个蒙面,另外一个还是独眼龙戴着眼罩。

深夜视线受阻,霍南只有打算在敌人发现之前连开四枪,也就是说还会留下一个活口。这不是他想要的结果,可目前看来没有什么更好的行动方案了。

孰料,霍南刚计算好时间打算扣动扳机,右眼皮忽然跳了一下,整个人顿时有种不好的感觉。

果不其然,一道折射出来的月光陡然出现在霍南视野当中。虽然那光线只持续了短短一秒钟,却还是被他捕捉到了。

"嘶……"

霍南倒吸了一口凉气,在心中骂道:"靠!这些人看来不是普通的恐怖分子啊,竟然还懂得战术隐藏。"

戴上防风护目镜,霍南看到只有一个红色轮廓躲在黑暗之中,这才放下心来,决定一切都按照原计划进行。

第二章 子弹出膛

"砰！"

"砰砰砰砰！"

连续的四声枪声过后，四个大汉应声倒地，当场毙命。

其中有三个人被狙击步枪巨大的冲击力轰碎了脑袋，另外那个胸前赫然印着一个大大的血窟窿。

剩下的那个恐怖分子当场尖叫起来，不顾同伴们的尸体，向霍南这边跑过来。

躲在暗处的那个恐怖分子也没能例外，他们都没有发现霍南的藏身之处。

见此情景，霍南放下L42A1狙击步枪，拔出三棱军刺，嘴角微微一扬。

待两个大汉经过的一刹那，霍南从藏身的树上一跃而下，三棱军刺不偏不倚刺在其中一人头顶，紧接着他拔出腰间配枪，朝着最后那人的胸口开了一枪。

"砰！"

霍南拔出三棱军刺，连看都没看对方一眼，因为此人必死无疑。

相反，霍南竟然向那个挨了枪子儿的恐怖分子走了过去。

霍南来到近前，该恐怖分子趴在地上一动不动，背部的枪口还冒出一缕白烟。

恐怖分子伪装得虽好，只是那微弱的呼吸声却早已将他出卖。

霍南走远没几步，便转过身来连续扣动扳机。

"砰砰砰！"

躺在地上的恐怖分子听见渐行渐远的脚步声，还以为自己逃过一劫了呢，怎么也想不到会是这种结果！他两只眼睛瞪大，临死都难以置信自己会被发现！

对敌人的仁慈，就是对自己残忍！

这句话是战场上的至理名言，霍南永远都铭记于心。

电影中有许多主角在取胜最后一刻被敌人偷袭射杀，这种狗血桥段永远都不会在霍南身上上演。

一共六具尸体，处理起来可让霍南着实费了一番力气。

霍南把所有的枪支弹药集中到一起，他不禁皱了皱眉头，在他眼里这些装备跟破烂没什么区别。他勉强挑出一把破旧的AK47，以及五个配套备用弹夹。

眼下，霍南背着L42A1狙击步枪，端着AK47，腰间别着两把手枪，以及一战术背包的弹药、食物，可谓装备齐全。

子弹
出膛

　　老父亲慈祥的微笑浮上心头,霍南发现自己没有一刻比现在更想回家。

　　"老爸,大哥,我回来了,你们还好吗?"

　　低头看了下三棱军刺底部的指南针,霍南选择了一条小路,向锡金闹市区全速进发⋯⋯

第三章　血债血偿

一路上，霍南遇到了三支武装巡逻小分队。好在他戴着夜间热成像护目镜，能够及时发现敌人踪迹并进行规避。

就这样，短短不足五公里的山路，霍南却足足走了一个多小时，才摸到锡金的边缘。

此时此刻，锡金市内火光冲天。

整座城市上空翻滚着黑色的浓烟，从各个方向传来的枪声不绝于耳。

霍南以极快的速度冲进一条街道，蹲在阴影中观察着周围的地理情况。他脸上乌云密布，心情也变得愈发沉重起来。

"啊！救命……救命啊！"

一名年纪在十七八岁，身穿粉红色连衣裙的少女从街角冲了出来。

她一边跑一边大声尖叫，身后跟着两个壮汉。他们手里都拿着枪械，但却没有一个人开枪，脸上均带着戏谑的神色。

很显然，他们盯上了面前这个可怜的华夏少女。

霍南本不打算多管闲事，他只想赶紧回家找到父亲跟哥哥，然后带着他们离开锡金。

可是，当霍南听到粉衣少女求救时说的一口流利的汉语时，顿时改变了主意，反正救她对于霍南来说只不过是举手之劳，并不会耽误多少时间。

打定主意后，霍南放下手中的AK47突击步枪，小心翼翼地取下狙击枪，架在一个垃圾桶上面。

"砰！砰！"

反正整个锡金都有人在打枪，霍南倒也不必担心会把别人吸引过来。他连续

子弹出膛

扣动两次扳机，刚刚捉住华夏少女的两个壮汉应声倒地而亡。

"啊！"

身穿粉红色连衣裙的少女吓得抱头蹲在地上，一动也不敢动。

见状，霍南收起狙击枪，抱着AK47跳出临时掩体。他一边小跑前进，一边猫着腰端枪进行三百六十度全方位无死角侦察。

待霍南抵达目标人物近前，低头看了一眼这位华夏少女。他不看不要紧，一看吓一跳——

"王小岚，你怎么会在这里？"

看着女孩儿的娇躯蹲在地上瑟瑟发抖，霍南一阵心疼，赶紧从战术背包内找出一件缴获的外套替她披上。

女孩听到喊声后浑身一震，抬起头难以置信地望向霍南，激动地问道："叔叔？真的是你，太好了……"

说着，女孩儿不由分说扑进霍南怀里，放声痛哭起来。

这王小岚是大哥的养女，好在霍南见过王小岚几面，这才不至于生疏。他俩说是叔侄关系，其实霍南比王小岚大不了几岁。

最要命的是，霍南向来见不得女人哭，更何况现在两人的处境十分危急，站在大街正中央随时都有可能被不法分子发现。

不得不承认，几年没见，王小岚已经出落成一个亭亭玉立的少女了，犹如一朵待人采摘的百合。

霍南一把将王小岚拽到路边角落里，低声问道："小岚，不好好在家里待着，到处乱跑什么？刚才那两个家伙有没有欺负你？"

"哇……呜呜……"

霍南瞪着王小岚，原本想等对方给自己一个合理的解释，孰料面前的少女却突然号啕大哭起来。她那副撕心裂肺的模样，让霍南的心顿时沉到了谷底。

作为一名华夏顶尖特种侦察兵，霍南是何等敏锐，把王小岚从头到脚打量了一番。她粉红色连衣裙没有任何破损之处，身上也没有发现半点瘀伤，应该不是为了自己的事情而哭泣。

果不其然，哭了几声之后，王小岚哽咽道："叔……叔叔，外面到处都是枪响，我一个人待在家里害怕，就想去便利店找爷爷，可……可是……呜呜呜……"

第三章 血债血偿

"什么!"一直以来,霍南更加担心的是哥哥,毕竟他的职业就是警察,危险系数更大一些,怎么也没有想到先出事的竟然是老父亲。

顾不上那么多了,情急之下,霍南使劲儿摇晃着王小岚那略显稚嫩的双肩,强行让其冷静下来。

"别哭了,快说爷爷怎么了?"霍南催问道。

王小岚伸出右手抹了抹眼泪,声音细若蚊吟:"爷爷不见了,而且便利店内的墙上有血。"

"咯噔!"

听到这个消息,霍南犹如五雷轰顶!一个铮铮铁骨的汉子,眼眶当时就雾气朦胧,泪水也在眼圈中直打转转。

似乎是被霍南的样子给吓到了,王小岚止住哭声,怯懦地问道:"叔叔,你没事吧?"

霍南摇了摇头,语气坚定地说道:"咱们回家!"

随后,霍南强迫自己化悲愤为力量,与王小岚一前一后专挑各种小路,直奔便利店而去。

在快要抵达便利店的一个转弯处,霍南发现了一辆四脚朝天的警车。他依稀看到几个身穿制服的警察头朝下悬在半空中,他们被安全带勒住身子才不至于掉下来。

由于两人待在驾驶员这边,并没有发现副驾驶座上的人。

现在这个节骨眼,霍南可不敢节外生枝。

万一王小岚看见那么多死人,经受不住打击情绪失控,可就麻烦了。

便利店的大门以及玻璃窗都被砸得粉碎,已经提前做好心理准备的霍南,在看见墙上那一抹触目惊心的鲜血之后,眉头紧皱到了一起。

霍南并没有像王小岚那样号啕大哭,只是默默地环顾四周:便利店已经先后遭到数次洗劫,基本上没什么东西了。

没有发现任何线索的霍南,来到便利店后院看了看。

便利店后院非常小,只有二十几个平方,但却种了好几样蔬菜。

忽然,霍南越想越觉得不对劲,心里堵得要命,就好像有某种声音在脑海中回荡,不停地召唤自己一样。那种感觉让他坐立不安,以前从来没有过。

子弹出膛

忽然，霍南意识到问题出在哪里了，急忙冲着站在自己身后的少女叮嘱道："小岚，你先待在这里千万不要到处乱跑，我出去一下马上就回来。"

"嗯……"扎着马尾辫的王小岚，乖巧地点了点头。

进来的时候，外面空荡荡的，估计恐怖分子的主力已经离开了这个街区。

普通的老百姓不是藏在家里，就是被残忍地杀害了。

霍南把装备都留在后院，只拿了一把AK47轻装上阵。

当霍南围着那辆报废的警车转了一圈，看到大哥那张熟悉而又焦黑的面孔时，内心瞬间崩塌了。

希望无情地破灭，接连两个至亲出事，让霍南被仇恨淹没。他的眼神之中有的只是愤怒，此刻他唯一所想的就是报仇！杀光所有恐怖分子替亲人报仇！

"咣当！"

霍南一脚将松动的车门踹断，一只手扶住大哥的尸体，另外一只手割断安全带。

由于警车已经严重变形，霍南费了好大劲儿才把哥哥的尸体弄出来。当他看到大哥手里握着的电话后，忍不住别过脑袋，鼻子一酸，差点泪如泉涌。

失去亲人的滋味儿的确不好受，痛苦！悲愤！不甘！而又是那么地无奈……

"大哥，咱们回家！"

就这样，霍南抱着大哥的尸体一步一步挪向便利店。他不知道王小岚会有怎样的反应，霍南多么希望有个人告诉自己，这一切都不是真的，只是个梦而已。

看到养父的那一瞬间，王小岚整个人都呆住了，一时竟然忘记了哭泣。

望着这具冰冷的尸体，王小岚的脸色变得惨白一片，身体微微地颤抖着，心里只剩下惊恐。

目睹霍南将养父的尸体轻轻放在地上，王小岚这才慢慢地回过神来。爸爸死了，爷爷下落不明，正是霍南的及时赶到才让她还活在这个世上。

只见，霍南找来一把铁锹，二话不说开始挖坑。

对于一个华夏人来说，死去的亲人只有入土才能为安。

大哥是被恐怖分子杀死的，这一点毫无争议，也不需要再去调查。

只有亲手安葬了大哥，霍南才有心思去寻找老父亲的下落，为大哥报仇，反击！

第三章 血债血偿

霍南那落寞孤独的背影深深地印在了王小岚的心中,不知不觉间叔侄这层关系被渐渐地淡化。

对于王小岚来说,霍南是她的救命恩人,更是一个大英雄!

缓过劲来的王小岚似乎看出了霍南的意图,擦了擦眼角的泪水,也捡起一把小铁铲帮忙挖起坑来。

两人很快挖好一个长两米、宽一米、深半米的小坑。

进行拓宽平整后,霍南将大哥的尸体裹上几层厚厚的床单,表示对逝者的尊敬,然后轻轻放在坑里。

回填的时候,霍南把铁锹丢在一边,用手一捧一捧地将泥土盖在亲人尸体上,眼泪顺着脸庞无声地滑落。

不一会儿,霍南的双手就已经血肉模糊,但他丝毫没有疼痛的感觉,仿佛已经麻木了。

"爸爸……爸!呜呜……"

似乎是被霍南的行为感染,王小岚忽然感到一阵揪心的疼痛。她冲到坑里,眼泪一下子刷地就流了出来,像断了线的珍珠一般滴落在床单上。

人已经死去多时,即使再怎么悲伤亦是徒劳。

霍南脑海中一直在不停地思考着,说实话他并不冷静,可也在最短的时间内想到了对策。

跪在这个高高隆起的土坡之前,霍南发誓道:"大哥!我一定给你报仇,等着……等我跟爹回来一起给你立碑!"

人都说,男儿有泪不轻弹。

我摇头,只因未到伤心处!

第四章　召集反恐精英

整理了一下心情，霍南果断拿出一把配枪，放在手中摆弄着，没几下便将配枪大卸八块。

他冲着王小岚摆了摆手，示意对方过来。霍南低声问道："小岚，你会打枪吗？"

"嗯……以前爸爸的警枪我经常偷出来玩。"王小岚的回答让霍南满头黑线。

确认配枪没有任何毛病之后，当着王小岚的面，霍南以最快速度把配枪组装完毕，压满子弹拉动枪栓，递到女孩近前。

"拿着，到楼上找一个隐蔽的地方藏起来，如果有坏人闯入就开枪打死他！"霍南好像在说一件很平常的事情，脸上看不出半点表情变化。

王小岚颤抖着双手接过配枪，点了点头关切道："叔叔，你还会回来吗？"

霍南没有想到王小岚竟然猜到自己要走，不禁愣了愣，摇摇头如实回答道："我也不知道，这一次是死战！不给你爹报仇雪恨，我是绝对不会善罢甘休的！"

说话的时候霍南咬牙切齿，目不转睛地盯着面前那座刚刚堆好的土堆。

"我能跟你一起去吗？"王小岚试探性地问道。

"不行！"霍南拒绝得十分干脆，没有半点回旋的余地。他继而催促道："赶紧上去吧，我帮你布置一下。"

随后，霍南把便利店内所有能吃的东西集中到一起，帮忙运到二楼，又将通往二楼的木质阶梯劈断。

霍南做完这些觉得还是有点不放心，又用木板把二楼所有门窗都封住，这才背起武器装备，从二楼的小阳台一翻身跳了下去。

抬头仰望整个便利店，霍南发现王小岚正透过窗帘缝隙偷看自己。她两只大眼睛里已经噙满了泪水，手中还握着那把配枪。

第四章 召集反恐精英

挥手致意后,霍南向着枪声传来的方向走了过去,再也没有回头。

对于此刻的霍南来说,他能做的就只有这么多了……

凌晨一点,距离紧急迫降已经过去三个多小时了,霍南毫无困意,手持枪械一路精神抖擞,不敢有半点懈怠。

"哒哒哒……"

"轰隆!"

一记熟悉的三点射,外加一声爆炸,让霍南瞬间提高警惕,冲到就近的墙角四处张望。

能打出标准三点射的人,即使不是一名职业军人,也必定接受过军事级射击训练。能引起霍南重视的对手,实力完全不可小觑。

"嗡……"

正当霍南打算去侦察情况的时候,发动机的轰鸣声由远及近传来,三辆由皮卡改装而成的武装战车,载着面目凶恶的武装分子高速行驶。

霍南粗略估计,最少也有二十号人,这还不算坐在车里面的。

听着车上的武装分子各种叫嚣,霍南不禁眉头深锁,看来此番报仇并非易事。

霍南跟在皮卡车后面一路疾驰,竟然渐渐远离了锡金。他穿过一大片树林,走了不知道多少条羊肠小道,来到一个小村庄外面。

"呼……"

幸亏皮卡车一直在崇山峻岭中行驶,速度并不快,霍南这才勉强跟了上来。停止追踪的那一刻,他很快倒在草丛中,呼哧呼哧地喘着粗气,面红耳赤好不狼狈。

休息了片刻,霍南坐了起来,右手大拇指从鼻尖儿快速划过,这是他在遇到困难时用来激励自己的一个标志性动作,曾经在鹰隼特战队里也小有名气。

此时的霍南暂时从失去亲人的悲痛中走出来,集中精力打算大干一场,不把锡金闹得天翻地覆誓不罢休!

他戴上防风护目镜,开启热成像探测模式,放眼望去,霍南看到一片红色的人形轮廓。

由于这些红点重叠在一起,无法推测村落人口数量。

"难道整个村子里面的人都是恐怖分子?"

带着心中的疑虑,霍南开始绕着村子往东南方向进行摸排侦察,遇到落单的武装分子就趁机干掉。

突然,霍南发现有几个红色的人形轮廓藏在前方树上,而且分布非常松散。

如此一来,就算霍南有三头六臂,也无法在同一时间内对几个人发起偷袭。

只要有一个敌人活着,就会在第一时间发出求助讯息,到时候霍南想要全身而退恐怕都是个问题,就更不用提报仇了。

无奈,霍南只好原路折返,回到起点后往村子东北侧前进。

这边没有暗哨,一队队巡逻哨非常好躲。

瞅准时机,霍南钻进村子里。他所看到的无论男女老少每个人都手持枪械,可谓全民皆兵。

不仅如此,霍南还有了一个惊人的发现,整个村子已经被恐怖分子从里到外改造了一番。

从外面看上去,这里只不过是一个普通的村落罢了,很容易降低人的警惕性。

可是,进入村子,就会感觉到里面没有这么简单:到处都是岗哨,机枪暗堡,狙击手占据了整个村落为数不多的几处制高点。

霍南之所以能够侥幸潜伏进来而没有被狙击手发现,是因为刚好所有的岗哨轮换执勤,实属侥幸。

而那些刚刚站在皮卡车上面的武装分子,正好就是来接替上一班岗哨执勤的。

有了这个重大的发现之后,霍南不敢有半点耽搁。他迅速后撤打算离开这个"军事基地",再晚就来不及了。

一旦被困在这里,后果不堪设想!

好在那些恐怖分子们一个个都非常松懈,并没有人发现他。他就像黑夜里的一只鬼魅,穿梭在浓密的森林之中,拔足狂奔向锡金赶去。

经过一番侦察,霍南意识到自己一个人火力单薄,必须请求支援了!

返回锡金后,街道上已经稀稀拉拉出现了几个人影。由于无法确定他们的身份,霍南没敢去便利店,生怕给王小岚带去不必要的麻烦。

而那些人在看到霍南手中的枪械后,纷纷后退,一脸担忧的样子,唯恐避之不及,惹来杀身之祸!

霍南并没有理会这些人看自己的眼光,环顾四周找到一处相对较高的建筑物。房顶架着一台卫星信号收发设备,想必应该是锡金的无线通信公司。

第四章　召集反恐精英

管不了那么多了，霍南径直跑向目标地点。

可是，当霍南来到近前，却发现大门紧闭。他只好用枪托砸开锁具，一脚踹在门上。

"咣当！"

大门重重地撞在墙上，发出一记沉闷的响声，整个通信公司空荡荡的。

霍南从一楼搜到三楼，连个人影都没看见。

忽然，霍南眼前一亮，他终于看见了自己需要的卫星通信设备，以及电脑等互联网基础设备。

霍南把房门从里面落锁，防止自己干活的时候被人偷袭。

霍南坐在桌前，把枪械立在凳子旁，确保随手就可以抓到。他检查了一下电脑，互联网信号没有断，霍南长吁了一口气，这样可以省去很多麻烦。

打开一个网页，霍南在地址栏输入一长串的英文字母，又噼里啪啦地敲了长达数十位的复杂指令，屏幕上终于显示出一个登录界面。

霍南输入用户名密码之后，又拿起卫星电话摆弄起来。不一会儿电脑显示屏显示验证通过，弹出一个对话框。

"是否开始视频通话？"

输入"Y"字母，霍南耐心地等待着。这是一个加密频道，目前只有不超过五个人知道它的使用方法。

第一次呼叫长达两分钟，电话无人应答自动断开连接。

霍南没有灰心，接连试了好几次。

终于，在霍南打算放弃的时候，一个满头酒红色卷发的男青年头像出现在屏幕上。

红发男子的状况看起来十分糟糕，灰头土脸的，上来就用流利的英语破口大骂："Fuck！Fuck……Fuck……老子正在执行刺杀任务呢，差点被你这通卫星电话给害死！白隼，你最好给我一个合理的解释。"

"解释你个头啊，现在脱离危险了吗？吸血鬼。"霍南关切地问道。

"废话！早跑路了，否则老子还有命跟你在这里瞎扯淡？有话快说，有屁快放！几百万美金分分钟就打水漂了，耽误老子挣钱不说，还差点挨枪子儿，真是见鬼！"吸血鬼不停地抱怨着，借此抒发内心不满的情绪。

不过，骂归骂，可以看得出吸血鬼还是很高兴的。

子弹出膛

两人正说着呢，显示屏上又多了一个黑人。

那人满脸的大胡子，乍一看挺恐怖的。

"小白隼，好久不见啊，哈哈……"大胡子粗犷的声音震耳欲聋。

等了片刻，第四个灰色头像亮起，一个大光头鹰钩鼻白人笑道："哟呵……哥几个都到齐了啊，我刚杀了个人。收到卫星信号连任务都顾不上交就进来了，可还是晚了，抱歉啊。"

见人全部到齐了，霍南一脸严肃地说道："吸血鬼、狼人、绅士，我需要你们的帮助！"

闻言，被称作绅士的光头男子继续笑道："小白，你又不是不知道，干我们这行的无利不起早，说吧，杀谁？什么报酬？"

毛发茂盛的狼人瓮声瓮气地说道："小白，别听绅士瞎说，他跟你开玩笑呢，先说说发生什么事儿了？"

"就是啊，哥几个叫过你多少次离开华夏军队，出来当佣兵赚大钱，逍遥快活，你可倒好，这一走销声匿迹两年多。"最先上线的吸血鬼埋怨道。

此时此刻，霍南没有心情跟这些昔日并肩作战的兄弟开玩笑。他皱着眉头，思索了良久。

"我的老父亲于昨夜失踪了，下落不明，大哥被杀，仇人有一百多号。我自己搞不定，这次任务目标很简单，杀光锡金所有可疑的恐怖分子。至于报酬，干完这票大仇得报，我跟你们走，离开华夏！"

霍南的语气不容置疑，屏幕中的三个人神色凝重。

"两个小时以后到！"吸血鬼说完便下线了。

"我距离你那边比较近，最多一个半小时。"狼人的头像变成了灰色。

绅士则如实汇报道："我正好在印度巴特那执行任务，最晚三个小时后赶过去支援你！"

关掉卫星视频后，霍南心中那股失落立刻一扫而空，反而被一腔热血所充满。

虽然霍南在鹰隼特战队待了两年，但真正算起来，他当雇佣兵的时间更长一点，所以对狼人、吸血鬼、绅士等人的感情远深于军营。

因此，即便霍南放弃了本应属于自己的荣耀，心里也一点都不后悔，从踏出鹰隼特战队驻地那一刻开始，便注定他此生不会再回去！

第五章　红颜祸水

一艘老旧的军舰航行在马六甲海峡上，船舷上挂着印度尼西亚的国旗。

军舰甲板上站着两伙人，一方是印度尼西亚的军人，两个军官外加五个士兵。

另外一方只有三个人，为首那人是个大胡子，连手背上都是浓密的汗毛，正是刚刚与霍南通过卫星电话的狼人。

狼人身后站着两个颇为帅气的小伙，碧眼黄发，典型的爱尔兰人。他们穿着通用型战斗迷彩服，长相几乎一模一样，应该是亲兄弟。

"我刚才说过的话难道你没听见？这个任务我们不接了！"狼人咆哮道。

印度尼西亚军方长官冷笑道："狼人阁下，别忘记你已经收下定金了。这个任务你接也得接，不接也得接，否则……"

狼人一脸不屑地回应道："哼！敢来威胁我？老子可不是被吓大的，我兄弟出事了，咱们的协议取消，佣金也全部退还给你们。"

说着，狼人从怀中掏出一张瑞士联合银行的无记名转账支票，递到印度尼西亚军官面前。

"呸！"

军官从腰间拔出配枪，对准狼人的脑袋，操着一口变了味的英语针锋相对地威胁道："信不信我现在就毙了你，然后扔到大海里喂鱼？"

"咔嚓咔嚓……"

原本站在狼人身后一脸轻松的兄弟二人立刻拉动枪栓，将黑洞洞的枪口瞄准军官，其他印尼士兵见状也冲上前来。

甲板上顿时火药味十足，双方剑拔弩张，随时都可能擦枪走火。

恰巧此时，一道巨浪袭来，老旧的军舰被海浪撞得摇晃起来。

猝不及防，印尼军官被船体晃了一个踉跄，身体不由自主向前迈了一步。

机不可失，时不再来。

狼人见状双腿略微弯曲，避开枪口的同时右手一把抓住对方手腕，用力向自己怀里一带，左臂紧紧地卡住印尼军官的脖子。

"不许动！"说话间，狼人已经将配枪顶在印尼军官的太阳穴上。

狼人嘴角上扬，露出一个不易察觉的微笑，他的目的已经达到，就没有必要再继续纠缠了。他想到这里，命令道："让你的人放下枪，最好乖乖合作，否则……"

不等狼人把话说完，印尼军官便哀嚎着下达了命令。

在场的印尼士兵不敢抗命，纷纷放下了手中的枪械。

"天蝎、魔蝎，看住他们，我带这个家伙进去更改一下航线。"狼人头也不回地安排道。

闻言，天蝎、魔蝎立刻迈着小碎步挡在狼人身前，把印尼军人放在甲板上的枪械踢到一边。

其间，这对亲兄弟的眼睛始终盯着面前的印尼军人，连头都没有低一下。他们的每一个动作都流露出超高的专业军事素养，没有给对手留下半点可乘之机。

不一会儿，原本由北向南航行的印尼军舰掉头驶出了马六甲海峡。

航速瞬间飙升到32节，已经是这艘老军舰的极限速度了。

印尼军舰在一个小岛靠了岸，天蝎、魔蝎兄弟二人将印尼士兵全部关进一间船舱内，而后跟随狼人一起登岛消失在密林之中。

几分钟后，一架私人飞机从岛上的机场跑道起飞，直奔印度锡金邦而去。

与此同时，一架"台风"多用途中型战斗机从阿富汗一个多国联合部队军事基地起飞，目的地也是锡金。

吸血鬼跷着二郎腿坐在副驾驶的位置上，颇为邪恶地笑道："兄弟，多谢了，等回头请你泡妹子去。"

驾驶着战斗机的英国人也笑着回应道："先把这趟油钱给我报销了再说，回去肯定又要挨罚了。"

唯有绅士最慢，由于巴特那是印度的宗教圣地，周围没有什么军事基地，也找不到什么朋友帮忙，绅士只好找了个警局，偷了一辆武装悍马，拎上几桶油，打开 GPS 导航往锡金开去。

第五章 红颜祸水

锡金邦通信公司大楼内,坐在电脑前的霍南脑海中不禁浮现出两年前的一幕幕。他在跟吸血鬼、狼人、绅士并肩浴血奋战的日子里,每一天都面临生死考验,充满激情,留下更多回忆的则是感动。

"唉……真是没想到,两年了,关键时刻还是得靠你们。"

霍南敲打着键盘,将集合地点的坐标利用卫星电话信号分别发送给三人,靠在椅背上闭目养神起来。

一晚上没睡,从华夏军区长途跋涉折腾到锡金,即便霍南是经过特殊训练的特种侦察兵,体力也有吃不消的时候。

忽然,霍南睁开眼睛。他的身体虽然保持原样,但是左手已经悄无声息地摸到了左侧下方的枪械。

有AK47在手,霍南心里就踏实多了。他的身子顺着椅背轻轻一滑钻入电脑桌下方,突击步枪也在同一时间内端在手中,利用椅子建立临时掩体。

虽然霍南明知道这种普通的办公椅根本无法阻挡子弹穿透,但总比什么都没有要强,最起码可以起到混淆视线的作用。

窸窸窣窣的响声是从柜子里面发出来的。霍南大声呵斥道:"什么人装神弄鬼?赶紧出来,否则开枪把你打成筛子!"

"别开枪……"

柜门被人从里面推开了,一个身材窈窕穿着制服的年轻女人哆嗦着走了出来。她连头都不敢抬,生怕撞见霍南的目光。

"求……求求你别杀我,我什么都没有看见。"制服女人求饶时的语气夹杂着哭腔,一副梨花带雨楚楚可怜的模样。

女人的装扮跟发型,脸上的粉底以及黑色的睫毛膏,早就被泪水冲得一塌糊涂。

即便如此,仍掩盖不住制服女那娟秀的面容。

"你是这里的员工?"在没有弄清楚状况之前,即使对方是个小孩子,霍南都不敢掉以轻心。他依旧保持战斗姿态,右手食指扣在扳机上,确保自己能够应付任何突发状况。

见制服女没有说话,站在原地一动不动,霍南毫不客气地命令道:"抬起头来,把双手举过头顶,快!"

子弹出膛

制服女马上照做,不过动作看上去有点僵硬。

当她看到藏在椅子后面,只露出两只眼睛的霍南之后,整颗心都提到了嗓子眼。

"砰!"

"啊……"

霍南瞄准制服女走出来的柜子开了一枪,把原本站着的女孩吓得直接瘫坐在地上,发出刺耳的尖叫声。

一辆白色皮卡车刚好经过锡金通信公司楼下。随着制服女的尖叫声从楼上传出,皮卡车的轮胎也在同一时间发出紧急刹车声。

"吱……"

听到刹车声后霍南皱了皱眉头,意识到可能惹到麻烦了。他赶忙抱着枪来到窗前,一眼就看到了停在楼下的白色福特F-150猛禽皮卡车。

幸运的是,皮卡车后车厢里空空如也,一个武装分子都没有。

然而霍南并不知道,驾驶室内爆满。原本只能容纳五个人的福特F-150猛禽,足足挤了七个人!

开车的是个大胖子,停车后试探性地问道:"大哥,我刚才好像听见女人的声音了。"

"啪!"

坐在副驾驶位置的壮汉抬手就是一巴掌,结结实实地打在大胖子脑袋瓜子上!他不耐烦地说道:"废话!简直太销魂了,听声音就知道这个小妞肯定长得很水灵。"

被揍的大胖子丝毫不在意,满脸疑惑地嘟囔道:"怎么回事?三队跟五队刚刚不是都把这条街区扫荡过了吗?"

"他们肯定没挨家挨户搜查,有漏网之鱼也不稀奇,走!跟哥下去看看,是什么妞叫得那么浪?"说完,壮汉推开车门走了下去。他把抽了一半的香烟随手丢到地上,用脚反复蹍了好几圈后才抬起枪口,四处张望企图寻找叫声的来源。

"Shit!"

见状,霍南低声骂了一句,收起AK47俯身快步来到制服女近前。

顾不上那么多,霍南伸手一把捂住制服女的嘴巴,嘘声道:"如果你不想被恐怖分子轮奸致死的话，最好别再出声，听清楚了没有？"

如果换做是别人的话，霍南或许还不会这样说，可制服女的确算得上是个美女。

以霍南的经验判断，制服女落到那些非法武装分子手中，下场只会更加悲惨。

制服女两只眼睛瞪得滴溜儿圆，晶莹的泪水在眼圈里直打转转。

见她用力地点了点头，霍南试着轻轻松开手。

"你……你不是坏人？"制服女楚楚可怜地问道。

霍南无语，回答道："我要是恐怖分子你还能活到现在？也不动脑子想想！"

不等制服女回应，霍南继续叮嘱道："小点声，外面又有持枪武装分子出没，我现在还没有办法确认他们的身份。对了，你是华夏人？"

制服女摇摇头："我的母亲是华夏人。"

"哦。"稳住制服女后，霍南再次来到窗前，发现那几个武装分子正在朝自己这边指指点点。他吓得一缩脖子，还以为被发现了呢！

换了个位置后，霍南通过进一步的观察，发现那些武装分子只不过是在瞎指而已，并且分成两组对街道两侧的建筑物开始进行排查。

武装分子此次搜查非常有针对性，大有不达目的誓不罢休的架势。他们连上锁的大门也不放过，全部强行打开进行检查。

当武装分子打开第三幢紧锁的建筑物大门时，遭遇到了强烈的反抗。

"咚！"

只见，一脚踹开大门的武装分子，身子向后倒飞了出去，腹部多了一个血窟窿，当场毙命！

一个白发老头从里面走了出来，双手抱着一杆老式雷明顿 M870 式霰弹枪。

黑洞洞的枪口还冒着一缕缕白烟，似乎在宣示家园神圣而不可侵犯的主权！

第六章　漏网之鱼

"滚！否则打爆你们的脑袋！"老头威胁道，他的双腿微微颤抖，显然内心还是很害怕的。

为首那名武装分子二话不说抬起手就是一枪，正好打在老头的胸口。让霍南没有想到的是，老头在中枪之后竟然还能反击，一枪轰碎了那个小头目的脑袋。

小头目的身体踉跄了几步，一头栽倒在地。脑袋只剩下三分之二，伤口部位像蜂窝一样。白花花的脑浆外加碎肉混合在一起，散发出一股焦煳味儿。

"呕……"

望着一摊猩红色鲜血，有一个武装分子忍不住干呕起来，另外四个人也纷纷转过身去。

开车的大胖子最先反应过来，老大死了非但没有半点伤心，脸上反而隐约露出一抹阴险的笑容。

实际上他等这一刻也不是一天两天了，因为从现在开始他就是这一队的头了。

"哒哒哒……"

只见，大胖子端着枪对准奄奄一息的老头扣动扳机。

一阵突突过后，大胖子吆喝道："兄弟们，给我进去搜！这个老不死的家里肯定藏着宝贝，我们发财了，哈哈……"

其实大胖子对财物并不是很感兴趣，无论他们在外面得到什么好东西，回基地后都得如实上交。此刻他脑海里想的都是女人，回荡着刚才那个女人的叫声，恨不得找到她立刻"就地正法"。

第六章 漏网之鱼

此时此刻，制服女就蹲在霍南旁边，外面发生的一切都尽收眼底。

看到平日里熟悉的老邻居被残忍地杀害，女孩已经无法控制自己的情绪，除了惊恐更多的是彷徨。

霍南颇为同情地说道："你还是找个地方藏起来吧，有些事情眼不见为净。"

"那你呢？"制服女下意识地问道。

"当然是先观察一下他们有没有增援，然后找机会下手全部干掉！"霍南目不转睛地回答道。

制服女难以置信地惊道："什么？难道我们趁着现在逃走不好吗？"

闻言，霍南扭过头来将制服女从头到脚仔细打量了一番。

霍南的眼神使制服女心里毛毛的，却又不敢多嘴。

"就你这样的还想逃跑？估计还没等走几步不是扭到脚就是累得气喘吁吁！更何况那些武装分子有枪有车，暂时待在这里才是上策。"

霍南顿了顿，又怕制服女不放心，安抚道："放心吧，我会留在这里保护你的！赶紧藏起来吧，唉……"

"那好吧，我叫梦露，你呢？"

霍南无奈地摇了摇头。"像我这种人，没有认识的必要了，否则你一定会后悔的！"

一股霸道的杀气冷不丁从霍南身上散发出来，尤其是那两只堪比鹰隼眼睛般锐利的眼睛，吓得梦露接连后退了几步。

两个人好不容易建立起来的一点信任感，顿时烟消云散。

当看到梦露像一只无头苍蝇在屋子里转了好几圈，又钻进之前那个柜子之后，霍南彻底服了，他真替制服女的智商感到着急。

管不了那么多了，霍南取下战术背包，检查了一下现有的弹药装备。

很简单，一把随时都有可能卡壳的老式 AK47，11 个备用弹夹；一杆英制 L42A1 狙击步枪，却只有 2 个弹夹，一个弹夹里面装有 2 发穿甲弹，普通子弹只剩下 6 发；一把普通配枪，7 个备用弹夹；再就是韩彩儿临走时留下的那把沃尔特 PPK 女式手枪，虽说是满子弹，但却没有备用弹夹，不到万不得已的时候，霍南根本不打算使用这把枪。

子弹出膛

"咣当!"

外面传来一记沉闷的响声,霍南立即露出小半个脑袋观察。他发现剩余那五个武装分子陆续从白发老头的房间走出来,脸上郁闷不已,显然没有什么发现。

脸上冒油的大胖子很是不满,环顾四周后忍不住低声骂道:"见鬼,这个老不死的,明明穷得叮当响,却搞得自己跟有钱人似的。"

随后,胖子命令道:"继续搜!见鬼,老子就不信找不到那个小娘儿们,哼!"

看到胖子率领四个手下冲进马路对面的一间商铺,霍南的心往下一沉,照这样下去,他们找到通信公司这边只不过是时间问题。

霍南低头看了看手表,现在是凌晨两点钟左右,距离发出集合地点坐标已经过去快半个小时了。也就是说,最快的支援也得在凌晨三点才能抵达,自己必须硬撑一个小时。

望着整齐摆在地上的武器装备,霍南并没有感到压力。

毕竟,对于他这样的神枪手来说,几乎可以做到百发百中,解决所有武装分子只不过是五发子弹的事情。

现在霍南手里有那么多备用弹夹,再怎么消耗也够用了。

按照正常速度推算,大胖子等人要搜索到通信公司大楼这边最起码得在十分钟以后,可计划总是不如变化快。

可能是连续搜索了几间普通民房都没有什么收获,大胖子把目光瞄准了通信公司大楼。他带领四个兄弟一路"杀"了过来,打算先碰碰运气再说。

"哒……哒哒哒……"

"咔嚓!"

武装分子弹药充足,对着通信公司的落地玻璃就是一顿突突。而后他们迫不及待地冲进去,对一楼大厅展开搜索。

为了防止发生意外状况,霍南把所有武器弹药重新整理好放回原位。他背着狙击步枪,抱着AK47来到楼梯处。

好在通信公司的地形比较简单,上下只有一条楼梯,并无其他通道,这极大地减轻了霍南的防守压力。

大胖子等人在一楼依旧没有半点收获,很快便上到了二楼。霍南躲在楼梯拐

第六章 漏网之鱼

弯处，已经看清楚了每个人的面孔。

原本打算直接开枪的，打死一个算一个，可霍南转念一想又觉得不妥：对于他来说时间拖得越久越有利，犯不上主动暴露自己。

"啊哈！"

忽然，二楼传出大胖子肆无忌惮的笑声，霍南不禁皱了皱眉头。

片刻之后，楼下响起激烈的讨论声。

可是，除了大胖子偶尔会蹦出几句英语外，另外那四个武装分子一直在叽里咕噜地说印地语。

霍南赶忙来到柜子旁边，将声音压到最低问道："梦露，你能听懂下面的人在说什么吗？"

梦露低着头集中精神聆听着，随即点点头，答道："他们找到了一个保险箱，应该是公司出纳的，正在讨论怎么才能打开它。"

"哦。"霍南点点头转身走了出去，生怕那些武装分子突然冲上来，打自己一个措手不及。

"砰！"

"哒哒哒……"

二楼响起一阵密集的枪声，霍南丝毫不为所动，估摸着是那几个武装分子企图强行打开保险箱，没什么好大惊小怪的。

霍南巴不得大胖子他们多折腾一会儿呢！

事与愿违，大胖子等人折腾了几分钟也没能整开保险箱，便抱着保险箱来到二楼阶梯处，看样子是打算带回基地上交。

"一、二、三……"

躲在三楼入口拐角处，霍南心里默数着武装分子的脚步声，为突袭做最后的准备。

当数到"五"的时候，霍南一个闪身开了一枪，随后下蹲又开了一枪，连开两枪后顺势一个翻滚躲到另外一侧墙角后面。

"砰！砰！"

一切都发生在电光石火之间，大胖子一方甚至还没搞清楚状况就已经一死一伤了。

子弹出膛

大胖子走在第三位,见前边两个都倒下了,吓得转身就跑。

可是,由于大胖子身后还有两个人。慌乱中三人挤作一团,连受伤的同伙也顾不上管了。

"Go!Go!Go!"

楼梯太窄,大胖子想直接塞过去是不可能了。他一边推攘着前排人的后背,嘴里一边不停地催促着,生怕下一秒钟子弹打到自己身上。

受伤那人原本还打算誓死保卫怀中的保险箱,见胖子领着人一溜烟撤了,差点没把鼻子给气歪了。他只好丢掉沉重的保险箱,连滚带爬冲了下去。

听到武装分子越跑越远,霍南眉头紧皱,心里"咯噔"一声。

原本霍南打算得很好,武装分子们遭到袭击肯定会冲上楼报仇,届时可以一锅端掉。

让霍南没有想到的是,恐怖分子竟然也这么尿?刚一交火,他们就被打得屁滚尿流,连小规模反击都组织不起来。

"不好!"

霍南心底升起一股不祥的预感,三步并作两步冲进屋内,朝窗外望去。

此时,大胖子率领两个手下刚刚冲出通信公司大楼,直奔皮卡车而去。

皮卡车里面肯定有无线电通信设备,瞧大胖子那副模样,估摸着是去请求支援的。

霍南随手丢掉AK47,从背上取下L42A1狙击步枪,瞄准其中一个武装分子的背部,毫不犹豫地扣动了扳机。

"咚!"

L42A1狙击步枪的后坐力并不是太大,即便如此,中枪的武装分子依旧被子弹轰飞,一个血窟窿赫然出现在他的背部。

"咚!"

霍南连眼睛都没有眨一下,紧接着扣动扳机开了第二枪,又夺走一条人命。

从通信公司到皮卡车并没有多远,十多米的距离而已。

霍南放倒两个人之后,眼见那大胖子已经打开车门钻了进去。

见此情景,霍南立即退下弹夹,将那个装有穿甲弹的弹夹换上,凭借丰富的作战经验,瞄准皮卡车驾驶员的位置扣动扳机。

"咚!"

穿甲弹钻透皮卡车顶部的钢铁之后,劲道丝毫没有减缓,继而穿过座椅靠背,直接贯穿大胖子的脖子。

第七章　绝对信任

大胖子上车时过于仓促，车门并没有关严实。

"嘎吱……"

被击中的大胖子斜倚着车门，面朝下摔倒在地上。只连着一层皮的脑袋则轱辘到一旁，瞪着两只大眼睛，估计大胖子都不知道自己是怎么死的。

"吁……"

霍南抬起右手，用手背擦拭了一下额头上渗出来的汗珠，随即收起L42A1狙击步枪，转身走进屋里。

"梦露，你可以出来了，危险解除。"霍南随口说道。

就在霍南转身的一刹那，那个受伤的武装分子刚好从通信公司一楼大厅捂着伤口走出来。他咬紧牙关，小跑着冲向皮卡车。

梦露先是推开柜门向外面看了看，确定没有武装分子，这才闪身钻了出来。

盯着霍南打量了一番，梦露不由自主地发出感叹："哇……"

"怎么了？"霍南问道。

"你这身装备真的好酷。"梦露由衷地回答道。

低头看了看刚刚从地上捡起来的AK47，霍南无奈地摇了摇头，否认道："这些破烂货，跟我在华夏军事基地训练时的装备可差了不止十万八千里。"

说着，霍南又指了指背在身后的英制L42A1狙击步枪，说道："这玩意儿还算凑合着能用，但论其性能也比我以前出去执行任务时用的家伙差远了。"

"对了，我们公司也有给保安配备手枪，平时下班后就锁在保险柜里面，好像就是他们刚才搜到的那个。"梦露提醒道。

"哦？是么？"对于一个通信公司为什么会需要持枪守卫，霍南有点想不通。

第七章 绝对信任

但是有一点可以确定,那就是保险箱里面有枪支跟弹药。

现在霍南最缺的就是军火,可谓来者不拒,越多越好!

犹豫了片刻,梦露红着小脸低头说道:"其实我就是这里的出纳,而且保险箱的钥匙也在二楼办公室里。要不要我现在就下去打开保险箱把枪支弹药拿出来?"

霍南救了梦露一命,梦露自然不会再有所保留。

"嗯,你去拿吧,我整理下装备。"

"哦……"

大概五分钟后,梦露抱着保险箱吃力地返回三楼,坐在地上开启保险箱。

只听,梦露一边低头摆弄保险箱,一边小声抱怨道:"真是的,楼道里有个死人,吓死人家了。"

正站在窗台侦察的霍南起初并没有在意这句话,可是细细品味起来却觉得哪里有些不对劲儿。

"等等!"霍南来到梦露近前,一脸情急地催问道,"你刚刚说什么?"

梦露昂起脖子如实回答道:"我说你也太坏了,明明知道楼梯那边有一具尸体,还让我一个女孩子下去,哼!"

梦露挽了挽发髻,双手叉住小蛮腰,打算跟霍南好好理论一番。

孰料,还没等梦露把话说完,霍南便已经抱着枪转身冲出房间。他站在楼梯拐角处,望着被自己亲手打死的一名武装分子,整个人彻底愣住了。

在霍南看来,自己弹无虚发,那五个歹徒肯定都被击毙了,谁曾想竟然还会剩下一个漏网之鱼?

"不好!"

霍南冲着楼上大声喊道:"梦露,快点下来,咱们得抓紧时间离开这里,晚了就来不及了。"

说着,霍南持枪以百米赛跑的速度狂奔至一楼大厅。

大老远,霍南就看见皮卡车副驾驶座位上坐着一个人,手里拿着车载式无线电对讲机声嘶力竭地吼着。

"砰!"

由于距离比较近,霍南不舍得 AK47 的子弹,拔出插在腰间的配枪瞄准对方

子弹出膛

扣动扳机，子弹正中武装分子左侧太阳穴。

就这样，最后一个武装分子也被霍南开枪打死了，匍匐在座位上没有了生气。

梦露在这个时候跌跌撞撞地冲了下来，一边跑一边捂住嘴巴，显然是看到遍地死人后快要恶心得吐出来了。

见梦露面色煞白，霍南也不多说话，打算把那个死在皮卡车里的匪徒拽出来，搞辆车行动起来就方便多了。

"哒哒哒……"

可是，霍南刚刚绕到车子后面去，东侧道路尽头便响起一阵密集的枪声。

霍南警惕地半蹲着身子，子弹打在皮卡车上发出清脆的响声。

"哒哒哒……"

还未来得及反击，霍南身后也就是道路西侧拐角处，又响起一阵密集的枪声。

从枪响的那一秒钟起，霍南压根儿就没敢扭头观察，顺势倒向左侧。他连续两个翻转捎带着捡起一把武装分子手中的乌兹微型冲锋枪，头也不回地冲进通信公司一楼大厅。

"还愣在这里干什么？赶紧上楼！"霍南冲着蹲在墙角瑟瑟发抖的梦露喊道。

早在第一声枪响的时候，梦露就已经吓得钻回公司大楼，可她两腿发软怎么也挪不动地方。

见状，霍南一把将梦露从地上拽起来，两人一前一后往楼上跑去。

将梦露丢到三楼后，霍南顾不上那么多转身冲了下去。一楼大厅他暂时是不敢去了，便停留在二楼。

霍南从办公室内搬出几张桌子、椅子，横七竖八地挡在楼梯间。

做完这一切之后，霍南又返回三楼窗台向下方张望。他一边观察敌情一边头也不回地问道："梦露，你们公司有没有其他的逃生通道？"

惊慌失措下，梦露指了指洗手间点头回答道："那里面有一条通往顶层天台的铁梯，有点高，我从未上去过。"

闻言，霍南走到洗手间瞅了瞅，不由分说将毫无心理准备的梦露拦腰抱起。

"啊！放开我，你要干什么？"梦露挣扎着喊道。

霍南的双手就像铁钳一样纹丝不动，他面无表情地命令道："你爬上去想办

第七章　绝对信任

法躲起来，能离开此地最好。这些新来的恐怖分子并不知道你的存在，或许还有一线生机。"

"那你呢？咱们一起走不是更好吗？"梦露疑惑道。

低头看了看时间，霍南神情坚定地摇头道："兄弟们没到齐，我是无论如何都不会走的！"

踩到铁梯之后，梦露扭头却已找不见霍南的身影。她眼里充满了担忧之情，慢慢地向上方爬去。

"哒哒哒……"

不一会儿，二楼便响起了密集的枪声，吓得梦露一哆嗦差点摔下来。她缩了缩脖子丝毫没有停留，一口气爬到了天台上。

再看霍南，躲在二楼楼梯拐角处，怀抱着AK47突击步枪，时不时露出小半个身位开两枪。

这样做既能最大程度节省弹药，又能起到阻挡恐怖分子快速推进的作用。

霍南之前推下去的桌椅，给武装分子们造成很大的麻烦，但也间接提供了掩护。

"咚！"

"噗……"

几发子弹打在墙里，溅起一片白色的尘雾，霍南猝不及防被迷住了双眼。

"噔噔噔……"

与此同时，暂时失去视觉的霍南左耳微微跳动了几下，他听到一阵急促的脚步声往二楼冲上来。

情急之下，霍南右手使劲儿揉着双眼，左手持枪探出胳膊扣动扳机就是一阵狂突突。

"哒哒……哒哒哒……"

AK47突击步枪的后坐力非常大，即使是实战经验丰富的霍南，单手驾驭起来也有点困难，毫无准星可言。

火舌肆虐，一梭子子弹瞬间被打光。

即便如此，冲在前方的几个武装分子也被打成了筛子。后面的武装分子就地卧倒，直到霍南那边没有了动静儿，才再次爬起来开始往上冲。

39

子弹出膛

这个时候就更加显示出那些桌椅板凳的重要性了，霍南来不及更换弹夹，只好随手丢掉AK47突击步枪，从腰间拔出配枪，探出左手又是一通乱射。

"砰！砰砰……"

不过这一次霍南长了个心眼儿，隔几秒钟打一枪。一梭子配枪子弹坚持的时间竟然比AK47突击步枪还要长。

此时，霍南最郁闷的就是自己身上装备不全，如果有几颗手榴弹就好了，可以很轻松地扭转局势。

配枪子弹终于也打光了，听到下面没有一丝异响，霍南勉强睁开双眼往三楼跑去。

丢在地上的AK47突击步枪霍南没来得及捡起来，反正楼上还有一把。而且霍南刚刚还捎带着搞了一把乌兹微型冲锋枪，倒不至于为弹药发愁。

可是，当霍南冲到三楼，从窗户向下张望时，顿时愁得不行了。

只见，楼下原本空旷的街道上，停了不下十几辆车，有丰田霸道、福特猛禽皮卡，甚至还有一辆改装过的悍马防弹车。

其中有几辆改装过的皮卡车后斗里还装备了车载式重型机枪，机枪手们纷纷将黑洞洞的枪口对准通信公司大楼，还有不少武装分子快速冲进一楼大厅。

"靠！"

兵戎相见，霍南还从来没怵过——"兵来将挡，水来土掩。"

不过，低头看了看自己身上的武器装备，霍南心里还是有点发虚的：想要用这些家伙打退几十号武装到牙齿的恐怖分子，无异于螳臂挡车。

好在距离集合时间只剩下不到二十分钟，无论如何也得坚持下去！

趁着恐怖分子们在楼下集结的空当，霍南将战术背包取下来放到地上，检查了一下最开始带来的那把老旧AK47突击步枪。他自言自语道："哥们，待会儿就看你的了，千万别卡壳啊，唉……"

霍南微微叹了一口气，默默地取出所有突击步枪弹夹，塞进腰间以及通用迷彩裤的贴袋内，确保自己处于任何战斗姿态时都可以随手取到备用弹夹。

L42A1狙击步枪被霍南放在房间的角落里，并没有随身携带，因为它在即将到来的这场恶战中毫无用武之地。

更换完配枪弹夹，霍南又将乌兹微型冲锋枪背在身上，这是他最后一张王牌!

全副武装后的霍南出现在三楼阶梯处……

一夫当关,万夫莫开!

第八章　卓越战绩

"噔噔噔……"

片刻之后，武装分子们开始从一楼发起冲锋。

"哒哒哒！"霍南以最快的速度冲下二楼，抬手就是一个三点射，把十几号人堵在了一楼至二楼楼梯拐角处。

虽然二楼不如三楼那样易守难攻，但毕竟楼道中间还有许多桌椅跟一具尸体，成为武装分子们前进的一大障碍。

不放弃任何一个条件绝佳的阵地，为自己争取每一秒钟时间，足以证明霍南久经沙场，实战经验无比丰富。

"叮！"

传来一记诡异的脆响声，虽然非常细微，却无法瞒过洞察力无比敏锐的霍南。

"不好！是无柄手榴弹！"

几乎就在撞针击打火帽的同一时间，霍南侧着身子翻滚出去好几米。他把AK47的枪身护在右侧，匍匐在地上继续往二楼办公室爬去。

"轰！"

刚爬了没几步，手榴弹便在霍南身后爆炸。

伴随着一声巨响，一股强烈的气流冲击在霍南背部。

"呃……"

霍南只觉得喉咙有点腥甜，后悔自己刚才为了追求灵活性，特地把战术背包摘了下来。如果还背着战术背包，肯定不会被手榴弹伤到。

"嘶！"

霍南倒吸了几口凉气，背部多了几个弹片嵌在皮肉里。他暂时管不了那么多，

第八章 卓越战绩

双臂支撑住身体爬了起来。他躲在一张老板桌后方，没有露出半点蛛丝马迹。

待爆炸产生的浓烟消散殆尽，两个武装分子露出头来。

在队长的不断催促下，他们小心翼翼地摸上二楼。

四处张望了一番，这两个家伙才朝着下面招了招手，低声示意道："一切安全，估计是被炸死了。"

闻言，一名个头不高，长得瘦不拉叽，又贼眉鼠眼的小头领带人冲上来，他满腹疑虑地环视四周。

"啪！"

小头目二话没说，一个大嘴巴子糊在其中一人脸上，怒斥道："给老子继续冲！混蛋，我怎么养了你们这群蠢驴？连根毛都没有留下，你们竟然还敢乱下定论。"

小头目的话音刚落，众人还没有动作，霍南便从藏身之地露出头来。他单膝跪地身体略向前倾，尽量减少自身暴露的面积，把危险系数降到最低。

"哒哒哒……"

这一次霍南毫无保留，将一梭子子弹倾泻出去，包括那名小头目在内的七个恐怖分子被打成了筛子。

一击得手后，霍南不敢有丝毫停留，整个身体依旧保持射击姿势。他右手把AK47端得稳稳地，左手则迅速从腰间拔出一个备用弹夹，退出空弹夹后插了进去。

"咔咔……"

"哒哒哒！"

备用弹夹刚刚换好，霍南右手食指便扣动扳机，火舌再次肆虐，无情地射到每一个武装分子身上。他的整套动作一气呵成，如行云流水般顺畅。

两个弹夹，区区六十发突击步枪子弹，却干掉了十二三个武装分子，霍南只不过受了点轻伤而已。

可是，如此卓越的战绩，在霍南眼里却不过如此而已，他压根儿就没把这放在心上。

出乎霍南意料的是，他连杀这么多人了，后面的武装分子们依旧没有害怕，前赴后继地冲了上来。

"哒哒哒……"

不管三七二十一，只要子弹还没打光，霍南就不会放弃抵抗。

子弹出膛

所有冲上二楼的武装分子均有来无回，大部分都死在楼梯、走廊里，很少有几个能冲进办公室的。

整个锡金通信公司二楼血流成河，死尸遍地都是。武器装备也有不少，可霍南却没有机会跑出来拿。

时间一分一秒地过去，眼瞅着身上的备用弹夹越来越少，霍南也忍不住有点着急了。

"咔嚓！"

再次卸下一个空弹夹，霍南从军靴内拔出一个备用弹夹换上，眉头也随之皱在一起。

武装分子们的自杀式冲锋太疯狂了，必须用不间断火力覆盖才能压制住。

如此一来，弹药的消耗速度也远超霍南预期。

不仅如此，由于霍南在进行火力压制的同时也要保护自身不中枪，很多时候都无法有效瞄准，导致命中率大大降低。

子弹消耗的比刚开始还要多，杀死的武装分子却十分有限。

屋漏偏逢连夜雨，霍南刚刚打退武装分子们的一拨自杀式冲锋，还没来得及换上最后一个备用弹夹，就看见一个蒙面武装分子扛着火箭弹冲了上来。

"RPG-18火箭弹！这玩意儿不是反坦克的吗？"

来不及想太多，如果让火箭弹飞进来，在办公室如此狭小的空间内，霍南非被轰成肉渣不可！

撤退是来不及了……

俗话说得好，狭路相逢勇者胜！虽然霍南手中的AK47不是RPG-18的对手，但也要看使用者的个人军事素质。

霍南在站直身体的同时，随手丢掉AK47，从腰间拔出沃尔特PPK女式手枪。

这把枪是韩彩儿留下来的，他一直都没舍得使用。

沃尔特PPK女式手枪是款世界名枪，精准度奇高无比，这也是霍南现在使用的原因。

机会只有一次，不是你死就是我亡！

如果不把握住机会，霍南就只能饮恨死于此地！

"嗖……"

第八章　卓越战绩

站在台阶上的恐怖分子稍作瞄准后扣动扳机。

伴随着一股白色的后喷燃气产生，火箭弹在短暂强劲的喷射流推动下飞向霍南。

"砰！"

几乎在同一时间，霍南也扣动了扳机，一颗特制的银白色穿甲弹呼啸着飞了出去。

一颗小小的银白色穿甲弹，一枚重达 7.6 千克的穿甲火箭弹，两者的中心点竟然出奇一致，处于同一条水平线上，夹杂着各自的冲击波一较高下！

"轰！"

沃尔特 PPK 女式手枪射速远远快于肩扛式火箭弹发射器，因此，火箭弹就在靠近武装分子的那边直接爆炸了。

发射火箭弹的武装分子怎么也想不到，自己竟然会被活活炸死！

就连躲在他身后的几个同伴也受到了波及，一个个被巨大的爆炸能量轰得面目全非、血肉模糊。

霍南在爆炸发生的一刹那转身扑倒在地，把脸侧向左方紧贴着地面，左手搭在背部脊椎尾骨处，右手挡住颈椎以及后脑这两处较为脆弱的部位。

事实证明，霍南所做的每一个动作都是非常有必要的。

火箭弹产生的爆炸冲击波，以摧枯拉朽之势将挡在霍南身前的办公桌彻底摧毁，木头渣子、瓷砖碎块，以及放在桌上的各种办公用品，夹杂着大量金属弹片呼啸而来。

"呼……"

一阵热浪袭来，霍南只觉得头发都快要被烧焦了，后背一阵钻心的疼痛，先是发麻，直至彻底没有知觉。

不等爆炸余威散去，霍南便挣扎着从地上爬起来。他扶着墙一路跌跌撞撞冲出办公室，直奔三楼爬了上去，连手背上的弹片都来不及拔出。

当霍南转移到三楼之后，背部已经被鲜血染透。

虽然看上去令人触目惊心，但只有他自己知道，并没有什么致命的伤口。

"嘶……"

咬紧牙关，霍南倒吸了一口凉气，捏住左手手背上的弹片拔了出来。说伤口

子弹出膛

不疼是假的，只不过他早已经习惯了自我急救。

他探头往下面看了看，没有一个武装分子冲上来，似乎被遭遇到的顽强抵抗给打怕了，霍南这才缓缓地蹲下身子。

其实，霍南身上受伤最严重的部位就是右侧小腿，一段带着倒刺的铅笔深深地扎在皮肉之中，只要一活动就会血流不止。

在历次执行任务的时候，霍南被各种弹片、铁屑以及利器击中过，唯独没有遇到过这种情况，显得有些棘手。

怎么办？难道要把它硬拽出来？那样肯定会撕裂伤口，造成二次创伤。

可是，如果不拔出来，待会儿打起来难免要剧烈活动。一旦有物体触碰到暴露的铅笔，就会牵动整个伤口。

要知道，在瞬息万变的战场上，一个细微的动作迟缓就有可能导致丧命！

来不及想太多了，霍南从特种战地靴内拔出缴获的匕首，手腕一转用锋利的刀刃儿砍断大半截铅笔。

刚刚截断残留在腿里的铅笔，瞬间被猩红的鲜血浸染，与伤口融为一体，不仔细看几乎分辨不出来。

反正木质的铅笔也不像铁器那样会携带病菌造成伤口感染，大不了等事后做个简单的手术处理一下就可以了，所以霍南并不怎么担心。

做完这一切之后，霍南清点了一下弹药，AK47弹药全部打光。

原本二楼入口处堆积了不少武器，可都被火箭弹炸坏了。刚才仓促撤离霍南扫了一眼，几乎没有什么能用的。

只剩下一把乌兹微型冲锋枪跟配枪，外加韩彩儿留下的沃尔特PPK女式手枪。

唯一值得庆幸的是，霍南缴获的这把乌兹微型冲锋枪为常见9毫米口径，且配备了100发子弹的弹鼓，配枪还剩下9个备用弹夹。

他省着点用的话，足以支撑一小段时间了。

忽然，霍南的耳朵根子连续快速跳动了几下，一种不好的预感袭上心头。

心生警觉的霍南强忍着小腿的疼痛，站起身来环顾四周，希望能够尽快找出不对劲儿的地方。

可是，找了半天什么都没有发现，霍南不禁向下望了望，楼道里除了死尸之外空无一人。

"砰!"

正当霍南一脸迟疑之际,一记枪声从身后的窗檐外面响起。子弹紧贴着他右侧肩膀顶端飞了过去,硬生生擦掉他一层皮肉。

"突突突……"

生命受到威胁的霍南来不及查看伤口,抬起乌兹微型冲锋枪本能地扣动扳机进行反击!

第九章　四两拨千斤

"啊……"

刚刚攀爬上窗台的武装分子中枪后发出一记惨叫，无力地摔了下去。

霍南则低头一脸难以置信地盯着手中的乌兹微型冲锋枪，刚刚他明明是想来个三点射的，可是没有想到这把枪射速远远超出了霍南的判断。

想想自己眨眼间就浪费了7发子弹，霍南不禁感到有点心疼：如果不控制着点的话，100发子弹根本就不禁打。

想到这里，霍南拔出配枪，决定把乌兹微型冲锋枪留到最后再用。

"扑通！"

一记闷响从洗手间里传出来，虽然来人已经很小心了，可还是无法躲过霍南灵敏的听力。

洗手间不是封闭式的，还有一扇小窗户，肯定是武装分子顺着外墙爬了进来。

霍南就地顺势一个翻滚，背躺在地上与从洗手间内冲出来的武装分子打了个照面。

该武装分子一直保持标准的战斗姿态，双手持枪，右侧肩膀、眼睛、半自动步枪准星三点一线，不敢有丝毫懈怠。他精神高度集中，只要面前出现任何一个移动目标都会毫不犹豫扣动扳机。

可是，武装分子怎么也没有想到，霍南竟然出现在他的脚下！两者根本就不在同一条平行线上。

"砰！"

如此近距离，霍南连瞄准都不需要，随手打了一枪便击中目标人物的胸口。

只不过，霍南打中的是武装分子右侧胸口，并不致命。

第九章　四两拨千斤

原本霍南还打算补一枪的，但对方根本就不给他这个机会。

中枪的一刹那借机向后躺倒在地，此人两腿用力一蹬桌子，滑进洗手间里。

由此可见，中枪的武装分子也不是白给的，战斗经验丰富，知道在关键时刻保存战斗力。

霍南也一个鲤鱼打挺起身蹲在地上，想追进去却又怕挨枪子儿——毕竟那个武装分子是倒退着滑进去的，枪口朝外随时都可以瞄准自己。

"咣当……"

武装分子刚刚进去就把洗手间的磨砂玻璃门从里面关上了，估计是自知不是霍南的对手，打算拖延时间掩护其他队友先上来，再一起围剿这个可怕的敌人！

"跟我玩这一套，老子又不傻，嘿嘿……"

因为刚才冲上来的时候立功心切，武装分子没来得及把窗户关上，导致月光照进洗手间内，凸显出一个模糊的人形轮廓。

待在外面的霍南还是有点着急的，连接三楼与天台唯一的铁梯通道就在洗手间内，最主要还是担心梦露的安危。

"砰！砰！砰！"

当霍南透过磨砂玻璃看到那一层淡淡的人形轮廓之后，瞄准目标果断连开三枪。

"咔嚓……"

普通材质的磨砂玻璃不具备防弹功能，子弹毫无阻拦地打在武装分子身上，三发全中！

"扑通！"

霍南冲进洗手间，武装分子的身子刚好发生歪斜，后脑勺重重地磕在洗手台的大理石上，看着就很是蛋疼。

刹那间，霍南右耳根再次跳动了两下，立即抬起配枪瞄准洗手间的窗户。

"砰！"

一只黑乎乎的脏手刚刚搭在窗台上，霍南便扣动扳机，武装分子伴随着一声惨嚎从三楼摔了下去。

"哒哒哒……"

与此同时，霍南身后响起一阵枪声，吓得他一缩脖子愣是没敢挪动地方。

子弹出膛

从对方毫无规律的射击就可以看出来,这个家伙只不过是在试探霍南的位置罢了。

霍南屏住呼吸,悄无声息地转过身来,看见办公室大厅从北向南数第三个窗台上多出一把AK47突击步枪。

很显然,刚刚爬上来的武装分子打光子弹,把枪暂时放在窗台上,打算腾出双手一鼓作气攀上窗台。

不仅如此,整个大厅一共有十个窗户,都传来异响声。

"绝对不能坐以待毙,必须逐个击破!一旦等这些人都爬上来,那可就麻烦了。"

想到这里,霍南率先冲向有AK47突击步枪的那个窗户。他不敢探头向下看,伸出紧握住配枪的右手,贴着墙边估摸了一下位置连开两枪。

要知道,锡金通信公司东西两侧主要街道上,停了好几辆恐怖分子们的武装皮卡车。

这会儿最起码有六七挺车载式重型机枪瞄准三楼窗户,只要霍南一露头,准被打成碎肉末子。

"咚!"

一记闷响从楼下传来,霍南知道自己又杀了一个武装分子。他并没有因此而沾沾自喜,立刻转移到下一个窗台,侧脸紧贴内墙,确认墙外有人后如法炮制再次干掉一人。

"嗡……当当当……"

当霍南来到第三个窗台之际,刚刚抬起手,还没等把配枪往窗外探呢,街道上立刻响起了一阵高射速机枪的轰鸣声。

恐怖分子们显然是有备而来的,用火力压制霍南。

顷刻之间,窗台便被重机枪削矮了几厘米,水泥碎块到处乱迸,粉尘漫天飞扬。

吃过一次亏的霍南立即卧倒在地紧闭双眼,生怕视力受到影响。

即便如此,霍南依旧被搞得灰头土脸。

或许是在躲避重机枪的时候分散了注意力,霍南丝毫没有察觉到身后的窗台上多了个人。

只见,一个蒙面武装分子攀爬至三楼后,二话不说跃了下来。他端起枪对准

第九章　四两拨千斤

霍南便扣动了扳机，一整套动作显得十分连贯。

"叮！"

可是，子弹打在霍南腰间之时，竟然发出一记清脆的声响，让站着的武装分子不禁为之一愣。

"砰砰砰……"

恰巧此时，获得喘息之机的霍南来不及查探究竟，抬手就是一梭子子弹打了出去。

"咔嚓！"

退下空弹夹后，霍南立即换上备用弹夹。在确保自己随时都能进行自卫反击之后，他这才试着活动了一下身体。

除了左侧腰部有些酸麻之外，霍南发现自己的身体并无异常，而且连一个新伤口都没有。

从腰间掏出韩彩儿留下的沃尔特PPK女式手枪，霍南惊讶地发现，枪身外侧竟然有一个凹进去的小坑。

"彩儿，是你救了我一命，这份儿人情哥哥记住了。"

吃了这一次亏，霍南便不敢再冒险拼命了，猫着腰快速冲进三楼洗手间。

洗手间只有一个窗户、一扇门，总体来说比较好防守一点，而且霍南还缴获了一把六成新的AK47外加四个突击步枪备用弹夹。

霍南低头看了看时间，又过去了将近五分钟。他全神贯注地盯着整个三楼大厅，至于背后的窗户只能捎带着检查一下。

霍南不怕武装分子们前赴后继地一个一个冲上来，他最担心的就是这伙人齐心协力，有组织、有预谋地发起冲锋。

可偏偏事与愿违，先是从楼梯冲上来几个人，连目标都没看清楚在哪里，朝着整个三楼大厅就是一阵扫射，把霍南死死压制在洗手间内不敢露头。

与此同时，三楼办公室大厅两侧的窗户也爬上来七八个蒙面人，与楼梯中的武装分子们遥相呼应，占领了整个大厅。

"砰！砰砰砰……"

听到动静后，霍南一颗心顿时沉到谷底。他随即采取行动，侧身倚住右侧墙角，对大厅内的武装分子打了一梭子配枪子弹。

51

子弹出膛

虽然霍南手中有一把 AK47 突击步枪，但不到关键时候，他实在是不舍得拿出来用。

四个武装分子中枪倒下，三个当场死亡，一个痛苦地呻吟着，起到一定的震慑作用，吓得其他武装分子都不敢再轻易靠近洗手间。

"一群废物！重机枪手给老子上！我就不信了，咱们好几十号兄弟，还对付不了一个人！"

一个黄种人操着一口十分流利的英语，躲在二楼跟三楼拐角处大声地呵斥着，霍南听到后眉头都快拧到一块儿了。

"嗒嗒嗒……"

三个重机枪手接到命令后不敢有丝毫耽搁，立刻冲上来把枪口对准洗手间扣动扳机。

三条火舌肆虐，一时间洗手间两侧的墙面都被打成了筛子，混凝土碎块四处乱飞。

一轮强攻下来之后，整个洗手间的墙面都被打穿了，显得摇摇欲坠。

霍南早就在枪响的一刹那沿着铁梯爬上天台，继续留在洗手间内除了等死之外，没有别的下场。

一直躲在天台上的梦露在第一时间内凑了过来，带着哭腔问道："我们是不是就快要死了？"

"我去……真晦气。"

站起身来，霍南顾不上自己的形象，立刻对整个天台进行全方位检查，一边跑一边头也不回地命令道："梦露，拿出我给你的枪，守住铁梯通道，有人上来就立即开枪！"

"啊？哦……"

梦露哆哆嗦嗦地照做，即使双手握枪，也难掩内心的恐慌之情——她又不是傻子，连霍南都撤到天台上面来了，就证明整个通信公司都被武装分子们控制了，想要逃出去难比登天。

检查了一圈之后，霍南折返回来，随口问道："怕不怕？"

只见，梦露当时就双腿瘫软一屁股坐在地上，仿佛浑身上下的力气瞬间被抽空了一般。

"我们就快要死了,对吗?"梦露泪眼婆娑地问道。

霍南一副恨铁不成钢的样子,呵斥道:"还能不能行了?张口闭口就是死不死的,说点吉利的成不?"

"可……可是……呜呜……"

梦露不由分说,一把搂住霍南结实的腰部,委屈的泪水立马决堤喷涌而出。

第十章　一线生机

"砰！"

即使与梦露纠缠在一起，霍南也丝毫不敢放松警惕。他听到铁梯下方的异响后，毫不犹豫地抬起配枪扣动扳机。

"如果你不想现在就死的话，最好赶紧松开我。"

或许是被霍南冰冷的声音吓到了，梦露的双手如同触电一般缩了回去。

见状，霍南冲着右后侧的一个信号塔配电室努努嘴，道："到那里面藏起来吧，或许能多活一会儿。"

梦露闻言急忙摇了摇头，回绝道："不！再这样藏下去没有任何意义，要是你死了那我也不会有什么好下场。"

"所以呢？"突然间，霍南对面前的制服女有点好感了，饶有兴致地盯着梦露。

制服女就好像换了一个人似的，站起身来退后几步握紧配枪。虽然瘦弱的娇躯看上去还有点颤抖，可从她决绝的眼神就能感觉出变化。

"我要跟你一起……"

"一起干什么？"霍南催问道。

"杀……杀人！"梦露的两片薄唇都快要咬出血来了，坚定的语气却不容置疑。

霍南耸耸肩膀，无奈地笑道："就凭你？还是给我省点子弹吧，想杀人以后有的是机会。"

好不容易刚刚鼓起勇气的梦露，被霍南泼了一盆冷水后，顿时犹如泄了气的皮球，精神也变得萎靡不振，失去了斗志。

"叮！"

第十章 一线生机

一记清脆的声音响起，霍南眯缝着眼睛望向左前方——只见一个钢制三爪正好钩在天台边缘的广告牌上，绑在钢制三爪上的尼龙绳瞬间绷得紧紧的。

"不好……"

意识到不妙的霍南从战地靴内拔出匕首，递到梦露近前，当机立断道："赶紧去把那些绳子割断。"

见梦露双手握着配枪，一副不知所措的样子，霍南一把夺过配枪，大骂道："快！磨蹭什么呢？"

双手空空如也的梦露这才反应过来，接过匕首惊慌失措地跑了过去。

短短二十几米的距离，梦露足足摔倒了三次。

其间，又有一个钢制三爪倒挂在广告牌上，梦露根本就不会使用匕首，再加上力气太小，只能用刀锋一点一点切割绳索。

武装分子们不知道天台上还有一个人，似乎是为了吸引霍南的注意力，开始对铁梯发起猛攻，不计任何代价。

霍南一边开枪解决从铁梯爬上来的武装分子，一边焦急地往梦露那边张望。

梦露费了好大劲儿才切断两根绳索，远远比不上铁三爪增加的速度，很快便有武装分子从广告牌上方露出头来。

"砰！"

霍南抬手就是一枪，子弹直接穿过广告牌铁板，射进武装分子的体内。

好在除了有广告牌的正前方之外，其他三个方向的天台墙壁都光秃秃的，没有任何着力点，霍南暂时还应付得过来。

"哒哒哒……"

又是一个三点射，霍南打掉了第二个爬上广告牌的武装分子，右手同时握住配枪朝着铁梯入口连开两枪。

也不管打死几个人，先顶一顶再说。

两面作战大大增加了弹药消耗的速度，霍南不得不改变战略，拔出三棱军刺握在右手中。他左手紧握配枪，AK47跟乌兹微型冲锋枪则摆在脚底下，随时应对紧急状况。

配枪弹夹也一字排开，方便霍南能在最短的时间内更换备用弹夹，不被敌人乘虚而入。

恰巧在此时，从失去火力压制的铁梯通道内钻出一个蒙面武装分子。

这个家伙只露出小半个脑袋，企图观察天台上面的情况，寻找敌人的下落。

"噗！"

早已准备多时的霍南顺势将三棱军刺插进对方的颈侧上，形成一个菱形的横面切口。

由于三棱军刺正刺在武装分子颈动脉上，鲜血顺着放血槽"刺"地一下子就喷涌而出，溅得霍南满身都是。

"突突突……"

还没等断气的武装分子掉下去，一个黑洞洞的枪口从他背后探了出来，对准天台入口就是一阵盲射。

很显然，是个轻机枪手跟在队友身后，打算借机杀掉霍南。

因为轻机枪手躲在铁梯上，就算他的胳膊再长，枪口与天台入口始终会有一个向上倾斜的角度存在，霍南在第一时间趴在地面上，躲在死角里一动不动。

轻机枪手围着铁梯入口转了一圈，直到把子弹打光又等了一会儿，确定上方没有半点动静儿，这才推开压在肩膀上的同伴尸体，小心翼翼地往上面爬去。

可能是无法更换机枪弹夹的原因，轻机枪手把武器随手丢在地上，从腰间拔出手枪便打算冲上天台。

霍南屏住呼吸，根本没时间去管梦露那边，眼睛死死地盯住天台入口。

有了先前的经验，轻机枪手刚刚沾着天台的边，便拼命往上爬。

霍南从地面一跃而起，抬起手中的三棱军刺便要往下扎。

不曾想，这次的对手是个膀大腰圆的壮汉，而且有一定的近距离格斗技巧，上来就伸手抓住了霍南的手腕。

霍南一个反转顺势摆脱壮汉的左手，可对方立刻抬起手枪扣动扳机。

"砰！砰！"

第一声枪是壮汉打的，第二下则是霍南的，只见，霍南左腿外侧的通用作战迷彩裤被鲜血染透了一大片，整个人也单膝跪在地上支撑着身体才没有倒下去。

而壮汉则是持枪的右手手腕中枪，手枪掉在地上的一刹那，壮汉非但没有丧失战斗力，反而拔出军用匕首，不顾伤口疼痛，动作敏捷地扑向霍南。

第十章　一线生机

此时此刻，霍南只觉得左侧大腿一阵热流划过，整个人也有点头晕目眩的。他晃了几下，根本来不及检查伤口，抬起左手连续扣动扳机。

"砰砰……"

可是，刚开了两枪，打在了壮汉的胳膊跟小腹上，霍南的配枪便没有子弹了。

而壮汉却来势未减，一副拼命三郎的架势。

霍南赶忙把配枪倒过来，用力地砸在壮汉脸上。趁着对方发蒙的一刹那挥动三棱军刺，对准壮汉的心脏部位，从右侧下方第二根肋骨往上斜插进去。

一个呼吸的时间，三棱军刺已经在壮汉体内三进三出。

热血迎面喷射在霍南的脸上、脖子间，让霍南整个人看上去异常狰狞，犹如地狱恶魔转世！

"呀……救命啊！"

还没等霍南松口气，背后突然响起梦露的求救声，撕心裂肺。

扭头一看，梦露的处境果然非常糟糕：一个铁三爪挂在她的胸前，两个锋利的钢制爪尖儿深深插入两侧锁骨当中，另外一个钢制爪尖儿插在两个锁骨中间的三角窝地带。

这个位置是胸锁乳突肌胸骨头与胸锁乳突肌锁骨头组成的解剖位置，这里面有颈内动脉、颈内静脉，重要的臂丛神经也会从此处经过。

"梦露，千万别乱动！"

其实，霍南说这句话完全就是多余的，因为梦露早就被钢制三爪死死地钉在广告牌上，胸口的白色女式衬衣早就被鲜血染透，丝毫动弹不得。

猩红色的衣襟，与梦露那张苍白如纸的俊俏脸蛋形成鲜明对比，似乎在阐述着战争的残酷、冷血、无情！

"咔嚓……砰砰砰！"

换上备用弹夹，霍南瞬间对着巨大的广告牌连开数枪，打掉几个已经快要爬上来的武装分子。

与此同时，霍南右侧耳垂跳动了好几下，神奇的第六感再次发挥作用。他拔出三棱军刺，从左侧腰间头也不回地猛刺下去。

"噗！"

三棱军刺结结实实地刺在一个刚刚爬上天台的武装分子腹部。

子弹出膛

霍南想要转过身看下情况,可是被刺到的武装分子竟然十分勇猛,根本不顾自身生死,用力抱住霍南,使劲儿推向广告牌那一侧。

武装分子的目的显而易见,那就是尽可能地拖延时间,让更多同伴冲上天台,那样的话自己才有机会活下去。

"噗噗噗……"

意识到不妙的霍南,在第一时间拔出三棱军刺,对准同一个位置猛刺了七八下,捅得该武装分子肚子血肉模糊,连内脏都滑了出来掉在地上,捂都捂不住。

血流着流着竟然变成了墨绿色,空气中弥漫着一阵淡淡的苦涩味儿——苦胆被三棱军刺扎爆了。

此人已经伤得很重了,却依旧十指紧扣,挂在霍南身上。

霍南蹲下身子捡起武装分子掉在地上的军刀,扫了一眼便看出这是把世界名刀,Fallkniven G1——"地狱守卫犬"战术双刃刀。

想都没想,霍南便握住"地狱守卫犬"沿着武装分子的双手中心切了下去,可能是此人的鲜血已经从腹部流失得差不多了,十指断裂处竟然没有什么血。

刚刚摆脱掉挂在自己身上的尸体,霍南转过身来便被冲上来的两个武装分子挡住,好在这两个为了攀爬铁梯方便都没有带枪。

只是,这两个武装分子嘴里都咬着一把军刀,虽然不如"地狱守卫犬"那般出名,却也同样锋利无比。

似乎是看到霍南腰里还别着配枪,两个武装分子没敢轻举妄动,等待后续支援。

利用眼角的余光,霍南发现梦露已经奄奄一息了。她整个人都彻底虚脱,挂在广告牌上面,正是因为被钢制三爪固定住才没有倒下。

"砰砰!"

手里有枪不用才是傻子呢!霍南干掉两个武装分子后,随手换了个备用弹夹,一个侧翻来到铁梯入口附近。

霍南捡起先前放在地上的AK47突击步枪,对准下面扣动扳机就是一梭子。

"噗……"

一蓬血雾从入口爆了上来,霍南来不及多想,麻利地换上最后一个突击步枪

第十章 一线生机

备用弹夹。

转身之时,广告牌上已经多出好几个武装分子。

霍南扣动扳机,尽情地发泄着胸腔中压抑多时的怒火!

第十一章　近在咫尺

最后一个备用弹夹也打光了，霍南随手将 AK47 丢到地上。

可能是刚刚恐怖分子们损失惨重的缘故，现场突然陷入死一般的沉寂之中，霍南都能听见自己的呼吸声。

霍南赶紧弯腰捡起最后几个配枪备用弹夹以及那把乌兹微型冲锋枪，冲向广告牌那边。

所有攀爬铁梯的武装分子都被"突突"死了，尸体堆积在天台入口，挡住了后续人员前进的道路，因此，霍南暂时倒不必担心身后的状况。

"砰砰……砰！"

拔足狂奔的过程中，霍南扣动扳机迎面放倒了两个刚刚从广告牌后方露头的武装分子。

来到梦露近前，霍南发现对方已经连眼皮子都睁不开了。他伸出右手食指试了试女孩的鼻息，而后将背部紧贴在广告牌上，警惕性十足地观察着头顶以及正前方的铁梯入口。

确定没有任何状况之后，霍南才扭头利用眼角的余光仔细观察了一下梦露的伤口。她微弱起伏的胸脯已经彻底被毁了，被钢制三爪刺穿的部位隐约露出一截森森白骨，血肉混淆在一起，更是惨不忍睹。

不过，久经沙场的霍南见惯了大风大浪，对于这种情况心中并未掀起过多的波澜。

只见霍南熟练地挥舞着刚刚缴获的"地狱守卫犬"战术双刃刀，一下便将连接钢制三爪的绳索轻松砍断。

随后，霍南来了一个公主抱，把梦露轻轻抱在怀里，往早已侦察好的信号塔

第十一章　近在咫尺

配电室跑过去。

对于霍南跟梦露来说，信号塔配电室是他们最后一个容身之处。

如果在这个据点被攻陷之前，还没有支援赶到的话，即使霍南本领通天亦是插翅难飞！

"喂……醒醒……"

把梦露放到配电室的地上，霍南拍了拍对方的脸蛋，试图阻止女孩儿陷入无意识的昏迷状态。

通常情况下，一个人在战场上陷入昏迷，致死率要高达百分之八十以上，各种突发状况都会导致死亡随时降临！

"唔……"

梦露无力地睁开眼睛，秀眉紧蹙，两行清泪顺着眼角滑落。她痛苦地呻吟道："好痛……真的受不了了，你能不能先帮我把它拔出来呀？"

梦露试着抬了抬手，发现身上的力气仿佛全被抽干了一般，只好用眼神示意插在自己胸前的钢制三爪。

霍南连想都没想，便摇头拒绝。

见状，梦露的内心瞬间绝望了，几乎用一种崩溃的语气祈求道："求求你了……"

"不行！如果拔出来你会因为失血过多而死的！先躺在这里不要动，等会儿我会带你去做手术的。"

前半句话的确属实，可是，后半句话连霍南自己都觉得有点扯。

这也是没有办法的事情，总得给梦露创造一点活下去的希望。

只见，梦露摇了摇头，动了动嘴唇却连一个字都说不出来。她索性闭上双眼，似乎已经对生命彻底绝望了。

霍南不敢在这里耽搁太长时间，失去火力压制的武装分子们，肯定会组织新一轮更为猛烈的进攻。

背倚在配电室门口南侧墙角阴影里，霍南探出小半个脑袋观察了一下天台上的情况——这边视野非常开阔，既可以看到铁梯入口，又能顾及到广告牌那边。

不过，一旦真的打起来，霍南恐怕无法兼顾两边，捉襟见肘的弹药储备量也成为最令他头疼的问题。

子弹出膛

"刺……刺刺……"

"刺啦！"

正当霍南全神贯注，精神高度紧张之时，半植入在耳内的镶嵌型纳米无线电通迅器响起一阵杂音，把好久没有使用这套通信设备的霍南吓了一跳。

由于这种纳米无线电通迅器采用最新材料制成，且外表包裹着硅胶，可以很好地与人融为一体，并且屏蔽一切X光等安检设备。

所以霍南在加入鹰隼特战队之前，并没有取出纳米无线电通迅器，就这样一直戴在身上。

只不过该设备始终处于关机状态，自然不会发射或者接收到任何信号，更不会被别人发现。

"轰隆隆……"

从锡金东南方向天际传来一阵发动机的轰鸣声，一架米–35中型多用途武装直升机正在向通信大楼方向徐徐飞来。

虽然这架米–35中型多用途武装直升机已经提至每小时三百三十千米，但由于距离太远，肉眼看起来非常慢。

米–35中型多用途武装直升机是俄罗斯制造，但也算得上是印度的官方标配直升机，就是有点落伍了。

此时此刻，霍南的心里真的有点紧张了，按照约定时间，狼人他们差不多应该快到了。

可是，米–35中型多用途武装直升机在印度不是那么容易就能搞到手的，万一是隶属于印度军方的，在不明真相的情况下火力全开，霍南跟梦露都得跟着那些武装分子们倒霉。

"砰！"

紧张归紧张，霍南丝毫没有因此而分心，抬手扣动扳机崩了一个刚刚从铁梯入口冒出头来的武装分子。

武装分子们似乎也察觉到了那架米–35中型多用途武装直升机来者不善，并没有因为同伴的死亡而后退半步，反而更加疯狂地发动自杀式袭击。

"咕噜……噜……"

就在霍南扭头观察广告牌那边之时，一个椭圆形的步兵手雷被武装分子从铁梯入口丢了上来。

但位于三楼的武装分子们都不知道霍南此时的确切位置，步兵手雷也是随便丢上去的，因为上过天台的人都已经被霍南送去见阎王爷了。

"轰！"

发现步兵手雷并没有往自己这边滚过来后，霍南只是稍微往里挪了挪身子，待躲过爆炸后产生的弹片便立刻露出两只眼睛，继续盯住天台入口。

果不其然，步兵手雷刚刚爆炸，便有一个武装分子从铁梯入口钻了出来，几个钢制三爪也在同一时间牢牢固定在广告牌上，连接钢制三爪的尼龙绳瞬间被绷得溜直，很显然，有好几个人正在向上攀爬。

"我去……用得着这么深仇大恨吗？印度政府军直升机都来了还不跑，这帮武装分子胆子也真是够大的！"霍南在心里暗骂道。

"砰！砰砰……"

"咔嚓！"

连开数枪，霍南更换了一个备用弹夹，数了数倒在血泊中的几个武装分子，露出一个邪邪的微笑。

抬头望向天际，那架米-35中型多用途武装直升机似乎又近了一点。

武装分子们偷鸡不成蚀把米，同时丢了三颗步兵手雷上来，而且型号不一。

霍南立刻避让，躲到配电室里屋。

三颗步兵手雷同时爆炸产生的威力巨大，那可不是闹着玩的。

"轰！轰！轰！"

觉得时间差不多了，霍南试着闪身来到墙角观察敌情。

不看不要紧，一看吓一跳，霍南差点没被面前这群蠢到家的武装分子们逗笑了。

原来，此番前来的武装分子们有一大部分都属于草台班子半路出家，几乎没有受过什么正规的军事训练。

而那一小部分有点经验的武装分子，都在前两次组织的进攻梯队中死掉了。

躲在三楼的武装分子们原本是想趁着步兵手雷爆炸的时候，趁机冲上天台，一举擒获负隅顽抗的霍南。

谁曾想，这些家伙可能是太着急了，几乎是在步兵手雷爆炸的同时冲上天台的，刚好被爆炸冲击波给放倒了。

霍南匆匆扫了一眼，大概有三个武装分子被当场炸死，另外还有两个家伙躺在地上呻吟，身受重伤动弹不得。

这要是搁在平时，以霍南的脾性，早就一人补上一枪，送那两个武装分子去下地狱了。

可是，今天情况紧急，弹药本来就不多了，霍南可不愿意再把子弹浪费在这些垂死之人身上。

此时此刻，天台上堆满了武装分子的尸体跟枪械。

虽然其中有一大部分装备都被步兵手雷炸坏了，但还是有不少能用的，看得霍南心里痒痒的，不止一次计划要冲出去抢夺。

怎奈，武装分子们发出的进攻一拨又一拨，步兵手雷也持续不断地丢上来，再加上广告牌那边也时不时有人骚扰，霍南根本就没有机会下手。他可不想腹背受敌，让自己的处境变得更加糟糕！

正当霍南精神高度集中之际，那两个原本躺在天台上呻吟的武装分子忽然放声大喊大叫。

与此同时，一颗手雷从铁梯入口飞了上来，直奔霍南藏身的配电室而去。

梦露还在屋里，霍南脑海中第一想法便是把飞过来的步兵手雷挡出去。如果自己就这么躲开了，那躺在里面的女孩儿必死无疑！

也不知道是哪里来的勇气，步兵手雷已经在天上飞了两秒钟。

霍南抬起右腿就是一脚，准确无误命中目标。

"轰！"

步兵手雷刚刚被霍南踢飞，就在铁梯入口上空爆炸。

一块弹片经过数次墙壁反弹，直接插进霍南的小腹。

"嘶……"

倒吸了一口冷气，霍南把弹片拔出来，又从通用作战服上撕下一块布条，对伤口进行简单的包扎处理。

"砰！砰！"

刚刚止住血，气不打一处来的霍南抓起手枪，对准那两个受伤的武装分子接连扣动扳机。

第十一章　近在咫尺

"该死！原来是这两个家伙在通风报信儿……"

霍南此时悔得肠子都青了，早知道就不应当节省这两颗子弹了，现在可倒好，整得自己身上又挂彩了。

"轰隆……隆！"

一阵发动机的轰鸣声由远及近而来。

或许是刚才为了对付那些武装分子，霍南一不留神那架米–35中型多用途武装直升机已经近在咫尺了。

直升机的舱门打开了，一台"加林特"型6管旋转航空机炮被人从里面推出来。当霍南看到机组成员的陌生面孔时，一颗心顿时沉到了谷底。

第十二章　Wuha！

在绝对的实力面前，任何阴谋诡计都是徒劳！

就像此时此刻，天赋异禀的霍南，在面对"加林特"型6管旋转航空机炮时产生的那种无力感一样。

"见鬼，竟然不是狼人！"

"嗡……咚咚咚！"

霍南刚刚反应过来冲进配电室的刹那，架在米–35中型多用途武装直升机上的"加林特"型6管旋转航空机炮火舌肆虐，开启终极屠杀模式。

一连串密密麻麻的黄色光点沿着街道一路扫上通信公司大楼顶端，墙体瞬间多出一排黑色的洞口。

如果说墙壁上的黑洞令人触目惊心的话，那么街道上的景象可以用令人作呕来形容了。

由于"加林特"型6管旋转航空机炮威力无比，一旦射出的子弹击中人体，可以瞬间将中弹部位撕裂。

因此，街道上布满了武装分子们的残肢断臂，有些人被航空机炮的子弹打中腹部，直接被撕成两半，肠子等内脏流了一地；甚至还有冒着热乎乎白气的心脏，跳动了数十下之后才骤然停止，而心脏的主人却早已经断气了……

只有两发航空机炮子弹打在配电室斜上方，子弹穿透墙壁打在配电设备上。

一阵火花四溅，整个通信公司的电力系统就此瘫痪。

意识到此地不宜久留的霍南，把身体虚弱至极的梦露转移到最里面，这才小心翼翼地钻出配电室。

街道上的武装分子们早已被盘旋在空中的米–35中型多用途武装直升机杀得

丢盔弃甲，所剩不多的有生力量就近躲到房屋里隐蔽。

霍南的现身，立刻引起米-35中型多用途武装直升机上机组成员的注意，他们迅速将枪口对准通信公司大楼顶端。

"靠！"

自知被锁定的霍南加快脚步，以最快速度直奔铁梯入口。

"呼……呼呼……"

即使憋得面色通红，霍南也不敢有丝毫停歇，事关性命岂能儿戏？

"刺啦……刺啦……"

忽然，纳米无线电通讯器再次发出声响，只不过这一次噪音更加真切。

"砰砰砰！"

冲到铁梯入口的霍南二话没说，抬手朝下面连开三枪，而后纵身一跃钻了进去。

"嗡……"

几乎在同一时间，米-35中型多用途武装直升机的火力便覆盖到霍南所处的位置。

"咳咳……"

刚刚跳下来的霍南一个躲闪不及，被四溅的水泥渣子、白色粉尘呛得直咳嗽。

霍南心中"咯噔"一声暗叫不妙——巷战讲究的就是一个静字，一定要在悄无声息的情况下杀掉敌人。像他现在这样先出声暴露自己的位置，着实犯了实战大忌。

没办法，霍南只能原地连续做了三次战术翻滚进行躲闪。

"哒哒哒……"

一切都发生在电光石火之间。果不其然，霍南刚刚离开原地，左前方的大厅角落便响起一阵轻机枪的声音。

"噗噗噗！"

子弹镶嵌进霍南刚才所处位置的墙上。从子弹的分布来看，枪枪命中要害部位！

见状，已经一身冷汗的霍南单膝着地，右手持枪，左手托住枪底，趁着烟尘未散，朝目标大致方位连开数枪。

子弹出膛

"砰砰……砰砰砰……"

"啊!"

"扑通……"

从对面传来的声音可以判断,至少有两个人中枪,应该是刚才聚集在铁梯入口,还没来得及冲上天台的武装分子残部。

刚换了一个备用弹夹,眉头紧皱的霍南真有点担忧了,只剩下一个备用弹夹了。

最糟糕的是,他刚才仓促之下为了躲避航空机炮,不小心把最后一把微型乌兹冲锋枪弄掉了,现在手上只剩下一把配枪跟韩彩儿留下来的沃尔特PPK女式手枪。

"刺啦……"

就在此时,左耳内的纳米无线电通讯器再次响起一阵噪音,搞得霍南心情烦躁不堪。

"喂……喂喂……有人能听得到吗?"

终于!纳米无线电通讯器内传出一阵颇为熟悉的声音,霍南立刻目露精光,原本黯淡无光的脸上也挂上一丝喜色。

"见鬼!狼人,你终于来了,老子都快挂了!"霍南幽幽地回答道。

"Wuha……小白隼,你竟然还活着,哈哈,怎么样?有没有缺胳膊少腿啊?"狼人调侃的声音在纳米无线电通讯器内响彻回荡,霍南却没有半点怒意,反而感到很亲切。

"砰!"

"少你妹儿啊,老子就算是要死,也得死在你后面!赶紧过来支援!"说着,霍南扣动扳机,一枪打中了一个从二楼冲上来的武装分子的脑袋。

短暂的沉寂过后,纳米无线电通讯器内再次传来狼人粗犷的声音:"小白隼,那个铁鸟太碍事了,我们无法靠近,怎么处理?"

霍南毫不犹豫地咬牙命令道:"给我打掉!"

闻听此言,狼人不禁顿了顿,开口问道:"你确定?据我观察,那可是印度政府军的武装直升机啊。"

"那你有什么更好的办法吗?"霍南立即反问道。

第十二章　Wuha！

"呃……"

迟疑了片刻之后，纳米无线电通讯器里直接响起了狼人下达命令的声音："天蝎，把老子的RPG火箭筒拿过来。"

隐约听到这句话之后，霍南心里就更加有底了，狼人肯定带了帮手过来。

"轰隆……隆！"

狼人的话音刚落下没多大一会儿，霍南便听到头顶响起一阵撼天动地的爆炸声，紧接着就是螺旋桨搅动空气所发出的恐怖风暴。

等最后一记爆炸声过后，霍南十分清楚，那架米－35中型多用途武装直升机已经彻底报废了。

就在霍南思虑要不要爬到天台观察一下敌情的时候，一个白发蓝眼睛身穿迷彩通用作战服的青年，手中端着一把M16A4自动突击步枪顺着二楼楼梯摸了上来。

躲在角落里的霍南在第一时间察觉到陌生人入侵，从藏身之地霍地站起来，抬手扣动扳机开了一枪。

打了半天的武装分子，霍南在看见来人的时候，脑海中第一印象自然就将其误认成非法武装分子菜鸟们的其中一员了。

因此，轻敌在所难免。

枪响后，霍南并没有看到目标人物应声倒地的那一幕。

对方行动敏捷，以极快的速度冲上三楼。

霍南十分惊讶，能躲过他这一枪的人恐怕身手也不简单，绝对不好应付。

孰料，霍南刚刚做好准备严阵以待，已经冲到二楼跟三楼楼梯之间的白发男子躲在一堆尸体后面，操着一口纯正的英语喊话问道："是霍南大哥吗？我是狼人派来的，底下的点子都已经踩干净了！"

霍南先是迟疑了一下，紧接着低头问道："狼人，你有派人到我这边吗？"

纳米无线电通讯器内立即响起狼人肯定的答复："Yes，怎么样？我的手下还挺帅的吧？"

"靠！"霍南气呼呼地提醒道，"下次能不能提前打个招呼？老子差点把你的人一枪爆头！"

"哈哈……绝对不会的！放心吧，魔蝎那个臭小子天生身手矫捷，而且第六感极其灵异，一般的热武器无法伤害到他。"狼人详细介绍道。

子弹出膛

只见，霍南闻言立刻从藏身之处冲下楼梯，一脸难以置信地看向魔蝎。

"咚！"

伸出右臂，握掌成拳击打在魔蝎看似单薄却结实的胸膛上，霍南露出一丝歉意的微笑，开口问道："你叫魔蝎？"

"嗯……"魔蝎简单地点头作为回应，望向霍南的眼神之中更是充满了一丝敬仰。

"好兄弟，楼顶天台配电室里还有个女人，麻烦你帮我把她弄下来，顺便进行一下战地急救。"说着，霍南的眼神瞥向挂在魔蝎腰间的医药急救包。

魔蝎点点头，反问道："南哥，包在我身上了，那你怎么办？"

"魔蝎，把你的枪给我用下。"霍南说话的语气就好像在向下属下达命令一样，令人丝毫不容置疑。

没有征求狼人的意见，魔蝎便毫不犹豫地将M16A4双手递给霍南，又从腰间拔出三个自动步枪备用弹夹送了过去。

做完这一切之后，魔蝎露出一个十分真诚的微笑，出言叮嘱道："南哥，注意安全。"

霍南抬起右手轻轻拍了拍魔蝎的左侧肩膀，转身凝望着楼梯下方，他的目光凝练如同一只即将出击的鹰隼。他头也不回地自言自语道："让那些家伙压着打了半天，是时候该反击了！哼！"

说着，霍南抱着改造过的M16A4自动步枪冲到一楼，而后以最快的速度向狼人那边靠拢。

"砰！砰砰砰……"

由于盘旋在头顶的印度军方直升机已经被狼人打下来了，便会时不时有一两个武装分子从藏身的房屋中冒出头来，而他们都被霍南一枪击毙。

"咚咚咚……"

听到不远处传来一阵熟悉的重机枪声，霍南欣慰地笑了笑，抱着M16A4自动步枪一溜小跑连续穿过十几幢房子，这才看到狼人。

"Wuha！"

霍南面露喜色，用只有他们几个人才能理解的方式，热情地打着招呼。

可是，这一对同生死共患难的好兄弟刚刚见面还未来得及拥抱，霍南就被站在狼人身后的另外一个人给惊呆了。

只见，霍南盯着天蝎，一脸难以置信地问道："魔蝎，我让你救的那个女孩儿，她人呢？"

发现站在对面的两个人都笑眯眯地不说话，霍南再次追问道："魔蝎，你怎么可能比我还快？"

此时……

霍南终于意识到有点不对劲儿了。

第十三章　礼尚往来遭炮击

"哈哈哈……"

一连串的爆笑过后，浑身肌肉块的狼人抬起右臂，搂住天蝎那略显单薄的肩膀，瓮声瓮气地说道："小白隼，没想到你也有看走眼的时候啊！刚才那个是魔蝎，这位是天蝎，两个人！"

"我去……孪生兄弟？这也长得太像了吧？简直就是一个人。"

迄今为止，霍南都表现出一脸难以置信的样子，天蝎、魔蝎兄弟二人无论是长相，还是穿着装扮都一模一样。

见霍南愣在那里郁闷不已，狼人走过来豪爽地调侃道："行了，别说是你了，连这两个臭小子的女朋友都分辨不清，晚上进错房间上错床的事情也屡见不鲜。"

"啊？"霍南张大嘴巴，身为一个华夏人，在男女之事上的观念还是趋于保守的。

狼人则撇撇嘴，不屑地嘟囔道："这有什么好惊讶的，是不是在华夏军营里憋得时间太久想娘儿们了？等这边的事情处理完了，回头哥哥给你物色几个姿色一流的名媛怎么样？"

"别介……你找的那些女人个个人高马大，我可消受不起。"霍南一副心有余悸的模样，端起枪开始对四周进行警戒。

虽然天蝎一直在留意周边环境，可真正的战场上瞬息万变，什么意外状况都有可能发生，还是小心谨慎一点为妙。

命！只有一条，死了这一辈子就"Game Over"了。

头脑简单四肢发达的狼人则跟在霍南后边，没心没肺地小声嘀咕道："小白隼，难道你喜欢清纯一点的类型？还是你的性取向已经有所改变？"

第十三章　礼尚往来遭炮击

"啪！"

忍无可忍的霍南转身抬手就是一巴掌，拍在狼人的脑袋上。

虽然他并没怎么用力气，但制造出来的动静儿却不小。

"有情况！"一直沉默寡言的天蝎突然退回屋内，单膝着地保持射击姿势，一脸严肃地提醒道。

刚刚还在打闹的霍南跟狼人，立刻架起机枪，端起手中的M16A4自动步枪躲在临时挑选的掩体后面进行防御。

三人分别监视西北、正南以及东北三个方向，将自己的后背交给绝对信任的队友，形成三叉戟之势。

"我这边一切正常。"霍南观察了一会儿低头说道。

待在西北侧的狼人立即回应道："有几辆皮卡车从我这边过来了，目测还有三百米的距离。"

位于东北角的天蝎也如实汇报道："我这边有两辆坦克，型号……不明！"

对于一个合格的国际雇佣兵来说，熟悉每一个国家的主战武器是必修课程。天蝎一时语结，原本煞白的脸色顿时变得红彤彤的。

霍南头也不回地命令道："天蝎，你到我这边来承担警戒任务，我们互换一下防守位置。"

"是！"连老大哥狼人都对霍南十分尊敬，天蝎对于他所下达的命令自然也不会有半点迟疑。

来到东北角，霍南先是利用纳米无线电通讯器与狼人沟通道："回去之后立刻给天蝎、魔蝎兄弟俩也安装内部通讯系统，否则一起外出执行任务也太不方便了，很容易贻误战机！"

"好的，回头我就联系博士，向他订购两套纳米无线电通讯器。"狼人答应道。

就位东北角防守位置的霍南，一边观察敌情一边问道："你们还在博士那里采购军火？"

闻听此言，原本豪气冲天的狼人，立刻猥琐地笑道："是啊，咋地了？对你的老相好还念念不忘啊？"

"闭嘴！我跟博士没有任何关系好不……"

听到霍南无力的申辩，狼人立刻摇头否决道："绝对不可能！如果你们俩什

子弹出膛

么关系都没有,那为何我跟绅士轮番上阵,博士连个正眼都没有瞧过。"

就在此时,霍南发现东北侧的街道尽头出现两辆坦克。由于他身上没有携带军事望远镜,只能眯缝着眼睛看个大概。

直到胸有成竹,霍南才大声喊道:"这不是坦克,而是俄罗斯生产的2S25式自行反坦克炮,在我们华夏又称轮式或履带式突击炮。"

换防到南边的天蝎终于恍然大悟道:"难怪我看了半天也没认出来,原来从一开始就走进误区,把它当成一辆坦克去判断了。"

狼人更为直接一点,他放下机枪,端起放在地上的RPG火箭弹发射器,用力地搓了搓下巴上那一片浓密的络腮胡须问道:"要不要现在就干掉它?"

霍南先是摇了摇头,继而冷静地分析道:"能出现在这里的装甲战车,不是恐怖分子就是印度军方的,而且一下就是两辆。我们暂时先不要打草惊蛇,看看他们到底要做什么?"

"嗖……"

"咚!"

孰料,霍南的话音刚落,东北角的2S25式自行反坦克炮竟然率先开火。

2S25式自行反坦克炮的目标不是霍南他们藏身的房屋,而是从西北侧驶入主干道的几辆皮卡车。

"轰隆……"

只一发125毫米的炮弹,便将两辆急速行驶的皮卡车掀翻在地。油箱爆炸的声音不绝于耳,熊熊燃烧的火焰冒出一股黑烟,瞬间将炸毁的车辆吞噬,连驾驶室里的人也没能幸免于难。

有了前车之鉴,后边那三辆皮卡车立刻紧急规避,把车子停靠在道路两侧。

一堆武装分子冲下来,尽可能躲在犄角旮旯里,避免成为2S25式自行反坦克炮的活靶子。

之前那些围攻霍南的残余武装分子们,在得到同伴支援后,也纷纷从藏身的楼房中钻了出来,向街道东北侧集结。

见此情景,狼人把声音压到最低,通过纳米无线电通讯器说道:"看上去这些人要与印度政府军死磕到底啊!"

"没错,他们应该是想要做掉那两辆2S25式自行反坦克炮。"对于狼人的观点,

第十三章 礼尚往来遭炮击

霍南点点头表示赞同。

天蝎不知道什么时候从南边撤了过来,提议道:"这应该属于印度内部问题,咱们还要插手吗?"

霍南抬头扫了狼人跟天蝎一眼,当机立断说道:"暂时先观察战局,我大哥的死,以及老父亲的失踪,估计跟他们脱不了关系。必要的时候可以在后面给予那些武装分子致命一击!"

"那好吧……"狼人转而冲着天蝎命令道,"让魔蝎小心一点,从南边的街道绕过来,千万不要暴露行踪,我们人手太少。"

"是!"天蝎跟魔蝎兄弟二人使用的是普通无线电通讯器材,只是频道经过加密而已。

"咚!"

"轰隆……"

另外一辆2S25式自行反坦克炮也开炮了,它的目标原本是藏在西北侧的车辆,可是炮弹却命中了一幢民房。

而且这幢民房就在霍南等人正前方,只隔着一条马路。

四处飞溅的水泥块儿、碎渣子飞溅而来,打了几人一个措手不及。

"噗……"

狼人从嘴里吐出一口泥水,没好气地叫骂道:"他奶奶的,那个射手是不是眼瞎啊?竟然能把炮弹打到这里来,再偏一点的话哥几个就玩完了!"

霍南也在同一时间意识到了危险,起身把M16A4自动步枪背在身后。他猫着腰小跑到狼人近前,主动扛起扔在地上的RPG火箭弹发射器,命令道:"撤!我怀疑那两辆2S25式自行反坦克炮上配备了热成像仪器。"

"嘶……"狼人不禁擦了擦额头的冷汗,倒吸了一口冷气,试探性地问道:"小白隼,你的意思是说刚刚那一炮有可能就是冲着我们打过来的?"

虽然霍南也极不愿意相信这个事实,但也不得不点头表示了自己的担忧。

见此情景,狼人二话没说抱起机枪跟霍南并肩向南边街道撤退,天蝎紧随步伐负责断后。

霍南一边跑一边问道:"狼人,你还记不记得那架米–35中型多用途武装直升机?"

75

子弹出膛

"嗯！怎么了？"狼人反问道。

霍南继续解释道："我就差点被米-35中型多用途武装直升机给干掉，这些印度政府军士兵见着拿枪的就开火。"

"见鬼！老子好歹也跟印度政府军高层有点关系，现在竟然被这帮孙子追着打。"狼人一脸不满地抱怨道。

"行了老狼，你刚才不是还搞掉印度政府军一架米-35中型多用途武装直升机吗？几千万美金就这么打水漂了。"

"哈哈……也对！"被霍南这样一说，狼人顿时感到豁然开朗，心里舒坦了不少。

"咚！"

一行三人刚刚跑出临时掩体没多久，霍南的左侧耳垂忽然快速跳动了几下，一记开炮的沉闷声响随之传入耳内。

"不好！快卧倒……"

"轰隆……隆！"

霍南的话音还没落下，巨大的爆炸声便震彻天地。

原本竖立在身后的两层小楼瞬间垮塌，变成一堆残砖断瓦。

位于队伍最后方的天蝎受波及最大，直接被一股热浪掀翻在地。他向前连续翻了十几个滚才停下来，趴在地上呼哧呼哧地直喘粗气。

由于霍南提示得及时，狼人在第一时间趴在地上，基本上没有什么大碍。

"天蝎！天蝎……"狼人连机枪都顾不上拿了，嘴里大声呼喊着天蝎的名字，连滚带爬冲了过去。

岂料，狼人一不小心踩在一块石头上面，整个健硕的身体压在天蝎背部。

"呃……"

天蝎的身体没来由抽搐了几下，从牙缝里挤出一句话："大哥，再不起来我就要被你活活压死了！"

第十四章　声东击西

得知天蝎的身体并无大碍，霍南也放下心来。他将狼人随手丢在地上的机枪单手拎起来，冲着前面喊道："狼人你背着天蝎，咱们抓紧时间转移。"

狼人二话没说，从天蝎身上滚下来，一下便将对方扛在宽阔的肩膀上，丝毫不理会天蝎的挣扎。

"狼人大哥，我没事……快放我下来……"

"轰隆！"

就在三人刚刚撤离现场没多久，身后再次传来一记沉闷的爆炸声，而且这次爆炸的声音与之前略有不同。

霍南站定身形，扭头张望了一眼，看见一朵巨大的黑色云团缓慢地升腾到锡金这座城市的上空，久久未曾散去。

"什么情况？"狼人随口问道。

"应该是咱们吸引了那两辆2S25式自行反坦克炮的火力，武装分子们趁机摸了过去，炸毁了装甲战车。"霍南分析道。

"嗯，有道理。"狼人一脸认真地问道，"既然印度政府军的装甲车被消灭掉了，咱们要不要现在就摸回去，杀那些武装分子们一个措手不及？"

"轰隆！"

与此同时，第二记爆炸声响起，意味着刚才看到的那两辆隶属于印度政府军的2S25式自行反坦克炮全部报销。

凝视着城市上空的两朵黑色云团，霍南心中五味杂陈。他心有不甘地摇头否决道："还是等咱们的人到齐再说吧，反正我已经探明这些家伙的基地所在了。"

孰料，霍南的话音刚落，一直有些不安分的天蝎突然焦虑地喊道："不好！

子弹出膛

我弟弟被人堵在楼里出不来了。"

趁着狼人发愣的间隙,天蝎从他的肩膀上蹦了下来。他端起霍南递过来的M16A4自动步枪,二话没说带头冲向锡金通信公司大楼。

狼人扛起机枪,霍南背着RPG肩扛式火箭弹发射器,双手抱着一支M16A4自动突击步枪。

三人的火力配置倒也算凑合,足以压制一支二十人以内的小型规模的敌方队伍。

可是,计划永远赶不上变化快。

当三人以战术队形相互掩护快速推进,移动到南侧道路尽头之时,却看到锡金通信公司大楼下方凭空多出十几辆皮卡车。

武装分子们穿着形形色色,更是让人看上一眼便觉得头皮发麻。

不知道什么时候冒出来的一百多号恐怖分子围在一起,正中央有三个小头目不停地放声大骂,时不时伸手指着躺在地下的同伴尸体,还有一堆被"加林特"型6管旋转航空机炮扫射而成的肉块儿、内脏。

很显然,这些武装分子们认为还有印度政府军被困在附近,迅速调集了精英部队赶来支援,准备一鼓作气剿灭敌人。

"嘶……"

霍南倒吸了一口凉气,放眼望去,单单是围在锡金通信公司大楼下方的武装分子们便有百十来号,还不算刚刚去阻击东北侧入侵印度政府军的那些人。

见天蝎蹲在墙后有些蠢蠢欲动,霍南轻轻拍了拍对方的肩膀,安抚地说道:"先别着急,依我看,这些武装分子们并不知道魔蝎的确切藏身位置。你现在贸然冲出去,说不定还会连累大家。"

"那怎么办?我总不能眼睁睁看着弟弟被那群家伙杀死而无动于衷吧?"天蝎着急地辩解道。

闻言,狼人恶狠狠地瞪了天蝎一眼,呵斥道:"臭小子,冷静一点,老子平时教了你们哥俩多少遍了?再说了,南哥有说过不管魔蝎吗?"

"可……可是……唉!"

天蝎一时语结,瞪大双眼死死地盯着武装分子们的一举一动,生怕错过任何一个细节。

第十四章 声东击西

"天蝎,你试着联络一下魔蝎,问问他现在藏在哪里?"霍南冷静地问道。

"好!"

过了一会儿,天蝎压低声音回复道:"南哥,我弟弟说他就在找到那个女孩儿的小屋内。"

恰巧此时,位于街道中央的武装分子好像完成了行动计划的部署,三个小头目纷纷回头冲着自己身后的部下大声命令道:"Go!Go!Go!"

几乎在同一时间,有一支由七八个武装分子组成的搜索小队,鱼贯而入,一头钻进锡金通信公司大楼内部。

天蝎以及狼人两人的心立刻提到嗓子眼儿上来了,说不紧张那是假的。

这一次,连狼人都"Hold"不住了。情急之下,他连手臂浓密的黑色汗毛都给拽下来好几根,连"小白隼"都不敢叫了,硬着头皮催促道:"南哥,你可千万要想想办法啊!这两个小兄弟都是我老狼今年才招募到的,可不能折在这里!"

其间,霍南始终保持同一个姿势,眯缝着双眼,如同一只正在观察猎物的鹰隼一般,目光锐利,迸发出一道光芒!

时间紧迫,情急之下霍南一把将天蝎的脖子搂了过来,附在对方耳边叮嘱道:"你立刻跟魔蝎说,让他守住通往天台的铁梯入口即可,能撑多久就撑多久,剩下的交给我们就可以了。"

待天蝎把霍南的意图转达给弟弟之后,霍南这才把心中的计划详细说了出来。

原来,霍南的计划很简单,正常通往通信大楼顶层平台的道路只有一条,那就是三楼洗手间内的铁梯,只要魔蝎设法守住那里即可。

一旦楼内开火,势必会引发其他武装分子们的支援。想要从外面爬上去,就只能借助那块广告牌。

虽然那块广告牌已经被战火摧残得面目全非,但是钢铸龙骨尚在,还有利用的价值。

碰巧的是,霍南、狼人以及天蝎他们所处的正是广告牌对面这一边。

事已至此,整个战局的形势就非常明了了。

霍南伸手指了指对面楼顶那块儿广告牌,安排道:"看见那块牌子了没有?等会我负责打击企图攀爬偷袭的敌人,势必会暴露我的藏身位置。你们俩采取一

子弹出膛

切方式顶住楼下武装分子们发起的正面强攻,都听明白了没有?"

见狼人跟天蝎若有所思地点头回应,霍南抬起手臂,伸出大拇指、食指跟中指摆出手枪的形状,分别向东西两侧连续挥动三下。

狼人与天蝎都是经过特种训练的高手,对于霍南打出的手势当即会意。他们分别拎着各自的武器一东一西分散开来,寻找最佳隐蔽地点,为接下来的伏击战做最后准备!

由于狼人使用的武器是一款美制 M240B 中型通用机枪,7.62 毫米口径,是整个 M240 系列中最沉的一款,不利于机动作战。

狼人不得不选了一个靠后的位置,几乎与霍南处于同一条平行战线上。

天蝎抱着 M16A4 自动步枪猫着腰潜伏到距离街道最近的位置,渐渐出现在霍南跟狼人的可视范围之内。

"砰!砰砰……"

锡金通信公司大楼顶层突然响起一阵密集的枪声,整栋大楼很快便再次陷入死一般的沉寂。

可是,那些正在街道附近进行地毯式搜索的武装分子们却炸了锅。

他们在各自头目的带领下开始清点人数,查找出事地点,最终把目光落在通信公司大楼上。

武装分子们二话没说,迅速包围了整栋大楼。

不出意外,一部分武装分子冲进大楼,另外还有一部分武装分子在头目的指挥下,取出随身携带的钢制三爪,纷纷抛向头顶的广告牌。

看起来,这种一头连着绳索的钢制三爪,在印度这里非常实用,基本上是每个武装分子身上的标准配备。

"砰砰……"

通信公司大楼内部不断有枪声响起,而广告牌下面速度最快的武装分子已经爬到二楼了。

形势瞬间变得十分危急,霍南不敢随便开枪,那样会立刻暴露正在移动中的天蝎——轻则给对方带来危险,重则危及生命!

终于,天蝎到达最佳隐藏位置蹲了下来,转身冲着后面打了个手势,示意自己准备完毕。

第十四章　声东击西

恰巧此时，第一个武装分子已经攀爬至广告牌顶端，把安全绳索固定在身上，取下后背的AK47准备偷袭魔蝎。

此时魔蝎正守在铁梯入口，对从三楼不断发起冲锋的武装分子们已经疲于应付。他神奇的第六感也已经彻底失灵，根本就没有察觉到来自背后的致命威胁！

"砰！"

枪声响起，魔蝎察觉到身后的异样。他扭头张望的一刹那，一个武装分子双手持枪刚好往后倒下去，脑门正中央赫然多出一个血窟窿。

"砰！砰！砰……"

接二连三的枪声从广告牌背面传来，魔蝎惊出一身冷汗，瞬间明白过来霍南让天蝎传达给自己那句话的用意所在。

既然有天蝎、霍南跟狼人站在自己身后，魔蝎觉得多了一道强大的后盾。他毫不犹豫地扭过头来，继续死守铁梯入口，不给楼下的武装分子们丝毫可乘之机。

遭受袭击的武装分子们被打得蒙头转向，还是那三个小头目最先发现了霍南的藏身之处，用无线电对讲机指挥着一部分手下调转枪口直奔霍南扑了过来。

大约有二十号武装分子抱着枪横穿马路，根本就不找掩护，一看就知道没有受过专业训练。

另外一个重要的原因，他们则有可能是大意轻敌了，认为只有霍南一个人藏在暗处。

为了吸引住这拨敌人，霍南顶住巨大的压力，故意留在原地没有后撤，给天蝎的偷袭创造机会。

果不其然，那些头脑简单的恐怖分子们眼中只有霍南一个人，压根儿就没有留意周围诡异的环境，一步一步慢慢地走进三人小组提前设好的圈套之中……

第十五章　强大的气场

随着武装分子们渐渐逼近，躲在掩体后面的霍南根本就不敢露头观察敌情，除非他想被敌人突突成筛子。

霍南在心中默数着武装分子们的步伐，连大气都不敢出一声，生怕影响到另外两个正处于埋伏中的队友。

此时，所有前来参与抓捕霍南的武装分子都深入包围圈的中心。他们一个个排着队从天蝎身边经过却浑然不知，只能说天蝎的隐藏技术实在是太好了。

觉得时间差不多了，霍南抱着枪扯开嗓门儿用力吼道："天蝎主攻，老狼掩护！"

"砰！哒哒哒……"

霍南的命令刚刚下达，两种枪声交叉响起。

可怜的是那些被霍南叫喊声吓了一跳的武装分子们，连死都不知道自己是怎么死的，瞪大双眼死不瞑目。

负责殿后的七八个武装分子被天蝎枪枪爆头，中间那些武装分子也没能逃过狼人机枪的扫射，胸前溅起朵朵血花。

血液喷射出去达两三米之远，溅得地面、墙上到处都是。

反倒是冲在最前面的那三个武装分子侥幸没死，但也仅仅是多活了片刻而已，随后便被忽然站起身来的霍南开枪放倒。

一股刺鼻的血腥味儿弥漫在整个防守阵地的空气中，霍南不禁皱了皱眉头，并没有多说什么。

三人默契地蹲下身子，在暗地里挑选着新的藏身位置。

"咔嚓！"

第十五章　强大的气场

换上一个新的备用弹夹之后，霍南并没有因为刚刚的战绩而沾沾自喜，反而压低声音一脸严肃地叮嘱道："老狼，让天蝎小心点，准备迎接最猛烈的反扑吧，接下来将会是一场恶战！"

"哒哒哒……"

果不其然，狼人那边接到叮嘱后刚刚跟天蝎交代完，三人藏身的防守区域周围便同时响起密集的枪声。

与此同时，从东、北、西三个方向冲出大量手持枪械的武装分子，把整个作战区域围得水泄不通。

好在霍南、狼人、天蝎三人呈三角之势，互相为对方打掩护，这才勉强顶住第一轮攻击，将阵脚稳定下来。

仅仅一轮防守战，敌人没杀死几个，狼人那边倒率先出现弹药不足的危机。

"小白隼，我的子弹所剩无几，最多还能撑十分钟。等会失去火力压制咱们三个就危险了，快想想办法。"

听到狼人焦急的催问声，霍南顿时头都大了，不满地呵斥道："我能有什么办法？没看见咱们已经被重重包围了吗？能多撑一会儿算一会儿，希望魔蝎那边能尽快脱身。"

"轰隆！"

一个步兵手雷从外面丢了进来，在三人中间爆炸，所幸没有造成什么伤害。

狼人率先站起来把机枪架在掩体上方，朝着面前的敌人就是一阵突突。连头都不敢抬，只能大致瞄准一个方向。

霍南背靠着掩体，为了节省子弹不得不拔出配枪，抬起右手高举过头顶就是一阵盲射。

虽然这种射击姿势杀伤率几乎为零，但最起码也能起到威慑作用，让那些武装分子们不敢明目张胆地站起来冲锋，延缓他们的行动速度。

忽然，霍南看见天蝎那个方向有人抱着肩扛式火箭弹发射器正在填装弹药，心知不妙，低头冲着纳米无线电通讯器大声提醒道："老狼，快趴下！趴下！"

对于霍南所下达的指令，狼人向来都是百分之百信任，无条件执行的，闻言二话没说人先蹲下，连被他视为甜心宝贝的美制 M240B 中型通用机枪都没来得及收回。

子弹出膛

"嗖！"

就在狼人蹲下的一刹那，一枚火箭弹带着一溜白烟，冒出暗红色的尾焰，呼啸着飞向狼人藏身的位置。

火箭弹从狼人头顶飞了过去，不偏不倚击中距离狼人身后五米远的水泥墙上。

如此威力巨大的爆炸，产生的能量冲击波直扑狼人面门，情势危急下，狼人顾不上许多，将双臂竖起挡住心脏跟脸部等要害部位。

"嘭……"

几乎在同一时间，狼人被随后而来的爆炸冲击波顶在掩体墙壁上动弹不得。他的双臂外侧传来一阵火辣辣的感觉，紧接着便是钻心的疼痛，几乎到了无法忍受的程度，处于昏厥边缘。

"老狼……老狼？"

爆炸的余威还未完全散去，霍南一边忍受着高温的烘烤，一边张开嘴巴低着头声嘶力竭地吼着狼人的代号。

刚刚喊了几声，霍南便感到口干舌燥，嗓子眼儿更是要冒出火来，脆弱的黏膜系统几近脱水。

大约有十一二个手持各种枪械的武装分子，从四面八方围拢过来。

可能是刚才那颗火箭弹的缘故，这些家伙一点都不着急，压根儿就不担心霍南等人有机会跑掉。

"咳咳咳……"

纳米无线电通讯器内，先是响起一阵轻微的咳嗽声，随后传来狼人较为虚弱的回应："老子还没死，瞎叫唤什么，真丧气。"

对于狼人骂骂咧咧的态度，霍南非但没有半点生气，反而露出一丝欣慰的笑容，这才是真正的兄弟情义，只有一起在战场上并肩厮杀过的兄弟才能体会到。

"砰！"

由于武装分子们的大部分注意力都被吸引到霍南这边，从围攻通信大楼的队伍里抽调不少兵力，魔蝎终于有了用武之地。

位于通信公司大楼顶层天台上的魔蝎，早就听到了下边激烈的枪战声，在心里替天蝎跟狼人他们捏了一把汗。

等到枪声停了，魔蝎的心都快提到嗓子眼儿了。

第十五章　强大的气场

因为，枪声一旦停止，很有可能代表着交战的其中一方已经全部阵亡！

情急之下，魔蝎转身冲回配电室内，仔细检查了一下梦露的伤势，确定面前的女孩儿还有呼吸，随即将其背起来。他用脱下来的上衣把梦露跟自己紧紧地捆在一起，准备突出重围，与霍南等人会合。

半分钟后，魔蝎背着梦露霍地纵身跳进铁梯入口，落进通信公司三楼洗手间内。

"咚！"

两个蒙面的武装分子正从窗台向外面张望呢，直到魔蝎与他们面面相觑的时候也没能反应过来。

"砰！砰！"

魔蝎毫不犹豫连开两枪放倒面前的敌人，他右手持枪，左手伸到背后托住梦露丰满的屁股，一步一步慢慢向大厅搜索前进。

狼人经过短时间的恢复，脑袋里终于不再是一片空白了。他用力地甩了甩头，从大腿根部掏出两把银色的沙漠之鹰，横眉怒目，太阳穴两侧青筋凸起，朝着面前正在推进的武装分子们疯狂扣动扳机。

"咚！咚！咚咚……"

沙漠之鹰不愧是当今世界火力最猛的手枪，子弹打在敌人身上，瞬间撕开一个血淋淋的大口子。

不仅如此，被沙漠之鹰击中的武装分子，都会被巨大的冲击力掀飞，滚出去四五米之远。

等那人停下来的时候已经变成一具死尸，身体表面尚有余温。

狼人那健硕的身躯，在沙漠之鹰产生的后坐力作用下，不停地向后退去。

似乎是受到狼人的感染，霍南与天蝎竟然在没有互相沟通的情况下同时站了起来！

与兄弟并肩作战，有的时候，真正发自内心的勇气会生成一种无形的气场，连敌人射出的子弹都不敢靠近。

"嗖……"

"嗖嗖嗖！"

霍南只觉得有好几颗子弹都紧贴着头皮顶端飞了过去，连接发梢的毛孔全部

子弹出膛

张开,后背冒出一阵阵冷汗。

与此同时,一颗子弹击中了狼人,好在仅仅是擦破右胳膊一点皮肉而已,对于体格健硕的狼人来说不值一提。

天蝎打完一梭子子弹毫不犹豫地蹲下换弹夹,霍南见状只好把扫射改为三点射,尽量提高射击精度,控制武装分子们的进攻节奏。

可是,那些狂热的武装分子们顶着稀薄的火力依旧冲了上来。

"换弹夹!"

霍南在蹲下身子之前大吼一声,狼人得到提示后立刻站起来双枪同时开火,瞬间便有三个冲在最前方的武装分子被放倒。

趁着间隙换了个位置的天蝎紧接着狼人开火,三人保持火力压制不间断,一边打一边向房子南侧移动,保持三角式撤退队形。

尽管霍南跟狼人、天蝎配合得十分默契,但却收效甚微,依旧无法阻挡敌人追击的步伐。

天蝎的速度最快,冲在撤退队伍最前方。三分钟后,他头也不回地喊道:"前边就是死胡同了,怎么办?"

闻言霍南侧身躲到一根电线杆后面,扭头张望了一下,一条只有两米宽的小道,外加一堵高达三米的砖墙,心当时就凉了一大截。

"噗噗噗……"

一排子弹打在钢筋水泥制成的电线杆上面,毫无准备的霍南被溅起的水泥渣子干扰了视线,根本睁不开眼睛。

顾不上战局,霍南使劲儿揉着双眼。

依稀模糊之间,狼人顶着枪林弹雨冲到他身后吼道:"搞什么?站在这里等死啊?"

见霍南始终闭着眼睛低头不语,狼人立即明白过来是怎么一回事了,二话不说一把拽住对方的胳膊就往回撤。

两人刚刚离开水泥电线杆没多远,一颗穿甲弹便钻透电线杆,位置刚好就是霍南脑袋太阳穴那个点。

天蝎在最后面进行掩护射击,撤退途中的霍南也没闲着,单手擎着M16A4自动步枪凭感觉突突。

第十五章　强大的气场

"吱……吱吱!"

突然,一记尖锐而又刺耳的口哨声响彻整条街道,三道红色的魅影临空而降,从背面扑向那些正在包围霍南等人的武装分子……

第十六章 未雨绸缪的吸血鬼

"啊!"

"哒哒哒……"

"Help！ Help me……"

被三道红色魅影附体的武装分子发出一阵惨嚎,其中一个白人痛苦地伸出左手,往身后不停地抓挠着,似乎想要摆脱来自背部的"死神"。

但无论他如何努力都是徒劳的,那一抹极小的红色魅影死死地贴住后背,该武装分子的脸色也变得惨白。

面部扭曲的武装分子右手持枪,朝天扣动扳机,不到十秒钟,一梭子子弹就彻底打光了。

突如其来的变故令武装分子们阵脚大乱,霍南等人也趁机躲进小巷尽头的一间民房内。

在没有摸清楚外面的情况之前,他们警惕性十足,如临大敌!

"老狼,你说会不会是吸血鬼那个家伙来了？"霍南侧身靠在窗台东边,一边观察着小巷外面的情况,一边头也不回地问道。

狼人正坐在地上检查身上的伤口,闻言抬起头皱了皱眉头,瓮声瓮气地说道:"谁知道呢？吸血鬼一向神出鬼没的,上次行动连我都被他吓个半死。"

"你们俩待在这里别动,我出去侦察一下敌情。"

外面的街道渐渐趋于平静,霍南叮嘱一声便轻轻推开房门猫着腰摸了出去。他双手时刻抱紧 M16A4 突击步枪,右手食指扣在扳机上面,整个人身上散发出一股冷冽的气势。

"咔嚓……"

第十六章 未雨绸缪的吸血鬼

霍南背贴着墙壁，刚刚移动了不到五米，不小心踩到一根树枝。

即使霍南屏住呼吸，也无法彻底隐匿自己的行踪。

只见，一道暗红色的光芒从躺在地上的死尸中腾空而起，直奔小巷尽头而来。

另外两道红芒也紧随其后，速度之快令霍南瞠目结舌，整个身体仿佛被石化了一般，丝毫动弹不得。

"砰！"

"砰砰砰……"

长期在恶劣环境中积累了大量实战经验的霍南，在第一时间抬枪瞄准射击，可无论怎样都打不中那道飘忽不定的红色魅影。

随着三道红芒的快速逼近，一股浓重的血腥味儿充斥在整条小巷内，连久经沙场的霍南也颇为打怵。

"吱吱吱！"

就在霍南连射不中打算撤退之际，身后再次响起一记无比尖锐刺耳的口哨声。

三道红芒应声而止，盘旋在半空中一副虎视眈眈的样子。

霍南定睛望去，这才一睹三道红芒的庐山真面目，原来只不过是三只通体红褐色的吸血蝙蝠，但面孔无比狰狞，似乎随随便便就能置人于死地！

"呼……"

看到吸血蝙蝠之后，霍南反倒长出了一口气放下心来，因为，除了吸血鬼有这等手段之外，他实在是想不出第二个人来了。

果不其然，一道黑影闪过，三只吸血蝙蝠被其尽数收入囊中。剩余的武装分子见状纷纷后退，面露惊恐之色。

"来了……"霍南收起枪面色平淡地打了个招呼，但语气中却难掩些许兴奋之情，显然还是非常在意若干年后再次重逢的这份情谊。

吸血鬼摘下与黑色斗篷连为一体的帽子，露出一张惨白惨白的脸，几乎没有半分正常人的血色，与酒红色的卷发形成鲜明对比。他跟电影里演的西方吸血鬼一模一样。

直到吸血鬼快速移动到小巷尽头，霍南都没有得到任何回复。他不由得鼓起腮帮子抱怨道："喂……我说老鬼，你能不能别整天摆出一副高冷的样子？"

闻言，吸血鬼终于嘴角上扬勉强挤出一丝微笑，出言不逊地问道："狼人呢？

子弹出膛

他该不会已经挂了吧？"

霍南颇为惊讶地反问道："你怎么知道狼人先过来了？"

吸血鬼撇撇嘴皱着眉头不屑地解释道："大老远就闻见狼人身上浓重的体臭味儿了。再说了，没有他帮忙，你一个人能撑这么久？"

说着，吸血鬼轻轻甩了甩左胳膊，从衣袖内悄无声息地滑出一个小玻璃瓶。

"吱吱……"

只见，吸血鬼抿了抿嘴唇，用力地向里面吸了一口气，尖锐的口哨声响起之后，一只吸血蝙蝠从黑色的斗篷里冲了出来，安静地依附在主人的右手背上。

让霍南疑惑不解的是，通常情况下，吸血蝙蝠不都应该在晚上出没吗？现在可是光天化日之下，这几只吸血蝙蝠为什么不怕太阳晒呢？

下一秒钟，一头红色卷发的吸血鬼将小玻璃器皿放在右侧手背上，吸血蝙蝠仿佛有灵性一般，主动爬了过去对准器皿接口处，一丝鲜血顺着玻璃管内侧流了下去。

随后，吸血鬼伯爵顺手一带，玻璃器皿跟吸血蝙蝠同时消失不见，不知何时左手上又多了一个透明的玻璃器皿，重复着之前的动作。

霍南见状后背一阵冷风吹过，汗毛都竖了起来，试探性地问道："老鬼，你收集那些死人的血液干吗？"

"爱好呗……"

随口答了一句，吸血鬼可能是觉得气氛有些不对劲儿，随即讪笑道："我这是未雨绸缪，为人类基因工程做贡献。万一将来哪天世界末日，或者出现僵尸病毒，咱们可以在最短的时间内用这些血液研制出抗体疫苗。"

一边说着，吸血鬼一边顺时针摇晃了几下手中那支已经盛满鲜血的小玻璃器皿。

站在一旁的霍南看着瓶中的几毫升血液，伸出舌头抿了抿干裂的嘴唇。

"老狼受伤了，咱们最好想办法赶紧离开这里。"霍南推门走进众人的临时避难所，吸血鬼紧随其后。他确定身后没有尾巴，这才一头钻了进去。

曾经并肩作战的兄弟多年后再次重逢，那种感情不是用三言两语所能表达出来的。

狼人捂着受伤的部位，神情略微有些激动。

第十六章 未雨绸缪的吸血鬼

两个人一胖一瘦、一黑一白、一高一矮,却在同一时间伸出右手握掌成拳,拳头对拳头默契地顶在了一起!

"Wuha……就差绅士了,咱们哥几个终于凑齐了,想想就觉得爽!"狼人毫无顾忌地嘶吼道。

吸血鬼摇了摇头,无奈地叹息道:"唉……哥哥一个人单干挺不错的,这下可倒好,又要陪着你们一起出生入死,过那种心惊肉跳的生活了。"

"你们俩就别感慨了,老鬼,这次我们有两个新入伙的兄弟,天蝎、魔蝎。"

还没等霍南介绍完,吸血鬼便打断问道:"另外一个兄弟人呢?"

霍南抱着枪来到窗前,冲着南边努了努嘴,道:"被困在西南方向的通信公司大楼顶层天台上面了。"

顿了顿,霍南指了指狼人身后介绍道:"这位是天蝎,被困的那个哥们是魔蝎。"

"孪生兄弟?"吸血鬼兴趣十足地问道。

"嗯……"霍南点点头随即下达最新战斗命令,"天蝎,等会你负责从左翼迂回搜索前进,吸血鬼上楼顶进行掩护,我跟老狼正面强攻,都听明白了吗?"

在场众人纷纷点头示意,开始低头整理自己的装备,吸血鬼从黑色斗篷里像变戏法似的取出一截截枪支零部件,当着霍南等人的面开始组装。

"老鬼,你就不能换把枪?一直用MK12这种近战用途的狙击枪,杀伤力不怎么霸道啊。"霍南随口说道。

"咔嚓!"

对此,吸血鬼丝毫不以为意,手上的动作没有半分停顿——可容纳20发专门狙击弹的M4A1机匣,18英寸长的比赛级枪管,PRI护木和准星巧妙地结合在一起。

"枪身重量轻方便携带,而且弹夹载荷高,可连发。除了MK12之外,我是找不出什么适合自己的狙击枪了。"吸血鬼言语中不经意透露出对MK12狙击枪的宠溺之情,让霍南很是无语。

"Go!Go!Go!"

待吸血鬼手中的枪械组装完毕,霍南低声下达行动开始的命令,随后双手抱枪猫着腰推开门走了出去。

狼人、天蝎紧随其后,吸血鬼则抬头观察了一下,把组装好的MK12狙击枪

子弹出膛

背在身后，双腿略微弯曲，脚后跟轻轻一用力便徒手抓住窗檐上方的固定支架。他身形晃动了几下借力一个帅气的后空翻，稳稳地落在了房顶上。

作为一名职业刺客，吸血鬼早就习惯了狙击手这个战时角色，所有动作要领均熟记于心，站稳身形的一刹那就地卧倒。

观察了一下四周的情况，确保自己不会成为众矢之的之后，吸血鬼这才取下背部的MK12狙击枪，慢慢匍匐着向房顶制高点移动。

前后只不过短短几十秒钟而已，重新戴上黑色兜帽的吸血鬼，躲在阴暗的角落里低声汇报道："狙击手已就位，在你们前方七点钟方向有四个武装分子，五点钟方向七个，有效作战半径内最少还有二十个人正在从四面八方汇集而来。"

"收到！"或许是执行任务时比较严肃，霍南操着一口流利的英语回应吸血鬼。

天蝎在三人刚刚冲出小巷的时候就往西边迂回了，霍南则率领狼人从南侧继续突进。

其间，天蝎通过普通无线电与魔蝎取得了联系，把霍南等人的行动计划提前说了一遍，便于待会开打的时候双方来一个里应外合。

大战前夕，狼人突然脑洞大开，冲着纳米微型无线电通讯器提议道："，老鬼，既然你的吸血蝙蝠那么厉害，直接放出来把那些武装分子都解决掉不就行了吗？哥几个何苦还要冒着掉脑袋的风险冲锋陷阵？"

"老狼你给我死一边去，亏你想得出来，哥哥的吸血蝙蝠今天已经吃饱撑着了，明白？"吸血鬼没好气地当场给否决了。

第十七章　致命狙击手

"扑哧……"纳米无线电通讯器中传来霍南忍俊不禁的笑声。

"老鬼，你那三只小东西也太不中用了吧？"狼人继续嘲讽道。

吸血鬼冷哼一声："我只不过是说现身的这三只吃饱了而已，哥哥还有几只饥肠辘辘的小伙伴，要不要放出来给你瞧瞧？"

闻言，狼人丝毫没有示弱，挑衅道："放就放，谁怕谁啊？我就不信你敢让它们咬老子！"

霍南突然喝止道："吸血鬼，把你的秘密武器留着，说不定关键时刻能派上用场。"

"好吧，看在小白隼的份儿上，我就不跟老狼计较了。"吸血鬼无奈地叹了口气。

不知不觉间，霍南跟狼人已经悄无声息地潜伏到最开始那个路口，只要再往前走几步，就将面临两个选择，向东还是向西。

霍南头也不回地轻轻抬起右手握掌成拳，示意跟在身后的狼人停止前进。

趴在房顶的吸血鬼立刻分析起现场的情况，为霍南等人提供准确情报。

"小白隼，你跟老狼出去后先集中火力干掉东边五点钟方向的那七个敌人，然后再想办法对付西侧的四个敌人，最后向西南角的通信公司大楼集合，我会全程提供狙击掩护。"吸血鬼把声音压到最低汇报道。

霍南当即下令道："老规矩，吸血鬼你负责干掉第一个目标，狼人锁定第二个，我第三个，剩下的自由发挥。"

"收到！"

"是！"

子弹出膛

得到两名联邦成员的确认后,霍南左手持枪,再次举起右拳,先后打出倒数的手势。

"砰!"

霍南的右手刚刚落下,一记沉闷的枪声便响彻整条街道。

"Go!Go!Go!"

与此同时,霍南一边低声重复着同一个英文词语,一边端起枪从藏身位置冲了出去,二话没说瞄准自己的目标扣动扳机。

"咚咚咚……"

"哒哒哒……"

一连串的枪声响起,前三个武装分子在刹那间被放倒在地。

另外四个武装分子似乎还有点接受不了眼前所发生的惨剧,胸口便连中数枪,溅起一蓬蓬鲜艳的血花。

"扑通!扑通……"

六个武装分子被当场击毙,只剩下一个人侧身躺在血泊中,鲜血顺着嘴角流淌到地面上。

整个人都不停地抽搐着,半边脸都被染成了红色,完全丧失了战斗能力。

对战果做出初步判断后,霍南来不及处理现场,转身单膝着地。他一边寻找目标,一边更换弹夹。

"咔嚓!"

霍南刚刚更换好新弹夹,右手食指便扣动扳机,另外一支武装分子搜索小队为首那人脑门上赫然出现一个血窟窿。他的整个动作一气呵成,前后不足三秒钟。

剩下那三个武装分子似乎有点与众不同,枪声响起的一刹那便各自向两侧翻倒趴在地面上,在第一时间找到临时掩体。

"哒哒……哒哒哒……"

双方瞬间陷入激战。

霍南没想到剩下的三个敌人如此难缠,直至一梭子子弹打光了,始终没能扩大战果。

"换弹夹!老狼,你人死哪儿去了?怎么半天没动静儿?"霍南匍匐在地上,趴在一具尸体后面焦急地催促道。

第十七章 致命狙击手

狼人早就急得满头大汗,略带歉意地解释道:"见鬼!子弹卡壳了。"

闻言,霍南随手捞起一把 AK47,紧贴地面滑了出去。他大声吼道:"先将就着用吧,碰到硬茬了,应该是接受过正规训练的专业军事人员。"

"哒哒哒!"

"见鬼,该不会是雇佣兵吧?"

捡起枪后,狼人骂骂咧咧地站起身来,随手突突了一梭子子弹进行火力压制,掩护霍南从不利的战略位置上撤了出来,并趁机溜到路口右侧边缘地带。

躲在阴影中的霍南换完弹夹,抱着枪后背紧挨墙壁向左前方不停地张望,打算趁机摸过去迂回包抄。

"砰!"

不曾想,霍南才刚挪了一步,一记枪声愣生生在他耳旁炸响。

霍南本能地蹲下身子,整个脑袋都被震得嗡嗡作响,渣土溅了一身根本就来不及清理。

"有狙击手,注意隐蔽!"

霍南大喊一嗓子提示队友之后,便尽可能匍匐在地上压低身形,向狼人慢慢靠近。

如此一来,霍南原本制定的计划也全泡汤了,场面一度陷入僵持,要知道鏖战对于这支小队来说是最为不利的。

潜伏在房顶的吸血鬼立刻打起精神来,开始不着痕迹地对整个战场进行搜索,尤其是几处主要的制高点。

在没有找到敌方狙击手之前,吸血鬼丝毫不敢大意,更不能随意开枪提前暴露自己的位置。

不过有一点可以确定,对方的狙击手肯定是刚刚赶到现场进行支援,否则刚才吸血鬼开枪的时候就被发现了。

想到这里,吸血鬼握住狙击枪枪托的手心,不经意间冒出了细密的汗珠。

见底下半天都没有动静儿,无论是霍南还是那几个武装分子,似乎都在忌惮对方的狙击手,吸血鬼忍不住分析道:"白隼、老狼,想办法速战速决,敌人很可能还有大量后续增援,咱们这样打下去很吃亏的。"

狼人刚刚负伤,霍南的大脑以最快速度分析着战局,咬牙回应道:"我数

子弹出膛

"三二一,然后冲出去往西边跑,狼人断后,吸血鬼负责找出那个藏匿的狙击手!"

"不行!"

"NO!这样做危险系数太高了!"

吸血鬼跟狼人几乎异口同声否决霍南临时制定的作战计划。

"等一等……"

正当霍南打算一意孤行的时候,狼人突然低下头用右手捂住耳朵,眉头紧皱,似乎在跟什么人联系。

过了一会儿,狼人终于放下右手抬起头带来一个好消息:"天蝎已经找到那个狙击手了,正在伺机而动!只要咱们这边制造出一点动静儿来,稍微吸引一下那个狙击手的注意力就可以了。"

闻言霍南果断开枪,就算无法对敌人造成伤害也值了,他的目的就是给天蝎创造出手的机会。

"哒哒哒……"

一连串的枪声,不仅把藏在对面的几个武装分子整蒙了,也成功吸引住了那个藏在暗处的狙击手,使他对于自己的后背毫无戒备之心。

"砰!"

天蝎在霍南开枪的一刹那出现在敌方狙击手身后,瞄准后脑勺扣动扳机,一枪爆头!

鲜血夹杂着乳黄色不明液体溅得满墙都是,随后从血窟窿里缓缓流出一团白色的黏稠固状物,想来应该是脑浆了,还不停地往外冒着气,热乎着呢!

天蝎早已对这种无比血腥的场面司空见惯,得手后只是顺势观察了一下周围的环境,确保自身安全后在第一时间内汇报战果。

"狼队,我这边得手了!"

说完,天蝎蹲下身子开始对那个武装分子的尸体进行搜查,希望能找到一些有价值的情报,顺便收集多余的弹药。

而狼人在收到消息后立刻切换到纳米无线电通讯器系统,兴奋地说道:"老鬼,对方的狙击手已经被天蝎干掉了。"

"收到!"吸血鬼并没有因此而庆幸,因为接下来才是考验他实力的时刻!

"我立刻把那两个趴在南墙根下的武装分子解决掉,你们突围后沿着道路一直向西边撤退，到第三个小十字路口往北拐，咱们在那里会合！"吸血鬼仍旧趴在原地一动不动，十分冷静。

霍南与狼人相互对视了一眼，不约而同地点点头。

"咚！"

"咚！咚！"

不知为何，吸血鬼竟然连开了三枪！

霍南皱了皱眉头，端起枪时刻保持警惕，以最快的速度冲出临时掩体，向西南侧撤退。

狼人跟在霍南身后，抱着一把破AK47，一边跑一边时不时回头开几枪，确保后方没有尾巴跟上来。

剩下的武装分子刚刚露头，就被趴在房顶的吸血鬼一枪爆头，再也不敢轻举妄动。

就这样，霍南跟狼人安全撤离到事先约定好的地点，天蝎早就得到狼人通知，提前一步赶到。

他们碰头后，霍南一脸严肃地说道："魔蝎还被困在通信公司大楼，咱们这就过去。"

顿了顿霍南继续问道："吸血鬼，你到哪儿了？"

"呼……呼……"可能是吸血鬼背着沉重的装备赶路的原因，还没等说话先是一阵粗重的喘息声，"还得一会儿，出了点意外，附近的几条街道都有敌人出没。我正在从北边绕路过去，咱们直接到通信公司楼下集合。"

虽然霍南隐约有些担忧，但形势紧迫不容有半分犹豫，只好叮嘱道："注意安全！"

"天蝎你左侧掩护，狼人右侧我中间，呈犄角队形相互交替搜索前进。如果有敌情就地隐蔽自由射击，明白了吗？"霍南几乎没有半句废话，像往常一样，下达命令后一马当先冲在最前头，丝毫不惧怕未知的危险。

狼人走了没几步暗骂一声："Fuck！这群混蛋把老子最爱的机枪报销了，真该死。"

"噗嗤！"

其实，霍南早就觉得狼人健硕的身躯抱着一把破AK47，要多别扭有多别扭，

子弹出膛

闻言后彻底没忍住失笑出声。

"再忍一忍吧,等绅士过来了你就有称手的武器了。"霍南安慰道。

虽然霍南跟狼人、吸血鬼等人时不时贫个嘴,但他们始终确保自己能够眼观六路、耳听八方,只有在精神高度集中的情况下,才能尽可能避免出现不必要的伤亡。

三人小队移动的速度特别快,路上也没有再遇到任何武装分子,也不知道对方是不是刻意躲起来避其锋芒?

就在霍南等人即将抵达约定好的集合地点时,从正前方的两侧路口忽然间冒出十几个蒙面的武装分子。

俗话说,狭路相逢勇者胜。

一时间,整条街道的气氛陡然凝固,降到冰点!

第十八章 Go！Go！Go！突围！

"哒哒哒……"

霍南先是一个标准的三点射，随后以最快的速度单膝着地呈射击姿势。他持续打完弹夹内的子弹，向左侧接连打了几个滚，躲避敌人的反击。

"换弹夹！"

狼人几乎在同一时间扣动扳机，打光了子弹，呼喊着天蝎进行火力压制。

"噗噗噗！"

一连串的子弹打在三人藏身的临时掩体上面，溅起一片迷雾。

正当霍南换上备用弹夹打算继续与正面的武装分子硬拼之时，几个身穿黑色服装的陌生人从东南侧的街道冲出来。

"哒……哒哒……"

情势紧急，霍南根本来不及向队友发出警告，就已经跟迎面扑过来的敌人交上火了，直接避免了整个小队陷入腹背受敌的境地。

狼人跟天蝎对付正面的敌人火力就已经有些不足了，根本无法转过身来帮霍南。

霍南也在心里捏了一把冷汗，时不时来个三点射，根本不敢随意浪费子弹——一旦他这边熄火了，随时都可能导致整支小队覆灭。

"哒哒……哒哒哒……"

就在霍南准备通知队友冒险突围的时候，狼人那边突然响起一阵清脆的枪声，整个正面战场随之陷入死一般的沉寂。

"什么情况？"霍南头也不回地问道。

狼人耸耸肩，调转枪头猫着腰一溜小跑边打边撤到霍南旁边。两人之间的距

子弹出膛

离不到三米,随时都可以呈掩护队形交替前进。

突然,天蝎兴奋地喊了一嗓子:"看那边!是我兄弟!"

霍南循声望向锡金通信公司大楼那边,只看见一道臃肿的黑影正在朝自己这边快速移动。

待对方靠近一些,竟是魔蝎背着已经昏迷许久的梦露。

梦露上身披着那件黑色的小西装制服,由于之前霍南为其处理伤口而衣襟大敞,估计是个男人看到了都会忍不住血脉偾张。

但是梦露胸口处的伤口也趋于恶化,情况不容乐观。

魔蝎这才冒险冲出来与霍南等人会合,为背后的女孩儿争取更多抢救时间。

"哒哒哒……"

一阵枪声从魔蝎背后响起,从通信公司大楼四周冲出来十几个全副武装的敌人。

见状,霍南顾不得身后的武装分子,站起来朝着魔蝎迎面冲了过去,一边跑一边抬起枪扣动扳机进行火力压制。

可是,在移动中射击会导致精确度大打折扣,霍南一梭子子弹打出去,只有两个武装分子挂彩,一个被当场击毙。

那群武装分子似乎是看到梦露那性感妖娆的 S 型曲线,顿时兽性大起,赤红着双眼不要命地冲出临时掩体。

"咚咚咚……"

"砰!"

一颗子弹擦着魔蝎右侧小腿裤脚飞了过去,即便如此,魔蝎仍旧被子弹飞过时产生的冲击力带得踉跄了一下,差点没当场摔倒。

"Fuck!呸……"

魔蝎稳住身形,脚底生风丝毫不敢停顿,朝地上狠狠地吐了一口唾沫,大骂一声却连头都不敢回。

"趴下!快趴下……"

霍南能拼死相救,是因为魔蝎领了他的命令保护梦露才陷入困境,差点命丧武装分子枪下。

"轰隆!"

第十八章 Go！Go！Go！突围！

一记巨大的爆炸声在霍南与魔蝎两人正中央地带响起，一阵火辣的气浪向四周扩散，速度之快让人根本无法躲闪。

各种水泥渣块儿漫天飞扬，一股脑砸向霍南跟魔蝎。

为了不让背后的女孩儿受到二次伤害，魔蝎硬是没敢转身。他左手扶在梦露柔软而又富有弹性的屁股上，将右臂横在面前，借此抵挡爆炸所产生的能量冲击波。

魔蝎整条右臂被弹片、碎渣轰得血肉模糊，哼都没哼一声。他的后背依然能够感受到梦露微弱的心跳，对于他来说这一切值了。

再看霍南跟天蝎，两人的状况也好不到哪里去。

尤其是霍南，离爆炸中心点最近，受到的波及也最大，整个人都向后仰倒，摔了个四脚朝天，但却没受什么伤，也算侥幸。

"哒哒……哒哒哒……"

远处的枪声此起彼伏，并没有因为突如其来的爆炸而有所停顿。

霍南就地一个侧翻，躺在地上仰面抱着枪就是一顿突突。

不知不觉间，霍南随身携带的几个备用弹夹，只剩下最后一个。

不仅仅是霍南，狼人跟天蝎估计也撑不了几分钟，整支小队都会陷入弹尽粮绝的困境——没有火力压制还想突围，简直比登天还难。

意识到问题的严峻性，霍南顾不上那么多了，咬咬牙下达最新作战命令："全体都有，向魔蝎靠拢！以锡金通信公司大楼为据点进行防守，然后收集弹药伺机突围！Go！Go！Go！"

天蝎感到胸腔内一阵阵气血上涌，嗓子眼儿也有种腥甜的气味儿，他以最快速度把霍南的意思通知魔蝎。

原本魔蝎还担心自己能否背着梦露安全撤离，接到新命令后反而放下心来。他索性把受伤的女孩儿紧紧搂在怀里，匍匐在地上耐心等待队友的火力支援。

"砰！"

突然，从附近一幢仅次于通信公司的第二高楼顶层射出一颗子弹，打在魔蝎身后的一个武装分子脑袋上，正中眉心，一枪毙命！

"砰砰砰……"

紧接着一连串的枪声响起，而且从子弹划破气流的力度就可以判定，是吸血

子弹出膛

鬼的标志性武器——MK12狙击步枪。

霍南晃了晃脑袋上的尘土,目视前方面露喜色:"老鬼,你可算过来了。"

"该死!我恐怕也被包围了,到处都是手持枪械的武装分子!这个弹夹打完就无法再提供远程火力支援了,你们抓紧时间撤,我会想办法过去会合的。"

话音刚落,吸血鬼扣动扳机打光最后一颗子弹,连空弹夹都来不及拆下来,收起折叠狙击枪转身急匆匆地往楼下跑去。

"噔噔噔……"

可是,吸血鬼刚刚下了一层,便听到一阵杂乱无章的脚步声从下面传来,立刻面无表情地拔出配枪返回楼顶。

吸血鬼来到楼顶四下观察了一圈,发现只有西边地形比较复杂,且暂时没有武装分子活动的迹象,随即毫不犹豫地纵身跳了下去。

跳楼的一刹那,吸血鬼转过身来伸出右臂,一道银色的光芒从袖口急速射出。

"叮!"

原来是一条软钢丝绳,头部带着一个结构特殊的膨胀三角钩,死死地钉在墙里。

吸血鬼在同一时间按下手中的一个红色小按钮,开启膨胀三角钩内的自爆装置。

"轰隆……隆!"

一记巨大的爆炸声响起,吸血鬼早已落地消失得无影无踪。

与此同时,大量武装分子循着声音开始三三两两向爆炸中心汇集。

这给了霍南、魔蝎等人以可乘之机,以便发起总攻,解决掉挡路的敌人,快速向通信公司大楼推进。

在路过魔蝎身边时,天蝎二话不说背起梦露就跑,给受轻伤的弟弟减轻负担。

霍南跟狼人也没闲着,一边跑一边收集掉在地上的武器,以及死者身上任何可以利用的弹药装备。

可能是刚才被逼急了,连一向对挑选武器十分苛刻的狼人也不管不顾地见枪就捡,不一会儿身后就背了六七把不同型号的枪械。

"Fuck!这些破烂货准星差,性能落后,还不是一般的沉,压死老子了……"狼人一边跑,一边背着大量武器装备呼哧呼哧地喘着粗气抱怨道。

第十八章 Go！Go！Go！突围！

"嗡……嗡嗡……"

忽然，一阵发动机轰鸣的噪音，在霍南、狼人还有吸血鬼的纳米无线电通讯器内同时响起。

"Wuha！我来了，小狼崽子，还没挂吧？"绅士人如其名，连说起话来都文绉绉的，虽然也很爽朗，却不如狼人那般粗犷。

从一开始就被敌人压着打的狼人，在听到老搭档的调侃后感到十分亲切，浑身上下瞬间重燃斗志。

只见，狼人左手端着霍南之前丢给他的破AK47，右手从背后随意拎起一把枪械，左右食指同时扣动扳机，对敌人的阵营形成火力覆盖。

"砰……砰砰砰……"

见狼人陷入癫狂进攻的状态之中，霍南仍然保持十分冷静的头脑，安排道："绅士，报下你的坐标。"

"刺……刺啦……我的坐标是……"

听到绅士的回答后，霍南稍加思索便问道："你往四点钟方向看，有一座三层高的大楼。"

"看到了！"

"到这里来接我们，速度，老狼要撑不住了……"霍南半开玩笑调侃着冲在最前方的狼人。

"哒哒哒……"

趁着狼人换弹夹的间隙，霍南主动顶到最前方，瞄准藏在临时掩体后面的残余武装分子不断地点射，提高射击精准度的同时，也大大降低了弹药的消耗速度。

天蝎背着梦露无暇顾他，魔蝎负责殿后，时不时驻足回头张望身后，警戒性十分高。

整支小队冒着枪林弹雨向通信公司大楼冲锋的时候，吸血鬼那边也在以更快的速度绕道而行，率先与开着悍马疾驰而来的绅士会合。

吸血鬼并没有进驾驶室，而是选择趴在宽大的悍马车车顶，随后用特殊的安全带固定住身体，尽量压低身形。

"老鬼，拿这个开路，好使！"说着，绅士左手扶住方向盘，右手从副驾驶座位上捞起一把通体漆黑泛着金属光泽的轻机枪探出车窗外。

子弹出膛

"乖乖,竟然是神州产95式轻机枪?老鬼,你从哪里搞到的?"

"咔嗒!"

说话间,吸血鬼顺手接过95式轻机枪,打开保险,插上绅士后续递过来的弹鼓。他拿在手中不停地反复端详着,嘴里更是赞叹声不断。

第十九章　交叉火力封锁线

"嗡……嗡嗡……"

绅士一脚将油门踩到底，大声说道："枪是从巴特那警察局顺的！"

闻言，吸血鬼突然低头看了看身下的黑色大悍马，试探性地问道："那这辆车……"

"你猜对了老鬼，车也是临时借的，只不过没跟警察局打招呼而已，哈哈……"驾驶室内传来绅士爽朗的笑声。

吸血鬼一脸无奈不再言语，低头将保险从单发数字"1"，切换到"3"点射、连发模式，而后举枪瞄准，三点一线，使左臂尽量贴近身体保持稳定性。

"哒哒……哒哒哒……"

吸血鬼接连扣动扳机，连射二十多发子弹，整个人都被一阵青烟包围了。

"咳咳咳……"一阵轻微的咳嗽声过后，吸血鬼皱着眉头抱怨道："真是见鬼了，什么情况啊？熏死老子了！"

"呃！"绅士强忍着笑意没有做声。

"哈哈……"

可是，纳米无线电通讯器内却传来狼人放肆的坏笑："老鬼，一看你平时就不怎么玩机枪，这是神州95式轻机枪的特性之一，青烟是枪内枪油过多导致的——尤其是刚出厂没多久的新枪，子弹在枪管内高速飞行，与枪管内壁形成巨大摩擦，产生高温使枪油雾化，很正常的一种情况，少见多怪。"

狼人是专业机枪手，队伍里唯一一个重火力输出点，全世界繁杂的机枪种类没有他不知道的。

闻言，吸血鬼不服气地叫嚣道："老狼，下次你最好别遇到有关狙击枪的麻

子弹出膛

烦,哼!"

"咔嗒……"

简单熟悉了一下95式轻机枪的性能,吸血鬼更换了一个新弹夹,全神贯注地紧盯着正前方的道路。

绅士脚底下狂轰油门,驾驶着警用悍马向锡金通信公司大楼疾驰而去,全速前进!

此时,霍南率领天蝎等人成功突进锡金通信公司一楼大厅,途中凡是挡道的武装分子统统被他们杀无赦!

这一切都归功于吸血鬼之前释放的那个炸弹,爆炸声吸引了一大部分武装分子,无形之中替霍南等人减轻了不小压力。

几名队员刚刚站稳阵脚,魔蝎跟天蝎兄弟二人负责照顾梦露,狼人在周围进行警戒,霍南则小心谨慎地探查敌情。

结果霍南刚刚从正门绕到西侧的窗户进行瞭望观察,就发现两辆军绿色的皮卡车由远及近疾驰而来。

霍南眯缝着眼睛仔细瞅了瞅,两辆军绿色皮卡车都经过改装,车头顶部分别架着重机枪,一款二战期间德国造马克沁MG08重机枪,一款日本造92式重机枪。

"我的个乖乖,都是二战期间凶名远扬的重机枪,尤其是那款德国造马克沁MG08重机枪,简直就是步兵绞肉机啊。"霍南自言自语地小声嘀咕道。

"绅士,死哪儿去了?"霍南一脸凝重地催促道,丝毫看不出有半点开玩笑的迹象。

"刺刺……刺啦……马上到达指定目标建筑物!白隼,你们做好撤退准备了吗?"绅士介绍完自己这边的情况之后,紧跟着开口询问道。

"哒……哒哒哒……"

"咚咚咚!"

整个纳米式无线电通讯系统内,瞬间被激烈的枪声充斥着。通过枪声的激烈程度,绅士便分辨出枪械的种类,因为这些型号都是他非常熟悉的重机枪。

"Fuck!这些乌合之众从哪里搞到的马克沁MG08重机枪?"绅士没好气地叫骂着,脸上的表情也越来越凝重。

得知即将迎接一场恶战,吸血鬼掂量了几下手中的神州95式轻机枪,向下

第十九章　交叉火力封锁线

探着脑袋担忧道："绅士，这玩意儿靠谱不？咱们等会能不能被打成筛子？"

"咳咳……"狼人没好气地骂道，"怕个屁啊，老子是玩重机枪的祖宗！越尿子弹越追着你打，别想太多，照面开干就是了！"

"干就干！谁怕谁？老子就还不信这个邪了……"吸血鬼伸出右手，用手背使劲儿搓了搓鼻子，强迫自己打起精神来。

其实，从吸血鬼不经意间的小动作便可以看出来，此时此刻他的内心深处还是有点紧张的，毕竟这是去拼命，随时都有可能掉脑袋。

别看绅士一直在开车，听到吸血鬼跟狼人的决定后，他顿时感到浑身上下热血沸腾。他右手握住方向盘，左手随便捞起一把枪，单手打开保险开关，整套动作显得熟练异常。

"咔嚓……"

绅士竟然举起枪，一枪托砸在前面的挡风玻璃上。

可能这辆警用悍马车装有防弹玻璃，绅士势大力沉的一枪托砸下去，前挡风玻璃上只出现了一道裂纹。

"砰！砰砰砰……"

见状，绅士二话没说，左手食指扣动扳机，先在前挡风玻璃左侧随便开了一枪，尔后瞄准一个大概的位置，集中突突了几枪。

"咔……咔嚓！"

十几颗子弹打在一个极小的范围内，纵使防弹玻璃韧性再高也扛不住。

挡风玻璃发出一记清脆的响声后轰然破碎，变成一堆玻璃渣子。

绅士及时抬起左臂挡在面前，这才没有被爆裂的防弹玻璃伤到。

绅士随手清扫了几下玻璃碎片，一把将半自动步枪拍在方向盘前边，神色肃穆，一言不发。

相隔不远的霍南似乎也感受到了整个小队之中，所蕴含的那种视死如归的气息，大脑高效地运转着，心里也打定主意。

"行了老狼，你给我冷静一点，别脑子一热让大家伙儿跟着一起去送死。"昔日的队友此次都是为了帮自己报仇才出现在锡金，霍南可不想让他们处于危险之中。

顿了顿，霍南继续安排道："老狼，待会儿我冲出去吸引火力，你负责打掉

子弹出膛

敌人的机枪手。"

"不行！小白隼，你这样出去会被子弹打成蜂窝的！"狼人当时就急红眼了。他抱着枪挡在霍南面前，堵住了通往大门的道路。

孰料，趁着狼人扭头张望的一刹那，霍南右手持枪，左手支住窗台侧身翻了出去，头也不回冲向两辆军绿色皮卡车，只留下一句叮嘱狼人的话：

"老狼，集中火力，瞄准一点，哪怕打掉一挺重机枪火力点也行。"

狼人急得在原地不停转圈，他伸出右手直接薅下一把浓密的络腮胡，疼得龇牙咧嘴的。

"哒哒……哒哒哒……"

就在狼人懊恼不已的同时，只身冲出锡金通信公司大楼的霍南，为了把更多生的希望留给身后的兄弟们，毅然决然地接连扣动扳机，主动暴露自己的位置。

"当当当！当当当当……"

成功吸引到武装分子们注意力的霍南，立刻招来一连串的重机枪扫射。加强子弹威力巨大，打在周围的钢筋混凝土建筑物上，烟尘四溅，碎石横飞。

狼人目睹了好几次霍南都差点被子弹击中的情形，便端着枪从正门冲了出去。他脑子一发热刚想扣动扳机连续扫射，突然间想起霍南临走时说过的话，随即单膝跪地，脑袋微微右倾夹住枪托，保持三点一线，瞄准其中一辆皮卡车后斗里的重机枪手。

"砰！"

瞄准确认后，狼人先是扣动扳机开了一枪。

由于目标人物处于快速移动中，子弹的运行轨迹出现偏差，打在武装分子左侧方的铁栏杆上。

"叮……"

金属交加，发出一记十分清脆的声响，同时也引起了重机枪射手的警惕。

"砰砰砰……"

可惜的是，该射手刚刚把重机枪转过来，狼人便接连扣动扳机。

这一次，7.62mm 的半自动突击步枪子弹准确掀开了目标人物的脑壳，白中泛红的脑浆哗啦一下子从头颅中流了出来，溅了蹲在旁边的弹药供给手一脸。

"扑通！"

第十九章 交叉火力封锁线

被子弹击中的重机枪手倒在皮卡车后斗里,鲜血呼呼地往外冒,止都止不住,发出一阵咕噜咕噜的声音。

"哒哒哒……"

此时,魔蝎也持枪冲了出来,端起枪来从侧翼支援狼人跟霍南。

不久之前,魔蝎被十几个武装分子堵在锡金通信公司大楼内动弹不得,别提有多么憋屈了。

而今他们扫射起来格外痛快,尽情发泄着压抑在胸腔中的怒火!

在狼人跟魔蝎组成的交叉火力封锁下,第一辆军绿色皮卡车上布满了弹孔,可谓满目疮痍。

而司机跟驾驶室内的三名武装分子,还没来得及停车冲下来,就被子弹连续击中四肢,发出一阵好像子弹打中麻袋一样的声音。

尤其是后斗里的弹药供给手,甚至还没有来得及感受到痛苦就倒在了地上,无助地望着身边那个早已死去多时的同伴。

战争向来都是无比残酷的!对于这些被击毙的武装分子,霍南等人没有一丝同情,因为对敌人的仁慈就是对自己残忍!

两方交战,不是你死就是我亡!

"干掉一辆皮卡,另外一辆在小白隼身后紧追不舍!绅士、吸血鬼,看你们的了。"汇报完战果之后,狼人抱着枪快步跑向被子弹打成一堆废铁的军绿色皮卡车,开始检查现场。

之前冲出来的魔蝎也没有离开,在附近替其打掩护。

"哒哒哒……"

"当……当当……"

狼人刚刚蹲下身子,不远处就传来一阵密集的枪声。

重机枪跟轻机枪交织在一起,让没有参加战斗的队员们捏了一把冷汗。

天蝎也冲了出来,与站起来的狼人、魔蝎一同眺望霍南消失的方向……

三人攥紧拳头,眉头紧皱!

109

第二十章 合则生，分则死！

"吱……"

"轰隆！"

纳米无线电通讯器内传来一记十分刺耳的刹车声，紧接着就是一阵响彻天际的巨大爆炸声，在整个锡金的街道上激荡回响，久久未散。

"霍南！绅士！老鬼！你们还好吗？听到请回答，听到请回答……"狼人一边拔足狂奔，一边发疯般地呼喊着。

平时他可是很少对霍南直呼其名的，由此可见情况恶劣到何种地步。

两分钟后，待狼人跟魔蝎匆忙抵达爆炸现场，却发现是那辆军绿色皮卡车爆炸了。

熊熊燃烧的火焰比周边的建筑物还要高，冒着滚滚黑烟，温度极高，让人无法靠近。

"Help！ Help me……"

"啊……"

皮卡车爆炸后严重变形，驾驶室内没有被打死的武装分子惨嚎声连成一片，希望外面的敌人可以救救他们。

但霍南却持枪站在不远处冷眼旁观，且不说这些武装分子究竟是不是抓走父亲、杀死大哥的凶手，就冲他们滥杀无辜、肆意践踏人权的行为，人人得以诛之！

见狼人来了，绅士推开门从驾驶室里走出来。随手拎着一把自动步枪，拍了拍胸脯得意地笑道："怎么样老狼，哥的枪法准不？开车还能打中皮卡车的油箱，厉害吧？哈哈……"

闻言，刚刚从车顶跳下来的吸血鬼撇撇嘴不屑地争辩道："明明是我击中油

第二十章　合则生，分则死！

箱的，跟你有半毛钱关系吗？"

"不可能！明明就是我打中的，不信咱俩打个赌？老鬼？"其实，绅士有点急了，但他却不会和狼人那般爆粗口。

吸血鬼当仁不让，问道："赌什么？"

绅士环顾四周，眼珠子转了好几圈，大手一扬："算了，懒得跟你计较，省得待会儿再被你算计了。"

"哟……这两年绅士学聪明了，哈哈……"狼人抱着枪大笑着说道，从他身上完全看不出丝毫战争的紧迫感。

看着昔日几位浴血作战的队友再次并肩站在一起，霍南心里淌过一丝暖流。

这些人不计代价，不图任何利益，陪着自己经历枪林弹雨，真是生死至交啊！

此时，天蝎也抱着受伤不轻的梦露赶过来与大伙儿集合，他的身后跟了不少尾巴。

"哒哒哒……"

得到提前通知的魔蝎抬手就是一个三点射，干掉距离最近的一个武装分子，解除了天蝎的后顾之忧。

"砰！"

"轰隆隆……"

突然，一记巨大的爆炸声在附近响起，比皮卡车爆炸的声音还要大。

在场的几个人面面相觑，似乎都能感受到脚下的大地在微微颤抖。

霍南担心再待下去会遭遇无法想象的危险，随即决定："先离开这里，找个地方安顿下来，我还有不少情报需要跟大家共享，然后咱们再制定下一步行动计划。"

"好，我开车，走。"绅士自告奋勇。

"还是我来开吧，你们都不认路。"说着，霍南把枪械背在身后，一头钻进驾驶室发动车子，大力轰油门找了找感觉。

狼人从悍马车里也挑选出一把神州产95式轻机枪，与吸血鬼一人一挺，负责替悍马开道！

由于狼人有伤在身，吸血鬼二话没说再次爬到车顶，固定好自己的身体。

狼人不好意思地笑了笑钻进副驾驶位，天蝎、魔蝎兄弟二人一左一右坐在后

子弹出膛

座,把昏迷不醒的梦露夹在中间。

见状,绅士只好无奈地拎着枪一头钻进后备箱里。

好在悍马车内部空间十分宽敞,盛下霍南在内的六个人一点也不显得拥挤。

"老鬼,准备好了吗?"霍南突然发现几个手持枪械的武装分子从前方不远处的街道拐了出来,不禁有些紧张,焦急地抬头催问道。

"咚咚咚!"

吸血鬼并没有开口说话,而是用拳头敲了几下车棚顶部以示回答。

"嗡……"

霍南紧接着一脚将油门轰到底,从外面看上去颇为笨重的悍马车一溜烟儿奔着西南方向疾驰而去。

等到那些武装分子们反应过来时,悍马早就没影了。

霍南驾驶着悍马围着锡金绕了一大圈,竟然又返回原路。他慢慢松开了油门,将车子缓缓驶进其中一条主干道。

坐在副驾驶位置上的狼人不禁有些蒙圈,满脸疑惑地问道:"小白隼,咱们明明都成功撤退了,你为什么又把车开回来?"

与此同时,刚刚松懈下来的几个队员,闻言纷纷端起枪提高警惕,四处观望提防突发事件。

霍南并没有解释,等到悍马车行驶到一家便利店门口时,直接推开车门跳了下去。

"都下车吧,今晚咱们就在这里过夜。"说完,霍南尽可能多地从车子里取出各种武器弹药背进24小时便利店内。

众人见状也不再多问,收拾好各自的装备,纷纷进入屋内,各自寻找落脚的地方。

虽然整个便利店已经被武装分子打砸一空,但还是留下不少食物跟各种酒水饮料什么的。

霍南默默地站在吧台后面低头思虑了片刻,冲着在一楼大厅不断徘徊的几个兄弟说道:"绅士,你先去把车子开到后面,待会儿我们全部撤退到二楼,尽量避免再与那些武装分子接触。"

"OK!你们几个注意安全。"绅士叮嘱一声转身走出便利店。

第二十章 合则生，分则死！

忽然，霍南想起父亲曾经刚进部队的时候是一个卫生员，家里总是存着战地急救包以及各种消炎药、抗生素等常见药物。

果不其然，当霍南拉开吧台左下角第三个抽屉的时候，发现了一个白色的小包，包的正中央印着一个红色的"十"字。

霍南毫不犹豫地取出急救包，隔空丢向梦露那边，提醒道："喂……天蝎兄弟，接着点，这东西说不定能救她一命。"

双手接住急救包后，天蝎顿时露出一个微笑，蹲下身子开始着手替梦露处理胸前的伤口。

由于梦露伤势太重，天蝎不得不将其上衣褪下大半。

除了性感的小蛮腰被衣服包裹住之外，剩余的重要部位全部裸露。

只不过，此时此刻在场的壮汉们没有一个乘人之危，他们纷纷转过身去，将视线避开梦露跟天蝎二人所处的位置。

为了转移注意力，魔蝎、狼人到外面把守便利店，绅士绕到后院点了一支烟开始四处溜达，唯有吸血鬼在大厅内眯缝着眼睛到处踅摸。

良久，吸血鬼挪到吧台附近，试探性地低声问道："小白隼，恐怕你来这里是有目的的吧？"

顿了顿，吸血鬼自言自语地分析道："如果我没有猜错的话，这间便利店曾经发生过枪击事件，而且跟你必定有某种关联，否则你也不会拼死突围后又冒险返回此地。"

但见，往日精神抖擞的霍南忽然泄了气，背靠着墙壁缓缓地蹲下身子。他面无表情，眼神里流露出无尽的哀伤，整个人看上去颓废了不少。

吸血鬼自知戳到了霍南的痛处，有许多事情摆在明面上不言而喻，决定先到后院抽支烟，等一会儿霍南调整好心情，该说的事情他自己就会说。

可是，吸血鬼刚刚转身，霍南的声音便幽幽响起："老鬼，给我一支烟……"

"呃……"

吸血鬼迟疑了片刻，从左侧上衣兜里摸出一个皱巴巴的烟盒，抽出一支烟递了过去："白隼，我记得你以前不抽烟啊，能行吗？"

说着，吸血鬼掏出打火机，替霍南点燃了夹在食指中指的香烟。

"咳咳……咳咳咳……"

子弹出膛

结果，霍南刚刚猛吸了第一口，便被浓厚而又辛辣的烟雾呛得咳嗽不断，眼泪都快出来了。

但霍南并没有因此而停下来，咳嗽声稍微弱一点，又连抽好几口，想借这种方式来抒发压抑在心中的情感。

"白隼，烟不是你这样抽的……"站在一边的吸血鬼实在是有点看不下去了，好心提醒道。

原本在屋外警戒的狼人听到异响后抱着枪走了进来，只留下魔蝎一个人在外面。

绅士在后院检查了一番，也带着诸多疑点返回便利店一楼大厅。

"咦？小白隼，这家便利店有点不太对劲儿啊，后院的土很明显刚翻新过不久，可能……"

绅士的话刚刚说了一半，就被吸血鬼给瞪了回去。他再看霍南一反常态蹲在地上抽烟，瞬间有所领悟，闭嘴保持安静。

不知不觉间，霍南手中的香烟只剩下一小截，整个人都被缭绕的烟雾包裹住。

"这间便利店是我父亲的，他老人家被绑架了，下落不明。后院里埋的是我大哥。"

简单明了的几句话，说出来却是那样地刺痛人心。

霍南极力压抑着自己的情绪，但两行清泪仍旧不争气地滑落下来，顺着脸庞滴到地上。

"我……我亲手把大哥埋葬的，此仇不报！誓不为人！"霍南咬牙切齿地发誓，声音颤颤巍巍，几度哽咽。

在场的几位世界级佣兵虽然见惯了生生死死，面对此情此景，也忍不住纷纷动容。

"霍南，哥几个不就是来帮你报仇雪恨的吗？振作起来！"绅士试着宽慰了一句。

狼人第一个伸出右手，握掌成拳，侧面朝上，绅士、吸血鬼紧随其后，望着这无比熟悉的手势，霍南擦干眼泪，缓缓地伸出自己的右拳。

"喂……这种事情好像不能少了我们兄弟俩吧？"不知何时，天蝎已经处理好梦露的伤口，与魔蝎出现在众人身后。

第二十章　合则生，分则死！

"Wuha!"

六只拳头顶在一起，不知是谁先开头喊了一嗓子，众人紧跟着不断地重复着一句相同的话！

"Wuha……"

"Wuha！"

"合则生，分则死！"

第二十一章　疑云重重的便利店

调整好心态的霍南，又恢复了往日的冷峻："天蝎、魔蝎，你们俩一个去前边，一个去后院警戒。"

"是！"兄弟二人没有半点废话，抱着枪分头行动。

天蝎在路过正门的时候，顺便看了下依偎在墙角刚刚处理好伤口的梦露。他见对方呼吸渐渐平稳了下来，眼神中满是怜惜之情。

望着天蝎消失在门外的背影，心思缜密的吸血鬼饶有兴致地笑道："看来天蝎对那个女的有点意思啊。"

狼人撇撇嘴，一脸奇怪地嘟囔道："我也不知道，以前这兄弟俩见着女的向来不闻不问，天蝎今天确实有点反常。"

疑惑归疑惑，狼人跟吸血鬼不再过多讨论此事，毕竟，霍南的事情才是首要的。

绅士主动提议："白隼，把你了解的情况给我们介绍一下吧，大伙儿一块儿出出主意，说不定能有什么突破。"

"嗯……事情是这个样子的……"

霍南用了不到五分钟的时间，便把自己从接到父亲那个奇怪的电话开始，到后来遇到梦露的整个过程讲解了一遍。

他努力回忆着，生怕遗漏了其中任何一个细节。

霍南大哥的死，以及父亲失踪，这些在场的各位早就多多少少知道一些了，唯独吸引吸血鬼关注的是那串阿拉伯数字。

只见，几个人均低头陷入沉思，吸血鬼嘴里不停地重复着："0……070……314……"

"小白隼，你的父亲说完这串数字之后，难道就没有再留下其他有用的信

第二十一章　疑云重重的便利店

息？"狼人催问道。

"没有……"霍南刚刚耸了耸肩膀，忽然眼前一亮，补充道，"还有半句，他老人家说这是一生都在守护的……"

"嗯？"站在一旁的绅士正竖着耳朵倾听下文呢，等了半天霍南也不出动静儿，忍不住问道，"没了？"

"没了！我还多说了一个字，守护的护字。老爷子只说到守字就停了，这个护字是我凭感觉添加上去的。"霍南如实解释道。

说完，霍南将眼神停留在吸血鬼身上，平日里就属这个满头红色卷发的西方人聪明，鬼精鬼精的，主意也多。

霍南的分析能力虽然与吸血鬼不相上下，但是此刻霍南置身其中，思维恐怕受到了一定限制，正所谓"当局者迷，旁观者清"。

吸血鬼迟疑了片刻，点点头表示赞同霍南的观点。

"在那种紧急情况下，老爷子应该是想表达他在守护某种东西，其重要性不言而喻，我猜八九不离十就在这间便利店内。"

"嘶……"

忽然，滔滔不绝的吸血鬼猛吸了一口气，瞳孔收缩红芒闪烁。他的脸上露出兴奋的神色，就好像打了一针兴奋剂一样。

"嘘……"察觉到吸血鬼的异样，霍南赶紧让大伙儿噤声，生怕扰乱吸血鬼的判断。

等了半天，吸血鬼也没有说话，反而把眼睛眯起来了，用鼻子不停地在空气中嗅着，像极了一只猎犬。

狼人见状也跟着嗅了起来，他总觉得自己不能白瞎了狼人这个绰号，鼻子不灵敏也太丢人了。

可是，嗅了半天，狼人也没有任何收获。他终于忍不住催促道："老鬼，咱能不装模作样吗？有话快说，有屁快放！"

闻言，吸血鬼睁开眼睛，狠狠地瞪了狼人一眼。他转过身去望向霍南，语重心长地说道："我似乎闻到了一股血腥的味道。"

再看霍南、狼人跟绅士，个个怒目圆睁，就差没群起而攻之了。

狼人的大嗓门劈头盖脸就罩了下来："老鬼，你是不是脑子进水了？这还用

子弹出膛

你说？这里死了那么多人，整个锡金都弥漫着浓重的血腥气，我真是服气了！"

但见，吸血鬼摇了摇头，不慌不忙地解释道："我指的不是最近才产生的血腥气，而是一种年代较为久远，甚至是蕴含着古老底蕴的恐怖气息。"

"嘶……"

这次轮到霍南倒吸了一口冷气，狼人觉得背后也凉飕飕的。

要不是他们人多，还真得回头看看是不是有什么东西站在身后。

"要不要这么夸张？"狼人适时打断蔓延在便利店中的诡异氛围。

"咔嚓！"

一记清脆的响声突然在众人头顶响起，狼人、绅士顿感头皮发麻。

吸血鬼反应最快，抬枪瞄准上方的天花板便要扣动扳机。

霍南见状伸手将吸血鬼的枪口压低，示意道："别担心，上面的人是我侄女。"

"喔……"

吸血鬼、狼人、绅士三人不禁面面相觑，一张老脸臊得通红，上面有个女孩儿藏身，他们作为老资历的雇佣兵，竟然都没有半点察觉。

"王小岚，别害怕，是叔叔回来了。"面对一个刚刚失去父亲的女孩儿，霍南说话的声音也变得轻柔了许多。

说着，霍南走到角落里，将梦露轻轻抱了起来，顺着原先破碎的楼梯边缘爬了上去。

把梦露安置好后，霍南嘱咐了一遍王小岚，让她一定要细心照顾受伤的女孩儿，直至自己回来。

当霍南下楼的时候，全然没有留意到王小岚那双美眸流露出来的崇拜跟异样之情。

"喂……她不是你侄女吗？怎么姓王？"作为一个神州通，绅士对这些细节非常注重。

"唉……"霍南轻轻叹了口气，解释道，"王小岚不是我大哥的亲生闺女。一次执行任务的时候，我大哥亲手击毙了一对年轻的毒贩夫妇，从他们手里接过了还在襁褓中的女婴。他一养就是十几年，到现在都没结婚。"

"怪不得……"绅士一副若有所思的样子。

恰巧此时，围绕着便利店货架转悠了数十圈的吸血鬼来到众人面前，一脸凝

第二十一章　疑云重重的便利店

重地说道："我的预感越来越强烈了，那串数字弄不好跟这些货架有关系，而且血腥味儿也一点都没有变淡。"

吸血鬼的话立刻引起了霍南的重视，他的口中不停地念叨着那串数字，开始皱着眉头四处端详起来。

突然，粘在货架展示条上的口水贴映入霍南眼帘之中——"002"！

霍南数了数货架，由北向南依次共有七排货架，另外还有一些单独的小型展柜。

怀着无比激动的心情，霍南直奔最南边的第七排货架走了过去。

吸血鬼等人似乎也看出了点门道，尾随其后。

可是，几个人围着长达五米的第七排货架转了好几圈，也没找出什么可疑的地方。

狼人连踹带踢，就差把货架拆了。

"咱们几个合力把货架搬开，说不定下面暗藏玄机。"吸血鬼双臂环于胸前，沉思了片刻后提议道。

五分钟后，霍南等人累得背后的衣服都被汗水浸湿了。他们好不容易把第七排货架挪开了，却依旧没有任何收获。

霍南从头排着用脚将地面踩了一遍，时不时还用突击步枪的枪托砸击地面，不停地摇头，最终放弃。

事实证明，第七排货柜下面根本就是实心的，他们的思路完全错了。

"问题出在哪里呢？"霍南不禁有些郁闷。

狼人见吸血鬼跟霍南都理不出个头绪来，当机立断道："反正闲着也是闲着，咱们不如先把那些货柜全部抬起来检查一遍，说不定……"

虽然这是个体力活，但在没有更好的主意之前，众人也只好照做了。

就在狼人跟绅士抬起第三个货架的时候，霍南脑海中灵光一闪，停下手中的动作，联想到死去的大哥。

"有了！我大哥生平最喜欢看007系列电影，而且詹姆斯·邦德就是他心中的偶像。大哥曾不止一次跟我提起过，你们说会不会跟他有关系？"霍南把自己心中所想说了出来。

吸血鬼若有所思地问道："小白隼，我记得以前你说过，大哥是做警察这一行的？"

"没错。"霍南点点头。

"各位有知道锡金警察局在哪里的吗？"吸血鬼环顾四周继续问道。

见大伙儿面面相觑，无人说话。性子最急的狼人终于忍不住了，瓮声瓮气地低吼道："老子出去一下，马上回来！"

绅士抱起枪跟了上去，一把按住狼人宽厚结实的肩膀，劝阻道："你受伤了，还是我去吧。"

说着，绅士一路小跑冲了出去，与在正门把守的天蝎打了个招呼，便端起枪开始搜索前进，右手食指随时准备扣动扳机。

四个人作为曾经同生共死的袍泽，默契程度自不必说，他们心里都知道绅士此行的目的是什么。

大概不到十分钟的时间，绅士便背了一个头戴黑色面具的武装分子返回便利店内。

"扑通！"

绅士一把将身后的武装分子丢在地上，拍了拍手："老狼，到你最拿手的部分了，上吧。"

狼人一脸坏笑的样子，两只眼睛早已流露出贪婪的神色，仿佛一匹狼忍耐了许久的饥饿，忽然遇到可口的猎物一般。

只见，狼人放下背在身上的枪械，从军靴中拔出一把匕首，匕首本身没有散发出任何光芒，通体乌黑，看上去让人产生一种毫不起眼的错觉。

"嘿嘿……"狼人不断地阴笑着，不停地把玩着手中的匕首，蹲下身子死死地盯住绅士捉回来的"舌头"。

"散了散了……"绅士跟吸血鬼纷纷转过身去，不停地摇头，替这个武装分子的命运感到可悲、可怜。

狼人却突然站起身来，有点不爽地问道："这个家伙为什么都不挣扎？"

绅士讪笑道："哦，差点忘记告诉你了，刚才我把他的四肢都废了，要不然怎么能安安静静地带回来？"

"Fuck！"狼人低骂了一声，自言自语地吼道，"这样玩太没劲了，真是便宜他了！"

第二十一章　疑云重重的便利店

"唉⋯⋯"霍南闻言无语地叹了口气，内心深处不禁飘出几个大大的问号。

难道父亲留下的一串阿拉伯数字真的跟大哥有关系？那为什么一直以来都要瞒着自己？还有吸血鬼闻到的那股远古血腥气息又是怎么一回事儿？

第二十二章　激战锡金警察局

"啊！"

"求……求你放过我吧……"

"救命……"

便利店内时不时传出一阵阵惨嚎声，以及武装分子不断哀求的哭声，比杀猪还要尖利，刺激着在场所有人的听觉系统。

霍南在第一时间返回二楼，跟王小岚待在一起，担心自己这个未经世事的侄女被吓到。

即便如此，每当王小岚听到武装分子的惨叫声，都会忍不住产生一种毛骨悚然的感觉。

"小白隼，下来吧。"狼人收工后冲着头顶的天花板喊道。

原本消失不见的几个队友，闻声后很快便齐聚便利店一楼大厅中央。

"啧啧啧……"

低头看了看浑身上下血肉模糊，已经奄奄一息的武装分子，绅士直接扯了一块窗帘蒙在对方头上。

不到十秒钟，窗帘下面便没了动静。

武装分子彻底咽气了，身子底下渗出一摊殷红色的鲜血。

"老狼，怎么这么快就死了？这可不像你的风格啊。"吸血鬼看到地上的鲜血后露出两道精光，似乎非常兴奋。

狼人撇撇嘴，摊开双手不屑地抱怨道："一个瘫子玩起来有什么意思？"

"怎么样？问出锡金警察局的具体坐标了吗？"霍南问话的时候面无表情，双拳却攥得紧紧的。

第二十二章 激战锡金警察局

"大概位置是知道了,除此之外我还问出了他们基地所在。外表看上去像一个村庄,实际上里面的人不管男女老少都是恐怖分子,连一个七八岁的小孩子都会拿起枪抵御外来侵入者。"狼人十分认真地把从"舌头"嘴里撬出来的情报共享给大伙儿。

"怪不得这些恐怖分子的基地一直以来盘踞于此,没有被印度政府军清理掉。"吸血鬼望向霍南,征求对方的意见,"小白隼,接下来去哪儿?"

霍南沉思了片刻,眉头微皱,提议道:"还是先去锡金警察局吧,正好可以趁此机会休息一下,收集更多的武器装备。恐怖分子基地我们是一定要去的!"

此时,整个锡金还未从暴乱的阴影当中走出来,所有警察荷枪实弹,在外面配合少量政府军打击恐怖分子,外加维持正常的社会秩序,警察局内必定警力空虚。

想到这里,吸血鬼回应道:"好,那就让天蝎、魔蝎留下来保护楼上的女孩儿吧,咱们几个去锡金警察局就够了。"

"行!就这么定了,事不宜迟,立刻出发!"霍南下达最新指令。

临出发前,狼人建议道:"等等,我去跟天蝎、魔蝎交代一下,让他们收缩防御,直接撤到二楼。"

闻言,霍南点点头表示同意,抱着枪率领吸血鬼、绅士提前走出便利店正门,警惕地左右眺望着,防止被突然出现的武装分子偷袭。

不一会儿,狼人也抱着枪冲了出来。他伸手抹了抹满是胡楂的大脸,冲着霍南打出一个"OK"的手势。

见状后,霍南抬头看了看便利店二楼,其中一间卧室的窗户上,不知何时多了一个黑洞洞的枪口,悄无声息,颇为阴森……

一张模糊的脸出现在窗台后面,霍南根据脸的模糊轮廓,根本无法分辨是魔蝎还是天蝎?

"果真是孪生兄弟啊,有着其他人无可比拟的优势。"霍南心想。

由于锡金警察局距离通信公司大楼只有不到八公里的距离,霍南等人经过短暂商榷,决定徒步前往。

开车的话发动机噪音过响,很容易招来附近的敌人,而且目标太大,巷战遭遇敌方无法及时进行有效规避。

子弹出膛

霍南等人跑了大概一半的路程，就遭遇了一伙儿武装分子。他们二话没说绕路而行，根本不敢在这个节骨眼儿上跟对方起冲突。

万一因此而招惹来更多的武装分子，导致整个小队的成员们陷入重重包围，那情况可就糟糕了。

毕竟，就算霍南等人的身手再怎么厉害，他们身上携带的也只不过是一些单兵武器，在遇到重装甲对手之时，火力就显得有些捉襟见肘了。

四个人不愧是昔日并肩作战的老队友，三前一后，呈战术搜索队形极速推进。

行动期间，整个纳米无线电通讯频道内保持安静，几乎没有语言上的交流。

无论整支小队有什么战术上的变化，以及遇到突发情况，只需要一个手势，就可以交流沟通。

忽然，跑在队伍最前面负责带路的狼人停住脚步，右手高高举起握掌成拳，示意大家停止前进。

紧跟着，狼人紧贴着北侧路边，猫着腰跑到一座房屋拐角处，指着尽头的一个蓝色招牌，道："那个是不是警察局？"

绅士点点头："没错。"

吸血鬼使劲儿嗅了嗅周围的空气，皱了皱眉，说道："我的小家伙有些不安分，这片区域的血腥气非常浓厚。"

听到这里，霍南立刻提高警惕，提醒道："都仔细一点，注意观察身边每一个可疑的地方。目标，锡金警察局，推进！"

"是！"

"GO！GO！GO……"

"哒哒哒……"

果然，四个人刚刚冲出街道，朝着锡金警察局快速推进时，警察局方向便传来一阵清脆的枪声。

"砰！"

"咚咚！"

枪声越来越密集，似乎交战双方实力旗鼓相当。

可是，当霍南等人抵达锡金警察局大院西侧围墙，顺着铁栅栏望向里面的时候，却被映入眼帘的一幕惊呆了。

第二十二章　激战锡金警察局

只见，最少有三十号服装各异的武装分子分布在警察局大院里，利用报废的汽车或者警车作为临时掩体。

而警察局大楼内部，有七八个身穿制服的警察正在疲于防守，依靠地理优势，勉强维持脆弱的防线。

有两个英姿飒爽的女警不停地进进出出，给负责阻击敌人的同事们运送弹药补给。

可惜的是，锡金警察局内弹药储存量实在太少了，而且都是些轻武器，手枪、微型冲锋枪在这种情况下能发挥出来的威力实在有限。

唯一有杀伤性的武器就是"大暴力"了，但由于双方属于阵地战，射击距离过远，这种大口径霰弹枪根本就派不上用场。

"啊！"

"哒哒哒……"

突然，一声无比痛苦的惨嚎伴随着激烈的枪声响了起来，霍南定睛望向大楼内部，发现是一个警察肩部中枪，倒在地上不停地呻吟。

一个女警见状及时冲了上去，右手持枪继续射击，防止武装分子们借机猛扑上来，冲破警察防线；左手则帮忙使劲儿压住男同事的伤口，那副临危不乱的模样倒是令霍南等人颇为敬佩。

终于，狼人等得有些不耐烦了，冲着正在奋战的女警努努嘴，嚷嚷道："瞅见那个小娘儿们没？老子看不下去了，要去帮她！那么多大老爷们欺负一个弱女子，真不嫌害臊，哼！"

说着，狼人率先抱着枪冲了出去，直接抄近路迂回到警察局正门，出现在那些武装分子们的大后方。

"哒哒……哒哒哒……"

狼人端起枪疯狂地扣动扳机，火舌肆无忌惮地扫射。一颗颗子弹击中武装分子们的后背，溅起一蓬蓬血雾，看起来十分华丽，却又令人触目惊心。

遭到突然袭击的武装分子们纷纷调转枪头，开始集中火力压制狼人，恰巧赶上狼人打光了子弹，蹲在一辆车后换弹夹。

数以百计的子弹密密麻麻射向狼人身前的"临时掩体"，瞬间将崭新的警车打成了蜂窝，千疮百孔，目不忍睹。

子弹出膛

"叮叮当当……"

普通汽车的钢铁外皮非常薄,难以阻挡大量子弹的穿透。

见狼人身陷险境,霍南立即从藏身之地站起来开枪射击,吸引敌人火力。

"哒哒……"

接连几个标准的三点射,霍南手中的自动突击步枪就好像长了眼睛一样,击中三个武装分子的脑袋,枪枪爆头!

绅士跟吸血鬼也猫着腰,顺着围墙根分散到南北两侧,站起身来火力全开。

至此,霍南率领其余三人,对院内的武装分子形成包围之势。

院内的武装分子们毫无藏匿之地,无论哪个方向都有子弹射过来。

转瞬间武装分子们死伤大片,减员过半,丧失战斗力的成员更是数不胜数。

原本,锡金警察局内的几个警察还以为是正规军,或者是出去执行任务的大部队赶回来支援了。

可是当他们抱着枪从屋内冲出来,与霍南等人合力绞杀剩余的武装分子们之后,才发现站在面前的四个人根本就不认识。

不管怎样,霍南等人毕竟替锡金警察局解围了,是他们的救命恩人。

为首那个警察虽然端着枪,但却将枪口朝下,以示礼貌。

"小孟,你过来一下。"为首那个警察转身冲着楼内挥了挥手,操着一口浓重的当地话大声喊道。

一名面容姣好,身材前凸后翘的标致女警一路小跑来到近前。她的脸颊两侧浮上两朵红晕,鼻尖儿渗出几滴晶莹剔透的汗珠,看起来别有一番韵味儿。

霍南冲着女警微微一笑,颔首致意,颇具绅士风度。

默默地等待一男一女两个警察交谈,霍南也不知道他们究竟是何用意,反正也听不懂。

过了一会儿,女警转过身来,伸手理顺了一下右侧有些散落的发髻。她的整个动作十分自然,整理发髻后看上去更加秀气了。

"你好,这位是我们锡金警察局的副局长,他非常感激各位伸出援手,救了一百多个无辜的平民。"女警用一口不怎么流利的英语试着跟霍南等人交流。

第二十三章　漂亮女警小嫂子

"什么？一百多个平民？"霍南对此感到十分惊讶，继而问道，"那么多人为什么不出来帮忙？难道都龟缩在大楼里面束手就擒？"

女警有些腼腆地搓了搓手，俏脸微红："这个不能怪他们，是我们全体警员的决定，所以……"

既然危机已经解除，霍南也不愿意再多管闲事，毕竟他此行带着使命而来！

只见，霍南放下枪，从上衣口袋内取出一本蓝色的警官证，递到女警面前。

漂亮的女警看到蓝色证件后，没来由产生一种亲切感，想都没想便伸手接了过来。

当女警打开蓝色警官证后，先是露出非常兴奋的表情，但眉宇间随即黯淡下来，一副欲言又止的样子。

对于向来善于察言观色的霍南来说，女警的任何一个细微举止，都无法逃脱他的眼睛！

沉默了几秒钟，女警终于忍不住了，她的两只大眼睛蒙上了一层薄薄的雾气。她鼓足勇气问道："这是霍大队长证件，请问他现在人在哪里？"

闻听此言，霍南心里不禁揣测，面前的女警跟大哥关系定然非比寻常。

想到这里，霍南鼻子一酸，更不忍心把事实告诉女警。周围的几个队友也纷纷低下头，整支小队的士气空前低下。

此时无声胜有声，沉默……或许就是最好的答案了。

漂亮女警的表现有些出乎霍南预料，两行清泪顺着眼角滑落后，女警反而倔强地拭去泪水，解释道："我是他的女朋友，虽然霍队总是不承认，但……唉……能带我去看下他吗？"

子弹出膛

结果总是那么令人震惊，霍南瞬间搞明白面前女警与大哥的关系。

"嫂子……"

霍南临时改口的称呼，令漂亮女警也神情一滞，眼神变得深邃而又迷离，娇躯也隐约颤抖起来。

站在女警身后的副局长察觉到了她的异样，上前一步挡在其身前。

见状，霍南赶忙澄清误会，翻开蓝色警官证，指着上面的照片强调道："他是我亲大哥！如今被恐怖分子杀害，我是来复仇的！"

女警哽咽着把霍南所说的内容翻译成当地话告诉了副局长，副局长听后肃然起敬，立刻收腹挺胸，给霍南等人敬礼。

霍南等人也纷纷抬起右手，将手掌从额头前一晃而过，这是世界知名佣兵的通用军礼，用以向对手或者战友致以最崇高的敬意！

副局长侧身让开通往锡金警察局大楼的道路，主动做了一个邀请的手势。

经过漂亮女警身边的时候，霍南用一口流利的英语说道："我大哥就在便利店的后花园里，想必你应该知道那里。"

"嗯……我会去看他的。"顿了顿，漂亮女警深吸了一口气，借此舒缓内心压抑的情绪，追问道，"你们来这里做什么？有什么需要我帮忙的尽管说。"

"我们是沿着一条线索找到这里的，你能带我去下大哥的办公室吗？"霍南试着轻声问道。

"跟我来吧……"女警二话没说领着四个佣兵进入警察局一楼大厅。

那些负责坚守大楼的锡金警察们纷纷围拢过来，每一个人的眼神都充满了敬意跟感激。

只是双方语言不通，没办法做过多交流。

一行人急匆匆地冲上二楼，楼梯以及楼道内挤满了前来避难的锡金平民，见霍南等人身上都带着枪，都十分自觉地让开一条路。

当他们来到一间办公室门口时，漂亮女警伸手推开了棕褐色的木门，抢先一步走了进去，在霍南等人之前抵达唯一的办公桌旁边。

只见，女警最先拿起摆在桌子上的一个小相框，里面镶嵌着一张霍南大哥生前的照片，紧紧地捂在胸前。

她没有撒手的意思，生怕霍南等人会抢走一般。

第二十三章 漂亮女警小嫂子

见此情景，霍南似乎没有想到，在这个世界上除了自己跟老爸之外，竟然还会有人如此在意大哥。他眼圈一红，差点当场泪崩。

好在霍南的意志力比较强，硬是给强忍回去了。

"哥几个，可以开始了。"霍南头也不回地示意道。

吸血鬼第一个走进办公室，环顾四周，朝着偌大的书柜走了过去，开始一一检查架子上的书籍。

狼人跟绅士也先后进入，翻看办公桌的抽屉，以及任何一个有可能被错过的死角。

那几个还不知道霍大队长已经英勇殉职的警员们，围在屋外好奇地盯着里面，不知道霍南等人究竟在找什么东西。

不知不觉，五分钟过去了，吸血鬼最先放弃搜索，耸耸肩膀无奈地说道："这里没有我们要找的东西。"

其实，霍南心中也早有预感了，如果沿着这条线索能如此轻易找到答案，那就不是他父亲了。

低头思虑了片刻，霍南轻声问道："嫂子，我大哥在这里还有别的房间吗？"

"还有一间单人宿舍。"漂亮女警几乎不假思索地回答道。

"跟我来吧。"这一次，不等霍南开口，女警便在前边主动带路。

或许是涉及一些个人隐私问题，狼人跟绅士并没有跟着一起过去，而是留在办公室继续翻找。

又爬了两层楼之后，三人来到四楼。

四楼面积最小，只有一个警员活动室跟五个警员宿舍。

沿着楼道自西向东走到倒数第二间宿舍门前时，漂亮女警停了下来，转动扶手轻轻推开了木门。

"这里就是霍队的职工宿舍。"女警介绍道。

霍南也不再多说什么，低头闪身钻进屋内，吸血鬼紧随其后。

这一次，两人进去了足足有十分钟之久，差不多把只有十几个平方的宿舍掘地三尺，遗憾的是，仍没有找到半点有用的线索。

楼道外，霍南跟吸血鬼面面相觑，心中五味杂陈。

"难道是我的思路从一开始就出错了？"霍南不禁有点怀疑自己。

子弹出膛

吸血鬼并没有多说什么,而是默默地走到一边,推开最里面那间宿舍的木门,探头往里面扫了一眼。

随后,吸血鬼将五间警员宿舍全部打开,其中还包括一个女警的房间。

结果,正当一无所获的吸血鬼耷拉着脑袋准备放弃之际,刚巧路过最大的那间警员活动室。

也不知为何,吸血鬼总感觉这间警员活动室有些不一般,随即停下脚步驻足不前。

由于警员活动室大门紧锁,吸血鬼只能趴在门上,顺着门缝观察里面的情况。

"小白隼,快过来看!"这一看不要紧,吸血鬼就好像发现了新大陆一样。他撅着屁股连头都来不及回一下,扯着嗓子大声喊道。

霍南两侧耳根同时跳动了一下,脸刷地一下子红了起来,隐约有种发烫的迹象。

那种感觉非常奇怪,妙不可言。

一把拉开吸血鬼,霍南趴在两扇木门上,往警员活动室里面望去。只见一排临时更衣箱紧贴在西侧墙壁上。

更为重要的是,临时更衣箱上的号码是从001开始排列的,一直排到015,可霍南唯独没有找到007这三个数字。

"活动室的钥匙在哪里?"霍南扭头冲着漂亮女警大声喊道,声音沙哑几乎就是在嘶吼了。

似乎是被霍南这突如其来的举动吓到了,漂亮女警连连倒退了几步,慌张地回答道:"在……在一楼仓库,我这就去拿。"

"砰砰砰!"

谁知,不等漂亮女警离开,霍南便掏出紧贴在大腿右侧的配枪,瞄准锁眼连开数枪。

"哐当……"

紧接着,霍南高抬右腿,一脚踹开紧闭的大门,匆匆走了进去。

吸血鬼冲着闻讯赶来的狼人跟绅士摆了摆手,示意他们不要跟进去,给霍南留一点宝贵的私人时间。

来到更衣箱近前,霍南仔细观察了一番,发现数字排列序号虽然只有001到

第二十三章　漂亮女警小嫂子

015，但是更衣箱却有十六个。在右下角有一个更衣箱表面是空白的，没有任何标记。

此时，霍南怀着激动的心情，毫不犹豫地蹲下身子，企图打开面前这个无主的更衣箱。

可霍南捣鼓了半天，发现自己拿这个无名更衣箱毫无办法。

有点不耐烦的霍南霍地站起身来，拔出配枪瞄准锁眼儿，右手食指扣在扳机上，打算故技重演。

但是，急得满头大汗的霍南刹那间冷静下来，意识到他这样做即便是把门打开了，也极有可能破坏更衣箱内的东西。

万一因此而错过重要线索，那可就得不偿失了。

忽然，霍南眼角的余光扫过北侧墙面，一排钥匙安静地挂在那里。

钥匙正好被挡在门后，如果不仔细看的话还真是难以发现。

霍南粗略数了一下，共计15把钥匙。

唯独最后那个没有标记数字的钉子上面空空荡荡，什么东西都没有，更别提钥匙了。

"管不了那么多了。"霍南轻轻嘀咕了一声，一把将钥匙全部取下来，开始挨个开启更衣箱。

结果，霍南刚打开第一个更衣箱，一个女生专用的内衣束胸从里面滑落下来，轻轻地落在霍南的军靴上。

那束胸还是淡蓝色的，带着淡淡的清香，似乎是女生身上特有的体香。

"呃……"

霍南不禁感到有些尴尬，心虚地回头张望了一下，却刚巧与漂亮女警投过来的目光撞到一处，两个人的脸色同时变得通红一片。

这都不算什么，关键的问题是，缺乏男女经验的霍南，竟然还弯腰拾起那个淡蓝色束胸，停留在半空中傻乎乎地问道："嫂子……这个东西是你的吗？"

第二十四章　燃烧吧，复仇的火焰！

此言一出，门外众人纷纷将目光射向漂亮女警，并且下意识地扫过那傲人的胸部。

漂亮女警二话没说，一溜小跑冲到霍南近前，一把将属于自己的贴身内衣抢过来，丢进更衣箱内，将小铁门用力地带上。

"咣！"

转过身来，漂亮女警脸上的潮红仍未褪去，眼神中充满幽怨，但却没有出言责怪霍南。

"对……对不起。"霍南简单地表达歉意，并没有理会漂亮女警的目光，转而用手中的钥匙开启第二个更衣箱。

"咔嚓……"

第二个更衣箱内没有任何发现，第三个空空如也，紧接着，第四个、第五个……

直至所有的更衣箱都被霍南打开，从内到外翻了个底朝天，也没能找到半点有用的线索，更别提开启最后一个更衣箱的钥匙了。

见霍南一脸失落地站在原地，进也不是，退也不是，一直站在后面目睹整个过程的吸血鬼，终于忍不住提醒道："小白隼，跟那个小妞商量一下，说不定东西真就在她的箱子里。"

闻言，漂亮女警先是看了看吸血鬼，随即又望了望近在咫尺的霍南，抿了抿性感的粉红色嘴唇，下定决心主动打开了自己的更衣箱。

只见，漂亮女警从更衣箱内先后取出一堆女性衣物，里面最后只剩下一套叠得十分整齐的警服，警服上面还压着一张照片。

照片上的那个男人，正是霍南的亲大哥，锡金警察局的霍大队长。

第二十四章 燃烧吧，复仇的火焰！

见此情景，原本站在外面的锡金警察局副局长不禁走了进来，指着更衣箱内的警服，义正词严地说道："怪不得霍队长前阵子到我这里总是抱怨警服丢了，原来在你这里，小珠，这是怎么回事儿？"

"我……我喜欢霍队长，就……呜呜呜……"漂亮女警只说了一半，就再也忍不住，蹲下地上抱着头伤心地痛哭起来。

霍南趁此机会望向漂亮女警的更衣箱，但里面空荡荡的，他的心情顿时跌落到谷底，有些烦躁起来。

"叮……"

不曾想，就在漂亮女警蹲下身子的一瞬间，一把通体闪耀着银色光芒的钥匙从警服上衣口袋内掉了出来，刚好掉在霍南脚下，跟之前那个淡蓝色女性束胸一样准确无误，似乎冥冥之中注定好的一般。

奇迹总是会在一个人绝望的时候出现，以至于霍南一脸难以置信地盯着那把钥匙，好半天都没有挪动脚步。

倒是漂亮女警眼疾手快，伸出右手，随便抹了一把鼻涕眼泪，也顾不上什么形象了，颤抖着双手捡起钥匙打开最右下角那个更衣箱。

见状，霍南也赶忙凑了过去。

由于更衣箱紧贴地面，两个人只能蹲着，脑袋也不知不觉靠在了一起，都能感受到彼此的体温。

与此同时，一股淡淡的处女幽香飘入霍南鼻孔中，与之前从那件淡蓝色束胸上散发出来的香味儿一模一样。

身边待着一个散发着青春气息的少女，而且距离如此之近，纵使霍南的意志力再怎么坚定，也忍不住心猿意马起来。

不过这种感觉很快就被霍南强行压下去了，他尽量往后挪了挪，从右侧弯腰望向更衣箱内，并且用标准的英语轻声提示道："小嫂子，不管里面有什么东西，都不要随意触碰。"

结果却令人大失所望，整个更衣箱内只有一把类似汽车控锁的遥控钥匙，以及一个小熊布娃娃。

霍南仔细检查了一番，确定没有任何机关陷阱之后，这才把右手伸进更衣箱内，小心翼翼地取出遥控钥匙跟小熊布娃娃。

子弹出膛

发现霍南成功找到两样东西，吸血鬼等人也纷纷鱼贯而入，来到他的身后，开始细细打量起霍南手中的东西。

绅士的眼中迸发出异样的神采，急忙强调道："这个玩具熊我在便利店内见过！"

"真的？"霍南反问道。

"一模一样！"绅士立即点点头确认道。

一时间，线索突然多了起来，但却显得杂乱异常。

霍南需要冷静下来，从头理顺。

只见，霍南先是仔细观察了一番手中的小熊布娃娃，见这个布娃娃与普通玩具在外表上没有任何区别，不禁眉头微皱。

随后，霍南又轻轻地将小熊布娃娃从头到脚捏了一遍，企图寻找暗藏的玄机，可依旧毫无收获。

吸血鬼伸出右手，轻声道："把小熊给我看一下……"

对于这位昔日同生共死的袍泽，霍南没有半点迟疑，便将好不容易得到的线索递了过去。

小熊布娃娃刚被吸血鬼拿到手里，早已迫不及待的狼人跟绅士，便在好奇心的驱使下围了上去，那种感觉就好像要把小熊布娃娃大卸八块一样。

趁着所有人的注意力都集中在小熊布娃娃那边之时，霍南开始研究手中的遥控钥匙。

起初，霍南还以为这是一把车钥匙，而他所需要寻找的答案就藏在某辆汽车中。

可是，当霍南滑开遥控钥匙正面的挡板之后，发现上面有一个高科技液晶显示屏，外加一整排密密麻麻的微型按键，让霍南顿感头大如斗。

"见鬼……老头子这是要整死我啊……"霍南心里暗骂道。

抱怨归抱怨，霍南仍旧没有灰心。

对于一名特种兵来说，掌握各种现代高端电子产品的使用方法，是一项必须具备的职业技能。

没过多久，霍南心中便已经大致有底了，这个遥控钥匙肯定蕴含着天大的秘密，说不定正是父亲在电话里说过他毕生所守护的东西。

第二十四章　燃烧吧，复仇的火焰！

遥控钥匙正中央有个红色的三角形按钮，非常醒目，就好像大部分汽车驾驶室正中央那个三角形的红色双闪紧急按钮一样。

霍南试着连续按了几次红色三角形按钮，没有任何反应，遥控钥匙中间的液晶屏幕却亮了起来。

"请输入解锁密码，然后请验证指纹！"

遥控钥匙液晶屏幕上出现了两行冰冷的黑色提示性英文，霍南差点一把将手中的遥控器砸了。

此时，研究完小熊布娃娃后同样一无所获的吸血鬼走到霍南近前，轻声问道："你这边怎么样？"

闻言，霍南颇为沮丧地摇了摇头："这个东西需要指纹加密码才能解锁。"

吸血鬼并没有从霍南那里接过遥控钥匙，因为他心里十分清楚，在没有搞到指纹跟密码之前，就算自己拿到也没有半点用处。

不一会儿，狼人拿着小熊布娃娃凑了过来，面部表情看起来烦躁得很，没耐心地骂道："什么玩意儿啊？这不就是一个普通得不能再普通的玩具吗？小白隼，我说老爷子是不是脑袋进水了啊？"

"闭嘴！老狼！"绅士在一旁及时出言喝止道。

对于一向大大咧咧说话毫不避讳的狼人，霍南早就习以为常了，压根儿就没往心里去，此时他迫切想要解锁手中的遥控钥匙。

既然小熊布娃娃没有理出任何头绪，那就只能寄希望于遥控钥匙了。

发现霍南手中的遥控钥匙液晶显示屏还泛着刺眼的光芒，吸血鬼赶忙提醒道："小白隼，你最好还是把显示屏赶紧关了，遥控钥匙也不知道在这里存放多久了，别回头没电了，到时候就算搞到密码也只能干瞪眼。"

霍南低头看了看手中的遥控钥匙，觉得吸血鬼说的非常有道理，因为他找了一圈，竟然没有找到充电插孔，代表这就是个一次性的电子产品。

想来想去，霍南熄灭了液晶显示屏。他把遥控钥匙塞进裤兜里，脑海中忽然灵光一闪。

"有了，咱们还是得回一趟便利店，那里兴许能找到老爷子用过的水杯、饭碗等物件儿，上面肯定能收集到他的指纹。"霍南提议道。

"对！"吸血鬼在第一时间响应，但转念一想继续补充道，"小白隼，咱们最好把你大哥的指纹也收集一下，反正来都来了，以防万一，别等回头还得跑一趟。"

情绪一直比较低落的漂亮女警，在听到两人的对话后，哽咽着说道："霍队长的指纹好办，我们警察局的一些重要文件资料都有他的亲手画押，可以直接从那上面复制。"

锡金警察局副局长得知霍南需要霍队长的指纹，率领两个警员去楼下资料室亲自去查了。

几分钟后，众人在锡金警察局一楼大厅会合，霍南拿到大哥的指纹资料，站直身体敬了一个标准的佣兵军礼："谢谢！"

通过漂亮女警的翻译，锡金警察局副局长也以同样郑重的军礼作为回应。他操着一口浓重的本地方言叮嘱道："来自远方的恩人们，请多保重！"

其实，霍南最担心的就是自己走后，锡金警察局还会遭到恐怖分子的围攻，尤其是那个喜欢大哥的女警察。

"嗡……"

"吱！"

恰巧此时，赶上一批外出执行维和任务的警察返回驻地。

三辆警车同时堵住早已被武装分子炸开的大门，全副武装的警察们一溜小跑冲了进来，列成一排向副局长报到。

每一个警察的脸上都焦黑焦黑的，身上的警服或多或少都有漏洞。

有两个警察还挂彩了，脑袋上的鲜血早已凝固，由此可见他们之前经历过怎样惨烈的战斗。

为首那名队长级警察上前一步如实汇报道："报告局长，一队霍队长失去联系，至今下落不明；二队全军覆没；三队损失惨重，刚刚通话时，正在向总部靠拢；四队减员过半。"

四队正是刚刚回来的这支警察维和部队……

他们出发的时候，足足有十四个人，而此刻只剩下七人。每一个警察的脸上都写满了坚毅！每一个警察的眼中都燃烧着复仇的火焰！

第二十五章　思念也是一种病

"局长，我们是回来补充弹药的！"为首那名四队队长说明来由。

锡金警察局副局长有些为难，弹药库里的确还有不少武器装备，可是就这样发给他们，无异于让手下的人出去送死。

但是，现在死了那么多警察，想让这些手下冷静下来守在警察局里面，似乎又有点不太现实。

霍南从漂亮女警那里得知这些警察的想法之后，立刻抬起双手向下压了压，示意大家安静。

"嫂子，你帮我翻译一下，让他们知道大体的意思就行了。"霍南冲着漂亮女警说道。

漂亮女警面色绯红，默不做声，轻轻点了点头，算是答应了。

"各位，霍大队长已经死了，我是他的亲弟弟，华夏国家级'鹰隼'特战队成员之一。我此番不远万里赶到锡金，就是为了替大哥报仇雪恨的！"

顿了顿，霍南继续强调道："恐怖分子的基地我已经查明，只是现在报仇时机未到。如果大家相信我，就先在这里养精蓄锐，等到晚上，咱们一起去复仇！"

"局长，这个人是谁？"

"队长，我们可以相信他说的话吗？"

"我要替死去的兄弟报仇！"

几个警察交头接耳，对于霍南这个人，他们是陌生的，怎么可能一下子就选择绝对信任。

四队队长也有些拿不定主意，将充满征询的目光投向锡金警察局副局长。

副局长点点头，指了指满院子的武装分子尸体，如实说道："这些人都是他们打死的，如果没有霍大队长的弟弟，恐怕……"

随后，不等手下的警察们表态，副局长便转向霍南："你们去吧，我会率领大家做好准备的，等到晚上再一起行动！"

撤离前夕，狼人有些不解地问道："你们的军队哪儿去了？难道周围就没有其他兄弟单位赶过来支援？"

谈及此事，副局长的神色顿时黯淡下来："方圆五十公里只有一个装甲连驻扎，号称编制十辆坦克，五十多号人，可那都是平时为了吃空饷谎报出来的。真出事的时候，能拉出来的队伍连一半数量都达不到。"

狼人不禁有些无语，好奇地问道："市区街道上那几辆坦克该不会……"

"没错，那就是我们的军队，可惜……唉！"副局长一副十分愤慨，恨铁不成钢的样子。

见这件事情对锡金警察局的残部成员们造成了过大的负面影响，霍南赶忙出言制止了狼人："老狼，你就少说几句吧，我们走。"

狼人把枪口压低朝向地面，挽起裤腿弯腰挠了挠腿，不经意间带下几根又黑又粗的汗毛。他疼得龇牙咧嘴，却仍不忘小声嘀咕："俺又怎么了？真是的……"

"咚！"

趁着狼人注意力分散的时机，吸血鬼一拳捣在对方的脑袋上，快速从其身边经过，没好气地呵斥道："真不知道你是怎么活到这把年纪的，唉……这里简直就是智商重灾区啊！"

一边说着，吸血鬼一边指着自己的脑袋，不停地戳击着太阳穴，这个举动引来绅士哈哈大笑。

"Fuck！"狼人终于明白过来了，敢情吸血鬼是在嘲弄自己，立刻抱起枪追了过去，打算给对方一点颜色瞧瞧。

可是，笨重的狼人又怎么可能追得上吸血鬼？只能跟在后面不停地咒骂，过过嘴瘾罢了。

原本，这个漂亮女警叫小珠，她打算提出跟霍南等人一起离开的要求，可当她得知晚上大家还要一同参加复仇军事行动，想了想就没好意思开口。

望着霍南等人渐行渐远的背影，小珠的心头泛起一丝失落之情，想起已经离开人世的心上人，一股酸楚再也压抑不住，眼泪无声无息顺着脸庞滑落下来。

第二十五章　思念也是一种病

霍南一行人刚刚离开锡金警察局没多久，身后便响起零星的枪声，似乎是又有武装分子往警察局那边靠拢。

好在四队队员刚刚回援警察局，再加上原有的七八个警察，霍南倒是不怎么担心他们的安危。

一路无话，霍南等人以急行军的速度返回便利店，并且四个人开始分头行动。

根本用不着霍南安排，大家都非常自觉。

霍南开始四处收集父亲用过的日常物品，并且整个过程手上都套着塑料薄膜，就好像警察办案搜集证据一样，生怕破坏掉物品上的指纹。

绅士负责寻找橡皮泥、印泥等指纹制作物品，吸血鬼则忙碌着霍南大哥指纹的复制工作。

唯有狼人帮不上什么忙，跟在吸血鬼身后只能干着急。

忽然，狼人脑海中灵光一闪，用力地拍了一下自己的大腿，那清脆的响声让吸血鬼都觉得有些肉痛。

"喂，老狼你抽什么风呢？"吸血鬼鄙夷地瞅了狼人一眼，低头继续着手中的工作。

孰料，狼人根本就没有搭理吸血鬼。他径自跑到一个角落里，蹲在一堆乱七八糟的物品面前开始仔细翻拣起来，似乎在找什么重要的东西。

"哈哈哈……我找到了……"

听到狼人无比兴奋的大喊声，吸血鬼跟绅士同时跑过来。

"你们快看，这是什么东西？"说着，狼人举起手中的玩具熊，竟然与霍南在锡金警察局得到的那个小熊布娃娃一模一样。

吸血鬼一把夺过玩具熊，赶忙仰头冲着楼上的天花板喊道："小白隼，赶快下来，老狼有新发现！"

听到队友的呼唤声后，霍南放下刚刚搜集到的物品，一溜烟儿冲到一楼大厅。

霍南在第一时间内就看见了被吸血鬼握在手中的小熊布娃娃，根本不用对方说明，就从自己兜里掏出另外一个，将两个布娃娃放在一起对比。

四个大老爷们将两个小熊布娃娃围在正中央，翻过来覆过去地检查、研究，那场景怎么看怎么觉得诡异。

恰巧此时，一直在楼上负责望风的魔蝎下来方便，与众人撞了个正着。

子弹出膛

毫无头绪的狼人忽然一拍脑袋，提议道："不如让魔蝎过来看看吧，他可是玩'大家来找茬'的高手！"

闻言，魔蝎先是一愣，随后疾步走过来，从霍南手中接过两个外表相同的小熊布娃娃。

结果，还没等狼人把要求说出来，已经把两个小熊布娃娃翻过来检查的魔蝎就已经看出些端倪来了。

"不就是找两个小熊布娃娃不同的地方吗？"魔蝎开口问道。

"对，没错……"霍南点点头。

魔蝎把两只小熊布娃娃的屁股呈现在众人面前，掀开尾巴让霍南看，不紧不慢地说道："很简单，一只有条码，一只没有，我想其中暗藏的玄机一定就在这里！"

"嘶……"霍南不禁对魔蝎刮目相看，心里暗叹自己怎么就没有发现这一点呢？

与此同时，吸血鬼也得出结论："条形码应该就是密码，现在方向有了，解锁遥控钥匙看来问题不大了。"

霍南急切地说道："快！把所有的小熊布娃娃找出来，我要上面的条形码。"

五个人应声而动。

楼上有天蝎把守，魔蝎就没着急回去，留在便利店一楼大厅帮忙。

几分钟过去了，一堆小熊布娃娃被众人集中在收银台上。

霍南拿着扫码器，挨个扫描小熊布娃娃尾巴处的条形码。

"滴……"

每当扫码器扫过一张条形码，收款机的电子屏幕上就会显示出一串相对应的阿拉伯数字，吸血鬼负责将这些阿拉伯数字一一记录好。

"呼……"

直至所有的小熊布娃娃条形码都被扫描完毕，霍南这才靠墙长长地出了一口气。

吸血鬼见状，主动拍了拍胸脯，劝道："小白隼，你先休息一会儿吧，指纹的事情交给我跟绅士来办就行了。"

"也好，辛苦了，各位！"霍南客气了一声，把之前收集好的一堆物品推给吸血鬼，"这些都是老爷子用过的东西，上面肯定能提取到他的指纹。"

第二十五章　思念也是一种病

"好嘞……没问题，最多半个小时就能搞定！"绅士一副信心十足的样子。

"嗯，等你们好消息了。"说完，霍南闭上双眼，蹲下倚在墙上。他的脑海中浮现着一幕幕画面，逝去的大哥、失踪的老爷子，以及一系列发生的事情，这一切都令他心力交瘁。

不过，当霍南的脑子里浮现一个窈窕的背影时，他的心情竟然稍微平复了一些，甚至是有点欣慰，她就是开直升机亲自把霍南送到锡金郊外的韩彩儿。

"韩彩儿，不知道你现在怎么样了？是否平安返航？有没有被你老爸关禁闭？"

忽然，霍南想起那把一直插在后腰的沃尔特PPK女式手枪，随即拔出来拿在手中轻轻地擦拭起来。

这把沃尔特PPK女式手枪可是韩彩儿在临走时留下的，霍南一直都放在最贴身的部位妥善保管，生怕一不小心弄丢了，到时候回去没办法交代。

此刻霍南端详着手中的沃尔特PPK女式手枪，就好像与韩彩儿面对面一样，韩彩儿的音容笑貌是那么清晰，却又模糊……

"喂！小白隼，你怎么了？看起来跟生病了一样！精神一点，指纹我们已经搞定了，准备开始实验！"

不知过了多久，吸血鬼的声音在霍南耳畔响起，将他的思绪拉回现实中。

"喔……"

"生病？"

"呵呵……"

霍南自嘲地笑了笑，摇摇头用枪托支撑地面，缓缓地站了起来，向吸血鬼走了过去。

其实，霍南觉得吸血鬼说的没错，如果自己真的生病了，那这种病一定就是思念。

没错，思念是一种病！

就好像歌里唱的那样……

第二十六章　战地生存法则

其间，所有准备工作都做完了，大伙儿凑在一起，脸上都写满了兴奋。

霍南一点都不避讳，直接把遥控钥匙拿出来拍在收银台上，还有那个从锡金警察局带回来的小熊布娃娃。

虽然之前已经得到了十一个密码，但是在没有真正解锁遥控钥匙之前，霍南不敢随意丢掉好不容易得到的线索，说不定还能派上什么用场呢。

"那我先来了……"吸血鬼拿起遥控钥匙，征求霍南的意见。

"嗯。"霍南轻轻点了点头，目光中流露出坚定的神情。

只见，吸血鬼推开遥控钥匙正面的滑板，唤醒休眠的液晶显示屏后，将准备好的复制版指纹按了上去。

"叮！"

一记清脆的声响传入众人耳内，与此同时，液晶显示屏由浅绿色变为暗红色，一个大大的叉子提醒指纹输入错误——"请重新输入"。

失败是在所难免的，大家都在趟着石头过河，没有觉得丢人。

吸血鬼解释道："这是霍南大哥的指纹，我再换老爷子的复制指纹试一下。"

包括霍南本人在内，现场所有人都屏住呼吸，连大气都不敢出。

"滴……"

当吸血鬼把第二个复制好的假指纹按在液晶显示屏上后，显示屏没有变红，而是继续维持原本的绿色。

这一点让霍南非常兴奋，就差没当场嚎一嗓子了。

可是，大伙儿等了半天，也没见液晶显示屏上出现下一步的提示，仍停留在需要输入指纹的界面上。

第二十六章 战地生存法则

"什么情况？"一向粗犷的狼人最先沉不住气了，不耐烦地问道。

霍南试着分析道："会不会是需要输入两个指纹才能解锁？"

"很有可能，我再试一下霍大哥的指纹。"

"滴……"吸血鬼照做后，液晶显示屏再次发出一记清脆悦耳的响声，依旧停留在绿色界面。

不知道为什么？这一次，霍南连想都没想，就伸出右手食指，结结实实地按在液晶显示屏上面。

"滴滴滴……"

终于，遥控钥匙正面的液晶显示屏上出现了一个新的界面，提示指纹验证通过，可以输入密码进行解锁了。

"我靠，小白隼，老爷子也太谨慎了吧？"狼人都无语了。

吸血鬼也挠挠头，打怵地说道："我也是头一回见着需要三个指纹同时验证才能开启的编码器，这个安全系统的研发者也太牛了！"

霍南不好意思地笑了笑，把遥控钥匙递给吸血鬼："但愿那些密码有效，试试看吧。"

"必须成功！"吸血鬼接过来低头开始认真试密码。

良久，吸血鬼最终还是摇了摇头，看上去非常气馁，连话都不肯说了。

站在一旁的绅士拿起吸血鬼刚刚放在收银台上的遥控钥匙，惊叹道："乖乖，就这么一个小东西，简直是要折腾死哥几个啊。"

头脑简单的狼人首先怀疑道："会不会还有小熊布娃娃落在某个角落？没被找到？"

"不可能……"

其余几人同时摇头否决，便利店就那么大，霍南等人在寻找小熊布娃娃的时候根本没留死角，就差掘地三尺了。

"刺啦……"

就在大伙儿面面相觑之际，霍南一咬牙，竟然把从锡金警察局带回来的小熊布娃娃一撕两半。

一堆白色的棉花填充物掉在收银台上，一张黑色的条形码夹杂其中，十分显眼。

子弹出膛

霍南与吸血鬼对视了一眼，同时露出一个欣慰的笑容。

吸血鬼拿起扫码器，霍南则根据屏幕上显示的数字输入密码。

"滴滴滴……"

伴随着一阵清脆的声响，遥控钥匙的液晶显示屏上出现两个英文字母，一个"Y"，一个"N"。

"滴！"

"轰隆……轰隆隆……"

按下"Y"字母后，整个便利店都发出震耳欲聋的闷响，一楼大厅的地面也隐约有些颤抖。

即使霍南等人明知道这不是地震，但是，身为高级雇佣兵的他们依旧条件反射般撤到后院的空旷地带，防止有什么意外发生。

"咔嚓！"

随着最后一声脆响消失，便利店恢复如初，彻底陷入一片死寂，异常诡秘。

可能是突如其来的响声，惊动了在附近搜索的武装分子，有几个人循着声音摸了过来。

藏在屋顶的天蝎、魔蝎兄弟二人第一时间发出预警，并用无线电通讯器征求狼人的处理意见。

霍南的眉头都快拧成一个大麻花了，思虑片刻，冲着狼人叮嘱道："老狼，告诉他们兄弟二人，如果敌人不多的话，最好装消音器全部干掉，以防后患！"

狼人将霍南的意思转达给天蝎、魔蝎后，只见天蝎从房顶露出小半个头来，摆了摆手道："消音器只有一个，怎么办？"

吸血鬼见状伸出右手在怀里不停地摸索着，不知道从哪里搞出来一个狙击步枪的消音器。他抬头强调道："不知道合不合适，你先试一下吧。"

天蝎接住吸血鬼扔过来的消音器，熟练地安装起来，没想到竟然与自己手中的自动步枪型号十分匹配。

只见天蝎点了点头，闪身消失在房顶边缘，与魔蝎会合。

两个黑洞洞的枪口，悄无声息地探出去，瞄准那些正在慢慢靠近，且毫不知情的目标。

没有任何一个武装分子意识到危险，杀气正从天蝎跟魔蝎兄弟二人身上蔓延开来，锁定区域之中所有的敌人！

便利店后院，绅士看上去忧心忡忡，冲着狼人问道："喂……老狼，那两个小家伙能行吗？"

顿了顿，绅士继续问道："要不要我上去帮帮他们？"

狼人当即摆摆手，大大咧咧地笑道："不要小瞧这哥俩，他们配合起来默契程度能让你瞠目结舌！毫不夸张地说，短时间内，天蝎跟魔蝎在近距离巷战中能消灭一整个加强排的士兵！"

"噗！"

"噗噗噗……"

狼人的话音刚落，房顶一连传出好几声闷响，给人的感觉就好像是折叠扇轻轻拍在手上，或者捏爆一个矿泉水瓶子所发出来的声音。

不一会儿，天蝎再次从原先的位置探出头来。

只不过这一次他并没有说话，而是轻轻点了点头，表示靠近的敌人都被干掉，潜在威胁解除。

见状，霍南伸出右手，竖起大拇指，他们并没有任何语言上的交流——天蝎得到肯定后，配合也十分默契，默默地转身匍匐前进，返回屋顶最佳的监视位。

"注意观察周边环境，有任何情况立即汇报！"天蝎埋头尽量压低声音，跟同样趴在右侧一动不动的好兄弟交代道。

"收到……"回答后，魔蝎便彻底陷入沉默。

魔蝎没有多问半个字，多说一句废话，展现出良好的军事素养，这也是在残酷的战场上，能够生存下来活到最后的必要条件之一。

再看楼下，警报解除后，霍南把注意力集中到便利店一楼大厅。

异响过后，还没人进去呢，里面究竟发生了什么？是不是遥控器开启了一个巨大的密室？那么通往密室的道路上会不会有什么机关？

带着内心深处一连串的问号，霍南端起枪，身体下蹲双腿略微弯曲，呈战术搜索姿势快速前进。

吸血鬼、狼人、绅士二话没说，采取同样的姿势，一左一右一后相互掩护交替前进，几乎不留下任何一个死角，确保小队的每一个成员都不会遭到突袭。

可是，刚刚行动起来的搜索小队，却因为霍南的突然停滞而无法继续前进。

子弹出膛

只见，已经抵达便利店一楼大厅入口的霍南站在原地驻足不前，两只眼睛直勾勾地盯着正前方。

霍南就好像着魔了一般，连枪口都不知不觉朝向地面，忘记了身为一名世界级雇佣兵，应时刻提高警惕，确保自身安全的原则。

"小白隼，怎么了？"狼人用一种略带调侃的语调问道。

说话间，三人几乎在同一时间抵达霍南身后的空地上，探着脑袋争先恐后地望向便利店内。

"Oh，Shit！"狼人下意识地嘟囔了一嘴。

便利店一楼大厅凭空出现一个通往地下的石制阶梯，两盏泛着微弱黄光的老式白炽灯，将整个通道映衬得极为幽深。

通道内寒气逼人，霍南站在两米开外便能感觉到迎面扑来的飕飕寒气，但过了一会儿就慢慢适应过来。

"白隼……小白隼？"见霍南端起枪，迈着坚定的步伐向通道入口靠近，狼人焦急地低声喊道。

生死袍泽！无论何时何地，他们都可以为了兄弟摒弃一切，包括宝贵的生命，自然不会惧怕来自幽暗世界的未知危险！

狼人与吸血鬼、绅士三人相互对视了一眼，几乎在同一时间点了点头，先后冲进便利店，护住霍南的左右后三个方向。

"霍南，有什么发现没？"见霍南停留在通道入口，向来比较机智的吸血鬼问了一句。

霍南轻轻摇了摇头，盯着幽深的石制台阶，目不转睛地说道："我先下去探一探情况，你们几个留在上面警戒……"

说完，霍南便端着枪迈出第一步。他的脚踩在布满苔藓的石制阶梯上，没有发出半点声响。

"噔噔噔……"

听到身后传来急匆匆的脚步声，霍南毫不犹豫地转身抬起手中的自动步枪，瞄准狼人，皱着眉头呵斥道："回去！这是命令！"

第二十七章　豪情万丈真男儿

狼人侧脸观察了一下，发现霍南右手食指紧扣住扳机，而且他的身后一片安静，没有出现任何危险状况，这才连忙摆手，悻悻地倒退几步，撤了回去。

见状，霍南转过身去，双腿略微弯曲，保持战术搜索姿势，做好遇到危险状况随时开枪的准备。

霍南一点一点深入地下，昏黄的灯光越来越微弱，能见度只有不到一米。

"呼……"

忽然，霍南感觉到一丝异样，彻骨的寒意快速逼近，前方似乎有某种危险正在等待自己。

"，过来……孩子……"

"你还在犹豫什么？"

"难道你怕了吗？"

霍南脑海之中，接连响起一道道古老而又沧桑的声音，不停地召唤他。

参军那么多年，在海外也执行了不少雇佣兵任务，霍南还从未怕过什么，可这一次，他确实有点紧张了，连手心都渗出不少汗水。

既然进来了，霍南便没打算空手而归。他使劲儿晃了晃脑袋，尽量使自己保持清醒，这才咬牙继续深入未知地域。

短短几秒钟内，霍南的身形便被无尽的黑暗彻底吞噬，消失得无影无踪！

"嗖……"

虽然霍南的双眼短暂致盲，但超高的军事素养让他对周围的环境变化异样敏感。

此时一道黑影刚刚从他面前疾驰而过，霍南的左耳便跳动了几下。

子弹出膛

"砰!"

霍南几乎是下意识地扣动扳机,瞄准黑影开了一枪。

枪响后的第一时间内霍南就有些后悔了,子弹出膛后产生的火光照亮了整个地下室。

电光石火之间,霍南也看了个大概——一只硕大的肥鼠血溅当场,整个地下室有四五十平方的样子,而且陈列了许多照片跟军事物品,但年代都较为久远。

至此,霍南彻底放下心来,从左侧手臂的肩兜里抽出一个防水强光手电筒,打开手电筒开始仔细四下观察。

循着一阵寒气,霍南终于找到了让他疑惑的原因。

原来,这个密闭的空间内之所以会有风,都是那只硕鼠捣的鬼。

在地下密室的东南角,赫然出现了直径达一英尺甚至更宽的老鼠洞,洞口周围布满了石块碎渣跟泥土。

霍南用双脚将散落一地的杂物重新踢回老鼠洞内,勉强堵住了洞口,防止地下密室遭到硕鼠破坏。

"回头得整点水泥把这个老鼠洞彻底封死!"霍南心想。

刚刚抬起头来的霍南,当即被挂在对面墙上的一幅画像深深吸引住。这张画像画的不是别人,正是他的老爷子。

快步冲上前去,霍南轻轻取下挂在墙上的画像。隔着一层薄薄的玻璃,他用衣袖擦拭着表面的灰尘。

放眼望去,周围的墙壁上挂满了不同尺寸的相片,有些被装裱在相框中,有些则是直接被粘贴在墙上。

照片的白色底版已经泛黄,显示出年代的久远。

霍南心中十分庆幸,多亏老爷子把这些珍贵的照片都挂在墙壁上,否则的话,早就被那只该死的硕鼠糟蹋了,哪里还轮得到他来看?

除此之外,在地下密室的西北角,还有一个用不锈钢方管焊接而成的展架。

架子顶层,陈列了一整排钢盔。

钢盔的形状十分特别,有点像二战时期德国纳粹军官们所配发的头盔。

霍南粗略一数,足足有十几顶钢盔。

钢盔上布满了厚厚的灰尘,显然已经好久没有人动过它们了。

第二十七章　豪情万丈真男儿

展架一共有四层，除了放置钢盔的第四层，第三层放了一摞文件夹、档案袋。

霍南大体翻看了一下，里面记载的内容，似乎都与同一个地下特工组织有关联。

由于资料放的位置比较高，丝毫没有受潮，保存得十分完整。

霍南按照原先的顺序将资料摆放好，打算等日后有时间再慢慢从头理顺。

第二层是一些摆放整齐的枪支弹药，但大部分都是手枪或者近身微型冲锋枪。

对于这些型号配置都早已过时的老古董，霍南可丝毫提不起兴趣来，直接把目光转移到第一层。

可是……

出乎霍南预料的是，最底下那排展架竟然是空的。

霍南几乎可以确定，这个地方之前肯定摆放了某种十分重要的物品。

这件物品也只是在近期才被人移动过，或者可以直接一点说，被挪走了。

来不及细想，霍南在另一个墙角发现了一张大桌子，上面插了足足有11把匕首。

每一把匕首都不一样，每一把匕首上面都挂着一串钢制的士兵名牌。

令霍南感到有些奇怪的是，这11把匕首中间，还空着几个位置，上面相对应地贴了几张小纸条。

霍南抬起军用防水强光手电筒，俯身探头看了看几张小纸条上的内容，原来都是些人名，其中还包括老爷子的名字——"霍正"。

"小白隼，下面情况怎么样？"正当霍南在猜测这几张纸条的用途时，狼人关切而又焦急的声音从纳米无线电通讯器中传了出来。

即使这里是父亲留下来的地下密室，霍南也不打算隐瞒，更何况他还指望这些弟兄们帮忙一起寻找线索呢。

"一切正常，下来吧……"

接到霍南的明确指示后，无比兴奋的狼人率先冲进地下密室，绅士跟吸血鬼无奈地对视了一眼，耸耸肩膀跟随其后。

原本霍南独自下来的时候，四五十平米的地下室显得有点空旷。

突然多出三个人，地下室里则拥挤了不少。

待人齐之后，霍南轻声叮嘱道："大家帮忙找一找，看看这里是否有老爷子

子弹出膛

留下的线索。"

"没问题！"站在货架前的狼人，早就盯着陈列在上面的各种武器装备目露红光了。

闻言后，狼人立刻伸出一只毛茸茸的大手，准备拿起一把左轮仔细观赏一下。

"啪！"

不料，狼人的手刚刚伸到半空中，就被吸血鬼一巴掌拍到一旁："老狼，难道你没有发现吗？这里的每一样东西都十分珍贵，不能轻易触碰！即使要拿起来，也必须轻拿轻放，绝对不能有半点闪失！明白了吗？"

"唉！真麻烦，磨磨唧唧的一点都不爽。"狼人一向心直口快，不善于隐匿自己的感情，总是在第一时间表达出来。

对于这一点大伙儿早就习以为常，没有任何人计较。

待地下密室彻底安静下来之后，吸血鬼率先被那些插在木质桌面上的匕首深深吸引。他猫着腰围着11把匕首转了一圈又一圈，时不时还会闭上眼睛用力地嗅一下，貌似十分舒服的样子。

吸血鬼的一举一动，早就落进霍南眼里。

吸血鬼如此享受的模样，在不知情的人看来，完全就跟一个变态、疯子没什么区别。

似乎是感受到霍南那如同鹰隼般锐利的目光正在注视着自己，吸血鬼浑身上下都不自在，赶忙解释道："我终于知道了，为什么之前在便利店里的时候，我总是能依稀嗅到一股很淡却又十分特别的血腥气，源头就是这些匕首！"

闻言，霍南难以置信地走到木质长桌近前，随手拔出一把匕首。

匕首通体锃亮，自身的光芒并没有因为被藏在地下室里而埋没半分。

紧接着，霍南又把匕首放在鼻子底下闻了闻，除了一股金属所散发出来的特有味道之外，并没有任何异味。

见霍南眉毛皱在一起，吸血鬼在一旁轻声提示道："我敢断定，插在这里的每一把匕首，都沾满了鲜血。它们已经被血液浸透，那股子血腥气深入刀髓，已经与匕首融为一体，平常人根本无法辨别……"

"喏……霍南，不信你看，我也是在这几只小家伙的帮助下，才能做到对血腥气如此敏感的。"说着，吸血鬼右手向半空中轻轻一扬，几道黑中泛着红色邪光的吸血蝙蝠快速呼扇着一双肉翅，围绕在二人周围极速飞翔。

可是，吸血蝙蝠们的注意力，很快就被插在木质长桌上的匕首吸引走了。

只见，几只吸血蝙蝠不约而同地冲向匕首。它们放缓速度小心翼翼地穿梭在匕首之间，生怕自己那脆弱的身躯被锋刃划伤。

霍南见状轻轻点了点头，对吸血鬼的结论深信不疑。他分析道："这 11 把匕首应该代表着 11 个死去的人，它们的主人生前想必个个身怀绝技，身手了得。"

此时，吸血鬼已经留意到贴在匕首之间的几张小纸条，赞同地说道："如此说来，这几张纸条上有名字的人，应该都还健在。"

"对……"霍南的神态看起来无比惆怅，用一种略微带些哀伤的语气强调道，"其中有一个就是我老爸。"

狼人跟绅士不知道什么时候也过来了。他们围在木质长桌周围，望着那些倒立的匕首眉头紧锁，一脸沉重的样子。

吸血鬼与霍南相对而立，抬起右手，用力地拍了拍对方的左肩膀，露出一个邪魅的微笑，安慰道："放心吧……我保证，代表霍老爷子的那张纸条，最少还得在这张木质长桌上，还要再安静地躺上十年，甚至更久……"

起初，不仅狼人没有听懂，就连绅士亦是一脸茫然。

可是，仔细品味了一番，众人脸上不约而同露出了一丝笑容。

绅士更是豪情万丈，大声吼道："要我说十年哪够？怎么不得再加十年，二十年才够本！"

"哈哈……"整个地下密室瞬间被四人的笑声湮没，连日来的阴霾消失得无影无踪。

第二十八章　弥足珍贵的儿时记忆

笑过之后，吸血鬼不知道从哪里找出两副白手套，分别递给身边的队友："只有这些了，先凑合凑合，每人戴一只，分头寻找线索。"

闻言，霍南仍旧有些不放心，叮嘱道："所有东西记得轻拿轻放，注意保存物品的完整性。"

绅士笑道："哥几个干活，你还有啥好顾虑的。"

狼人大大咧咧地捶了捶胸脯，突然语气一转，试探性地问道："小白隼，你该不会是怕老爷子回来知道我们动了他的东西，找你算账吧？哈哈……"

"咚！"狼人的话音刚落，霍南紧跟着抬起右腿，一脚踹在狼人那厚实的屁股上。

"哎哟……小白隼，你也太狠了吧？"狼人揉着隐隐作痛的屁股，躲得远远的，生怕霍南再收拾自己。

别看狼人身高体壮，可在灵敏度跟格斗技巧上还真比不过霍南。

内部切磋的时候狼人没少挨揍，别看刚才那一脚，霍南脚上可穿着特种军靴呢！军靴头部全部用加厚型钢板打造，坚硬程度可想而知。

"赶紧分头行动吧……"霍南狠狠地瞪了狼人一眼。

不知道负责趴在房顶警戒的天蝎、魔蝎兄弟二人看到这一幕，心中会作何感想？

由于狼人平时比较粗心大意，所以他负责检查表面上的东西。

吸血鬼跟绅士则来到展架下方，开始翻看文件夹里记载的卷宗，以及各种各样的资料。

霍南手里拿着一根小铁棍，对地下密室的地面、墙壁不停地敲敲打打，生怕

第二十八章　弥足珍贵的儿时记忆

漏掉任何一个可疑之处。

时间一分一秒地流逝，不知道过了多久，狼人跟霍南都没有其他发现，逐渐向展柜靠拢。

每人手里都端着一份卷宗仔细阅读着，从中寻找有用的讯息。

"噔噔噔……"

一阵脚步声从众人头顶的便利店传入地下密室，霍南皱了皱眉头，警惕性十足的目光瞬间瞄向石制阶梯入口。他左手拿着一摞资料，右手却早已经下意识地按在腰间的配枪上面。

再看狼人，则一脸淡定，头也不抬地安抚道："不用担心，是天蝎，那小子就这样，跑起来毛毛躁躁的。"

果不其然，几秒钟后，天蝎站在石制阶梯顶端。

他没敢贸然进入，轻声喊了起来："狼人大哥，南哥，你们在下面吗？"

狼人没说话，而是吹了一个口哨作为回应，这似乎是他们两个人之间某种特定的联系方式。

没多大一会儿，天蝎便出现在众人的视野中。

初次见识地下密室内的东西，天蝎整个人都感到十分震撼。尤其是看到那十一把插在桌子上的各种世界级限量定制匕首，他的眼睛都快要放光了。

"有敌情？"狼人抬起头看了看天蝎。

天蝎摇了摇头："没有，是……是跟南哥在一起的那个姑娘醒了，我想你们要不要过去看一下？"

"不会吧？这么快就醒了？"霍南一脸惊讶。

绅十也有些难以置信，强调道："回来的时候，我检查过那个女孩的伤势，以她的身体素质能在这么短的时间内苏醒，在医学上简直就是个奇迹。"

可是，霍南现在想集中精力搞定一件事情，那就是找出有关老爸下落的线索。

除此之外，霍南不想因为任何一件事情分心！

想到这里，霍南叮嘱道："绅士，你和老狼上去看看，我跟吸血鬼继续留在这里查找线索。"

"好！"绅士点点头，道，"确定那个女孩儿没事我们再下来。"

"嗯，不用着急，我们有的是时间。"霍南回复道。

子弹出膛

狼人却有点不乐意了，焦急地催促道："小白隼，你不是说已经侦察到那些武装分子们的基地了吗？咱们什么时候杀过去啊？抓住他们的首领，还怕问不出老爷子的下落？"

"唉……"吸血鬼放下手中的档案文件，无奈地摇了摇头，"老狼，你说话能不能动动脑子？老爷子是不是这些武装分子抓走的还是个未知数呢！"

"呃……"

狼人抓了抓耳朵，尴尬地问向绅士："你收拾好了没有？咱们赶紧上去看看那个小娘儿们吧。"

"哼！"

绅士白了狼人一眼转身就走，对于这种临时拿战友充当挡箭牌的人，他表现出一副懒得理你的态度。

天蝎尾随在二人身后，脸上始终保持笑眯眯的神态，似乎对老大狼人的窘境感到非常有意思，同时更加羡慕的是霍南等人之间那层融洽到可以无话不谈的关系。

"什么时候我跟魔蝎也能融入这个小团体，得到认可，与他们成为真正的朋友呢？"天蝎心想。

目送绅士等人离开后，霍南一边低头看着手中的资料，一边随口问道："吸血鬼，你觉得新来的那两个小伙儿怎么样？"

吸血鬼似乎是没想到霍南会突然这样问，略微有点惊讶："目前看来还不错，是好苗子，各方面素质都很高，日后稍加训练不会比你我二人差。"

"嗯。"霍南赞同地点了点头，"咱俩的意见差不多，也不知道老狼这个家伙，在哪里找到这两个人才的，而且是孪生兄弟。"

"呵呵……这个世界上万事皆有可能……"

"咦？"

吸血鬼话刚刚说了一半，便被霍南打断了。他在第一时间靠了过去，低头朝对方手中的资料看去。

"小白隼，这个人……"吸血鬼试探性问道。

霍南的面部表情瞬间变得无比肃穆，沉声确认道："没错，照片里有我父亲。"

说着，霍南转身来到木质长桌近前，把资料放在桌子上，伸出双手颤颤巍巍

第二十八章　弥足珍贵的儿时记忆

地揭开那张照片。

照片已经泛黄，是一张十几个身穿制服的男人合影。他们身上所穿的制服非常特别，不像是军装，却显示一种独特的气质，让照片里的人看起来与众不同。

霍南的老父亲霍正，就站在第一排正中间稍微靠左一点的位置上。他面带微笑，整个人看上去阳光帅气、自然爽朗，年轻的时候还真是个大帅哥。

见霍南望着手中的照片一直发呆，站在一旁的吸血鬼适时提醒道："照片下面这份档案应该跟老爷子有关系，抓紧时间看看吧。"

"哦……"意识到自己有些失态后，霍南赶忙把照片放好，拿起档案与吸血鬼一起阅读。

虽然这份档案有十几页之厚，但其中记载的内容却十分有限，只是大概说明了一下霍正等人的组织情况，成员姓名、特长简介等等，甚至连该组织隶属于哪个国家、哪个部门都没有任何记载。

吸血鬼将几张纸条收集到一起，提议道："咱们按照这几张纸条上的名字对比照片，把还活着的人找出来，记住他们的长相，以后肯定能派上用场。"

霍南闻言点点头，埋头仔细地看了起来。

虽然这样做的意义并不大，但总好过毫无线索。

很快，霍南找出了照片中还活在世上的五个人，并把除了父亲之外的四个人都用笔圈了出来。

"霍南，这张照片你最好带走，不要留在这里。你拿出去想办法把这几个人的头像放大，多备份几张，分发给弟兄们。以后无论在世界各地执行任务，都可以捎带着帮忙寻找他们的下落。"吸血鬼叮嘱道。

"嗯，我估计老爷子此次被绑架，肯定跟他们以前这个组织有关系，说不定是人家回来寻仇了。"迟疑了片刻，霍南终于把自己心中的担忧说了出来。

"不是没有这种可能性……"说着，吸血鬼轻轻拍了拍霍南的肩膀，"别想那么多了，咱们把有用的资料拍照留作备份，抓紧时间离开这里，否则，拖得时间越长，地下密室就越容易暴露。"

不知为何，霍南始终眉头紧锁。

吸血鬼的话从他的耳旁飘过，而整个人却早已陷入深深的回忆当中。

"喂？爸，您老最近身体还好吧？"

子弹出膛

"小南，0070314，你千万要记住，这是我一辈子都在守……"

父亲出事前打来的最后一个电话，时不时便会浮现在霍南的脑海里，让他坐立不安、心神不宁，永远都无法释怀。

"不对！父亲说过，这个地下密室内有他毕生都在守护的东西，难道就是简单指这些匕首、武器装备跟资料？"

"不可能！"霍南用力地甩了甩头，大声喊道，"不可能，肯定还有其他更重要的东西，只是我们没有发现而已！"

"唉……"

见霍南的情绪有点激动，吸血鬼明白，此刻就算他说再多也没有用，解铃还须系铃人，霍南的心结只有靠他自己慢慢调整才行。

想到这里，吸血鬼把整理好的人员名单及照片轻轻放在桌子上，转身来到展架跟前，继续翻开其中一本资料查找有用的信息。

忽然，霍南脑海中灵光一闪，浮现出一幅模糊的画面——那是他很小很小的时候，跟父亲还有哥哥一起在家里做游戏，父亲总是会把他们兄弟俩喜欢的东西藏起来，然后将藏的位置写在一张便笺上，随机粘在家里的某个相框后面。

霍南跟哥哥每次都会在父亲的注视下，围着只有不到一百平米的几间屋子找来找去，直到转得头晕眼花也没有半点进展。

随着年龄慢慢增长，兄弟俩与父亲再玩这种游戏，成功几率也越来越高。

再后来……

霍南的父亲就消失不见了，经常一走就是好几年。母亲为了养活他俩终日奔波操劳，自然也不会再有人陪他们玩这个令人回味无穷的游戏。

第二十九章　贴身家信

"对了！"

吸血鬼被霍南的惊叹声吓了一跳，瞪大双眼盯着对方的一举一动。

只见，霍南像疯了一般，把原本那些挂在墙壁上的相框全部取下来。

由于相框的数量实在太多了，霍南一时半会儿拿不完，一头雾水的吸血鬼也不得不加入进来帮忙。

"咦？霍南，你快过来看一下，这个相框后面好像有什么东西。"结果，还是吸血鬼最先有所收获，找到了霍南怀疑的线索。

"是什么？快给我看一下！"霍南一边喊着，一边迈开大步冲向吸血鬼。

吸血鬼从相框后面撕下一个白色的信封。

相框还没来得及放下，信封便被霍南一把夺了过去。

白色信封看起来薄薄的，霍南并没有急于拆开信封，而是一边打量着手中的信封，一边头也不抬地问道："这个粘信封的相框挂在哪里？"

可能是霍南问得有点太突然了，吸血鬼大脑一片空白。他刚才只顾着拿相框了，一时间还真记不太清楚了。

"呃……"吸血鬼支支吾吾了半天，指着右手边的墙壁回答道，"应该是这里吧。"

霍南当机立断，说道："先检查这面墙壁，看看有没有什么可疑之处。"

"好的，这件事交给我来办就可以了。霍南，你先看下信封里面的内容吧。"吸血鬼好心提醒道。

"嗯。"霍南点点头。

其实，霍南心里很纠结的，手中的信封很有可能是最后的希望——如果没有

子弹出膛

从里面得到有用的信息,他可真不知道接下来的路应该怎么走才好了。

"刺……"

拆开信封后,霍南从中取出一页薄薄的信纸。

出乎霍南预料,这张信纸没有泛黄,从外表看上去成色还比较新,应该是刚写完没多久。

一排排笔迹十分硬朗的华夏文字呈现在霍南眼前,的确是父亲霍正留下来的亲笔信,他的情绪不由得有点激动。

我亲爱的儿子们:

当你们俩看到这封信的时候,父亲或许已经不在这个世界上了。抱歉,爸爸不能陪在你们身边。

思前想后了许久,几年之内这封信也拿出来改了又改,最终我还是觉得把所有的一切全都抹去。

原谅父亲没有给你们留下任何有价值的线索。

因为……我不想看到你们因为父亲而遭受半点牵连,更不想看到你们因此而丧命。

记住!不要找我,更不要试图挑战那些幕后主使!他们的实力不是你们所能企及的,父亲只要你们活下去,平平安安地度过这一生就好。

小南,你的大哥为人正直善良,身手却远不如你。如果出事了,你就赶紧带着他一起回华夏吧!只有日益强大的祖国,才有可能挡住那些丧心病狂的亡命之徒!

这辈子!爸爸亏欠最多的,就是你们的母亲……

愿下辈子我们还是一家人,我一定会做一个普通人,静静地照顾你们到老。

爱你们的父亲

当霍南看完这封简短的绝笔信之后,心里的滋味儿是何等不好受,眼中早已噙满了泪水。

父亲一心念着他跟哥哥,殊不知,哥哥已撒手人寰,一家人再也凑不齐了。

第二十九章 贴身家信

一时间,一种愧疚的心情油然而生。

霍南恨自己为什么没有早点回来,为什么没有留在父亲身边,那样的话,父亲也不会被抓走,或许大哥也不会惨死在恐怖分子们精心设计好的炸弹陷阱之下!

蓦然……

霍南的眼神之中,早已燃烧起熊熊的火焰,一股化悲痛为愤怒的情愫写在脸上。

"啪!"霍南一巴掌拍在木质长桌上,发出清脆的响声。

恰巧此时,吸血鬼也检查完毕,没有半点发现,情绪略微有些低落地走了过来。

"咦?"

虽然吸血鬼碍于情面没好意思拿起信纸,但还是忍不住瞟了几眼。他疑惑地问道:"霍南,老爷子怎么写信还分正反面啊?难道是信纸不够用了吗?"

闻听此言,霍南心里"咯噔"一声,赶紧抓起信纸翻转过来,果然有另外一封家信。

霍南看这封信开头的称呼,应该是父亲单独写给自己的。

"该死!我怎么会犯如此低级的错误?太大意了!"霍南在心里一遍又一遍不停地责怪着自己。

"呼……"

长出了一口气之后,霍南强迫自己平复情绪,带着深深的不解拿起父亲留下的最后一封亲笔信。

小南:

平日里我跟你大哥住在一起,有什么该说的话早就嘱咐过他了,倒是你这个小儿子常年待在异地,偶尔通过电话联系时间短暂,父亲有很多放心不下的事情。

别的不多说了,父亲这一生都在为国际反恐事业而战斗。

我年轻的时候冲锋在第一线,老了退居幕后,依旧无法完全撤出这个圈子。

执行任务的时候,自然得罪了不少人。

所以,用一句话来概括父亲的一生最为合适,前半辈子戎马生涯风光无限,

子弹出膛

后半辈子却要为此付出巨大的代价，忍受各地仇家无休无止的追杀！

锡金郊外有个村子，可谓全民皆兵，是一个恐怖组织的分部，在印度乃至世界上都非常有名。

暗影组织之所以会将最后一个联络点设在此地，一来是地理位置居中，方便组织成员之间相互联系跟汇集；二来则是按照上级部署，顺便监视郊外的恐怖组织。

可是……

最近我派出去的人，接二连三地莫名失踪，而且他们消失之前反馈回来的信息显示，郊外的村子近期添了不少陌生的面孔。

这伙儿人装备精良，着装上也跟村庄里之前那批武装分子有所不同。

父亲有种不好的预感……

这些陌生的恐怖分子，会不会是冲着暗影组织，甚至更为直接一点，极有可能是冲着我来的？

该来的总会来，躲也躲不掉！

小南，父亲知道你肯定不会听从劝解，跟你哥哥回华夏。如果你真想做点什么的话，就率领你的兄弟们加入国际反恐阵营吧。

父亲为之奋斗终生，相信你不会让我失望的！

这封家信字数甚至比之前那封还要多，而且从霍正说话的语气跟态度便可以看出来，他对自己的小儿子，是何等的了解。

霍南看完父亲单独留给自己的家信之后，顿时感觉心情好受一点了。

最起码霍南现在有了明确的目标，不像之前那样有劲没处使。

"霍南，怎么样？老爷子在信里说什么了？"吸血鬼在一旁等得有点着急了，低声催问道。

"除暴安良，伸张正义！"霍南把父亲留下来的信概括成简单的一句话，但从他说出来这句话的那一刻起，便代表着一份责任。

沉重的分量压在霍南肩上，他觉得仿佛用尽了身上的力气。

由于霍南回答的时候情绪有些激动，不小心说了华夏语，而吸血鬼的华夏语水平不是很高，根本听不懂对方在说啥。

第二十九章 贴身家信

琢磨了半天，吸血鬼操着一口不怎么流利的华夏语问道："你刚才在说什么？杀坏人……帮助好人？"

"呃……"

霍南也不知该如何向吸血鬼解释，随即低声答道："等出去以后再说吧，看来我们这支小队即将面临一个重大的选择。"

"那这些资料还要继续看吗？"吸血鬼试探性问道。

"看！"霍南毫不犹豫地点了点头，将父亲的亲笔信重新塞进信封里，放到上衣贴身的兜里。他仔细地系好扣子，生怕一不小心弄丢了。

对于霍南来说，这封家信比他的命还要重要！必须时刻保存好——信在人在，信毁人亡！

就这样，地下室内再次陷入沉寂之中。

霍南跟吸血鬼一目十行，以最快的速度浏览着手中的资料文档，看到有用的就单独提出来放到一边，等最后集中整理。

如此一来，他们倒也积累了不少有用的讯息，包括暗影组织的由来、成员名单、最后解散各自的去向、定居地点，每年两次固定时间汇报自身安全情况等等。

"哈哈……"吸血鬼突然捧着一宗文件高兴地喊道，"霍南，你快过来看一下，我找到那几个幸存人员的具体住址了。"

对于霍南来说，这是近期为数不多的好消息之一。听到呼声后，他赶忙向吸血鬼靠拢。

可是，当霍南看到那些记载相关信息的资料之后，一颗心顿时沉了沉："老鬼，你看这上面的日期，最早一个人员居住地址都是五年以前登记的，我担心……"

霍南的话只说了一半，便没了下文。

吸血鬼却抱有侥幸心理："或许还有其他文档记载着更新后的地址。"

两人在同一时间把目光聚焦在剩下的那一摞文件上面。

大部分资料都被翻阅完了，没看的只有三本，难道他们想要的讯息就隐藏在这里面？

怀着忐忑不安的心情，霍南跟吸血鬼抓紧时间看完剩余的资料，但奇迹并没有出现。

子弹出膛

最后三本资料里面所记载的,都是一些有关世界各大地下特工组织的讯息,以及每一个组织的基本人员构成、近期动向、执行过什么闻名全球的危险任务等等,与霍南所要找的线索毫无关联。

见霍南的情绪有些低落,吸血鬼试探性地问道:"我刚刚只检查了发现信封的那面墙,要不要把其他墙面都检查一遍?说不定还会有所收获。"

"不必了……"霍南摆摆手。他拿着几张有用的资料,缓缓地绕过长方形木桌,一步一步走上石制阶梯,甚至连头都没有回一下。

从霍南那无比落寞的身影便可以看出来,他此时有多么悲伤、孤独……

第三十章　解铃还须系铃人

当霍南跟吸血鬼从地下密室上来的时候，正好赶上从二楼下来的狼人、绅士。

四个全副武装的世界顶级佣兵打了个照面，下意识地端起枪。

"怎么样？梦露醒了吗？"霍南忽然间想起那个曾经跟他一起经历生死之战的娇弱少女。

绅士先是点了点头，但随即摇头否决："刚才是醒了一小会儿，但紧接着又晕过去了。我喂她喝了点水，又在你侄女的协助下，处理了一下她的伤口。"

见霍南低头不语，绅士有些尴尬地解释道："处理伤口肯定要处理一些敏感部位，我已经尽量注意非礼勿视了，小白隼，你不会介意吧？"

一直站在旁边的狼人也赶忙强调道："对……对对！我也可以证明，绅士绝对没有做任何出格的事情。"

"噗……"霍南刚刚拧开一瓶矿泉水喝了几口，听到绅士跟狼人的话后当场又喷了出来。

"咳咳咳……"

几声咳嗽过后，霍南狠狠地瞪了狼人一眼，没好气地反问道："你们是不是都误会了？我跟梦露没有任何关系！我们俩认识的时间，也仅仅是在你们来锡金之前几个小时而已。"

"哦？"绅士一脸坏笑着问道，"是真的吗？"

"废话！就算你们谁看上梦露了想追她我都无所谓，绝对不会拦着。"霍南耸耸肩膀，说出了自己内心的真实想法。

话都说到这个份儿上了，绅士、狼人自然是无言以对。

可能是几人的对话声音较大，就连待在二楼的王小岚都听到了，慢步走到门

子弹出膛

口，露出小半个脑袋盯着霍南，两只大眼睛流露出异样的神采。

就在王小岚刚刚离开房间的一刹那，之前昏迷不醒的梦露竟然睁开了眼。她秀眉紧蹙，嘟着一张樱桃小嘴，似乎在为霍南刚才在楼下说过的话而气愤不已。

原来，梦露在得到及时救治后早就醒过来了，只不过她的身体还非常虚弱。

梦露刚才喝了不少水能量得到补充，神志也清明了不少，外面的动静自然听得真真切切。

不一会儿，王小岚见楼下没有任何人搭理自己，随即转身走进房间，而梦露也在第一时间闭上双眼，继续装出一副昏迷不醒的样子。

站在梦露身前，王小岚看了看躺在床上的女人——精致的脸蛋，凹凸的绝美身材，唯独惊心的是胸口前那个令人看上去颇为恐怖的伤口。

"唉……"

王小岚轻轻地叹了一口气，摇摇头继续坐在床边，随手拿起书架上的一本书翻看起来。

此时此刻，便利店一楼大厅，站着五个人，天蝎也赫然在内。不知道什么时候他从屋顶下来了，只留下魔蝎一个人在上面担任警戒任务。

霍南背靠着西侧墙壁，其余四人抱着各自的武器，不由自主地将目光投在他身上。

连周围的空气都有些凝固了，沉默让在场的每一个人都感到浑身不自在，不禁面面相觑。

还是狼人胆子大，率先冲着吸血鬼瓮声瓮气地问道："老鬼，你们刚才在地下密室发生什么事情了？小白隼怎么突然变成这个样子了？"

闻言，吸血鬼无奈地耸耸肩膀，一脸无辜地低声答道："别提了，我哪知道？"

"时间紧迫，我长话短说……"霍南突然冒出这么一句来。

众人纷纷围拢到一起，组成一个小圆圈，生怕错过一个字。

稍微整理了一下杂乱无章的思绪，霍南继续说道："计划有变，现在我要征求一下大家的意见。虽然我们曾经并肩作战，但这一次非比寻常，我必须说明白了才行。"

狼人最先表态，撇撇嘴略显不爽："小白隼，你什么时候也变得娘儿们唧唧的了？有话快说，有屁快放！反正你记住一点就行了，无论发生什么事情，老子

第三十章 解铃还须系铃人

永远都站在你这一边,支持你,就算跟国家抗衡也在所不惜!"

绅士倒是没有跟狼人那样莽撞,满脸好奇地问道:"说吧,霍南,你是不是遇到什么难事需要帮忙了?"

霍南摇了摇头,郑重其事地否决道:"不!我计划集合咱们之前队伍的所有精英成员!"

"集合那些人做什么?难道这个世界上还有哥几个解决不了的难题?"吸血鬼试探性地问道。

"我想拉支队伍出来,真正的特种小分队。"霍南终于道出实情。

吸血鬼惊讶地张大嘴巴,他很少有如此失态的时刻,同时目露精光,压低声音问道:"队伍拉起来要干什么?替你找回老爷子,还是给你死去的大哥报仇?如果是这样的话,有我们几个就够了。"

"不仅仅是这些,我要带领弟兄们加入国际反恐阵营!等咱们的队伍组建起来,专门接一些针对打击恐怖分子的任务。如此一来,我们不仅每天都在做着非常有意义的事情,还能得到不菲的报酬,不用愁经济来源。"

不知为何,霍南一席话说完,总有种面红耳赤的感觉。他心虚得很,毕竟这里面或多或少掺杂了许多个人感情。

几名老队员都没有发话,纷纷低着头陷入沉思。

霍南说的话听上去看似很简单,但实际上其中包含的信息量,却要比执行某个高难度任务复杂得多。

要知道,一旦吸血鬼等人同意,就意味着他们以后即将成为一个整体,再也没有"自由"可言!

不仅如此,这种自发组成的特种小分队不会得到各国承认,更别提什么法律保护跟固定收入之类的问题了,这些简直就是天方夜谭。

片刻之后,倒是新面孔天蝎率先发话,饶有兴致地笑道:"南哥,你说的都是真的吗?听上去好像很有意思的样子。我们兄弟二人整日四处漂泊,早就想找个家了,我代表魔蝎宣布加入你的特种小分队!"

表完态,天蝎扭头冲着站在自己右手边的狼人不好意思地挠了挠头,讪笑道:"狼人大哥,我是不是有点擅做主张了?"

"哼!"天蝎的突然表态,让狼人感到很没面子。倒不是气愤他们脱离自己,

子弹出膛

而是因为天蝎下定决心的速度太快了，竟然抢在了狼人之前。

"嘿嘿……"见状，天蝎并没有气馁，反问道，"我相信，凭狼人大哥跟南哥之间的感情，你肯定也会作出跟我们兄弟二人相同的决定吧？"

被天蝎这样一激，原本还有些犹豫不决的狼人当即伸出右臂，握掌成拳用力地捶了捶那无比结实的胸脯，信誓旦旦地保证道："别的话俺老狼不会说，小白隼，总之你只需要知道一点就行了，你指到哪里，俺老狼的重机枪就打到哪里！"

凡事就怕互相观望，一旦有人开了头，剩下的事情就好办多了。

见老狼发话了，一旁的吸血鬼也点点头，强调道："我一个人独来独往早就干够了，真到哪天挂了，连个知道的人都没有。和弟兄们待在一起，最起码我人死了还有人收尸。"

"咚！"

吸血鬼的话音刚落，霍南的拳头紧跟着捶在他那略显单薄的胸膛上："老鬼，你能不能说点好听的？别整天把死不死的挂在嘴边，真心不吉利。"

"咳咳……"绅士假装咳嗽了几声，大言不惭地解释道，"你们都知道的，我喜欢女人，尤其是漂亮的女人，而且我在世界各地一共有……"

说着，绅士仰起脖子，眯起双眼在心里默数起来——

"啊哈……我想起来了，一共有十三个女人在等我养活呢！所以……钱是必不可少的，要不然谁跟我啊，你们说对不对？既然霍南能保证特种小分队的经济来源，鬼才管这支队伍是干啥的呢！你们让我打谁，老子就打谁！"

似乎是感觉有点不过瘾，绅士举起拳头叫嚣道："谁不服气，就干翻他！"

天蝎、狼人、绅士、吸血鬼的表态，完全在霍南意料之中，但他的心里依旧十分感动，只是脸上没有表现出来。

"我想再跟博士、zippo，还有我的老搭档杰克说一下，争取把他们挖过来，你们看怎么样？"霍南把心中早已盘算好的计划说了出来。

吸血鬼分析道："博士肯定没问题，那个乌克兰小姐早就对你有意思了！想当初你离队回华夏的时候，这家伙哭得眼睛都肿了，啧啧啧……"

闻言，霍南一张老脸早已涨得通红，赶忙打断吸血鬼的话："少说两句会死啊？老鬼，你别哪壶不开提哪壶，说点正经的。"

"好吧……"吸血鬼举了举双手表示投降，继续分析道，"zippo应该会来，

第三十章 解铃还须系铃人

至于杰克嘛，我看有点困难。"

"为什么？"霍南一脸焦急地追问道。

不等吸血鬼回答，狼人迫不及待地解释道："小白隼，难道你忘记了？当初你决意离开，杰克是一而再、再而三地挽留你，甚至放下身份恳求你，结果你都不为之所动。现如今想要人家来给你卖命，恐怕难比登天啊。"

"就是就是。"绅士也随声附和道，一副看好戏的模样，搞得霍南很是无语。

"唉……"

吸血鬼长叹一声："看来解铃还须系铃人啊！"

霍南放下枪，伸出右手挠了挠头，有些不好意思地笑了笑。想当初他走的时候，在场的几位哪个没生气，都是过命的生死交情。

"我尽量试一试吧，如果不成，你们几个可得帮忙多说几句好话啊……"

"嘘！"

孰料，霍南刚虚心说完，吸血鬼跟绅士、狼人便各自散开，有的吹口哨，有的抬头仰望窗外的天空，故意不搭理霍南，一副事不关己高高挂起的样子。

"哎？我说你们几个往哪看呢？"霍南鄙夷地瞅了几个人一眼。

可这次不仅老狼等人没有回应，就连天蝎也反应过来是怎么一回事儿了，往后倒退了几步……

霍南没好气地喊道："喂……喂喂……哎哟我去……我这个小暴脾气，看我不收拾你们，别跑！站住！"

再看狼人、绅士等人早已冲进地下密室没了踪影，只留下一串无比爽朗的大笑声……

第三十一章 国际反恐特种小分队"暗影"

其实,当霍南宣布召集原班人马的时候,狼人、绅士、吸血鬼的心里早就乐开了花,他们早就期盼着这一天的到来!

地下密室内,霍南的脸上一扫连日来的阴霾。他的脸上同样洋溢着一抹莫名的微笑,不断地环视着围在自己身边的队友。

"兄弟们,先琢磨下给我们这支反恐特种小分队起个名字吧,方便以后对外接任务用,说不定咱的小分队也能在佣兵界折腾起一番风浪。"霍南提议道。

"切!"吸血鬼自信满满地强调道,"什么叫说不定?我们这支特种小分队一旦成立,必须代表着世界顶级佣兵水准!"

霍南讪讪地笑道:"这样会不会有点太张扬了?树敌太多可不是一件好事情。"

"咚!"狼人一拳捶在地面上,低声吼道:"爷们就不能瞻前顾后、磨磨唧唧的,像个什么样子,一个字,就是干!"

闻言,天蝎有点不合时宜地提醒道:"狼人大哥,你这明明是三个字……"

"呃……"狼人差点没被当场噎死。

"各位,我有个想法,不如我们继续沿用老爷子他们的组织名称,一来可以将暗影组织继续发扬光大,二来可以借用暗影的名气,以后接任务也能谈个好价钱,大家觉得怎么样?"吸血鬼表述自己的意见时,眼睛一直盯着霍南。

两个人随时都保持着精神上的沟通。

听到一半的时候,霍南便有些眉头微皱了:"沿用暗影作为反恐特种小分队的称号,会不会给咱们带来更多的危险?别忘记了,我父亲他们到老都在不停地遭受仇家追杀,万一……"

吸血鬼点点头,解释道:"霍南,这一点我早就想过了,只是刚才没说出来而已。

第三十一章 国际反恐特种小分队"暗影"

咱们要人有人、要枪有枪,而且个个都是佣兵界顶尖的高手,还怕有人来寻仇?正好趁此机会吸引藏在暗处的敌人,说不定能查到有关老爷子被绑架的线索呢。"

"有道理……"对于吸血鬼的观点,绅士跟狼人均表示赞同。

天蝎自然也没有二话:"南哥,你就别不好意思了,就这么定了,而且兄弟我也觉得暗影这个名字挺好听的。"

"好吧!既然如此,我宣布,从今天起,暗影国际反恐特种小分队正式组建!咱们的原则是,为了筹措运转资金,暂时只接有偿任务,所得酬劳先扣除百分之三十留作组织经费,剩余的按照参加任务人头均分。大家觉得怎么样?",霍南简单地表述了一下自己的初步建议。

吸血鬼等人面面相觑,纷纷点头表示同意。见状,霍南当着众人的面按住左耳朵,低头轻声命令道:"启用博士内部加密专用频道。"

天蝎好奇地看了看霍南,随后又问向坐在自己身边的狼人:"狼人大哥,南哥这是在干什么啊?"

"嘘——"谁曾想,狼人做了一个嘘声的动作之后,自己竟然也低头不再言语了。

整个地下密室都陷入沉寂。

不一会儿,除了天蝎之外,众人脸上都露出一丝微笑,纷纷隔空跟一个美女打着招呼。

霍南率先开口关心地问道:"Hello,博士,最近还好吗?"

"霍南?我没有听错吧?真的是你?"

纳米无线电通讯器内传出一道性感而又不失妖娆的声音,此人正是众人之前所讨论的博士。

博士人如其名,知识渊博,拥有 M 国耶鲁大学博士学位。

她有着一头披肩长发,发梢带点波浪卷,身材火辣前凸后翘,雪白的肌肤如牛奶一般润滑,挺翘的鼻梁上架着一副金丝眼镜,增添了一份独特的气质。

不仅如此,博士尤其精通武器研发及改造,之前专门负责给霍南所在的佣兵组织提供军火。

虽然价格昂贵到令人咋舌的地步,但从她手里出来的武器,无论是在性能上,还是在可靠程度上均能达到百分之百,绝对可以成为使用者在战场上最值得信赖的"好兄弟"！

听到博士那略显激动的声音，霍南脑海中忽然浮现出一张无比熟悉的笑脸，心底更是流过一股暖流，调侃道："废话，不是我还能有谁？"

"你竟然还没死？"

"噗！"霍南顿感胸口沉闷，差点没气得一口血喷出来，没好动静儿地数落着，"博士，这才多久没见，你就这么巴不得我死啊？真是的……放心吧，小爷我活得好好的，身体倍棒，吃嘛嘛香，让你失望了哈。"

"哈哈……"

其实，在场的几个老队员皆能听出霍南这是为了气博士故意说的，纷纷一笑了之，谁都没往心里去。

博士的声音突然变弱了不少，但却冷厉了许多："说！你这次找我干什么？老娘可提前警告你，要枪没有，要钱没有！霍南，你这个忘恩负义的负心汉，最好离我远点，不要再来骚扰我！"

简单的几句话，博士几乎是咬牙切齿说完的。

在场的几个大老爷们听到之后一愣一愣的，目光齐刷刷地投向霍南，他们眼神里包含了各种复杂的情愫，但大多数都是鄙视。

如果眼神可以杀人的话，那么这一会儿霍南恐怕已经死了好几个来回了。

再看霍南，早就被博士给说的背后冒冷气，头皮发麻地哀求道："大姐，有些话可不能乱说啊，我好像也没怎么着你吧，怎么就成负心汉了？会让别人产生误会的。"

"我不管，你就是负心汉，谁让你当初扔下人家独自返回华夏的？"博士不依不饶地娇嗔道。

霍南可不想再让周围的队员们看笑话，随即使出杀手锏："博士，这次我既不要枪，也不要钱，只要你这个人就够了……"

在旁人听来，霍南这番话确实够煽情了，足以俘获一个涉世未深的少女芳心。

可惜的是，他们忘记了，博士可是老油条了——她常年混迹世界各大佣兵、杀手组织之间，什么大风大浪没见过？

"说人话，你以为今天过情人节啊？鬼才信你呢！"博士当场拆穿了霍南言语中暗藏的玄机。

第三十一章 国际反恐特种小分队"暗影"

"好吧……真是被你打败了。博士,你怎么还是那么冷啊?一点幽默细胞都没有。"抱怨过后,霍南实话实说道,"算了,还是不跟你开玩笑了。我刚刚扛起一杆大旗,需要你这样的人才加入,不知道我这座小庙能不能容下你这尊大神,博士?"

纳米无线电通讯器另一端没了动静,好半天,博士才整理好自己的情绪,压抑着激动的语气,平静地问道:"在哪里?"

或许是觉得答应得如此痛快有些怪没面子,博士紧跟着强调道:"我的薪水可是很高的,一般人根本养不起。霍南,你确定需要我加入?"

"呵呵……"霍南笑道,"印度锡金邦,待会儿我把具体坐标发给你,以最快的速度赶过来集合。至于薪水嘛,这个好说,大不了把我那份儿都给你,怎么样?够不够?"

随后,霍南又把刚刚制定好的政策跟博士简单介绍了一下。

博士之所以会看上霍南,对这个华夏男子念念不忘,没有接受其他男人的追求,就是被霍南身上散发出来的这种魅力而深深折服——他那豪爽的男子汉气概令博士根本无法抗拒。

"记住你答应过我的,霍南,你可得说话算话!"博士的声音听上去好多了,其实此刻她脸上已经笑开了花。

闻言,霍南知道这件事情已经成了,随即抱着侥幸的心态试探道:"博士,你跟杰克还有联系吗?"

"当然有啊,我们俩现在就在一起呢。"博士几乎连想都没想便直接回答道。

"啊?"霍南惊讶地张大嘴巴,"你们……你们俩什么时候……"

"切!"

博士鄙夷地数落道:"你们男人脑子里整天能不能不要总是装着那些龌龊的事情?我们俩在一个军事基地修整。"

"哦,嘿嘿……"霍南讪笑道,"没关系,你俩在一起就好。能不能帮我劝劝杰克,让他也一起过来?"

"咦?"博士反问道,"你们俩不是百年好基友吗?这种小事还用得着姐姐出面?你自己搞定吧,我可没那闲工夫伺候你。"

"那好吧,等会儿我就联系杰克。不知道这个家伙肯不肯原谅我,唉……"

子弹出膛

说实话，霍南打心眼儿里有些担忧。

"嗯，我去收拾一下，待会儿见……"

就在双方准备挂断纳米无线电通讯频道之时，霍南突然记起一件事情，补充道："对了博士，顺便带两套纳米无线电通讯器过来，我们这边又添了两个兄弟，没有统一的通讯系统，执行任务打起仗来太耽误事了。"

"没问题，正好最近我刚把纳米无线电通讯器进行了硬件升级，到时候去了给你们每个人都更换一下。至于费用嘛，嘻嘻……"博士话说了一半就此打住挂线，那意思明摆着就是让霍南自己看着办。

"呼……"

确定博士已经不在线上，霍南这才长出了一口气，一脸无辜地看向大伙儿。

"我怎么感觉自己这么命苦呢？叫博士来会不会是个错误的决定？"霍南的话并没有引起众人重视，几个人反而你望望我，我瞅瞅你。他们一个个憋得面色通红，强忍着才没笑出声来。

见此情景，霍南硬着头皮命令道："启用杰克内部加密专用频道！"

不承想，纳米无线电通讯器刚刚响了没几声，便传来一阵冰冷的机械女声："对不起，您的通讯请求被驳回，对方可能正处于忙碌状态中，请稍后再进行加密链接！"

……

出师不利，霍南眉头微皱，蹲在地上接过狼人递过来的香烟。他点上后叼在嘴里，脑子里一片空白，不知道在想些什么？

总之，霍南的情绪有些低落……

第三十二章　被昔日队友玩坏

　　沉默了片刻，霍南丢掉了手里刚刚燃烧了一半的香烟，起身用军靴使劲儿踩了踩——这是一个好习惯，防止留下火灾隐患。

　　"哥几个，你们倒是说句话啊！老狼，用你的加密频道链接一下杰克，试试他应不应答？"没办法，霍南只好把跟杰克关系还算不错的狼人推了出来。

　　孰料，向来一根筋的狼人此次却没有直接答应，十分细心地分析道："小白隼，我这个时候呼叫杰克，那不明摆着就是你授意的吗？他肯定不会接的。更何况，自打几年前咱们散伙，我跟杰克的联系也并不怎么频繁，所以……哈……哈哈……"

　　狼人一通胡编乱造，连他自己都有点不好意思了，只能用大笑来稍加掩盖。他尴尬不已地望向大家，但不管怎样，好在是把这块烫手的山芋推了出去。

　　无奈的情况下，霍南只得把求助的目光投向吸血鬼跟绅士，可这两个家伙好像提前商量好了一样，从头至尾都在窃窃私语，低着脑袋不知道在商量些什么，将霍南整个人都完全无视掉了。

　　"哎……"霍南只好厚着脸皮再次呼叫杰克。

　　"嘟……对不起，您的通讯请求被驳回，对方可能正处于忙碌状态中，请稍后再进行加密链接！"

　　这次更为彻底，身为一个拥有英格兰血统的男人，绅士风格在杰克身上没有得到半点体现，纳米无线电通讯系统仅仅响了一声，就被无情地挂掉了。

　　所有在场的队员，均用一种无比同情的眼神看着霍南。

　　此时此刻，霍南感觉胸口堵了一块儿大石头，闷得快要喘不过气来了。

　　吸血鬼好心提醒道："霍南，你还是仔细想想该怎么搞定杰克吧。有他的加入，

子弹出膛

我们才能算是一个整体。至于召集 zippo 归队这件事情，就包在我身上了。"

霍南不明所以地问道："zippo 那个家伙脾气也比较倔，老鬼，你就那么有把握？"

"废话！"

只见，吸血鬼伸出右手拍了拍自己的胸膛，自信满满地解释道："'没有金刚钻别揽瓷器活'，zippo 不是喜欢收集打火机吗？这两年我执行的几个大任务都跟中东土豪有关系，从他们那里顺了不少世界典藏版，甚至是绝版 zippo 打火机！嘿嘿……到时候我随便拿出一个来，就不信这个小子不就范。"

话音刚落，吸血鬼便使用纳米无线电通讯器接通了 zippo 加密专用频道。

而站在一旁的霍南，仔细想想心中便也释然了：zippo 因喜欢收集各种珍藏版 zippo 打火机而得名。他原隶属于英国皇家海军陆战队，爆破专家，精通各种型号炸弹的安装跟拆解。据不完全统计，他一个人拆解的地雷炸弹，已经超过 8000 枚，如此辉煌的战绩足以令人咋舌。

果不其然，霍南这边还没想好接下来该怎么说服杰克呢，吸血鬼那边便有了结果。

"OK，搞定！哈哈……zippo 就在亚洲这边，应该差不多 3 个小时以后就能赶到锡金。"吸血鬼成就感十足地说道。

闻言，霍南满头黑线，像个泄了气的皮球一般，颓废地抱怨道："老鬼，要不要这么效率？zippo 也太没有主见了吧？"

"Fuck！你以为老子容易啊？我可是用三款世界上绝版的 zippo 才把他忽悠过来的！霍南，你可得给我补偿啊。"吸血鬼的话对于霍南来说无疑是雪上加霜。

天蝎因为不怎么熟悉霍南他们这几名老队员之前发生的事儿，所以一直没参与进来。还有一个人也沉默寡言，始终低着头，似乎在思考什么重要的事情，此人正是绅士。

不经意间，霍南眼角的余光刚好扫过绅士，对方脸上每一个细微的表情，都逃不过他那如同鹰隼一般锐利的目光。

"绅士，你是不是有什么心事？"霍南缓缓地走到墙角，抱着枪问道。

原本背倚着墙壁的绅士立即站直身体，斟酌了半天，这才缓缓道来实情："其实……这几年我在外面执行任务的时候，也结交了两个好兄弟，关系不比狼人跟

第三十二章 被昔日队友玩坏

天蝎、魔蝎他们差。"

其实，话说到这里，霍南已经基本上明白绅士接下来要表达的意思了。

顿了顿，绅士继续说道："来锡金集合之前，我撇下他们两个，心里一直怪不是滋味儿的。如果有可能的话，能不能一起召进咱们暗影特种小分队？"

"这个……"霍南犹豫了一下，直接问道，"你说的那两个兄弟都擅长什么？我根据他们的技能跟特长考虑一下。毕竟咱们这里不是福利组织，只吸纳有真正才能的高手。"

"霍南，这一点你完全可以放心：我那两个兄弟一个外号叫刺客，虽然长得不怎么好看，尖嘴猴腮，皮肤黝黑，黑人一枚，但却是一个刺杀高手。他会跳街舞，拿过世界冠军，擅长易容术，从不以真面目示人，行如鬼魅，杀人于无形当中。"

"嗯……"霍南满意地点点头，打断道，"刺客？好像还不错，咱们小队正好缺个易容高手；至于刺杀本领，到时候可以让他跟吸血鬼较量较量。我对另外一个人更加期待了……说说看……"

绅士搓了搓双手，似乎是没想到他的兄弟会这么快就得到霍南认可，兴奋地介绍道："第二个兄弟外号'尖刀'，人如其名，探路尖兵，实力堪比华夏一流侦察兵，我们三个外出执行任务的时候通常都是他负责打前哨，从未失手过。他的听觉跟视力强于常人数倍，且精通南洋体术，擅长近身格斗，使用匕首，上天入地无所不能，行踪飘忽不定，速度快过刺客，但隐藏能力以及自我保护能力不及刺客。"

"呦呵，这么说来，你们三个的战斗技能跟特点都具有互补性，我又怎么忍心拆散你们呢？绅士，把那两个兄弟也叫过来吧，你介绍的人绝对没问题。"说完，霍南拍了拍绅士的肩膀。

看似霍南一脸平静，实际上他心里早就乐得不行：尖刀可以放在探路尖兵的位置上，刺客则可以在日后的行动中配合吸血鬼完成终极暗杀，这样的人才平时可遇而不可求，既然遇到了又怎能轻易放过？

绅士并没有想那么多，他只知道能跟那些一起出生入死的兄弟继续战斗，就足够了……

"好嘞，我这就通知他们赶过来集合。他们现在就在印度，应该也很快就能到达锡金。"绅士说完，低着头走到一旁，开始用他与尖刀、刺客之间特有的通讯方式进行联络。

暗影国际反恐特种小分队刚刚成立，可靠的队员逐一增多，实力便得到了大幅扩充，霍南心中本应开心才对，可他却觉得压力越来越大。

"唉……如果杰克在这里就好了。"霍南心想。

在以前的佣兵队伍里，杰克一直统管后勤，同时扮演着外交官的角色，负责佣兵队伍一切对外沟通事宜，包括接任务、洽谈酬劳以及各种善后行动。

因此，可以认真地说，杰克是佣兵队伍除了霍南之外的第二个真正核心领导人。

霍南心里正郁闷呢，植入在体内的纳米无线电通讯器却突然响了起来。

"博士请求接入单线加密通讯系统，是否链接？"

"是！"霍南干脆利落地答道。

"嘟……"的一声响过后，博士那富有磁性的声音从纳米无线电通讯器传了出来："霍南，我可是帮你跟杰克打过招呼了哈！那个家伙软硬不吃，油盐不进，除非……"

原本霍南听到博士前半句话的时候，一颗心早已跌落到谷底，可是当听到"除非"的时候，眼中顿时亮起一道精芒，嘴角上扬，因为他知道这件事情或许有转机了。

"除非怎样？博士，你能不能别卖关子啊，赶紧说！"霍南是真有点着急了，不然也不会冲着博士这么说话。

博士不紧不慢地说道："很简单，他要你签个生死状！"

霍南一脸茫然地问道："咱们这又不是出去执行任务，签什么生死状啊？"

"还不都是你自己惹下的祸？杰克要你保证今后无论什么原因，都不许再私自离队！如果再犯，他有权利当场击毙你！"博士一本正经地解释道。

"啊？"霍南只觉得脖子后一阵阵冒冷气，这种事情哪有随随便便就答应的？万一到时候杰克动真格的怎么办？

可是，霍南仔细想了想，目前除了先答应杰克，让他加入暗影国际反恐特种小分队之外，似乎并没有其他更好的办法了。

"舍不得孩子套不着狼。"打定主意后，霍南咬咬牙点头答应道，"成！博士，麻烦你代为转告杰克，就说我答应他提出的条件，让他气消了之后联系我。"

第三十二章　被昔日队友玩坏

"等等……霍南，我话还没说完呢，杰克还说了……"

还没等博士把话说完，霍南便用一种几近抓狂的声音喊道："还有完没完了？老子当初不就是回了趟华夏吗？至于这么记仇吗？"

霍南刚刚发泄完，博士便悠悠地问道："要不然我还是别说了，省得打击你。霍南，咱们队伍里有没有杰克都无所谓，何必……"

其实，博士是故意说这话来气霍南的，因为此时此刻杰克就待在她的身边。他俩一起听着霍南抓狂发疯，而杰克脸上早就忍俊不禁，坏笑不已了。

"得……继续说，谁让我欠那个家伙的呢，唉……"最终，霍南还是老老实实地认命。他抱着脑袋一脸无奈地蹲在地上，彻底认怂了……

第三十三章 全球总动员

听到霍南无比颓废的声音，博士差一点没忍住笑出声来，极力压抑着自己的情绪。

"杰克提出的第二个要求跟待遇有关系，他说除了正常应得的还需要你额外补助一些，否则……"

"行了！别说了！"霍南用力地甩了甩胳膊，不耐烦地回应道，"把我的那份拿出来给他，这样总行了吧！Fuck！Fuck！杰克简直就是在趁火打劫！"

等霍南骂完，博士的声音再次悠悠响起："可是……霍南，难道你忘记了？刚刚你才答应把你的那份给人家，怎么转眼间就让给杰克了？看来你的那份有点不够分啊。"

此时此刻，霍南差点没当场暴走了。他气得晕头转向，冲到狼人近前，趁着对方没反应过来，一把拔出其插在腰间的配枪，递到狼人手中，放声吼道："打死我！他妈的赶紧一枪毙了我！一了百了，省得在这里上火！快点开枪！老狼，你他妈聋啊？听见了没有？"

狼人自认为平时在队里就属他的脾气最火爆了，可没想到今天一向好好说话的霍南竟然当场发飙，当场便把生得五大三粗的狼人镇住了。

狼人手里握着配枪却愣在那里不知所措，大脑中一片空白，用一句通俗点的话来讲，就是一脸呆愣相。

愣了半天，狼人也不知道哪根筋犯病了，赶忙收起配枪的同时冲着霍南来了句："别闹……"

霍南死的心都有了！

"咯咯咯……"

第三十三章　全球总动员

觉得玩笑也开得差不多了，博士一连串银铃般的娇笑声从纳米无线电通讯器传来。

"霍南，姐这次可是费了不少力气才把杰克给你弄回来，酬劳除了应得的那部分，我们一分也不会多要你的。至于该如何感谢我，你可得自己想一想，以身相许姐也可以接受。"

短短几分钟的时间，霍南着实体验了一把从地狱到天堂的感觉。不过，对于博士提出来的敏感话题，他还是十分为难，竟无法作答。

或许是察觉出两人之间的气氛有些微妙，博士尴尬地补充道："行了，不逗你了，以后对姐好点，知道了吗？小白隼。"

霍南厚着脸皮硬是没有回应，反而说了句与此毫不相干的话："那个什么，博士，你来的时候还得再多带几套纳米无线电通讯器，我们又多了两个新兄弟。"

博士并没有因此而生气，惊叹道："哇……还是小白隼的魅力大啊，这一会儿工夫都集结了四个新人了！老狼、老鬼跟绅士肯定也在吧？"

"呃……你怎么知道的？"霍南心虚地小声问道。

"哼！"博士没好气地数落道，"我就知道你跟他们三个是穿一条裤子的，小白隼，你压根儿就没拿老娘当自己人。"

被博士劈头盖脸好一顿臭骂，霍南赶忙打起哈哈来："喂？信号怎么不好？喂喂……博士，你慢点讲，我听不清……"

"放屁！老娘亲自研发的仪器，怎么可能……"

"喂喂？喂！还是信号不好，我先挂线了啊。"

"等等！小白隼，你他娘的……"

"嘟……"

霍南冒着生命危险挂断了与博士的加密专线链接，环视身边的队友，众人均用一种可怜的眼神望着他。

"哥几个，你们这是什么表情？"霍南压低声音问道。

脑子反应最不灵活的狼人却一语道破天机："小白隼，我感觉你很快就要倒霉了……"

吸血鬼也慢步走到霍南近前，拍了拍对方的肩膀，满脸同情地提醒道："我跟你讲，霍南，你会被弄得很惨的！"

子弹出膛

绅士则直接出言警告道:"博士一定不会轻易放过你的,哎……霍南,你这又是何苦呢?就博士的火爆脾气,一旦发作连我们几个都得跟着遭殃,简直就是坑兄害弟啊!"

虽然被队员们轮番打击,但霍南此时的心情却犹如暴雨过后现彩虹,别提有多么爽快了,不管怎样,杰克总算肯来了。

至于以后会发生什么,谁都说不准,霍南也不愿意去想那些虚无缥缈的事情。

低头沉思了片刻,霍南冲着吸血鬼命令道:"老鬼,精确定位咱们的位置,然后把坐标传输给所有人。另外给绅士也发一份,让他负责通知刺客跟尖刀。"

"OK,没问题!"说着,吸血鬼取出一个随身携带的微型小电脑,就像平常人使用的手机一般大小,开始一步一步在触屏上操作起来。

当吸血鬼跟绅士将精确坐标发出之后,发现霍南独自站在长方形木桌前发呆,不知道脑海中在想些什么。

见吸血鬼、绅士走了过去,天蝎跟狼人也渐渐围了上来。大家都十分默契地没有说话,陪着霍南一起凝望着那些插在桌面上的军用匕首。

每一把军用匕首的构造都不一样,各具特点,唯一的共同之处就是这些匕首都流淌着一种古老岁月的沧桑感,仿佛在诉说着一段精彩的过往,凸显出匕首主人不平凡的一生。

霍南拉开桌子下面的一个抽屉,取出一本略微有些泛黄的便笺。他又掏出随身携带的碳素笔,大笔一挥在第一页留下了自己的名字。

"刺……"

随后,霍南撕下写有自己名字的那一页便笺,用力地拍在长方形木桌正中央的空位置上。

"既然我们是暗影组织的一员,就必须遵循前辈们的传统,先占个位置。即便以后死得很惨也没有关系,弟兄们只要能帮忙把我的匕首带回来,也算是落叶归根了。"霍南一脸轻松地说道,就好像说到死的时候跟他毫无关系一样。

见状,在场的几个人纷纷照做,在长方形木桌上留下了自己的名字。

天蝎一下子写了两张带有名字的纸条:"魔蝎在上面执勤下不来,我先帮他写上,等出去了再详细跟他解释一下。"

"嗯……"霍南轻轻点了点头,抱起枪安排道,"大家先在这里原地休息一下吧,饿了的话超市里有不少吃的,自己动手随便拿。我上去替魔蝎一会儿,等候所有队员集合!"

说完,霍南便踏上石制阶梯。

天蝎二话没说跟了出去,端着枪开启保险栓,随时准备应对突发状况。

到达便利店一楼大厅的时候,霍南弯腰捡起一瓶矿泉水,拧开盖仰起脖子一饮而尽。

看来,接连不断地高强度持续作战,已经让霍南的体力严重透支。他急需得到短时间的休整,才能在战斗时快速调整到最佳状态。

天蝎在倒数第二排货架找到几袋压缩饼干,虽然质量没有军队配给的单兵口粮好,但用来充饥却已经足够了。

虽然连接一楼与二楼的木质楼梯已经被霍南摧毁了,但这根本无法阻挡两人前进的脚步。

霍南跟天蝎几乎不费吹灰之力,便在房顶找到了一动不动的魔蝎。霍南关心道:"好兄弟,赶紧下去休息吧,找点东西吃,补充体力。"

"没事……"魔蝎咧咧嘴勉强笑道,"我还能坚持呢,这才哪儿跟哪儿?队长,还是你们俩下去吧,这里交给我就可以了,保准不会出任何差错。"

"不行!"霍南当场回绝道,"魔蝎,执行命令!接下来我们将会有一场恶仗,像你这种状态去了不是完全白给?甚至有可能拖整个队伍的后腿。记住,凡事量力而为,千万别逞强!"

被霍南呵斥了一番,魔蝎心里非但没有半点生气,反而感觉到一丝温暖,回答道:"是!队长!"

目送魔蝎慢慢撤离楼顶,霍南跟天蝎各自找好位置,架起枪开始警戒。两个人之间的距离并不算太远,即使不依靠通讯器,小点声说话也能听见。

天蝎拆开一袋压缩饼干,抽出一块儿叼在嘴里,把剩下的半袋递到霍南近前:"南哥,吃点东西吧。"

霍南倒也不客气,压缩饼干本身就是自家东西,接过来狼吞虎咽没几口便吃个精光。

吃完后,霍南喝了几口水,便匍匐在房顶,抱着枪目不转睛地盯着前方的十字路口。

子弹出膛

自此两人无话，黑夜静得连彼此的呼吸都能听到。

狼人、吸血鬼等人也早就从地下密室出来了，在便利店一楼大厅倚着墙壁打起盹来。

时间一分一秒地过去，凌晨时分，天蝎负责监视的区域突然出现几道黑色的人影，在朦胧月色的笼罩下，显得不是那么真切。

天蝎急忙踢了霍南一脚，把声音压到最低汇报道："南哥，有情况！"

顺着天蝎示意的方向望去，霍南那双堪比鹰隼般锐利的眼睛瞬间捕捉到目标人物，只是，距离过远，无法分辨敌友。

"怎么样南哥？看清了没有？会不会是你之前集结的前辈们？"天蝎试探性地问道，右手食指始终扣在扳机上，三点一线进行瞄准，随时做好开枪打击来犯之敌的准备。

霍南挪了挪身子，轻轻拍了拍天蝎的肩膀，安抚道："别急，放近一点再开枪也不迟。只有几个人而已，压低枪口别暴露自己。"

"收到，队长！"天蝎立刻按照霍南的指示放下枪，但看得出来他依旧有些紧张。

似乎是被天蝎的认真感动了，霍南丝毫不敢麻痹大意，捂住右耳低头将这一突发状况通告所有人。

"大家都醒一醒，注意警戒，有不明目标开始向我们这边靠近。"

"我刚刚问过了，尖刀跟刺客还在赶来的路上，会不会是博士他们？"绅士的声音很快响起。

霍南低头看了看时间，随即摇头否决道："不可能，博士到了会用纳米无线电通讯器事先联系咱们，应该是敌人！大家做好准备，千万不要掉以轻心。"

"收到！"

"收到……"

第三十四章　保卫战拉开序幕

在场的几位都是拥有丰富实战经验的老手了,即使霍南没有下达命令,也十分自觉地分散开来,隐藏在便利店的每一个角落。

刚刚休息了没多大一会儿的魔蝎去了后院,狼人、绅士负责把守一楼大厅。

吸血鬼占据二楼,一方面能保护屋里的两个女生,另一方面也能与霍南等人遥相呼应,随时对后院、一楼、房顶三个位置进行火力支援。

由于便利店的大门及落地窗之前已经被恐怖分子们破坏,导致正面防守压力最大,狼人跟绅士两个人显得有些捉襟见肘。

但好在双方还未交手……

霍南的心里也在默默祈祷,希望那几道黑影不要再往便利店这边靠近。

如此一来,还能给大伙儿创造休整的时间,等待另外两路人马集合。

几分钟过去了,天蝎有些兴奋地说道:"南哥,那几道黑影好像不见了,并没有朝我们这个方向走过来,看样子警报可以解除了。"

闻言,霍南也颇感欣慰,提醒道:"再等等……"

就在此时,霍南眼角的余光,留意到右前方的街道上忽然窜出十几道黑影。而且这些黑影跟之前那伙人一样,也是钻进一栋楼里后便不再露面,彻底销声匿迹。

要不是霍南天生拥有敏锐的洞察力,及时捕捉到了这个极为重要的画面,让他对反恐特种小分队的处境有所疑虑,后果不堪设想。

带着内心的不安,霍南开始观察周围所有肉眼能看得到的小街小巷,结果发现似乎每一片黑色的阴影下都有人在动。

把这些黑影的数量粗略一加,得出一个连霍南自己都感到心惊肉跳的数字,

子弹出膛

绝对超过五十个人！

这还是霍南已经百分之百确定是人的，那些不怎么确定的还没包括在内。

"不好……我们被包围了！"仓促间，霍南得出结论，并且立即通知所有人。

此言一出，立刻惊动了所有已经放松警戒的队员们，众人再次擦亮双眼打起精神来。

但由于狼人等人都在下面，视野受到影响，根本无法看到几条街以外的景象，从而影响他们的判断能力，只能完全依赖霍南跟天蝎的分析。

狼人最先惴惴不安地问道："小白隼，你该不会是困了看花眼了吧？"

"不可能！我确定他们是在有序集结，等所有人员抵达咱们的火力覆盖范围，再集体进行冲锋。到时候我们火力点有限，肯定会顾此失彼，给敌人创造可乘之机。"霍南分析道。

吸血鬼气急败坏地咒骂道："Fuck！咱们的人还没到，就又被恐怖分子包围了！真倒霉，看来这批恐怖分子的统治者挺有头脑的啊，知道硬攻不成，开始采取智取的方法了。"

绅士则满脸疑惑地问道："大家有没有觉得很奇怪？我们一路上撤退到便利店的行踪都十分隐秘，并且把大量痕迹都除掉了，这批恐怖分子怎么还会找过来？会不会……"

其实，在场的每一个人都心知肚明，敌人能够这么快就发现他们的藏身之处，肯定是中间某个环节出现问题。

或者更大胆一点地猜测，有人给恐怖分子们通风报信了。

还没等绅士把话说完，霍南便急忙打断，说道："现在不是讨论这些话题的时候，当务之急是想想应对策略，咱们打还是不打？打就研究个具体可行的方案出来，前提是我不想看到任何伤亡。"

"那不打呢？"狼人傻傻地问道。

"Fuck！"霍南是真急眼了，大骂道，"不打就赶紧跑啊，还想什么呢？非得被人家包饺子全部包圆了才甘心？"

忽然，霍南好像想起一件非常重要的事情，赶忙问道："大家都出来了吧？还有没有人待在地下密室里面？"

吸血鬼沉声答道："没有，哥几个接到预警后就都出来了，现在都在外面布防。"

第三十四章　保卫战拉开序幕

"好！"霍南掏出之前解锁的遥控器，按下一个灰色的小按钮，说道："我先把入口封闭恢复原样，防止地下密室暴露，到时候咱们随时都可以撤退。"

"轰隆……隆！"

又是一阵沉闷无比的响声，在寂静的黑夜里显得格外刺耳。那些不远处的黑影显然也察觉到了，但在没有接到总攻命令之前，他们丝毫不敢轻举妄动。

时间一分一秒地过去，霍南眯缝着双眼向远方眺望，心知一场血战在所难免，只是不知道他们能不能撑到援兵到来的那一刻。

暗影此时面临的难题不仅仅是外患，还有内忧。

如此短的时间内，又有谁能做出叛变之举？霍南除了进入地下密室，其他时间都跟队员们待在一起。

那么问题很可能就发生在霍南离开的那一段时间内，这样的话，狼人、绅士跟吸血鬼还有天蝎自然可以洗掉嫌疑，剩下的人就只有魔蝎跟那两个女孩儿了。

很快，霍南便把目标范围缩小到三个人身上，但继续推测下去，却让他觉得头疼不已——魔蝎？不可能！没有作案动机；梦露？她身受重伤昏迷不醒，不太可能；王小岚？开什么玩笑？那可是霍南的侄女！

而且，王小岚的养父，也就是霍南的大哥前不久才惨死在恐怖分子的炸弹之下，就算再不懂事，也不可能给杀父仇人通风报信儿吧？

感到自己头疼欲裂，霍南也没有想出个所以然来，只好暂时放弃。

"天蝎，记住了，待会儿下去帮我留意一下那两个女孩儿，偷偷观察她们的一举一动，任何一个细节都不要放过。如果有什么不对劲儿的地方，及时向我汇报！"霍南小声叮嘱道，生怕被位于二楼房间的女孩儿们听到。

闻言，天蝎满脸惊讶地盯着霍南，完全想不通队长为什么会突然下达一个如此奇怪的命令。

霍南无奈地耸耸肩，报以歉意的一笑。

其实，霍南也不想怀疑身边的任何一个人，可事实证明的确有问题。

这件事情如果不尽早调查清楚的话，必定会在接下来的军事行动中，给暗影特种小分队带来无穷无尽的麻烦。

"队长，我们下去？这里不用留人继续观察了？"天蝎问道。

"待会儿我会把吸血鬼派上来。我去一楼帮忙，你留在二楼接应，听明白了吗？"霍南安排道。

　　天蝎点点头，确认道："是，队长，我明白了！"

　　"哦，对了，别忘记我安排给你的特殊小任务……"霍南眨了眨眼睛，露出一丝邪魅的笑容，把天蝎看得后脊梁骨一阵阵冒冷风。他连个招呼都不敢打，便调转身形向房檐铁梯连接处爬了过去。

　　见天蝎已经离去，霍南压低声音命令道："老鬼，上来吧……"

　　"收到！"吸血鬼从应答到出现在霍南身边，连半分钟都没有，速度之快已经到了令人瞠目结舌的地步。

　　"我之前秘密交代给你的事情，办得怎么样了？老鬼。"见吸血鬼靠近，霍南轻声问道。

　　吸血鬼摇了摇头，面色凝重地回答道："没有任何发现，那两个女人都待在房间里。王小岚一直在看书，看着看着就睡着了；至于梦露……"

　　发现吸血鬼有些迟疑，霍南赶忙催促道："她怎样了？"

　　"就是……我好像看到梦露在王小岚睡着的时候睁开眼睛，盯着你侄女看了几下。不过由于角度问题，我看得也不是很真切，所以不敢确定。"吸血鬼解释道。

　　"哦？还有这回事儿？"霍南眉头紧锁，相对而言，他更愿意相信吸血鬼没有看错，如此一来今夜发生的一切意外事件就合情合理了。

　　霍南随即正色道："算了，这件事情先放一放再说。一个身受重伤的女人，就算她的身份有问题也翻不了天。我已经安排天蝎下去接替你的任务，老鬼，上面就交给你了啊！许久不见，也不知道你这个狙击手的水平有没有下降啊？哈哈……"

　　被霍南无端笑话了一番，吸血鬼随即取出随身携带的那把M4（SR25）的变型枪——MK12近战用途的狙击枪，填装20发专门的加强型狙击弹夹，安装好战术护木，整套动作如行云流水一般顺畅，毫无停顿。

　　"瞅见了没？小白隼，这就叫实力！"说着，吸血鬼得意地在霍南面前晃了晃他一直以来都引以为豪的狙击步枪。

　　霍南故意不屑地撇撇嘴："切！在我眼里，这就是一把打鸟枪！博士之前给你改的那把AWP暴力型哪儿去了？"

　　"靠！"吸血鬼暗骂道，"AWP裸枪重十几斤，还有那一大箱子乱七八糟的配件……小白隼,你也太不是人了吧?竟然让我背着那么沉的武器装备来找你,哼!"

"呵呵……"霍南拍了拍吸血鬼的肩膀,说道,"我先下去了,上面有什么情况记得随时通报。另外,我怀疑敌方阵营中也有狙击手。你小心点,别被人家给狙杀了!"

"开什么玩笑,小白隼,你就等着看好戏吧!看咱们到时候谁杀的敌人多?"吸血鬼不服气地挑衅道。

吸血鬼的话音刚落,霍南的身影便从房顶上消失了,整个撤离过程连半点声响都没有。

不承想,霍南刚刚离开房顶没多久,那些原本隐匿在黑暗之中的影子便集体冲出来。

一时间,便利店周围的大街小巷都被持枪的恐怖分子们充斥着,冲向霍南等人。

"Fuck!,Fuck! Fuck!"吸血鬼连连爆粗口,这才想起来通过纳米无线电通讯器告诉队友,让霍南等人做好战斗准备。

而此时,霍南刚刚在狼人跟绅士的帮助下,将几排货架放倒,堵在便利店正门及几个落地窗内部,充当障碍物跟临时掩体。

大量武装到牙齿的恐怖分子们,利用夜色的掩护,对便利店展开围攻,一场激烈的攻防战如期而至……

第三十五章 生死狙击大战！

"来了！他们来了！"吸血鬼大声喊道，危急时刻也顾不上这样做是否会暴露自己的藏身位置，只希望及时提醒队友，让他们尽快做好应敌准备。

霍南沉着地问道："汇报最近一股敌人的方位、距离以及数量。"

沉默了片刻，吸血鬼将收集到的数据与所有人共享："七点钟方向，敌人正在加速冲锋！还有不到五十米的距离，人数在三十个左右。"

"噗！"

报完数，吸血鬼便在他的 MK12 加装消音器，扣动扳机一枪打中跑在最前头的那个武装分子。

一枪爆头，隔着大老远都能看见在半空中爆开的脑袋，以及一蓬血雾。浓重的血腥气息，顿时让吸血鬼找到了久违的快感。

"吱……吱吱……"

藏在吸血鬼黑色斗篷里的吸血蝙蝠也蠢蠢欲动，不停地扇动着一双肉翅。它们随时等候主人下达的出击命令，然后冲出去在敌人身上畅饮一番。

由于冲锋距离太短，吸血鬼连一梭子子弹都没有打完，第一股敌人便已经冲到便利店附近的街道上，刚好处于吸血鬼的射击死角内。

"唉……"

无奈，吸血鬼只好调转枪口，瞄准武装分子的第二攻击梯队。他又是一通精准打击，好不痛快！

一梭子子弹打完，20 发子弹，击毙 14 个人，重伤失去战斗力的武装分子最少有两三个，可谓战果辉煌。

"哒哒哒……"

第三十五章　生死狙击大战！

"咚咚！"

下面也很快交锋了，战斗上来就进入白热化。

那些武装分子们好像不怕死，前赴后继地往便利店发起集体冲锋，然后一排一排地倒下。

鲜血很快染湿了道路，密集的枪声将整个锡金再次推入地狱。

那些在第一次暴乱中幸免于难的平民们，纷纷躲进家中最不起眼儿的角落。他们双手抱头瑟瑟发抖，还以为暴徒们又出来扫荡整个城市了。

便利店一楼大厅，霍南跟狼人还有绅士一个个灰头土脸。

子弹经常打在墙壁里，掀起一片烟尘，严重影响防守队员的视线。

"换子弹！"狼人大喊一声，躲到西侧墙后面，坐在地上低头忙碌起来。

由于狼人手里的机枪型号比较落后，子弹经常卡壳，更换起来的速度也比较慢。

没有了重火力压制，刚刚有些退却的武装分子们再次围了上来。

只剩下霍南跟绅士两个火力输出点显然不够用，即使每一枪都能放倒一个敌人，在武装分子们冲进来之前，他们仍然无法将所有的敌人击毙。

"老狼，子弹还没换好啊？"绅士心中默数着弹夹内的子弹数量，马上他也要换弹夹了，可狼人迟迟没有出来，这种情况着实要命。

意识到此刻处境危险，霍南冲着楼上大声喊道："天蝎！下来帮忙，这边顶不住了！"

看着底下打得热火朝天，天蝎早就有点按捺不住了。

只是，作为预备队，天蝎不能轻易出动，一直在等待霍南的命令。

接到明确的作战指令后，天蝎直接从二楼跳下来。他一个帅气的翻滚动作，刚好出现在狼人附近。

天蝎二话没说立刻找好掩体，瞄准近在咫尺的敌人扣动扳机，开枪就打。

"哒哒哒……"

为了达到压制敌人的效果，天蝎几乎是毫无保留，扳机扣到底便没有松开过。

"啊！呃……"

冲在最前面的武装分子当即被干翻了六七个，或直接死亡，或重伤躺在地上呻吟不已，即使不死也得被后续赶来的同伴们踩个半死。

子弹出膛

天蝎的支援，给霍南跟绅士赢得了宝贵的喘息之机。他们抓紧时间更换新弹夹，而狼人还在低头摆弄着那把破机枪，额头渗出豆大的汗珠，急得要死却偏偏无可奈何。

"咔嚓！"

一记清脆的响声，狼人终于搞定了手中的武器。

狼人抱起机枪直接冲出掩体，站在已经被子弹打得千疮百孔的货架后面，疯狂地扣动扳机扫射。

一时间，火舌肆虐，无情地收割着恐怖分子们的生命。

便利店正面一下子有了四个火力点进行交叉防守，再加上吸血鬼在楼顶不停地狙杀敌人的增援等有生力量，局势得到了有效的控制。

"砰！"

就在吸血鬼尽情地猎杀街道上那些疲于奔命的武装分子们之时，一颗特质的狙击步枪子弹从他头顶飞了过去。

那颗子弹切断了一缕酒红色的卷发，就这样飞快地飘落在吸血鬼面前的屋顶上。

"Fuck！"

吸血鬼大骂一声，吓得浑身打了个哆嗦，小命都差一点没了，说不害怕那是糊弄人的。

只见，意识到自己先前有些大意的吸血鬼立刻压低身形。在停止射击的同时，他的身体几乎与房顶紧贴在一起，慢慢地向其他方向移动。

既然位置已经暴露了，再待在原地无异于死路一条，只要一出现，就会被敌方狙击手爆头！

听到吸血鬼那头传来的咒骂声，霍南心中"咯噔"一下，关切地问道："老鬼，你没事儿吧？"

"能有什么事儿？最多就是挂了而已。"刚才还惊魂未定的吸血鬼，转眼之间便把心态调整过来，由此可见吸血鬼的心理素质十分过硬。

"呸呸呸！"霍南没好气地呵斥道，"老鬼，你能不能说点吉利话？整天把死挂在嘴边，有意思吗？"

吸血鬼心有余悸地强调道："别说还真让你猜对了，小白隼，敌方阵营中的

第三十五章 生死狙击大战！

确有狙击手，枪法还不错，就是比我差了那么一点。"

"靠，老鬼，你不吹牛会死啊？"霍南笑骂道。

两人说话间，吸血鬼已经向右侧横移了三米多远。他根据刚才子弹飞来的方向，大致预判出敌方狙击手所处的区域。

吸血鬼小心翼翼地探出枪管，只见黑洞洞的枪口在不停地挪动着。他通过瞄准镜已经找到了那个隐藏在废墟之中的敌方狙击手。

对面的狙击手显然没想到吸血鬼还活着，甚至已经离开了原来的位置，仍待在那座废墟里寻找时机继续对特种小分队的成员们下手。

"妈的，玩了半辈子的狙击枪，差点阴沟里翻了船。"经过一系列对风速以及周边环境的计算，吸血鬼终于找到感觉，毫不犹豫地扣动扳机。

"噗！"

子弹经过消音器的"洗礼"，带着一束光亮划破夜空，以一个极其刁钻的角度击中躲在废墟掩体后面的恐怖分子狙击手。

自始至终，恐怖分子的狙击手都趴在掩体后面。他的整个身躯一动不动，像是睡着了一般，只不过脑袋前额右侧处多了一个血窟窿。鲜血正顺着伤口缓缓地流淌至地上，染透了作战服。

由于吸血鬼使用的狙击枪安装了消音器，导致他的目标死亡后，恐怖分子们竟然没有一个人察觉，即便那些经过该狙击手尸体身边的恐怖分子亦是如此。

有了第一次教训，吃亏过后的吸血鬼再也不敢有所保留，立刻亮出杀手锏——开什么玩笑？小命最重要！

一旦人死了，就算你再身怀绝技又有什么用？连个屁都不是！

"宝贝儿们，全体出动，给我找到那些藏在角落里的敌人……，"说着，吸血鬼稍抬左臂，启动一个黑色的小型仪器，比普通的电子手表大不了多少。

原来，这个小电子仪器的名字叫做超声波收发器，是专门用来扰乱敌方电子设备的，是吸血鬼从俄罗斯黑市上偶然买到的。

一次野外执行任务的途中，吸血鬼在伸手不见五指的黑夜里使用超声波收发器，不想却意外招来了大批蝙蝠。

再后来，吸血鬼就利用超声波收发器专门训练几只蝙蝠。

可是，后来他发现花费大量精力训练出来的蝙蝠似乎毫无用武之地，既不能

子弹出膛

杀人，也不能帮忙执行任务。

于是，脑洞大开的吸血鬼突然想起一种具有杀伤力的吸血蝙蝠，自此以后沉迷其中，一发不可收拾。

但吸血蝙蝠性情十分残暴，经常连吸血鬼本人都咬，更别提他身边的那些队友了。

正当兄弟们忍无可忍之际，博士出现了。

当博士听说了吸血鬼的事情之后，对他训练出来的那几只吸血蝙蝠表现出浓厚的兴趣，同时简单研究了一下超声波收发器，很快便弄懂了其中的原理。

经过吸血鬼的苦苦哀求，博士将超声波收发器进行了一系列的功能改进，以及硬件升级，变成了吸血鬼手里正在使用的最终版本。

刚刚飞到夜空中在吸血鬼身边不停盘旋的吸血蝙蝠们，感应到超声波发射器发射出来的特殊频率声波之后，立刻沿着同一个方向冲了过去。

吸血鬼把超声波收发器对准哪里，吸血蝙蝠便会在相对应的直线区域内搜索前进。只要发现具有生命迹象的人类，它们立即会变得无比兴奋。

此时，吸血鬼有两个选择：

第一，让吸血蝙蝠们消灭掉目标人物，但是这样做容易对吸血蝙蝠造成不必要的伤害。毕竟敌人也都经受过训练，具有一定的军事素养。

第二，趁着吸血蝙蝠们找出敌人藏身位置，在其上空盘旋停留。在干扰敌人注意力之时，吸血鬼可以利用手中的狙击枪狙杀敌人，做到千米之外不费吹灰之力取敌首级！

超声波收发器还有一个最大的好处，就是它发出的声波人耳根本听不到，而且没有任何光亮！即使在漆黑的夜晚，也不用担心使用者率先暴露自己的具体位置。

忽然，吸血鬼放出去的吸血蝙蝠在一个固定的区域不停盘旋，进行一拨又一拨俯冲。

"吱吱吱……"

"砰！砰砰……"

似乎是有人在用手枪对抗着正在空中飞翔的吸血蝙蝠，但吸血蝙蝠只只小巧玲珑，行动迅捷，子弹又怎能伤得到它们呢？

第三十五章　生死狙击大战！

早已通过瞄准镜观察到这一幕的吸血鬼，嘴角略微上扬，露出一抹邪邪的笑容，比之前的霍南都有过之而无不及。

"该死的，藏得这么隐蔽，等着阴老子呢？看我不要了你的命，然后再喝了你的血！"

心中做好打算后，吸血鬼用肩膀顶住枪托，眼睛靠近瞄准镜，死死地盯住已经到嘴边的猎物。

只要敌方狙击手被吸血蝙蝠骚扰得一露头，吸血鬼就会毫不犹豫地扣动扳机……

第三十六章 伟大的理想猥琐的人

事态发展果然不出吸血鬼所料，不出三十秒钟，原本定力十足的第二名敌方狙击手，在三只吸血蝙蝠凶猛的攻击下，终于从藏身之地站了起来。

透过瞄准镜，吸血鬼发现对方狙击手或许是配枪里的子弹打光了，情势紧急下他根本来不及更换弹夹，只好不停地挥舞着双臂，企图驱赶轮番偷袭的吸血蝙蝠。

"就趁现在！"

"噗！"

吸血鬼毫不犹豫地扣动扳机，一道金黄色的火舌，在黑夜之中显得格外冷冽。

下一秒钟，一条鲜活的生命，被一颗特质的狙击步枪子弹无情地带走了。

三只吸血蝙蝠瞬间冲到死者的颈动脉上，趁着体表余温尚存，贪婪地吮吸着血管里流淌的鲜血。

在确认第二个目标当场死亡之后，吸血鬼二话没说再次更换射击位置，出现在便利店房顶西南角。他如同黑夜中的鬼魅一般，杀人于无形，令敌人束手无策，连还手的目标都找不到。

觉得时间差不多了，吸血鬼按下超声波收发器的召回按键。

一旦触发此按键，超声波收发器便会发出一种短频音波，吸引在外猎杀目标的吸血蝙蝠及时回到主人身旁，避免遭遇危险或者独自跑丢了。

吸血蝙蝠们在接收到超声波收发器的短频音波后，缓缓地从死者颈部跳到地上，似乎表现出一副心不甘情不愿的样子。

但见，三只吸血蝙蝠一边跳跃一边倒退着离开狙击手的临时掩体，最终挥动着一双肉翅一飞冲天，直奔吸血鬼而来。

第三十六章 伟大的理想猥琐的人

是的，没错……

蝙蝠是唯一能在天上飞的哺乳动物。经过数千万年的进化，蝙蝠几乎已经丧失了在地面上行走的能力，但吸血蝙蝠是个例外。

由于吸血蝙蝠的身体构造十分特殊，臼齿小无机能，拇指特长而强，后肢强大。

它不仅能在地上迅速跑动，完成前行、斜行、倒退等高难度动作，甚至还包括短距离跳跃。

吸血鬼的小宠物们一飞回来，就立即躲在黑色的斗篷当中，但从它们那略显干瘪的肚子便可以看出来，这些小家伙还没有喝饱。

因为，吸血蝙蝠的一次正常进食在十五到四十分钟之间，而刚刚从进攻到杀死敌人，整个过程都不到三分钟，这一切发生得实在是太快了。

吸血鬼像往常一样，从兜里摸出一个钢化玻璃材质的试管，打开盖子后一只吸血蝙蝠竟然自觉地飞到瓶口，往试管内注入刚刚吸取的一部分鲜血。

这一幕刚好被爬上来的霍南看见了，只见霍南面色有些不自然地问道："老鬼，你这是在干吗？该不会平时你真的喝血吧？"

"靠！"吸血鬼不满地反驳道，"小白隼，你脑子被驴踢了？这些血液当中含有大量病毒，让我喝它？你疯了还是我疯了？"

当吸血鬼收好盛满鲜血的玻璃试管后，这才从容不迫地解释道："一直以来，我都有一个远大的理想，就是建立全球最完整的DNA基因库。这一切自然离不开各类人种的支持，可又不能挨个排着告诉人家我要抽血吧？所以从死人身上提取血液，然后保存样本，是我近几年来一直都在坚持做的一件事情。从死人身上收集血液不犯法吧？"

"我晕……"

霍南低声反问道："老鬼，那些人都是你杀死的，你竟然还说从他们身上收集血液不犯法……你的逻辑思维是不是有问题啊？"

说着，霍南抬起右手，指了指自己的脑袋，冲着吸血鬼报以善意的一笑，但这笑容中似乎饱含深意。

"呃……"吸血鬼被霍南说得哑口无言，仔细想想好像也确实是这么回事。

"得，你没事就成，底下暂时是守住了，就是不知道那些恐怖分子还有没有后续增援？所以我上来看一下情况。"霍南说明自己的来意，开始四处眺望。

子弹出膛

吸血鬼见状惊呼道,：:"快趴下！你不要命啦？这么一会儿我都干掉两个敌方狙击手了，谁知道别的方向还有没有？"

刚刚爬上来的霍南，身体应声扑倒在房顶，问道："你那儿弹药还多不？"

吸血鬼点点头："狙击步枪子弹消耗了三分之一左右，自动步枪的弹夹还有三个，都给你吧，反正我也没什么用。"

"咔……咔咔……"

放好吸血鬼丢过来的三个自动步枪弹夹后，霍南从上衣口袋里摸出几天前在郊外缴获的狙击步枪子弹："就这点了，也不知道你那把鸟枪合不合适，省着点用吧。下边的子弹消耗速度太快，我估算了一下，只剩下不到一半了。"

"噗！"

霍南正介绍便利店一楼大厅的情况呢，吸血鬼那边就开枪了。

与此同时，吸血鬼大声叫骂道："Fuck！太卑鄙了，竟然趁老子不注意搞偷袭！快下去，后院有最少二十个武装分子摸过去了。"

闻听此言，霍南心中"咯噔"一声，暗叫不妙，后院只有魔蝎一个人驻防，而且敌人是突然袭击，就算魔蝎再怎么厉害也不可能以一挡二十。

如果不及时支援魔蝎的话，这个刚刚加入暗影的新成员免不了要遭殃。

"老鬼，你自己小心，我先下去了！"霍南急匆匆地打了个招呼，便转身匆匆离去。

毕竟便利店一楼大厅还有天蝎、绅士跟狼人在防守，不会出现什么太大的纰漏。

因此，吸血鬼暂时也顾不上正面战场了，调转枪口开始对偷袭后院的敌人进行远距离精准打击，间接帮了魔蝎一把，为霍南增援后院赢得了宝贵的时间。

"哒哒……哒哒哒……"

刚开始的时候，魔蝎还隐藏在角落里打黑枪，时不时来个三点射，从容地换着弹夹。

可这种情况仅仅持续了不到一分钟，墙头上呼啦一下子冒出六七个武装分子。

魔蝎打急眼了，也顾不上什么三点射了，死死地扣住扳机不撒手，直接朝着一片黑压压的人群突了一梭子子弹。

结果，魔蝎还没来得及更换新弹夹，又有一些武装分子踩着同伴的尸体更加

第三十六章　伟大的理想猥琐的人

顺利地攀爬到墙头上。

魔蝎心里十分清楚，一旦那些武装分子冲进后院，他自己死倒没有什么大不了的，关键是正面负责防守的弟兄们就会腹背受敌，很有可能因此全军覆灭。

魔蝎顾不了那么多了，他将刚刚拆下空弹夹的自动步枪随手丢到一旁，顺势拔出右侧大腿中的配枪，二话没说瞄准冲上墙头的敌人扣动扳机。

"砰！砰砰砰……"

魔蝎所使用的配枪是奥地利格洛克 17 型手枪。

该枪口径 9 毫米，全长 185 毫米，由于采用了大量工程塑料作为主体结构，仅重 0.62 千克。

其最为突出的优势是弹夹容量，有 17 发跟 19 发两种，有效射程 50 米。

不仅如此，奥地利格洛克 17 型手枪还有四大特点，第一是重量轻；第二便是万无一失的保险机构，该枪的套座和套筒上没有常规的手动保险机柄，射击前不必去专门打开保险，利于快速出击；第三是火力持续性强悍，几乎可以与微冲的载弹量媲美；第四是人机工效好。

由于奥地利格洛克 17 型手枪很轻，这点重量对于魔蝎来说可以忽略不计。他通常都是右手持枪，完成瞄准、射击等一系列过程。

在日常的枪械实弹训练中，天蝎、魔蝎兄弟二人早已把奥地利格洛克 17 型手枪的时间差掌握得非常透彻。

在魔蝎连续打出第十一枪的时候，他的左手便已经从腰间抽出一个备用弹夹，顺势向上一带。

"砰！"

此时，刚好奥地利格洛克 17 型手枪内的第一个弹夹打完最后一颗子弹，魔蝎在退掉空弹夹的同时，左手握着备用弹夹填装完毕。

"砰……砰砰砰……"

魔蝎手中的奥地利格洛克 17 型手枪几乎就没有片刻停歇过，仅用一把小小的配枪就将敌人打得抬不起头来，武装分子们纷纷躲在院墙外面，无可奈何。

其实，魔蝎心里还是非常紧张的，因为他身上只携带了四个奥地利格洛克 17 型手枪备用弹夹。

眼瞅着第二个备用弹夹都快要打光了，墙外的恐怖分子依然人头攒动。

子弹出膛

"咔嚓!"

终于,魔蝎还是换上了第三个奥地利格洛克17型手枪备用弹夹。他没有任何选择,大脑也来不及思考。

如果打光所有备用弹夹,魔蝎就打算撤回便利店一楼大厅报信,向身后的队员们寻求帮助。

"魔蝎,接着!"

就在此时,霍南从便利店一楼大厅冲了出来。他一边端着枪瞄准院墙,准备随时击毙敢露头冲锋的敌人,一边向魔蝎丢了一把华夏造95式轻机枪,外加三个备用弹夹。

"哒哒哒……"

有霍南这个强力外援作为后盾,魔蝎便可以放手一搏了。他战斗起来心中底气十足,整个人看起来也不再像之前那样显得有些慌慌张张。

刹那间,负责偷袭便利店后院的武装分子减员过半,死伤惨重,其他损失就更不必提了。

或许是听到后院传来的激烈枪声,位于正面防守战场的绅士通过纳米无线电通讯器关切地问道:"后面什么情况?霍南,用不用我们这边抽出一个人过去支援?"

霍南立即摇头否决道:"这里有我跟魔蝎两个人暂时能抵挡得住,小心正面!我怀疑这是恐怖分子实施的调虎离山之计,恐怕他们很快就要对正门发起第二轮强攻了!"

"当当当……"

"哒哒哒……"

"轰隆……隆!"

事实证明,霍南的猜测一点都没错,他刚刚叮嘱完绅士,便听到纳米无线电通讯器内传出一阵无比激烈的枪声,其中甚至还掺杂着步兵手雷的爆炸声,战斗异常激烈!

第三十七章 自古忠孝难两全

"Fuck！Fuck！"

"啊……"

"快来帮帮我，我动弹不了了……"

纳米无线电通讯器内传来狼人的大骂声以及绅士的惨嚎声，天蝎的叫声似乎也比较痛苦。

令霍南没有想到的是，第二拨武装分子竟然携带了步兵手雷，让本就吃紧的战局变得更加恶劣，胜利的天平正在向敌方倾斜。

环视整个后院，偷袭的敌人已经所剩无几，魔蝎一个人应该应付得过来。

想到这里，霍南从腰间再次拔出两个华夏造95式轻机枪弹夹留给魔蝎，伸出右手竖起大拇指，鼓励魔蝎一定要誓死守住后院。

"魔蝎！"霍南一边开枪，一边大声吼着魔蝎的名字。

"在，队长！"

霍南身上的气势陡然暴增数倍，声嘶力竭地命令道："给老子干翻他们！这里暂时就交给你了！"

虽然魔蝎没有加入纳米无线电公共频道，并不知道正面的具体情况，但刚才的爆炸声却足以说明问题了。

不等魔蝎回答，霍南转身冲向便利店一楼大厅，与此同时按住右耳低头大声命令道："老鬼！赶紧下来帮忙，正面阵地挡不住了！"

在一场艰苦卓绝的阵地防守战中，命令一个狙击手撤离战斗岗位，放弃制高点，是一个非常危险的决定。

霍南之所以下此命令，实属无奈之举。为了能守住便利店的正面阵地，他必

子弹出膛

须孤注一掷，多坚持一会儿算一会儿。

此时，霍南心中已经隐约萌生了一个念头，一会儿如果情况实在太糟糕的话，就得考虑突围撤离便利店了。

哪怕便利店里隐藏的秘密被恐怖分子们发现，霍南也不可能眼睁睁地看着这些跟随他出生入死的弟兄们，就这样死在敌人枪下！

接到新指令后，吸血鬼并没有立即下来，而是用最快的速度打光现有的狙击步枪备用弹夹，然后才拔出配枪冲向楼下。

两人几乎是在同一时间抵达便利店一楼大厅内部的，映入眼帘的一幕足以让他们心惊肉跳了。

只见，之前由众人一起用货架子搭建好的临时掩体，已经被敌人用步兵手雷轰开一个缺口。

绅士被其中一个沉重的货架压在底下不停地大声呼救，因为他面前的货架已经被子弹打得千疮百孔，根本就不具备防弹功能。

一旦有敌人再次发起冲锋，绅士将第一个暴露在对方的扫射范围之内。

"快！先搭把手把绅士弄出来！"说着，霍南丢掉手中的枪械，开始动手试图挪动货架。

见状，吸血鬼也收起配枪，快步冲向绅士，帮霍南一起抬起货架。

狼人跟天蝎似乎是被弹片击中了，浑身上下鲜血淋漓，幸好没有什么致命伤口。

步兵手雷的爆炸距离他们太近了，他们的脑袋都被震得嗡嗡作响，虽然没当场昏死过去，但是暂时丧失了战斗力。

货架实在太沉了，两个人搬起来非常吃力，他们使了半天劲儿也只是勉强向上抬起一点。

绅士利用仅有的一丝空间，拖着沉重而又疲惫的身躯愣是从底下钻了出来。

"呼……呼……呼哧……"

绅士躺在地上，大口大口地喘着粗气。

数秒钟后，绅士放大数倍的瞳孔终于渐渐恢复正常，呼吸也趋于平稳。

察觉到绅士这边问题不大，霍南跟吸血鬼两人合力将沉重的货架再次推到大门口，形成脆弱的临时掩体。

第三十七章 自古忠孝难两全

再怎么着，这些货架也能起点作用。

如果刚才不是货架挡在最前面，那颗步兵手雷在便利店一楼大厅爆炸，恐怕情况会比现在严重得多，绅士等人即使不死也得残废。

随后，霍南又示意吸血鬼一起将收银台，以及各种能用来挡子弹的家伙全都堆到了大门口与几扇落地窗前面。

做完这一切，霍南拍了拍手，看向狼人跟天蝎，一脸担忧地关切道："你们俩休息得怎么样了？还能继续战斗吗？"

坐在地上的狼人闻言右手撑着机枪，左手扶着墙勉强站起来。他跟跄了好几下，雪白的墙面上留下了一道道血痕跟掌印。

"老子一点问题都没有，好着呢！"

站稳后，狼人拍了拍那结实的胸脯。胸前的衣襟因为被弹片划破，露出一大片无比浓密的黑色护心毛。他依旧不改之前那副大大咧咧的德行，只是说话时的嗓音略显沙哑。

天蝎也不甘服输，嘴角上扬，勉强挤出一丝微笑，咬紧牙关咒骂道："这帮孙子，竟然还配备步兵手雷，看来他们的背景不简单啊。"

"他们有咱们就没有啊？"狼人不服气地反问道。

闻听此言，在场的几位暗影组织成员不禁面面相觑，纷纷耸耸肩膀。霍南一脸无奈地回答道："这个还真没有……"

"唉……"吸血鬼也不禁哀叹道，"咱们太缺少重火力了，敌人在数量上又占有明显优势，现在武器装备也不比我们差，看来第三拨攻击我们怕是挡不住了。"

"Fuck！"狼人朝地上吐了一口浓痰，还掺杂着些许血丝。他暴躁地大骂道："他奶奶的，这仗打得可真憋屈死了！如果博士在这里，老子不弄死那帮狗杂碎才怪！"

此时此刻，在场的老队员们都十分想念博士——只要有博士在，就不愁没有武器用，而且都是当今世界上最为先进的装备，那样打起仗来何其爽快？

"对不起，我应该早点叫她来的。"霍南低声说道。

沉默了片刻，霍南当机立断道："整理一下装备，清点弹药，根据弹药计算一下时间，制定接下来的作战方案。"

"是！"

子弹出膛

"是……"

几个队员,包括已经从地上爬起来的绅士,全都开始寻找被步兵手雷炸飞的装备,低头仔细清点起来。

"小白隼,我还有4个机枪弹夹,7个手枪弹夹!"狼人首先汇报道。

天蝎紧跟着说道:"队长,我的突击步枪弹夹只剩下2个了,另外……"

…………

不一会儿,队员们全部报完数字,霍南又把自己身上剩余的武器装备加在一起,眉头都快拧到一起去了。

按照最近一场防守战的激烈程度,暗影小分队成员们现有的弹药,绝对撑不过半个小时,那还得是在节省着子弹打,百发百中的前提下。

稍一疏忽,时间便会缩短一半!

坚守便利店十五分钟,对于霍南等人来说好像没有太大的意义。

"天蝎,你上楼把梦露背下来,到后院跟魔蝎会合,带着小岚她们先撤!"霍南沉声命令道。

"不!我不走!我要留下来跟你们在一起,多一个人多一份力量。就让魔蝎带着她俩先走吧。"天蝎当即摇头拒绝,并企图说服霍南。

霍南同样坚定地摇摇头,用一种不容置疑的语气再次命令道:"执行命令!集合地点,锡金警察局,坐标……"

下达最新指令的时候,霍南顺便将下一个集合地点告知在场所有人,防止待会儿出现什么意外情况。万一撤退的时候局势过于紧张,大家因不得已分头突围而走散了呢?

"唉!"

天蝎颇为懊恼地收起枪直奔二楼,片刻之后背着身受重伤的梦露跳到一楼大厅。

从屋里追出来的王小岚还站在二楼,一脸惊恐的样子,她早就被刚才的激烈枪声吓坏了。

趁此机会,霍南飞身爬上二楼,伸出手轻轻抚摸了王小岚额头的秀发。

这一切对于一个花季少女来说,未免有些过于残酷了。

只听,霍南有点心疼地叮嘱道:"小岚,等会儿你们跟着那个大哥哥先离开

第三十七章 自古忠孝难两全

这里，他会负责保护你们的安全。"

还未等霍南把话说完，王小岚的两只大眼睛里便噙满了泪水。她焦急地原地跺脚央求道："我只想跟你在一起，叔叔，能不能别丢下小岚一个人？哪怕死我也要跟你死在一起！"

闻言，霍南竟然愣在当场。，他没有想到一个不到二十岁的少女，竟然会说出如此决绝的话来，而且从她的面部表情来看没有半点做作。

与此同时，从王小岚看向自己的目光中，霍南隐约能感觉到一丝异样的情愫，似乎王小岚根本没有把他当做叔叔对待。

但事态紧急，霍南来不及细想。他扶着王小岚的后背，跟在天蝎身后一路推出后院。

狼人、绅士以及吸血鬼见状，开始将各自的武器装备集中到一起，然后进行平均分配，为接下来的死守正门做准备。

"哒哒哒……"

"砰！砰砰！"

后院很快响起一阵稀疏的枪声，过了没多大一会儿，风尘仆仆的霍南按原路返回便利店一楼大厅，而天蝎、魔蝎兄弟二人则护送两个女孩子，在黑夜中向锡金警察局悄悄进发。

"你们几个在干吗？"出现在便利店内的霍南，满脸疑惑地盯着趴在货架后面的三个老搭档，一副如临大敌的样子。

狼人头也不回地说道："小白隼，你的武器装备就在后面，自己拿！"

霍南忍不住对准狼人那硕大而又浑圆的屁股，上去就是一脚："老狼，想什么呢？赶紧收拾东西准备撤退！"

"哎哟……"

一声惨嚎过后，狼人一边揉着屁股，一边扭头幽怨地问道："小白隼，你踹我干啥？难道咱们不守这里了？万一下面的秘密被那伙儿恐怖分子发现怎么办？"

"不守了！"

霍南先是给出明确的答复，继而命令道："待会儿咱们且战且退，能拖一会儿算一会儿，多给天蝎他们创造一点时间。另外，我跟老狼一组，老鬼跟绅士一组，

子弹出膛

必要的时候咱们可以分头撤退,吸引敌人的注意力,都听明白了吗?"

"明白!"

"收到……队长!"

"是!"

听着三人不约而同给出肯定的回答,望着他们坚定不移的背影,霍南觉得怪不是滋味的。他心想:"好兄弟们,我不可能为了一己之私让你们白白送死!只要能活着离开这里,地下密室暴露又算得了什么?只是……老爸……对不起,儿子不孝!"

第三十八章　生死袍泽情！

"RPG！快闪开！"

就在霍南蹲下身子整理装备的时候，一直在负责观察敌情的吸血鬼跟绅士两人突然同时发出预警，并大声提醒身后的队友。

几乎在同一时间，一名武装分子高举着肩扛式火箭弹发射器冲到开阔地上，单膝跪地瞄准便利店大门直接扣动扳机。

"嗖……"

一枚火箭弹带着火光快速飞向目标区域，在原地只留下一道白色的尾气。

发射人员来不及观测结果，转身就往回跑。

"轰隆！"

火箭弹在击中最外面的一个货架后引爆，炸弹的威力让整栋楼都为之颤抖，晃动了几下显得摇摇欲坠。

幸亏吸血鬼跟绅士发现得早，提醒得及时，四个人均在第一时间冲到后院，没有人员伤亡。

可是，当他们回到便利店一楼大厅的时候，立即被映入眼帘的一幕惊呆了。

原本几个人悉心布置好的临时掩体，竟然被一枚小小的火箭弹全部摧毁，整个大门畅通无阻。

而那几个货架子质量还真好，只是被火箭弹轰翻在地转了几圈而已。

货架子主体都没有破碎松散，挡的位置也比较合适，刚好把地下密室的入口压在下面。

再加上各种碎片渣土的掩盖，密室入口并没有露出半点破绽，基本上不会被敌人发现。

子弹出膛

再留下来防守，只会给接下来的撤退带来无尽的麻烦，队员们的生命安全也无法得到保障。

想到这里，霍南果断下令放弃第一道防线，改为退守后院。

霍南打算利用便利店一楼大厅作为中间缓冲地带，就算敌人再使用重火力武器，也无法伤及暗影组织的成员。

"哒哒哒……"

"咚！"

"砰砰！"

各种枪声几乎在同一时间响起，或许是恐怖分子们以为屋内的防守方人员已经被那枚火箭弹炸死大半，因此此次发动进攻并没有出动所有人手，而是有所保留。

狼人跟绅士很快便跟恐怖分子隔着便利店交上火了。吸血鬼不禁皱了皱眉头，主动要求道："霍南，我上去观察一下，看看外面什么情况？"

其实，霍南也早就有点担忧了，后院相对来说是比较好守，可就怕敌人来个前后夹击，到时候他们四个人被包了饺子可是想跑都跑不了了。

吸血鬼此举正好可以消除霍南心中的疑虑，于是霍南赶忙提醒道："快去快回，注意安全，切记不可恋战！"

短短几句话，把霍南对吸血鬼的关心表达得淋漓尽致。

试问有霍南如此体恤下属的队长，谁还不会心甘情愿替其卖命呢？

霍南与狼人、绅士一起抵挡着敌人的进攻，还要时不时留意后面的墙上，有没有恐怖分子突然爬上来搞偷袭。

吸血鬼上去了不到一分钟就从房顶轻轻一跃，直接落在后院的死角里，防止被敌人的子弹或者流弹击中。

"正面情况不容乐观，敌人从两个方向朝我们这边包抄过来；另外还有一小股敌人在往西北侧移动，估计是打算绕到咱们背后。"吸血鬼如实汇报着刚才利用狙击枪瞄准镜观察到的敌情。

"哒哒哒……"

可能是双方交战时的枪声过于激烈，再加上狼人跟绅士所处的位置都比较分散，霍南担心喊话队员们听不清楚，遂开启了纳米无线电通讯系统。

第三十八章 生死袍泽情！

"大家不要恋战，准备撤退！绅士，通知你那两个小兄弟还有博士他们，临时更改集合地点，不要再到这里来了，免得落入敌人提前设好的陷阱当中。"不得不说，霍南的计划十分周全，天生就是一个领袖。

"不用通知了……"

孰料，不等绅士回答，一道较为冷漠的声音突然出现在纳米无线电通讯器的公用频道中。

"哈哈……你个死杰克，小白隼找你归队，你还拿上劲了！看老子怎么收拾你。"就在大伙儿一愣之际，狼人率先冲着纳米无线电通讯器吼了起来。

霍南浑身一震，目露精光，终于又重新找回几年前那种热血沸腾的感觉。

"人齐了……"霍南淡淡地说道。

而杰克似乎是有意与霍南作对，出言不逊地说道："瞧瞧你们这仗是怎么打的？咱们哥几个以前什么时候当过逃兵？再撑五分钟，能不能做到？"

博士也忍不住笑道："霍南，是不是子弹打光了？放心……姐姐这里有的是，等着我哦，记得你还欠人家一个吻呢。"

其实，霍南等人面对的形势非常严峻，他的眉头也一直紧锁着。

"呃……"

可是，当霍南听到博士赤裸裸的语言调戏后，整个人的观念顿时被颠覆了——欧洲美女的热辣跟开放，是华夏人所无法想象的，他一时竟然有点难以接受。

霍南憋了半天，却冒出一句让众人啼笑皆非的话来："博士，你不是每次见面都得亲我一下吗？何必说出来呢。"

"哼！"

闻言，博士的小脾气也上来了，不依不饶地辩解道："那可不一样，我亲你，那是我们乌克兰人见面时最基本的礼仪。你亲我，在东方人的眼里，是不是可以理解成……那个？"

"那个……哪个？"霍南被博士整得一脸懵逼相，下意识地扣动扳机，当场就放倒两个刚刚冲进便利店一楼大厅的恐怖分子。

对于霍南等人的处境，博士倒是一点都不担心，她相信自己喜欢的那个男人，肯定有本事解决眼前的一切麻烦。

博士继续不紧不慢地笑道："还能有哪个？就是那个呗……"

子弹出膛

几句话说得霍南一脸崩溃状，不得已只好闭口不再提及此事。他开始蹲下身子呈射击姿势，与狼人、吸血鬼等人专心应敌。

其中当属狼人的弹药消耗速度最快，不到两分钟的时间，所有能用的机枪子弹全部被他打光。

"呸！"

狼人将毫无用武之地的裸枪随手丢在一边，拔出别在后腰的两把珍藏版 0.357 沙漠之鹰，开始向拥入便利店一楼大厅的武装分子们疯狂扣动扳机。

"当！"

"当当当……"

沙漠之鹰不愧是一款威力彪悍的手枪，连声音都跟没有安装消音器的狙击步枪有一拼。那巨大的后坐力，恐怕也只有狼人这种壮汉才能单手驾驭了。

受到狼人的影响，霍南等人也开始疯狂反击，一点也不担心弹药打光，反正博士正带着强大的后援补给满载而来。

外面那些蜂拥而至的恐怖分子们，似乎没有想到原本已经濒临绝境的霍南等人突然间变得凶猛无比。他们被暗影组织的队员们打了一个措手不及。

冲在最前边的恐怖分子们成排成排地倒下，后续跟进的敌人不敢再继续强攻，三三两两地自发组成一个个战斗小组，但论火力始终比不上霍南等人的集中、强大。

城市街道巷战就是这个样子，人多并不一定就代表能在战局中占据优势。

如果指挥不当的话，人多的一方也经常会陷入被动挨打的境地。

眼瞅着狼人杀红了眼，拎着两把珍藏版沙漠之鹰手枪越打越猛，霍南及时吼了一嗓子："老狼，你疯了？快给我回来！"

与此同时，霍南冒着枪林弹雨，冲到狼人身后，一把将狼人扑倒在地。

"嗖嗖嗖……"

两人刚刚趴在地上，霍南左肩膀便传来一股火辣辣的感觉，原来是被一颗流弹擦伤了皮肤。所幸伤口并不是很严重，但鲜血很快便将衣服染透。

"呃……"

由于正面还有不少隐藏起来的恐怖分子在打冷枪，霍南咬着牙一使劲儿从狼人身上翻滚下来，仰面躺在地上。

第三十八章 生死袍泽情!

落地一刹那,霍南不小心压到了左肩膀后面的伤口,额头上顿时冒出一片细密的汗珠。他的面色也变得有点苍白,但却一声没吭,以致粗心大意的狼人还没有发现霍南为了救他而受伤了。

在战场上,生死一念间,有时候为了救兄弟搭上自己的性命也心甘情愿,这种袍泽情是没有经历过战争洗礼的人所根本无法理解的。

当局者迷,旁观者清,狼人没有察觉不代表别人没有看见。

"哒哒哒!"吸血鬼接着就是一个三点射,然后趁机冲着霍南喊道:"怎么样?严不严重?"

"嗖嗖嗖……"

不断有子弹从两人头顶飞过,狼人略微侧了侧身子,用右臂肘部作为支撑,勉强获得一点视野,开始用手中的沙漠之鹰手枪不断还击。

狼人一边打,一边用余光瞟向霍南,一脸难以置信地问道:"小白隼,你受伤了?"

"呵呵……没事!死不了……"

霍南勉强挤出一丝微笑,咬着牙转过身来使背部朝上,握住枪托却总是瞄不准,胡乱开了几枪。他只想证明自己并没有受到伤痛多大影响,可这个射击姿势刚好能牵动他左肩膀的伤口,就是使不上劲儿。

"哒哒……哒哒哒……"

在浪费了半梭子子弹之后,霍南不得不面对现状。他开始保持匍匐姿势抓着枪向后撤,打算先把伤口处理一下再说。

看着霍南的左肩膀被鲜血染红,狼人心里别提有多么自责了。但他那种大大咧咧的人,真正的兄弟之情从来都是隐藏在心中,不会表达出来,他只剩化悲愤为力量,劈头盖脸朝着对面射出两梭子子弹。

"咔……咔咔……"

狼人的暴脾气一旦发作起来,九头牛都拉不住。他插在腰间的备用手枪弹夹以极快的速度消耗着,没多大一会儿便出现无备用弹夹可用的尴尬情况。

可即便如此,狼人仍旧疯狂地扣动扳机。他的两只眼睛瞪得滴溜儿圆,眼白处布满了血丝。

如果眼神可以杀人的话,那么位于对面的恐怖分子们早就被全部杀死一万次了。

子弹出膛

"啊!"

近乎癫狂的狼人忽然大喝一声,扬起右臂便要将手中没有子弹的珍藏版沙漠之鹰用力丢出去,砸死一个敌人算一个。

可是,刚刚抬起胳膊,狼人这才看清楚手中的枪,竟是费尽千辛万苦好不容易弄到手的珍藏版镀金沙漠之鹰!他忽然又舍不得了,悻悻地收回了手。他环顾四周,确认自己的举动没有被队友们看到,这才偷偷收起两把配枪。

再看狼人那张老脸,早已涨得通红,竟然还有一丝纯真与可爱。

"嘿嘿……嘿……"

而这一幕,被刚刚撤到后方的霍南收入眼底,霍南忍不住笑了起来。

这一笑牵动了伤口,直接变成了哭笑不得……

第三十九章　粉红系改装专家博士

　　狼人冲到霍南近前，捡起对方刚刚放在地上的自动步枪，冲着纳米无线电通讯器大声吼道："博士、杰克，死哪儿去了？再不来老子就要冲出去跟那帮恐怖分子同归于尽了！"

　　霍南拔出插在大腿左侧的两个备用弹夹递给狼人，紧跟着面色平静地对着纳米无线电通讯器说道："我就剩下两个弹夹了，看来……"

　　"当当当！"

　　"哒哒哒……哒哒哒……"

　　"轰！轰隆……隆！"

　　不承想，霍南的话刚说到一半，外面便响起一阵密集的枪声。伴随着一连串的爆炸，霍南等人感觉到脚下的地面都在微微颤动。

　　"呼……"

　　一直以来都捏了把冷汗的霍南，终于长出一口气。他整个人都放松下来，因为他知道博士跟杰克来了。

　　只见，霍南背倚着后院的砖墙，精神上得到放松之后，左肩膀突然一阵剧痛袭来。他再也顾不上其他事，取出随身携带的战地急救包丢在一旁。

　　"刺啦……"

　　受伤的霍南根本无法自己将衣服脱下来，只好用牙撕开体表的黑色作训服，露出还在向外面渗血水的伤口。

　　随后，霍南打开战地急救包，右手拎着战地急救包翻过来抖落了几下，什么镊子、止血钳、小剪刀等医疗器具掉了一地，最后才是两卷纱布，跟几包白色包装的沸石止血敷料。

子弹出膛

沸石止血敷料,通俗一点来讲就是速效止血粉,能够有效抑制战斗中各种原因造成的大血管出血,从而达到止血的目的。

由于霍南的伤口只是被子弹擦伤,少了一块儿皮肉而已,还没有伤及骨头,更没有弹片滞留在伤口中,不需要进行手术。

所以,霍南直接用嘴撕开一袋速效止血粉,小心翼翼地倒在伤口上。

因为伤口在背部,霍南在倒止血粉的时候根本无法回头观察,浪费了不少,但伤口传来的灼烧感,让他知道至少有一部分止血粉倒对了地方。

觉得药效差不多发作了,霍南这才取出纱布盖在伤口上,然后又打开一卷较为先进的自黏性急救绷带。他围绕肩膀跟腋下的位置反复缠了好几圈,连打结最后一道工序都免了,缠完直接松手再也不必理会。

"Fuck!小白隼,你们死里面去了啊?老子不远万里赶到锡金给你们解围,你们几个可倒好。"一直沉默不语的杰克终于也忍不住爆发了。

没办法,杰克跟博士都轻敌了,他们没有想到恐怖分子的数量会有那么多。

刚刚在便利店附近遭遇了一支正在对霍南等人实施包围计划的恐怖分子小队,杰克跟博士仗着手里的武器火力生猛,连个招呼都没打便直接开启单方面屠杀模式。

两人不知道从哪里搞了一辆破得不像样子的皮卡车,连牌子都看不出来,车辆后斗里架着一挺老式 M2HB 式勃朗宁大口径重机枪。

最开始的重机枪声,就是杰克用这挺 M2 式勃朗宁大口径重机枪发出来的。

M2HB 式勃朗宁大口径重机枪老是老了点,但毕竟目前大部分西方国家的正规军都在使用这种大口径重机枪,配备在步兵战车跟吉普车甚至直升机上,足以看出它的火力有多么强大。

而爆炸声则源自博士手中的改进型 MGL-140 枪榴弹发射器,是由南非 Milkor 公司的子公司——"Milkor 美国"研发的一种新型射击武器,全名又叫做 MGL-140 轻型半自动转轮式枪榴弹发射器,口径 40 毫米,与现役同类装备相比,射击速率更快,打击精度更高!

正常的 MGL-140 枪榴弹发射器采用转轮式结构,6 发榴弹装在一个旋转弹仓中。

可是,经过博士的改进,原先的旋转弹仓容量直接被增加了近一倍,变成 10

发 40mm 榴弹。

如此变态的火力组合，灭掉一支恐怖分子的小分队自然是十分轻松。

可他们这里枪声一响，立即吸引了超过半数原本负责围攻便利店的恐怖分子们调转枪头。

终于，在消灭了二十几个恐怖分子之后，皮卡车后面装备的 M2HB 式勃朗宁大口径重机枪弹药全部消耗完毕，彻底哑火。

不得已，杰克只好从皮卡车上跳了下来。他随手打开前后两扇车门，利用车门作为掩体，将一直背在身后的德国造 G36 自动步枪取下来，腰后别着一排备用弹夹。

被博士火力覆盖过的街道，顿时陷入火海之中。

榴弹击中路边的汽车后，会瞬间将车厢内的燃油引爆。

火焰熊熊燃烧时产生的黑色烟雾，给恐怖分子们的进攻制造了不少麻烦。

但博士手中的改进型 MGL-140 枪榴弹发射器火力虽猛，唯一的缺点便是填装弹药速度太慢，根本无法满足现场的战斗需要。

车厢以及后斗内一共有三个装备箱，博士空有一堆 40mm 备用榴弹，却无法及时填装，只好将手中的改进型 MGL-140 枪榴弹发射器丢进车厢。她打开左侧车门，从中拎出一把 M16A4 自动步枪，以及六个子弹容量为 30 发的弹夹。

博士所使用的 M16A4 自动步枪虽然没有经过什么特殊改造，但整个枪体却是博士自己精心制作出来的。她在熔化金属制作模型的时候加入了一些粉红色的彩金，使整个枪体隐约呈现出一种粉红色的视觉冲击感。

不仅如此，就连博士刚刚从装备箱内取出来的六个备用弹夹，也是特地跟这把粉红系列的 M16A4 自动步枪一起制作出来的。

为了能够重复回收利用这六个配套的粉红色弹夹，博士特地为此制作了一个弹夹腰带。

每次战斗的时候，只要将弹夹并排插在特制的腰带内，然后在腰间系好就可以了。

这样，博士每打完一个弹夹，先将空弹夹取出，换上备用弹夹，再把原先取出的空弹夹插进弹夹腰带内即可。

通常情况下，一场普通的战斗，常备弹夹外加六个备用弹夹绰绰有余，这也

子弹出膛

是博士精心计算后才得出的数量。

即便 M16A4 自动步枪与 G36 自动步枪是闻名世界的小口径作战武器，可再怎么厉害也只有两个火力输出点而已，遇到那些不怕死的恐怖分子，还是显得有些捉襟见肘。

不到三分钟的时间，博士跟杰克已经换了两个备用弹夹了，打死、打伤恐怖分子数十个，可依旧有大量恐怖分子突破了他们那单薄的火力封锁网。

再看便利店这边，包扎好伤口的霍南，连衣服也顾不上整理，拔出配枪来到吸血鬼身边。

此时，大家手里的主武器基本上都已经处于报废边缘——由于子弹消耗太快，没有后续补给，让他们根本不敢冲出去，支援博士、杰克两人更是天方夜谭。

"咚！"

狼人是看在眼里急在心中，气愤难当之下，一拳捶在水泥地面上，发出一记沉闷的响声。即使痛入骨髓他也没有发出半点声音，更没有皱一下眉头。

见状，绅士也有点急眼了，不停地转头催促道："怎么办？霍南，你倒是赶紧出个主意啊！再不赶过去跟他们两个会合的话，恐怕博士跟杰克就危险了。"

吸血鬼自言自语地嘟囔道："哎！这两个家伙也真是的，开打之前也不跟咱们说一声！如果提前绕到后院这边来，情况也不至于跟现在这么被动。"

现在的情况很糟糕，霍南的大脑在快速运转着。

他们这边有人没有枪，另一边是补给充足但却缺少人手。

"现在有两种方案，第一个就是我们集中剩下的弹药，以最猛的火力直接从正面战场冲过去。第二种作战方案就是留下一到两个人在这里继续吸引敌人，作为牵制；剩下的人从后院摸出去，绕远路由北向东与博士他们会合，拿到弹药后再打回来接应留守队员！"经过短暂的思考后，霍南如实说出了自己的打算。

绅士跟狼人把目光一起投向吸血鬼，这里除了霍南就属吸血鬼头脑比较灵活了。

皱着眉头权衡了一下利弊，吸血鬼又看了看大家手里剩下的武器弹药，毫不犹豫地选择了第二种作战方案。

紧接着，吸血鬼分析道："老狼的奔跑速度最慢，而且之前受过伤，让他留下来吧！另外，霍南你的伤口要不要紧？"

第三十九章　粉红系改装专家博士

闻言，绅士也随声附和道："队长，不然你也跟老狼一起留下来吧！我跟老鬼过去应该人手足够了。"

"不行！"霍南当场摇头否决道，"把所有武器弹药都给老狼留下，每个人只能带一把配枪，两个备用弹夹！"

"是！"吸血鬼跟绅士异口同声地答道，开始低头整理身上的装备。

"砰……砰砰！"

在这期间，不断有恐怖分子试图冲进便利店一楼大厅，都被狼人一一击毙。远处激烈的枪声，表明博士跟杰克还在承受恐怖分子们的冲击。

突击小组三人成员全部准备完毕后，霍南一脸郑重地问道："老狼，你一个人行不行？"

"没问题！包在我身上！"狼人依旧是那么豪爽，大大咧咧的性格似乎永远也不会改变。

"保重！"不知为何，短短两个字，霍南说出来却感觉好像费了很大的力气。把狼人独自一人留在这里牵制吸引敌人，究竟是不是个正确的决定？这一点连霍南自己都不敢确定！

万一……

霍南使劲儿甩了甩头，不敢再往下想。他随即带队离开临时掩体，时不时回头张望一眼狼人的背影。

"等会儿如果与恐怖分子遭遇，人少就直接干掉！人多千万不要恋战，我们弹药有限，想办法与博士、杰克他们会合才是最重要的！都听明白了吗？"已经攀爬上墙的霍南，在确定外面暂时没有敌情之后，仍旧有点不放心，临出发前最后一次叮嘱道。

"收到！"

"收到……队长！"

吸血鬼与绅士的身影，也快速消失在围墙后方，融入无尽的黑暗中……

第四十章　肤白貌美大长腿

停在道旁的皮卡车，已经被恐怖分子们射出的子弹打得千疮百孔。

"叮……叮叮叮……"

"铮铮！"

不断有子弹打在皮卡车上，发出清脆响声。

幸亏杰克有先见之明，在抵达锡金郊外的时候，就提前将油箱内的柴油放出一大半，只保留了一小部分，刚好能让皮卡车开到集结地点。

否则，这一会儿皮卡车的油箱早就被恐怖分子们打爆了。

"刺啦……"

"博士！你先顶一下！"

吼完之后，杰克蹲下身子从上衣口袋里掏出一片口香糖，揭开粉红色的包装纸，随意揉捏了几下。

其间，杰克还从装备包里小心翼翼地取出一个黑色的芯片，包裹在口香糖中，随手丢进皮卡车驾驶室内。

做完准备工作，杰克端起枪继续射击，目不转睛地命令道："博士，你拎着装备箱先撤，到后面等我！"

博士可是个非常聪明的女人，跟她沟通问题向来不需要多费口舌。

尤其是霍南，通常只需要一个眼神，博士便可以意会到其中的含义。

更何况，杰克刚才所做的一切，都被博士尽收眼底。

因此，博士在接到最新的作战指令后，没有片刻迟疑，将粉红系 M16A4 自动步枪背在身后，拎起后座上的两个装备箱掉头就跑。

少了一个火力输出点，恐怖分子们像是发疯了一般，集体冲了上来，杰克一

第四十章　肤白貌美大长腿

个人根本招架不过来。

见此情景，好不容易将装备箱藏在安全地点的博士，立即冒着枪林弹雨冲到街道上，单膝跪地开始掩护杰克撤退。

皮卡车后斗里还有一个大号的装备箱，里面的补给最多。

杰克说什么也不会丢下它，拼尽全力拎了下来，打开内置滑轮，拉起来就跑。

"噗！"

一颗子弹无情地打在杰克背后，腾起一缕淡淡的白色烟雾。

"扑通！"

但见，杰克跟跟跄跄向前跑了没几步便被子弹带来的巨大冲击力推倒在地，与此同时，他的背部麻得连一点知觉都没有了。

过了没有几秒钟，杰克皱起了眉头，背部开始由麻转变为火辣辣的疼痛，但是这种疼痛，还在人体可以忍受的范围内。

杰克晃晃悠悠地又站了起来，开始拉着最大的那个装备箱继续后撤。

吃过一次亏的杰克长经验了。他双腿弯曲，尽量将身体压到最低，减少与流弹接触的面积，自然可以降低中弹几率。

再看杰克的背后，黑色作战服被子弹打了一个窟窿，里面露出黑色的防弹衣，子弹的弹头就夹在防弹衣中。

杰克刚刚撤退没多久，他们开来的皮卡车便被冲上来的恐怖分子缴获。

有至少一半人留在原地围着皮卡车到处检查，希望能找到有用的东西。

另外一部分恐怖分子仍旧在锲而不舍地追击杰克。

其中一个年纪看上去不足二十岁的青年，从后排座椅下方找到了杰克之前丢进去的口香糖，放在鼻子底下不停地嗅着，似乎有股淡淡的甜香味。

要知道，口香糖这种东西，在印度锡金这种小地方，可是非常罕见的稀奇玩意儿，很多人都没有吃过口香糖。

于是，捡到口香糖的青年，几乎连想都没想，便瞒着所有人将口香糖一把丢进嘴里，吞到肚子里了。

在青年恐怖分子看来，在这个缺乏食物的国度，没有什么东西是不可以吃的。

殊不知，该青年恐怖分子吞进肚子里面的，是由博士亲手制作而成的 C-4 塑胶炸药！

子弹出膛

而那个被杰克塞进去的黑色芯片，就是专门用来接收引爆信号的微型雷管。

不要小瞧这种微型雷管，它的爆炸威力，相当于250公斤TNT烈性炸药，足以引爆当今世界上任何一种常规炸弹了。

觉得自己差不多已经撤到爆炸安全距离之外，杰克一边跑一边冲着正在掩护射击的博士大声下达命令："博士，快用你手中的万能遥控器引爆塑胶炸弹！"

博士举起左手，做了个"OK"的手势作为回应，按下右手腕表上的一个按钮。

"轰……隆……隆！"

先是一记巨大的爆炸声响起，芯片中的微型雷管率先引爆，紧接着便是塑胶炸弹接连爆炸的声音回荡在整条街道，响彻整个锡金上空！

塑胶炸弹的威力实在太惊人了，连整个皮卡车都被轰得四分五裂，找不出一块儿完整的零件，更别说那些围在车附近的恐怖分子们了。

整条街道上瞬间弥漫着一股烤肉的香味儿，到处都是恐怖分子们的断肢残骸，场面惨不忍睹，令人作呕！

至于那个吞下塑胶炸弹的青年恐怖分子，下场就更不用提了，仿佛从来没有来到过这个世界上，连根毛都找不到了！

"乖乖……一片口香糖大小的塑胶炸弹，怎么可能产生如此大的威力？"杰克盯着爆炸后产生的冲天火焰惊叹道。

博士自豪地介绍道："那可是本姑娘采取当今世界最先进的浓缩技术，制作而成的塑胶炸弹，效果肯定不一样啦。"

接下来，杰克与博士利用三个防弹装备箱作为临时掩体，向追击过来的恐怖分子们疯狂扫射。

恐怖分子们原本仗着人多势众，冲锋的时候一点也不计后果。

可是，当他们身后的爆炸，带走了超过半数恐怖分子的生命时，剩下的恐怖分子们又在杰克与博士的扫射中不断减员，一时间军心大乱，纷纷抱头鼠窜。

"砰！砰砰砰……"

恰巧绕远路过来的霍南等人也纷纷赶至爆炸地点附近。他们不由分说开枪便射，打得那些恐怖分子丢盔弃甲，一个个鬼哭狼嚎，四散奔逃。

"博士！你没事儿吧？"霍南一边打一边通过纳米无线电通讯器关切地问道。

"Shit！"杰克不满地咒骂道，"霍南，真是个见色忘义的家伙啊，怎么没

第四十章　肤白貌美大长腿

听到你关心我一句？美女的命重要，兄弟我的命就不是命啦？"

"噗嗤！"杰克的话音刚落，纳米无线电通讯器便响起博士的一记轻笑声。

霍南与吸血鬼、绅士三个人呈犄角之势向前方战术搜索，真正做到了把自己的后背交给队友，三百六十度无死角。

博士从临时掩体装备箱后面站了起来，单手拎着粉红色的M16A4自动步枪，冲着霍南等人挥手致意，大声喊道："在这里……"

博士原本是个典型的乌克兰靓女，肤白貌美大长腿，可能是刚刚经历了一场遭遇战，却被搞得灰头土脸颇为狼狈。

赶跑围追堵截的恐怖分子们之后，博士还在担心自己形象不好，可是在看见霍南的一刹那，什么形象不形象的一律抛到脑后。她沾满黑灰的脸上顿时露出一个十分幸福的微笑，如同黑夜中绽放的一朵小野菊，奔放却又饱含正能量！

"砰！"

孰料，博士等来的却是一记枪声，吓得她整个人都愣在当场。

过了一会儿，博士发现同伴们没有一个倒下，霍南还在缓慢地向博士、杰克靠近，并没有因为博士的叫喊声而有半点分心。

"博士，能不能小点声别乱叫唤，很容易让你成为靶子的！"霍南没好气地提醒道，原来刚才那一枪就是他开的。

博士刚刚喊完，就有一个受伤的恐怖分子将枪口瞄向她。幸亏霍南眼尖发现得快，抢先一步将其击毙，否则后果不堪设想。

杰克与霍南会合到一起的时候，两个人相互对视了一眼，彼此间竟然不知道该说些什么。

"我……杰克……这几年你过得还好吗？"霍南终于率先打破了僵局，问了一个连他自己都觉得有点鸡肋的问题。

"切！"杰克撇撇嘴当场揭穿道，"小白隼，把你那套假惺惺的嘴脸收起来吧！当初走的时候也没见你这么多愁善感，哼！"

见霍南接不上话茬，博士也发难辩解道："人家一直都负责枪械改装等后勤工作，今天为了来给你们送补给都亲自跑来前线了！结果他不仅没捞着半点感激，还被霍南你好一顿数落，真是没天理了……"

"呃……"霍南看了看博士跟杰克身后，没有其他人，不禁眉头微皱，冲着

子弹出膛

吸血鬼试探性问道，"zippo 人呢？他不是应该比博士来得都早吗？"

吸血鬼无奈地耸耸肩膀，回答道："zippo 刚刚给我留言了，说他遇到了一点麻烦，好像被两个高手缠住了。"

"哦？严重吗？需不需要帮忙？"霍南追问道。

"暂时问题不大。"

"嗯，那就好！"

看着面前这两个新到的队员，霍南顿感头大。他摆摆手岔开话题，问道："其他的等以后再说，你们带来的装备呢？"

博士指了指身后的三个装备箱："喏，就是这些。"

"啊？"顺着博士指的方向望去，霍南一脸的难以置信——原来那三个装备箱的塑料外壳已经被子弹打得千疮百孔，直接露出里面的防弹装甲，乌黑乌黑的一点都不显眼。

不仅霍南是这样认为的，就连站在一旁的吸血鬼也失算了，惊呼道："不会吧？瞅这三个装备箱惨不忍睹的样子，至少被上千发子弹击中过！里面的防弹装甲究竟是用什么材料制作的？竟然连一点破损都没有！"

"嘻嘻……"

能够得到吸血鬼的赞许，可是一件非常令人值得开心的事情。

博士笑过之后调皮地噘起小嘴回答道："这个是要保密的哦，如果什么商业机密都被你们知道了，那我这个枪械改装师还有存在的必要吗？"

"哎……还是老样子……博士，除了霍南，我们几个拿你可真是没办法啊。"吸血鬼阴阳怪气地抱怨着。

"就是就是，博士，除了霍南你几乎很少用正眼看我们哥几个，我的心受伤了……"绅士也频频点头表示赞同吸血鬼的观点，言语之中甚至夹杂着一丝哀怨。

绅士也是队里公认的泡妞高手，倒在他怀里的女人遍布全世界，包含三大人种以及各种少数民族的美女，可就是拿博士没辙。他曾经疯狂地追求过博士，每次不管使什么招数，结果无一例外都撞在铁板上。碰了一鼻子灰之后，绅士果断选择放弃。

博士突然蹿到霍南近前，趁其不备一把拉住对方的胳膊，像个小花痴一样毫不忌讳地强调道："谁让你们长得都不如我的霍南帅？"

第四十章 肤白貌美大长腿

"咳咳……咳咳咳……"

无论是身体还是精神上,霍南都显得有点猝不及防。听完博士对自己的称呼后,他竟然一激动被自己的口水呛到了,捂着一张早已红成猴屁股的脸剧烈咳嗽起来。

其实,大伙儿心里都跟明镜似的,这咳嗽声虽然听起来激烈,却是三分真、七分假,只不过是霍南用来掩盖尴尬故意装的。

第四十一章 红颜？知己？无法抉择！

早在几年前，霍南跟博士两个人，就已经是队员们眼中天造地设的一对。

所以，博士当着大伙儿的面对霍南叫出如此亲昵的称呼，众人一点也不感到意外。

反倒是霍南有些接受不了，其实此时此刻他的内心正在激烈挣扎着，整个人看上去也无比尴尬，低着头根本就不敢正视博士。

如果几年前霍南没有走，那说不定现在他跟博士早就顺理成章地走到了一起，哪怕是被动的……

可是，这几年霍南回到华夏，在军区认识了地地道道的华夏女孩韩彩儿，连她的名字听上去都那么具有东方气质。

霍南在意韩彩儿，跟她是军区首长的女儿一点关系都没有，完全是因为一份真挚的感情。

但对于博士，霍南也不能说一点旧情不念，毕竟之前一同出生入死过。

仅凭这种生死之交，与儿女之情相比亦是有过之而无不及。

更何况，博士的自身条件一点都不比韩彩儿差，两个女孩儿完全不是一种类型的，却又同样优秀。

霍南不着痕迹地向前走了一步，捎带着推开博士的手。他蹲下身子开启其中一个装备箱，结果直接被里面的东西震到了。

只见，有各种型号的备用弹夹，步兵手雷、炸弹、烟幕弹、信号弹、毒气弹也应有尽有，最角落里甚至还躺着一枚表面印刻着核武器标志的贫铀弹。

"我靠！"绅士直接后退三步。

吸血鬼也忍不住质问道："博士，你从哪里搞到的核武器？"

第四十一章 红颜？知己？无法抉择！

霍南严肃地问道："这应该不是核武器吧？"

博士一脸委屈地解释道："你们这是干吗呀？一个个凶神恶煞的，只不过是一枚贫铀弹而已！虽然它爆炸后也会产生一部分放射性物质，但是危害却比核武器小多了。而且我还研发了特殊的防护装甲，使用时对咱们构不成任何威胁。"

等了一会儿，见大家的情绪不是很高，博士鼓起腮帮子，双手叉住小蛮腰气鼓鼓地说道："好了，既然你们这么反感这种类型的贫铀武器，那我以后不会再制作了，这样总行了吧？"

"嗯……这种贫铀武器的威力虽远不及真正的核武器，但也会对当地的环境造成严重核污染，婴儿畸形、生态破坏这些恶性事件可是要遭天谴的，我们还是凭真本事打仗吧。"霍南强调道。

顿了顿，霍南小心翼翼地取出那枚贫铀弹，放在自己的装备袋最顶层，道："暂时把贫铀弹搁在我这里吧，大家动手把其他的武器装备分发一下。"

"是！"

"好的，队长……"

绅士和吸血鬼先后回答了一声，便迫不及待地打开另外一大一小两个装备箱。

"哇塞！"两个人几乎是异口同声地发出惊叹。

绅士打开的是那个体积较大的装备箱，只见里面一共有四把崭新的M16A4自动步枪，以及四把崭新的德国造G36自动步枪。

而吸血鬼那边的小装备箱内则包括一挺机枪，型号正是狼人喜爱的美制M240B中型通用机枪，7.62毫米口径，配备了一系列的弹夹、弹鼓，可以供狼人尽情地扫射敌人。

对于两人此时此刻脸上流露出来的表情，博士感到非常满意，如实说道："霍南，你不是说增加了几名新队员吗？我也不知道他们喜欢用什么枪，所以把咱们经常使用的型号一样带了四把过来。等以后熟悉了，慢慢再给他们量身定做新枪型，你看怎么样？"

"嗯……"霍南点点头确认道，"没问题，这两种枪已经很好了，相信弟兄们一定会满意的。"

吸血鬼有些失落地问道："怎么回事儿？博士，为什么没给我准备一把拉风点的狙击步枪啊？"

子弹出膛

"吱……吱吱……"

似乎是感觉到了吸血鬼的情绪变化，几只隐藏在黑色斗篷下面的吸血蝙蝠也跟着叫唤起来。

博士好奇地笑道："哟，那几只小家伙还活着呢？老鬼，赶紧放出来让我玩一会儿。"

"它们刚吃饱，正在休息呢，小心咬你一口。"说着，吸血鬼把手缩进黑色斗篷里，像变戏法一样。手抽出来的时候，手心里面凭空多了一只通体暗红色的吸血蝙蝠。

吸血蝙蝠从外表看上去毛茸茸的，瞪着两只黑色的小眼睛，十分温顺地趴在吸血鬼手心，一副人畜无害的可爱模样。

"吱……吱吱！"

可是，当博士伸出手想要抚摸吸血蝙蝠时，这个小家伙立刻翻脸不认人，它站起来露出两侧尖利的牙齿，前后的形象瞬间发生了翻天覆地的变化。

"趴下！不许动……"

博士被吸血蝙蝠的不友好面孔吓了一跳，本能地后退几步，刚好不小心撞入霍南怀中。

霍南正站在后面环顾四周警戒呢，突如其来的投怀送抱让他整个人都愣了，但触手可及的丰满以及柔软，却通过双手真实传递到大脑。

一时间，在场所有人的目光都集中到这一对小"情侣"身上，每个人的脸上都写满了惊讶。

见吸血蝙蝠的风头瞬间被霍南抢了过去，吸血鬼小心翼翼地将手心中的小东西送回原处，双手抱枪饶有兴致地盯着霍南那两只邪恶的手。

此时，霍南的双手分别放在博士身上两个较为凸起的部位，一个在前，一个在后，都是女孩子最为在意的敏感地带。

此情此景，纵然博士是一个思想较为开放的乌克兰美女，也架不住那么多只眼睛死死盯着自己的胸。

哦，不对！准确点来说，是那些眼睛盯着覆盖在博士左侧胸前那只充满罪恶感的大手，而这手的主人，正是霍南！

时间仿佛在这一刻完全静止，如果没有其他人在场的话，面对着一直对霍南

第四十一章 红颜？知己？无法抉择！

有情有义的博士，说不定霍南就此会彻底沦陷。

博士那前凸后翘的娇躯在霍南怀中扭捏了几下，见无法轻易摆脱，背对着霍南一脸娇嗔地问道："霍南，你……你抱够了没有？"

"啊！"

被博士出言提醒后，霍南立刻清醒过来。他一把拿走覆盖在女孩胸前的左手，右手同时发力将怀中柔软且散发着淡淡体香的娇躯也推了出去。

"哎呀……"博士不满地白了一眼霍南，愤愤不平地嘟囔道，"刚占完人家便宜就想赖账呀，真是的！还有那么多人看着呢，也不知道收敛一点。"

再看霍南一脸尴尬，这种情况已经属于跳进黄河洗不清了，可他明明站在原地一动不动，一切发生得实在太突然了。

"博士，我以后不会再这样了，请你原谅。"霍南实在是不知道该如何辩解了，总不能跟一个喜欢自己的女人较真吧？因此只能把这个黑锅扣在自己头上了。

不承想，博士完全误会了霍南的意思。她上前一步身体略微前倾，性感的粉唇凑在霍南左侧脸庞，眨了眨两只水灵灵的大眼睛，一副含情脉脉的样子。

"就是，以后想摸等到没人的时候，就咱俩怎么着都好说，都随你……行不行呀？霍南？"

"咳咳咳……"

"噗！"

"哈哈……哈哈哈……"

不承想，博士简单的几句话，却引爆了在场的几个队员的连锁反应。

大家全都表情亢奋，并且一脸幸灾乐祸地盯着霍南。

霍南直接被刺激得体无完肤，连手中的枪械都掉到地上，面色一阵红一阵紫——他明明被博士气得肺都快炸了，却偏偏没办法跟她理论，简直都快憋出内伤来了。

一同前来的杰克有些看不下去了，从后面拍着博士那略显单薄却又不失性感的肩膀，调侃道："博士，你可真是'语不惊人死不休'啊，别吓唬霍南了，他向来在这方面比较害羞。"

"哈哈……霍南有这么胆儿小吗？"

连吸血鬼这种平时不苟言笑的人，都忍不住捧腹大笑起来。

子弹出膛

绅士更是一边翻着白眼,一边吹着口哨起哄。

"可不是吗?都二十好几的人了,现在弄不好还是个雏儿呢……"杰克一语揭穿了霍南的老底。

这一次,大伙儿还没来得及笑出声来,狼人的咆哮声便响彻在纳米无线电通讯器公共频道中。

"小白隼,博士,老子快没有子弹了,你们俩竟然还在调情,要不要脸了啊?赶紧过来帮忙,这边还有不少恐怖分子。"

对于霍南来说,狼人的呵斥声此时就是命令,将所有人的注意力立即从他身上转移了过去。

只见,霍南弯腰拎起一把崭新的 M16A4 自动步枪,顺便往腰间插了五六个备用弹夹,低头按住侧耳回复道:"支援马上就到,老狼,撑住!"

吸血鬼跟绅士也不敢再耽搁,立刻抄起家伙跟在霍南身后,向便利店极速增援!

时间就意味着生命,缺少弹药的狼人随时都会陷入万劫不复的境地!

"博士,你负责看守剩下的装备!"杰克跟狼人的关系一直都不错,在确认周边没有什么危险后,他只留下一句话,便头也不回地冲向夜幕之中,紧随霍南等人的步伐而去。

"切!凭什么把本姑娘留下?这简直就是性别歧视……"

由于霍南等人拿走了一部分武器装备,博士虽然心存不满,但还是一边警戒,一边将剩余的武器装备进行资源整合。最后,她勉强将剩下的装备塞进一大一小两个装备箱。

"咚!"

"哒哒哒……"

当便利店方向传来一阵密集的枪声时,博士独自一人,一手举着枪警惕性十足地搜索前进。她一手拉着两个沉重的装备箱,一步一步慢慢向队员们靠拢。

老队员们终于又集合在一起了,尤其是霍南回归这件事情,让博士对未来充满了美好的向往。

博士脸上满满都是微笑,露出两个深深的小酒窝,足足能迷死半个世界的男人。

第四十一章 红颜？知己？无法抉择！

可正是这样一个各方面条件都无比优秀的白富美，却偏偏执意要倒贴霍南，并且此生非他不嫁……

"霍南！本小姐认定的男人只有你一个，想跑……没门！哼！"

第四十二章　无情的黑衣人中校

就在锡金城内陷入激战之际，两辆黑色的悍马防弹越野车缓缓驶入郊区的一个村落。

这个村子正是恐怖分子的基地，霍南的父亲霍正也在留给他的信中提起过这里，而霍南本人也在抵达锡金的第一时间，贸然摸了进去，然后又全身而退。

正是这样一个无比凶险、全民皆兵的地方，成为恐怖分子们聚集的天堂，无论是印度军方还是国际反恐组织，都对它束手无策。

"吱……"

一阵尖锐的刹车声过后，从黑色悍马防弹越野车中陆陆续续下来七八个人。他们身穿黑色特种作战服，脚踏长筒军靴，手中端着瑞士造SG550式5.56毫米突击步枪，全副武装分列两旁。

紧接着，从第二辆悍马车内下来两个身材更加高大威猛的壮汉，空着手并没有携带什么武器，但是腰间却都挂着配枪。

"第二小组留在这里看守车辆，第一小组和第三小组跟我走！"为首那名黑衣人走了没几步，便转身下达命令，声音威严不可侵犯。

没有任何人回答，只有绝对服从的行动。所有黑衣人脸上都抹了浓厚的迷彩，根本无法从外貌上来区别他们的身份。

其间，有不少驻扎在村子里的恐怖分子围拢过来，还有几个恐怖分子匆忙跑回去找Boss汇报了。

不一会儿，接近二十名黑衣人抵达一间用木头搭建的小屋外围，立即有两个负责站在门口同样身穿黑色特种作战服的家伙一溜小跑过来，敬了一个标准的军礼。

第四十二章　无情的黑衣人中校

"中校，人已经关在里面了，我们队长正在亲自看守！"其中一名黑衣人守卫立刻汇报道。

"嗯，干得不错……"

黑衣人校官双手背于身后，低头思虑了片刻，果断下达最新指令："将人质押出来送进车里，待会儿我们离开这里。"

"是！中校！"两名黑衣人看守人员领命而去。

此时，一直跟在黑衣人校官身后的副手，闻言不禁有些疑惑地问道："长官，这里很安全，有那么多同盟军士兵，我们为何不休息一晚再出发？原计划也是这样制定的。"

黑衣人中校头也不回地说道："此地不宜久留，取消原计划！我总有一种不好的预感，让弟兄们打起精神来，待会儿轮换着开车。从这里出发一直到返回基地，中间不允许有任何停留，听明白了吗？"

"是！"副手再也没敢多嘴，立即点头致意，转身离开安排相关事宜去了。

不一会儿，在副手亲自带队下，一行十几个全副武装的黑衣人，押解着一个戴着面具的白发老者从房间里匆匆走了出来。

当经过黑衣人校官身边的时候，头戴面具的白发老者稍微停顿了一下，冷冷地问道："你们是谁？把我抓到这里来做什么？"

"哼！"黑衣人校官不屑地答道，"等到时机成熟，一切自会真相大白，我们也只不过是收人钱财替人消灾而已。要怪也只能怪你年轻的时候，得罪的人太多了！人家回来复仇了！"

说完，不再给白发老者发问的机会，冲着附近的黑衣人下属命令道："带走！"

"是！中校！"副手留了下来。

之前负责抓捕白发老者的队长领命而去，乘坐他们之前自己开来的车辆准备离开村落。

可是，该车辆刚刚打火发动起来，不远处便传来一阵颇为嘈杂的声音。

与此同时，一群荷枪实弹的恐怖分子从四面八方靠拢过来，堵住了车辆能够进出村落的唯一道路。

黑衣人校官皱着眉头环视四周，背于身后的双手依旧没有动弹，一副稳如泰山的架势。

子弹出膛

片刻之后,从人群中钻出一个赤裸着上半身的黑人大汉。他背着一长串的子弹,手里拎着一把镀金版的AK47自动步枪,冲着黑衣人的阵营放声嚷嚷道:"中校!什么时候来的啊?怎么都不通知我一声啊?"

察觉出恐怖分子首领似乎有些面色不善,黑衣人校官冰冷无情的脸上终于露出一丝笑容,客气地回应道:"这不是刚打算去找你吗,急什么!"

"咚咚咚!"

只见,恐怖分子首领举起黄金版AK47,冲着天空扣动扳机就是一个标准的三点射。

"哗啦……咔嚓咔嚓……"

一听自己的Boss都开枪了,在场所有恐怖分子,只要手里有枪的全部拉动枪栓,将枪口对准这几十号黑衣人。

黑衣人群见状纷纷以校官为中心形成防御阵形,把他们的首长护在最里面。

而之前那批上车的黑衣人队员也从车里冲下来,将枪口全部瞄准恐怖分子首领的脑袋。

一时间,现场气氛骤然降到冰点,双方刀剑相向,就差一个导火索了。

黑衣人中校简单分析了眼下的处境,己方人员虽然个个训练有素装备精良,但在数量上并不占优势;这又是在人家的地盘上,一旦打起来,自己绝对会客死异乡!

"都把枪收起来!"最终,黑衣人校官做出了让步,率先下达不抵抗命令,以表示自己的诚意。

而恐怖分子首领那边却没有任何动静儿,依旧神色不善地盯着黑衣人校官。

无奈,黑衣人校官只得冲着副手命令道:"把咱们车里那个提前准备好的箱子拿下来。"

"是,中校!"副手领命后冲到防弹悍马车内,迅速拎出一只沉甸甸的密码箱。他盯着黑衣人中校,似乎在用眼神询问对方下一步的打算。

只听,黑衣人中校毫不犹豫地命令道:"把箱子给他们!"

"是!"

当恐怖分子首领接过密码箱后,用副手提供的密码打开箱子,立刻被箱子内散发出来的金色光芒吸引住了。

第四十二章 无情的黑衣人中校

见恐怖分子们流露出来的贪婪模样，黑衣人中校的脸上写满了鄙夷。他解释道："感谢贵军按照原定计划出兵扰乱锡金城内治安，协助我方完成抓捕任务。现在我们要带着人质撤离，作为酬金，这里有五十公斤黄金。"

"咣当！"

恐怖分子首领立刻扣好箱盖，递给旁边的手下，一脸愤然地问道："怎么只有一半？"

"剩下的那一半，我会在撤离到安全地点之后再付给你们。"黑衣人校官补充道。

"他妈的，竟然敢阴老子！我看你们是活得不耐烦了！难道不怕我现在就下令杀了你们？"说着，恐怖分子首领把枪口也对准黑衣人中校。

黑衣人中校耸耸肩膀，故作轻松挑衅道："有本事你就开枪，杀了我剩下的那一半，你一分也别想拿到手！"

权衡再三，恐怖分子首领终于收起枪："留下你的十个手下！等我收到剩下的尾款，立刻放人，否则……"

"没问题！"黑衣人中校冲着副手命令道，"你……跟第三小组的人留下，把一号车也留给你们。"

闻言，副手愣了一下，心中虽有不满，但脸上却不敢有半点迟疑，只好硬着头皮点点头答应下来。

第三小组的黑衣人也不禁面面相觑。

按照恐怖分子的要求，他们把身上的装备全部卸下来，成为手无寸铁的人质！

"走！出发！"黑衣人中校率先坐上二号车副驾驶位置，率领剩下的一组、二组，以及负责押送白发老者的小队，整装待发。

恐怖分子首领见状，大手一挥，示意身边的手下们散开，立即给黑衣人的车队让出一条道路来。

望着绝尘而去的车队，副手黯然垂下脑袋，眼神中写满了失落。他率领剩下的第三小组成员，在恐怖分子的嘲笑中，灰溜溜地钻进那间曾经用来关押白发老者的小木屋内。

"走！兄弟们，今晚大家尽情地放纵享受，喝酒吃肉玩女人，老子有的是钱！哈哈……"

子弹出膛

小木屋外面,恐怖分子首领率领百八十号"村民"返回驻地,猖狂到令黑衣人们咬牙切齿的地步。

小木屋内,一个黑衣人队员面色颓废地问向副手:"少尉,你说中校还会派人来救咱们吗?"

副手先是坚定地点点头,随后又摇摇头,轻声说道:"据我所知……咱们这次开来的车子里,就没有第二个装有黄金的密码箱。"

"什么?那我们岂不是被卖了?"一听这话,留下的黑衣人都急眼了,纷纷凑过来。

其实,副手也不愿意承认这个事实,但又不得不接受现状。他分析道:"估计中校是想把剩下的那一半黄金私吞进腰包,所以我们几个人的命恐怕……"

副手顿了顿,换了副神态,强打起精神,安抚道:"先别急,这一切都是我胡乱猜测的而已。就算最坏的结果出现,那我们也不能坐以待毙,必须想办法逃出这里,先保住性命再说!"

"对!我们一定要活下去……"

"妈的!老子忠心耿耿,跟着中校出生入死,还指望能混个一官半职呢,没想到结果竟然是这样的。"

"这件事情不能就这么轻易算完,咱们一定要团结起来!"

几个黑衣人此时同病相怜,该放哨的放哨,其他人围在里屋讨论出逃方案,各自开始忙碌起来。

与此同时,锡金城内的战事也告一段落。只要没死的恐怖分子,都被那个黑人大汉首领召回村内。

由于见过霍南等人的恐怖分子都被打死了,剩下的那些恐怖分子,也不清楚具体情况,只以为锡金城内有政府军或者是警察部队在抵抗而已,根本就没把霍南这支小分队的情况汇报上去,导致恐怖分子首领对霍南等人的存在毫不知情。

便利店内,霍南等人齐聚一堂。

狼人抱着博士带来的美制 M240B 中型通用机枪爱不释手,时不时还会亲上一口,嚷嚷道:"他奶奶的,刚才如果老子有这把枪,看我不打得那帮孙子屁滚尿流。"

大家都一脸笑意地盯着狼人,没有人说话。

而博士的目光则依旧停留在霍南身上,搞得他无论走到哪里都感觉浑身有点不自在，就好像做了什么亏心事儿一样。

正在这时，绅士戴在耳朵上的普通无线电通讯器响了起来。

"呼叫绅士……呼叫绅士！我是尖刀，听到请回答……"

"绅士！我是刺客，你在哪里？"

绅士立刻抱着枪从地上站起来，双眼绽放出兴奋的光芒，冲着霍南喊道："是尖刀跟刺客！他们到了……"

第四十三章　警告无效，就地射杀！

在场的各位袍泽，对两个加入暗影组织的新队员充满了期待……

绅士请示道："我出去接他们一下。"

霍南没有立即同意，而是低头陷入沉思。

此番好不容易打退恐怖分子们的偷袭围攻，隐藏在便利店中的秘密这才得以保存，没有暴露在外。

可是，如果再将便利店作为临时基地的话，便极有可能引起恐怖分子的注意，让他们认为霍南等人一定是在守护某种非常重要的东西。

想到这里，霍南摆了摆手示意道："不！我们马上就从这里撤离，地下密室的秘密才能继续保守下去。"

"呃……"绅士站在原地走也不是，留也不是，看着挺尴尬的。

霍南继续问道："绅士，问一下，看看尖刀跟刺客是从哪个方向过来的？"

"是！"

片刻之后，绅士回答道："东北方向。"

闻言，霍南临时决定道："咱们下一个集合地点暂时改为锡金警察局，正好尖刀跟刺客俩人也顺路。"

一直在擦拭着新枪的狼人，听到霍南的最新安排后，停下手中的动作，大大咧咧地回应道："去警察局好啊，天蝎跟魔蝎还在那里呢！而且……那里的小警花妹子也不少，嘿嘿……"

"啪！"

霍南的巴掌紧跟着落在狼人的后脑勺上，没好气地瞪了对方一眼："老狼，瞧你那一脸猥琐的样子，还惦记人家小警花呢，小心警花都被你吓跑了。"

第四十三章 警告无效，就地射杀！

狼人一边揉着隐隐作痛的脑袋，一边小声嘀咕起来："不公平啊，小白隼，你这是典型的官僚主义啊！"

"哟呵……"霍南抱着枪蹲在狼人面前，饶有兴致地问道，"老狼，你倒是说说我哪里官僚？"

别看狼人五大三粗的，可见着霍南是真怂。

他们两个人之间曾经单挑过五次，结果都以狼人的惨败而告终。

狼人或许在力量上能稍胜一筹，可是霍南却偏偏不给狼人施展力量的机会。

到最后一次单挑结束，狼人主动认怂。

从此二人约法三章，狼人承认霍南队长的领导地位，再也不会发起挑战。

"哼！你这叫做'只许州官放火，不许百姓点灯'，还有一句话就是'吃着碗里瞧着锅里的'。"狼人用不怎么流利的华夏语，将前不久才学到的华夏谚语给活学活用说了出来。

"你……"霍南一时情急威胁道，"老狼，你最好别乱说话啊，是不是又想挨揍了？"

狼人本来准备继续理论一番，可是当他看到霍南亮出来的拳头之后，梗着的脖子又慢慢缩了回去，低着头仍旧不服气地嘀咕道："博士多好一个妞啊，你竟然还能跟华夏妞搞在一起……"

虽然狼人说话的声音已经压到最低了，几乎就是在自言自语。

但说者无意听者有心，博士那张原本还笑盈盈的脸蛋，瞬间阴转多云。

再看霍南，已经趁着博士发飙之前抱着枪往边上挪了几步，故意抬头仰望星空，就差没吹口哨来掩饰内心的慌乱了。

"老狼，你给我等着！"霍南早已经在心里默默问候了狼人无数次，就差没扯上祖宗十八代了。

而绅士在听到这个劲爆的信息之后，立刻产生了浓厚的兴趣。他凑到狼人近前不停地追问道："哎？怎么说话说一半就停了？队长他在华夏还有相好的？我怎么从来都没有听说过？"

吸血鬼也站在一旁故意配合，用激将法问道："就是就是，老狼，我看你该不会是为了报复队长，随口胡编乱造的吧？"

博士暂时没有时间去追究霍南，侧耳倾听着绅士等人这边的动静，希望能从

子弹出膛

狼人嘴里得到点有用的讯息。

别说这一招还真好使,狼人是那种直性子的人,怎么能容忍别人说他撒谎?立刻霍地一下子站起身来,不服气地解释道:"老子什么时候骗过你们,那个华夏小妞好像叫什么彩儿?这可是小白隼亲口跟我说的,他……"

狼人滔滔不绝地说着,完全没有意识到自己已经在不知不觉中,陷入绅士跟吸血鬼挖好的陷阱里。

忽然间冒出一个情敌来,让原本对拿下霍南就没有十足把握的博士,变得更加没有信心了。

一时间,博士竟然觉得心有点疼,落寞的表情写在脸上,整个人看上去也脆弱了不少。

"老狼……你……刚才说的一切,都是真的吗?"博士觉得如果再听下去,肯定会控制不住自己的情绪,随即出言打断道。

大家似乎都察觉到博士的语气有点不太对劲儿,立刻从狼人身边散开。他们一个个就好像没事人一样,仿佛刚才发生的事情跟他们无关。

独自一人面对博士的质问,狼人顿时变得愁眉苦脸起来,支支吾吾了半天也说不出个所以然来。

狼人越是这样,就越代表那个华夏女孩儿的确存在。

博士突然变得不耐烦起来,冲着面前比自己还要高出一个头的肌肉男大声喊道:"你就是回答是,或者不是!有这么难吗?"

"不……不是……是……"狼人已经彻底蒙了,搞不清楚该怎样回答。他恨不得抽自己几个大嘴巴子,没事多什么嘴?搞到最后自己都没有办法收场。

此时此刻,当事人霍南却早已拎着一只装备箱,趁着大伙儿不注意的时候溜之大吉了。装备箱内剩下几把崭新的M16A4自动步枪以及备用弹夹,另外还有四套纳米无线电通讯器。

当霍南以急行军的速度走出一条街之后,这才转过身来,按住左耳低声命令道:"所有人立即出发,老狼你负责殿后。那个大装备箱如果没有用了,就留在便利店吧,找个不起眼的地方藏好。"

"是!"正不知道该如何面对博士的狼人,立刻像抓到一根救命稻草一样,开始整理装备箱内的武器弹药。

第四十三章　警告无效，就地射杀！

大装备箱内主要装的都是与狼人有关的装备，再就是各种备用弹夹，以及与之前那把 MGL-140 枪榴弹发射器配套的 40mm 榴弹。

MGL-140 枪榴弹发射器以及配套弹药被绅士暂时接手了，狼人抱着空箱子藏在便利店二楼。

确定没什么问题之后，一行人这才离开便利店，直奔锡金警察局而去。

杰克走在最前边，接连过了几条街，都没有发现霍南的影子。他不禁有些担忧，通过纳米无线电通讯器询问道："霍南，你到哪里去了？最好别落单，那样很容易遇到危险。"

"我没事，权当在前边给你们当探路尖兵了，放心吧……"其实，霍南没有走太远，他一直在队伍附近，时刻保持自己能看到所有的队员。

关心是相互的，杰克有多担心霍南，霍南就有多担心自己的队员们。

尤其是博士，在得知霍南心里已经有喜欢的女孩儿后，情绪一度跌落至谷底。她手中虽然抱着那把亲自制作的粉红色 M16A4 自动步枪，但浑身上下却毫无半点斗志可言。

对于一直低垂着脑袋跟在大家身后行军的博士，霍南心中五味杂陈，也不知道到底该如何理顺他们之前的关系？

就这样，霍南跟博士各怀心事。他们处在队伍中不同的位置，一路有惊无险抵达锡金警察局。

锡金警察局，这座曾经作为正义化身的建筑物，现如今却满目疮痍。它饱受战火的摧残，连大门都被恐怖分子们开车直接撞碎了。

由于现在处于非常时期，在霍南等人离开锡金警察局之后，副局长便领着剩下的人用汽车将正门堵死了。

所有汽车的轮胎都被人为破坏掉，为的就是不让恐怖分子们轻易挪开这些路障，形成一个有效缓冲地带。

天蝎和魔蝎兄弟二人早就在警卫室内等候多时了，见暗影组织的成员非但一个都没少，反而还多了两个人。彼此对视了一眼，露出一个心领神会的微笑。

见天蝎、魔蝎兄弟二人浑身上下亦是狼狈不堪，霍南关切地问道："来的路上有没有发生危险？"

闻言，天蝎摇摇头，魔蝎则点了点头，兄弟二人的回答竟然不一致。

子弹出膛

"嘿嘿……"天蝎未免有些尴尬地笑道,"其实也没什么大不了的,就是遇到了几个零星的恐怖分子,都被我们俩做掉了。"

"那梦露跟王小岚呢?"霍南追问道。

天蝎伸手指了指身后的锡金警察局大楼,急忙回答道:"都在里面呢!梦露正在接受法医的专业治疗,王小岚可能是受到过度惊吓,来到这里没多久便在她父亲的办公室睡着了。"

恰巧此时,锡金警察局副局长率领两个全副武装的警察从大门走了出来。

看清楚来人是霍南后,副局长立刻握住他的手,死活不肯松开,就像见到了亲人一样。

"你们终于来了……"锡金警察局副局长嘴里一直在重复着这句话。但是那个漂亮的女警小珠没有跟在身边做翻译,导致霍南等人压根儿就听不懂对方在说什么。但大致上还是能从表情及动作上体会到锡金警察局副局长的辛酸。

见霍南一脸尴尬不知道该怎样回答的样子,博士冷着脸翻译道:"他在说你们终于来了。"

众人这才恍然大悟,身边有一个货真价实的博士,精通多国语言,竟然不懂得珍惜利用,简直就是资源的极大浪费。

紧接着,锡金警察局副局长伸出左臂做了一个邀请的动作,热情地招呼着:"大家都辛苦了,快进去休息一会儿吧。"

博士翻译过之后,霍南也不再客气,与副局长一起并肩走进警察局大院。

经过警卫室时,警察局副局长停顿了一下,冲着身边的警察命令道:"你们两个,暂时先守住这里,有任何问题及时汇报,形势紧急的话直接明枪示警!警告无效,就地射杀,听明白了吗?"

"明白了,局长。"两个警察异口同声领命而去。他们一个藏在警务室,一个蹲在车辆后面,时刻保持注意力集中。

两个警察手中的枪械也已经开启保险,随时准备让子弹出膛射向敌人!

第四十四章　尖刀探路，刺客易容

这一次，还没等博士翻译，霍南竟然也下达了同样的命令。

"天蝎、魔蝎，你们俩来得早点，就辛苦一下，先陪着那两个警察兄弟一起驻防大门，等会儿我会安排其他人过去换防。"考虑到杰克、博士舟车劳顿，而狼人、吸血鬼、绅士又跟着自己出生入死，接连打退了恐怖分子发动的无数次攻击，这些人都继续休息。

绅士第一个站出来反对道："队长，还是让我留下来吧！尖刀跟刺客马上就要到了，我们三个的通讯频道比较特殊，我可以提前通知他们做好准备，防止被这里的警察当成恐怖分子误伤。"

吸血鬼也主动申请道："队长，我也留下来！刚才 zippo 发来消息，已经进入锡金城，摆脱掉那两个高手了，相信很快就可以抵达警察局这里。"

转念一想，霍南觉得有点道理，随即同意了绅士的请求，临时更改命令。

"老鬼，那就辛苦一下你了，陪绅士一起等等另外两位兄弟，其他人进去后一定要抓紧时间休息，走！"霍南井井有条地安排着，已经为下一步行动做好打算。

"是！队长！"当着外人的面，吸血鬼也表现得很严肃，不再像之前那样随意称呼霍南的名字。

对于这一点，霍南倒不是很在意，弟兄们喊他什么他都乐意听，不存在什么口头上的等级制度。

霍南跟锡金警察局副局长一行走进一楼大厅，刚好遇到从里面急匆匆跑出来的女警花小珠。她的脸上还挂着淡淡的泪痕，虽然已经尽量擦拭干净，可仍旧无法掩饰内心的悲戚之情。

霍南心里明了，小珠一定还在为大哥的死而久久不能释怀，伤心难过在所难

子弹出膛

免,他自然也就没有再追问缘由。

平日里,小珠在锡金警察局是大家公认的一枝花,即使她很谦虚,但内心也早已适应了这份殊荣。

可是,当小珠看到跟在众人身后,缓步进入警察局一楼大厅的博士,连身为女人的她都感到眼前一亮。

"好漂亮的一个女人……"小珠在心里暗叹道。

锡金警察局副局长冲着小珠命令道:"多腾出几个房间,给这些尊贵的客人住。"

"嗯……"

小珠刚刚点头答应,霍南便摆摆手拒绝:"我们只需要一个房间就可以了,剩下的还是留给伤员吧。"

"可是你们有这么多人,一个房间怎么够用?"小珠说话的时候,眼神时不时地瞥向博士,似乎在提醒大家男女混住一室多多少少都会有点不方便。

孰料,博士当即满不在乎地笑道:"我可不管几个人住一间屋子,反正只要能跟霍南在一起就好。"

此言一出,惹得包括两名警察在内的众人纷纷愣住,一脸吃惊地盯着霍南跟博士……

再看霍南,已经彻底没脾气了,但博士却并没有因此而善罢甘休。她来到霍南面前,瞪着一双美眸悠悠地警告道:"从现在开始,我要时刻跟在你身边,一秒钟都不离开,直至遇见那个华夏小妞!"

霍南尴尬地小声嘀咕道:"那是不是我上厕所你也要跟着一起?"

"你……你给我等着!"博士被霍南一句话气得面色通红,一直从脸红到脖子根。她伸出右手食指,指着霍南的鼻子狠狠威胁着。那副刁蛮的俊俏模样,看上去倒是有种异样的可爱。

杰克环顾四周后开口问道:"我们不需要房间,这里应该有活动大厅之类的地方吧?"

被杰克一提醒,霍南瞬间记起来顶层那个带储物柜的活动室,随即将自己的想法跟锡金警察局副局长进行了沟通。

一行人径直上到顶层,暂时在活动室驻扎下来,对警察局原有的秩序及人员房间安排没有造成半点影响。

霍南刚刚找了个角落倚着墙根坐下来，还没等清闲几秒钟呢，一具娇躯便凑了过来。

只见博士拎着背包一下子丢在霍南左侧的空地上，然后双手抱着枪躺在背包上。她俏脸微转，就这样瞪大双眼盯着霍南。

对于博士投过来的炙热目光，霍南竟然硬着头皮给无视掉了。他坚持了足足有五分钟，觉得浑身上下都不自在，求饶道："姑奶奶，你就放过我吧，成不？"

"No……上一次是我无知把你放跑了，这一回你别想再开溜！"说完，博士伸了一个懒腰，露出带有六块腹肌的小蛮腰，以及性感的肚脐眼儿。那慵懒的模样像极了一只小猫咪，让人忍不住上前抚摸一番。

"咕嘟！"霍南猛地吞咽了一口口水，觉得有些口干舌燥的。他立刻把目光从博士的腰身上收了回来，心中暗骂自己的定力什么时候也变得如此之差了。

别看博士的动作好似无意，其实她一直都在观察霍南。

当霍南不小心出糗的时候，博士心里别提有多么开心了，证明自己还是非常有魅力的，能让心仪的白马王子在不经意间沦陷其中。

不知不觉间，博士心中的气竟然慢慢消了，心情舒坦后一阵困意袭来，眯缝着眼睛打起盹来。

"哎……"见状，霍南轻轻叹了一口气，脱下自己的外套，披在博士身上，防止对方着凉。

梦中的博士似乎感觉到了来自霍南的关怀，露出一个甜美的微笑，幸福而又迷人。

"嘎吱……"

杰克、狼人以及天蝎魔蝎兄弟二人刚刚安顿下来，活动室的大门便被人从外面推开了。

一张俏生生的面孔探进房间，霍南看到后顿时露出一个微笑。他冲着女孩儿招了招手，原来是王小岚得到消息后，从医务室特地跑过来的。

还没等霍南从地上站起来，王小岚便一头钻进他的怀抱，依偎在霍南结实的胸膛上，感受着对方强有力的心跳。

王小岚冲进来的时候，已经看见睡在霍南左侧的博士。她特地绕到右边来的，

子弹出膛

因此从侧面看上去，霍南竟然有一种左拥右抱的样子。

霍南被王小岚突然的举动搞得猝不及防，他的手擎在半空中，都不知道该往哪里放了。

感受着女孩儿身上散发出来的淡淡体香，以及触手可及的柔软，霍南尴尬地笑道："小岚，你这是干吗？咱们不是刚刚才分手吗？"

"呜呜……"王小岚哽咽着说道，"叔叔，我以为再也见不到你了！"

"怎么会！傻丫头，赶紧回去休息吧！等这里的战事结束，我就把你送回华夏念书，那边环境非常好，再也……"

闻言，王小岚拼命摇头，打断了霍南的劝阻，拒绝道："不！我不要回国，我要跟你在一起。"

"好好好……"为了安抚情绪有些激动的王小岚，霍南不得不暂时妥协。他伸出右手，不停地轻抚着女孩儿额头的柔顺秀发。

在一起相处的时间久了，霍南觉得这样似乎也没有什么不好，只要心无杂念，便不用担心任何事情。

"噔噔噔……"

大概十分钟后，安静下来的活动室被一阵来自楼下的脚步声打乱。

处于假寐状态的霍南猛地睁开眼睛，恰巧此时绅士一把推开房间大门，率领两个面孔陌生的新队员走了进来。

狼人站起身来豪爽地笑道："绅士，这两个一定就是尖刀跟刺客吧？"

绅士点点头，简单地介绍道："左边这位棕黄色卷发的男子是尖刀。老狼，他精通南洋体术，论单挑，你不一定能打得过他。"

"切！"狼人不服气地撇撇嘴，随即看向站在绅士右边的那个人，问道，"那这位一定就是刺客了吧？"

原本端着枪的刺客，见狼人主动提到自己的名字，立即放下枪友好地打了个招呼。

不承想，狼人竟然盯着刺客，贱兮兮地嘲讽道："果然够黑，刺客，瞧你那副尖嘴猴腮的样子，该不会刚刚从非洲逃难回来吧？哈哈……"

"啪！"

狼人的话音刚落，伴随着一记清脆的响声，整个活动室都陷入黑暗之中，原

第四十四章 尖刀探路，刺客易容

来是门口的灯不知被谁关上了。

下一秒钟，狼人感觉脖子一凉，似乎有什么锋利的东西，正横在自己的脖子中间。他的背部也不知道什么时候趴了个人，但重量很轻，对于体型彪悍的狼人来说，几乎可以忽略不计。

多年的职业佣兵经验告诉狼人，一定是刺客干的。

可是，一旦生命受到威胁，狼人还是忍不住大声嚎叫道："快开灯！Fuck！"

"啪！"

一切都发生在电光石火之间，带领绅士等人上来的警花小珠正站在原地发愣呢，听到狼人的叫喊声后，她下意识地摸到点灯开关。

活动室瞬间恢复了光亮，映入眼帘的一幕让众人大吃一惊，尤其是霍南，忍不住倒吸了一口凉气。

原来站在绅士后面的刺客，竟然在一瞬间绕到狼人背后，而且趁其不备将一柄无比锋利的军用匕首架在狼人的脖子上。

相信只要刺客稍微使点劲儿，狼人的颈动脉就会被匕首的锋刃轻易划破，到时候就算是神仙来了也无力回天！

"这刺客的速度也太快了吧？"霍南在心中惊叹着。

让众人吃惊的还不止这一点，当刺客从他的背部跳下来之后，竟然换了一副容貌。

如果不是身材没有改变，依旧是之前那副模样，大家根本认不出来，完全就是不同的两个人！而且两张脸都非常逼真，也不知道其中到底哪一个是真面目？

又或者……

两副面孔都是假的？估计在场的人除了绅士跟尖刀之外，没人知道。

只听到刺客从牙缝里挤出几句话，眼神颇为阴狠地盯着狼人："不好意思，通常这是我送给不怎么友好朋友的一个见面礼。你叫狼人，对吧？"

狼人到现在还没有从生命受到威胁的阴影中走出来，木讷地点点头。

刺客冷笑着说道："狼人大哥，相信以后我们一定会和谐相处的，是不是啊？"

子弹
出膛

"嘿……嘿嘿……"狼人终于释怀,挠着头不好意思地憨笑着。

对于本领比自己强的人,狼人向来都不记仇,要不然下回还得挨揍。

就像霍南一样,到现在还动不动用单挑来"威胁"狼人。

第四十五章　重新分配战斗位置

不知何时，吸血鬼也出现在活动室大门口。他双臂环于胸前，倚在门框上饶有兴致地看着好戏。

吸血鬼的身后也站着一个人，嘴里叼着一根还未点燃的香烟。一个银白色的zippo打火机在手中不停地旋转着，动作异常华丽，看得人眼花缭乱。

霍南也轻轻推开王小岚，在博士异样的眼神注视下站起身来，大方地对现场队员们一一作介绍。

狼人主动承认错误，道："不好意思啊兄弟，我这个人向来嘴欠，心直口快，有什么说什么，可能以后在一起相处的时间长了，你们就会慢慢了解了，刚才那些话，别往心里去。"

闻言，刺客也摆摆手，表示这一切都不算什么。

犹豫了片刻，趁着大伙儿都在，刺客仿佛下了很大的决心，这才一脸郑重地说道："既然以后都是自己兄弟了，那今天我就露个真面目给大家看看，仅此一次！"

说完，刺客右臂一挥，脑袋一垂，再次抬起头来的时候，露出一张黑乎乎的脸，跟胳膊露出来的肤色一致，整个人看上去十分精明，两只小眼睛转来转去，跟一只黄鼠狼似的。

停顿了大概不到五秒钟，刺客转了整整一圈，确定在场所有人都看到自己的真实容貌之后，大手一挥，抬起头来的时候，瞬间又恢复成进门时的模样。

短短几分钟之内，刺客便换了三副容貌，速度之快，堪比华夏川剧中的一大绝技——变脸！

不仅如此，刺客所变出来的每一张脸都非常逼真，足以达到让旁人无法分辨的地步，再加上他那瘦小的身材，以后执行特殊任务的时候，拥有得天独厚的优势。

子弹出膛

"叭……叭叭叭……"

一时间,整个活动室响起了热烈的掌声。

除了早已熟知刺客这门变脸绝技的尖刀跟绅士,其他人全都不由自主地为刺客鼓掌。

能在非常时期看到这门绝活,也算是大开眼界了。

出尽风头的刺客指了指身边的好兄弟尖刀,谦虚地笑道:"我这些都是雕虫小技而已,其实真正厉害的是尖刀。论单打独斗,不施展手段的话,三个我加起来也打不过他。"

"啊?"

"真的假的?"

刺客的厉害之处,大伙儿已经都看在眼里,铭记在心中。

三个刺客加在一起打不过尖刀,这是什么概念?连霍南心里都隐约有些颤抖。他的激动之情溢于言表,暗影组织能够得到这两个精英成员的加入,想要在世界佣兵组织当中闯出一番天地,指日可待!

能够得到霍南的青睐,跻身暗影组织的队员们,不会去同情弱者。

只有真正的强者才会得到他们的尊重,成为值得信赖的袍泽,可以并肩作战的生死兄弟!

看到站在门口的吸血鬼之后,霍南有些担心地问道:"老鬼、zippo,你们怎么都上来了?大门有人把守吗?"

吸血鬼点点头,回答道:"锡金警察局副局长刚才又派了四个警察过去布防,我这才跟上来看看情况,顺便认识下新队员。我险些错过一场好戏啊,呵呵……"

很显然,刺客的表现也得到了吸血鬼的欣赏。这两人都以速度和敏捷为主要特长,如果有机会一较高下的话,不知道谁会更胜一筹。

闻言,霍南走到窗前,顺着这个角度刚好能看到满目疮痍的广场。

放眼望去,五六个警察藏在汽车后面,警卫室那里隐约也有一两道黑乎乎的人影。他们将整个锡金警察局正门守得死死的,霍南这才收回视线。

zippo终于点燃了嘴里的香烟,顺便把刚从吸血鬼那里要来的珍藏版zippo打火机揣进兜里。他笑眯眯地问道:"刺客、尖刀,好名字!刚才应该就是你们俩在后面追我吧?"

第四十五章　重新分配战斗位置

一听这话，尖刀的脸色瞬间便白了，似乎非常惊讶："你……就是刚才在前边甩掉我们兄弟俩的那位高手？"

"呵呵……"zippo 主动伸出了右手，向兄弟二人抛出和平的橄榄枝，佩服地说道，"这辈子能把我追得如此狼狈，除了你们兄弟俩还真是没谁了。"

刺客也有点不好意思地笑了笑："兄弟，你是我们哥俩头一次跟丢的目标，的确有两下子，我刺客服你！"

站在一旁的吸血鬼这才反应过来，不可置信地问道："zippo，难道你刚才跟我说的那两个高手就是刺客跟尖刀？"

"没错！"zippo 点点头。

"哈哈……"吸血鬼拍了拍 zippo 的肩膀，笑道，"这可真是不打不相识了啊！好！"

见新来的几个队员，凭真本事获得了老队员们的认可，这样一来自己可以省去不少麻烦，霍南露出了会心的微笑。

"啪啪啪！"

霍南拍了拍巴掌，将所有人的注意力都集中到自己这里来。

"人终于齐了，大家互相之间也都认识了。尖刀、刺客，待会儿让绅士跟你们说一下加入暗影组织的条件以及具体待遇。另外，我正在计划一场反攻！此次战斗必定会异常艰苦，很有可能会死人，但却是磨合队伍的最佳时机。有一点需要声明，这次任务纯属友情帮忙，没有报酬！"

绅士、吸血鬼、狼人、zippo 等老队员霍南自然是十分了解，可其他人就必须要提前声明了，省得以后队员为了钱产生麻烦，这也是霍南最不愿意见到的一幕。

最新加入暗影组织的尖刀，二话没说直接要求道："队长，您直接下命令就行了。我尖刀向来都愿意冲在队伍最前方，有雷保证第一个踩，皱一下眉头，老子就不是爷们！"

zippo 闻言拍了拍胸脯信誓旦旦地说道："放心吧尖刀，有老子在保证让你踩不着雷！"

"哈……"

"哈哈哈……"

待众人笑过之后，刺客伸出舌头舔了一下军用匕首的刀尖儿，表现出一副

247

十分嗜血的诡异模样。他直截了当地问道："需要杀人吗？这个我最在行了……嘿嘿……"

相比之下，早一步加入暗影组织的天蝎、魔蝎兄弟二人，简直就是标准好男人了，两个组合之间的性格以及处事方法完全不同。

在刺客手底下吃过一次亏的狼人，在听到对方的笑声后，顿时产生一种毛骨悚然的感觉。他鸡皮疙瘩都掉了一地，浑身的汗毛也竖起来了，背后凉飕飕的，时不时吹过一阵冷风。

只听，狼人问向绅士："喂……绅士，我说你这是从哪儿招来的兄弟？个个都是顶尖儿高手啊！"

"那是必须的，也不看看老子是谁？"绅士得意地走到尖刀跟刺客中间，伸出双臂搂住两人的肩膀。对于这兄弟二人刚才的表现，以及给出的回答都非常满意。

与此同时，霍南心中也感到了一丝压力——有特殊才能的人向来都是桀骜不驯的，从刺客刚刚送给狼人的"见面礼"就可以看出来。

不过，不管怎么说，是金子总会发光的。

像刺客跟尖刀这样的高手，走到哪里都不会被埋没的。

既然如此，还不如趁早收为己用，省得未来的某一天成为敌人。

霍南也愿意做富有挑战性的事情，他相信在日后的任务中，自己肯定会用实际行动来征服所有队员的！

"下面我就按照各位的特长，来分配一下战斗位置！"

霍南扫视了一整圈围在自己身旁的队员们，首先点名道："吸血鬼！你还是狙击手，负责在任务中占领制高点，掩护队员们进行冲锋和撤退，随时做好牺牲的准备！"

"Yes，Sir！"吸血鬼敬了一个笔直的军礼，算是接受了霍南下达的命令。

随后，霍南继续下达新的战斗位置认命，分别是：狼人是重机枪射手；绅士为轻机枪射手；杰克统管后勤事务，战斗时临时充当驾驶员以及精准射手；博士的主要职责保持不变，战时可根据现场情况随时切换战斗位置；尖刀、刺客负责开路并且需要在条件不允许的情况下，想尽一切办法刺探敌情；天蝎、魔蝎兄弟二人为突击手；霍南本人则继续充当精确射手这个角色，并综观全局指挥战斗！

耐心等待了半天，zippo也没有听到自己的名字，不禁情急地问道："哎？队

第四十五章 重新分配战斗位置

长，我呢？我干什么？"

"呃……"

霍南琢磨了一下，随口答道："玩你的炸弹去！躲远点，兜里整天又是炸药又是打火机的，老子可不想被你包里的炸弹炸飞了……"

"哈哈哈……"

大伙儿再一次被霍南诙谐的话语打败了，乐得一个个眼泪都快出来了，就连之前冷着脸的博士也没有例外。

再看一直被悲伤情绪笼罩的警花小珠，也忍不住伸手扶着门框掩面破涕而笑。

zippo 举起双手薅住自己的头发，抓狂地呐喊道："Oh，My God！队长，你怎么可以这样呢？我的炸药一定可以在关键时刻派上用场的，等到时候你们就笑不出来了，哼！"

说完，zippo 还怕队员们不相信自己，从随身携带的背包里抽出一个长方形的小黑条，类似一个迷你型的随身充电宝，但却配备了一个小型遥控器。

"瞧见没，这是我的最新研究成果，超级炸弹！它爆炸后产生的能量足以摧毁半个锡金，同体积的炸药威力仅次于核武，而且不会造成任何辐射，不违反国际武器使用法，更不牵扯什么人道主义问题。"zippo 擎着手中的超级炸弹，给大家滔滔不绝地介绍着，吐沫星子飞得满天都是。

对于超级炸弹，其他人都没有多大的兴趣。

通常情况下，zippo 之所以会这样说，都是在夸大其词，想推销自己的炸弹赚点外快而已。

唯有博士比较识货，对 zippo 手中的超级炸弹产生了浓厚的兴趣。

趁其不备，博士一把将黑色长条从对方手中抢了过来。

"喂……博士，还给我……快还给我……"zippo 另一只手还攥着超级炸弹的遥控器，就这样跟博士争抢起来。

博士一边研究着刚刚抢到手的超级炸弹，一边漫不经心地转过身去，躲闪着 zippo 的争夺，丝毫不在乎对方手中的遥控器……

第四十六章 仅次于核武的超级炸弹

"Shit！"吸血鬼最先发现了这个危险状况，抱着枪跳到了门外。

下一秒钟，霍南也察觉到了异样，大声叫停道："靠！都疯了吗？zippo，赶快住手！博士，把超级炸弹还给他，这玩意儿要是爆炸了，我们全部都得玩完……"

可是，霍南的喝止声，并没有引起zippo跟博士的注意，两个人依旧我行我素。

其间，无论是超级炸弹，还是遥控器都在空中翻转了好几圈。有好几次这两个东西都差点没接住，直接掉到地上去。

众人均感觉到菊花一紧，霍南更是背后冷汗直冒，唯有毫不知情的王小岚跟女警花小珠两个女孩，正面带微笑幸灾乐祸地看热闹呢。

情急之下，霍南大喝一声："都住手！zippo赶紧把遥控器给我，那个超级炸弹我买了，权当送给博士了！"

"真的？我的超级炸弹可是很贵的。"zippo争抢中还不忘扭头看了一眼霍南，嘴角上扬露出一个得意的微笑，就好像鱼儿上钩了一般。

"靠！一个破炸弹而已，能有多贵？我说买就是买了。"霍南焦急地确认道。

zippo立即停下手上的动作，一脸坏笑地走向霍南，伸出手掌开始要钱。

"一共是三十二万美金，队长，您是现金还是转账？"

霍南瞪大两只眼珠子，质问道："这么个小破玩意儿你竟然问老子要三十二万美金？你不如去抢银行啊？"

"嘿嘿……谁让你刚才挖苦老子来着，不宰你宰谁？"zippo心中如此想着，嘴上却不敢直接表达出来。他讪笑道："已经很便宜啦，队长。你想，花三十几万，就能在几秒钟之内，将半座城市夷为平地，绝对地物有所值！"

忽然，霍南的眼珠子贼溜溜转了几圈便计上心来。他取出一瓶矿泉水边喝边

第四十六章　仅次于核武的超级炸弹

解释道："zippo，你看我身上没带那么多现金，转账我又没开通网银，就只剩下一张卡了，刷卡你还没有……"

孰料，还没等霍南把话说完，zippo像变戏法一样竟然从包里摸出一个pos机来，递到霍南面前。

霍南仔细一看还是那种无线的，直接链接国际卫星，永远不用担心信号的问题。

"噗……"

看到zippo拿出pos机的那一刻，霍南的内心是凌乱的，整个人瞬间都崩溃了。他一口水呛到嗓子眼儿里，直接喷了出来，比高压水枪劲儿还大。

zippo就站在霍南对面，一个躲闪不及，被喷得满脸都是水，郁闷得不得了。

"咳咳……咳咳咳……"

一阵剧烈的咳嗽声过后，霍南一把夺过zippo手中的pos机，按了下刷卡确认键。

"嘟嘟嘟……"

不承想，pos机亮起了红色的报警灯，屏幕上提示"机器故障"！

见状，刚刚还尴尬万分的霍南立刻咧嘴笑了起来："zippo，你这玩意儿质量也太差劲了吧？几滴水就给整报废了，我看这钱还是等下次再说吧。"

"不可能呀？怎么就坏了？"zippo接过已经坏掉的机器，不甘心地低头摆弄起来。

霍南趁其不备一把抢过超级炸弹的遥控器，塞进上衣口袋里。他不停地重复着："都别抢啊，这可是老子花几十万美金买过来的。"

zippo满脸鄙夷地盯着霍南，心中犹如一万只草泥马奔腾呼啸而过。他小声嘀咕道："还买的……明明就是抢的！哎……队长，你也太狠了。"

霍南吹着口哨，双手掏着裤兜来到博士身边。他一副"事不关己，高高挂起"的模样，把zippo气得肺都快炸掉了。

一个小插曲让活动室的气氛放松了不少。天蝎率先发问道："队长，我们什么时候反攻？被这些该死的恐怖分子压着打了一晚上，差点没挂了。"

"对！是时候给他们一点颜色看了。"望着身边越来越多的队友们，连一向不苟言笑的吸血鬼都略显激动。

狼人一听这话当时就来精神了，抱起早已擦拭一新的美制M240B中型通用机

子弹出膛

枪，瓮声瓮气地吼道："队长，不如咱们现在就去吧，杀他们一个措手不及！老子这口气已经憋好久了！"

看着群情激愤的队员们，霍南正式下达命令："大家先调整一下状态，整理完武器装备以后，抓紧时间休息。明天对锡金郊外的那个村落进行武装侦察，然后再回来制定详细的作战方案。"

"那万一他们再对锡金发起军事行动呢？"杰克忧心忡忡地问道。

霍南毫不犹豫地决定道："那就直接开战！"

"哈哈……直接把他们打回娘胎里去……"狼人握紧拳头大笑道。

通过刚才在窗户前对整个锡金警察局大院的观察，霍南发现在西南角还有一个小门。那里并没有警察把守，只有几辆报废的警车堵住缺口。

于是，霍南命令道："各位休息吧，我出去放哨，等会儿轮值……"

"我也去！"博士也不管霍南同不同意，推开门便往外面走去。她脚步非常慢，似乎在有意等待霍南。

原本，还有几个家伙跃跃欲试，打算跟霍南一起出去执勤呢，见博士一脸阴沉的样子，谁也不敢去趟这浑水了。

充当霍南与博士两人之间的电灯泡，必定是要付出惨重代价的！

"唉……"霍南用眼神示意王小岚继续待在活动室休息，随后垂头丧气地跟了出去。本来是想自己一个人出去放放风清净一下来着，没想到还给两个人制造了独处的机会。

当霍南挪动到楼梯拐角的时候，早已在下层等待多时的博士忍不住催促道："霍南，难道你就那么不想跟我待在一起吗？"

"啊？没有……怎么会呢？"说着，霍南小跑了两步赶上博士。

一男一女就这样肩并肩往楼下走去。

女警花小珠也回到自己的办公室，找副局长汇报情况去了。

霍南跟博士抵达小门后，先是具体检查了一下周边的情况。他们确认没有任何恐怖分子隐藏在此地后，这才开始抱着枪进行常规巡逻。

就这样，霍南在前博士在后，两人巡视了一圈又一圈，并没有发现半点险情。

时间一分一秒地过去，眼看着天色就要亮了，两个人却都没有回去换岗的意思，似乎很有默契。

第四十六章 仅次于核武的超级炸弹

"博士,我们找个安全的地方坐下来休息一会儿吧,天亮之前应该不会有什么情况了。"霍南主动提议道。

对于霍南的举动,博士显然有点意外。

惊喜之余,博士眼角的余光瞥见一处比较隐秘的地方,随即伸手指了指一辆汽车后面:"就那里吧。"

"好。"霍南自然是没有什么意见。他只是希望能借此机会跟博士好好聊聊,沟通一下看看有没有可能矫正她对待这份感情的认知程度。

令霍南怎么也没有想到的是,两个人刚一坐下,博士便挽住了他的胳膊,侧脸依偎在他的肩膀上,已然一副小鸟依人的乖巧模样,任谁看了都会以为他俩是一对正处于热恋中的情侣。

"这什么情况?我的姑奶奶,你这是要弄死老子啊?"霍南在心里不停地呐喊着,但现实中却不知该如何是好。

问题的关键是,博士平时不管对谁都横眉冷对的,高傲得很,连话都不愿意多说几句,而且脾气还特别火爆,唯有在面对霍南的时候,博士才会切换成少有的温柔模式。虽说她还不至于到打不还手、骂不还口那种夸张的程度,但也差不多了。

因此,霍南总觉得博士这样对自己,就像是一枚不定时炸弹,随时都有可能在身边爆炸。

"霍南,刚才趴在你怀里的那个女孩儿是谁呀?"博士还是忍不住问了出来。

霍南心说:该来的总会来,躲也躲不掉。既然如此,那就坦然面对,走一步算一步吧。

想到这里,霍南实话实说道:"她叫王小岚,是我的侄女。"

"哦……"博士刚刚嘀咕了一声,便发现其中不对劲儿的地方,追问道,"你的侄女?为什么不姓霍?"

"不是我大哥亲生的,是领养的……"霍南解释道。

闻言博士顿时说话的语气都变得酸溜溜的:"怪不得我看她盯着你的眼神都有点不太对劲儿呢。"

"呵呵……"霍南无奈地笑道,"博士,你胡思乱想什么呢?王小岚还是个小女孩儿,更何况我们俩的关系……"

子弹出膛

"你不必解释了,女人的直觉通常都很准,尤其是在感情这方面上。不信咱们就走着瞧。"

被博士这样一说,霍南的心里也不禁开始有点打起鼓来。他仔细回想了一下,好像还真是有点不对劲儿的地方。

像王小岚看似不经意间说出来的话,以及一些举动,霍南以前都没有注意到,现在想想对方可能是别有心思。

就算是真正的叔侄关系,王小岚也不必对霍南做出那些亲昵的举动吧?更何况他们两个之间还没有任何血缘关系呢!

带着一系列的问号,霍南越想越觉得头大。他索性甩了甩脑袋,澄清道:"管她呢,咱们这种人每天过的都是刀尖儿上舔血的生活,明天能不能活着都还是个未知数。"

博士忽然一把抱住霍南的腰,深情地表白道:"我不介意。如果你死了,那我就为你报仇!然后再去天堂陪你,好吗?"

说实话,任谁听到这一席发自肺腑的情话,都会被感动死的,霍南也不例外。他的心脏猛然悸动了一下,扑通扑通跳个不停。

也许是朦胧的月色实在太美了,令霍南彻底沉沦其中;也许是连日来失去亲人的痛楚,让他终于找到了一个依靠。

只见,霍南的左手,不知不觉移到了博士的肩膀上。他稍微触碰了几下,便踏实地落在上面。

虽然霍南的动作十分轻柔,但博士敏感的娇躯早就察觉到了,脸颊竟然浮现出一抹淡淡的红晕。

"霍南……你能再搂紧一点人家吗?"说着,博士垂下了脑袋,露出两个深深的小酒窝,带着幸福而又甜蜜的微笑。

第四十七章 "剑齿虎"特警防暴车

此时，霍南不仅能清晰地感受到博士的体温，还能依稀听到怀中女人的呼吸声。

分开了几年的时间，博士还从未有一次与男人如此近距离接触，一向大大咧咧的她竟然也有些害羞了。

"好啦……霍南，你都弄疼人家了。难道你除了搂着我的肩膀，就不会做些别的什么事情了吗？"说完这些，博士顿时觉得脸颊发烫，胸脯高低起伏不定，频率也加快了不少。

不知怎的，尽管美人在怀，霍南的脑海中，却忽然浮现出韩彩儿那张如同出水芙蓉一般的俏脸，与博士完全就是两种风格。

当得知霍南要私自离开"鹰隼特战队"的那一刻起，韩彩儿毅然偷出父亲的手令，违规驾驶武直10亲自将霍南送到华夏与印度交界地带。

霍南的动作变得越来越迟缓，博士一眼就看出来，他心中一定在做激烈的思想挣扎。

为了能够得到霍南的认可，博士颔首一脸认真地说道："我已经把从zippo那里搞来的超级炸弹原理研究明白了，近期就会抓紧时间进行升级换代，造出威力更大、体积更小、携带更方便的加强版。"

"zippo说他的超级炸弹，威力已经大到可以摧毁半个锡金城的地步，再研究加强版，是不是没有这个必要啊？"霍南有些疑惑地问道。

"不！"博士语气坚定地强调道，"我必须把这个超级炸弹升级，以后每天都随身携带，尤其是咱们俩一起外出执行任务的时候。"

博士的执著，让霍南略感意外，好奇地问道："为什么？这种超级炸弹的威

子弹出膛

力实在是太大了，我觉得不怎么实用。如果真的到万不得已的地步使用这种炸弹，说不定我们也会因为没有足够的时间撤退，而随着爆炸产生的能量波一起灰飞烟灭。"

"对！超级炸弹加强版就是我们最后一张底牌。无论执行什么任务，一旦任务失败，在被俘之前，我都会毫不犹豫地引爆超级炸弹！这样一来，咱们俩既可以死在一起，又能让方圆数里之内寸草不生，炸死我们的敌人！"博士解释道。

"什么？原来你刚才说的一切都是真的啊？"霍南满脸惊诧地望着博士。

博士一脸郑重地点点头，丝毫没有避让霍南的眼神。

在这个世界上，能有一个女人随时为了自己做好死的准备，霍南的心情已经超越了感动。他对博士的情愫，也升华为另外一种境界。

渐渐地，霍南缓缓低下头，开始寻找博士的嘴唇。他已经暂时顾不上那么多了，只是不想再次辜负怀中的博士，这个已经无怨无悔等了自己好几年的乌克兰女孩儿……

似乎是嗅到了霍南身上散发出来的雄性荷尔蒙味道，博士竟然有些紧张地闭上了一双美眸。她长长的睫毛不停地颤抖着，显示出她此时此刻内心有多么激动。

两个人好像以前对这种事情都比较陌生，导致注意力都集中到对方身上，压根儿就没有察觉到周围环境的变化。

"额……"

"咳咳咳……"

就在霍南马上就要咬住博士的两瓣粉唇之际，忽然有一个身穿制服的警察，站在他们身后不远的地方轻声咳嗽起来。

听上去那警察应该是在故意制造声音，来提醒这一对已经陷入感情漩涡的男女。

"霍南队长，我……来的好像有点不是时候啊？"中年警察捂着嘴，一脸坏笑地问道。

原本霍南还有点生气的，心中暗骂是哪个家伙这么不长眼睛，坏了自己的好事儿。

可是，当霍南看清楚来人的面庞时，立刻松开博士，站起身来客气地笑道："副局长，天还没亮呢，你怎么不抓紧时间休息啊？"

第四十七章 "剑齿虎"特警防暴车

经过博士身边的时候,锡金警察局副局长忍不住多看了这个女人两眼,想必他也被博士的独特气质深深吸引。

"霍队长,我听小珠说你们明天要对恐怖分子的基地进行武装侦察,特地过来说下我的想法。"锡金警察局副局长道明来意。

霍南紧盯着锡金警察局副局长的眼睛,希望能从对方的目光中看出些端倪来,但却感受到了一股子正气以及真诚。

顿了顿,锡金警察局副局长继续说道:"我打算亲自率领一支警察小分队,配合你们一起进行武装侦察,必要的时候对他们进行火力打击!"

"啊?"霍南一脸吃惊地问道,"你们现在还具有战斗力的警察还有多少?武器装备配置如何?如果没有强大的火力输出,去了不仅帮不上忙,只会增加整体队伍的负担。"

"霍队长,这个你不必担心。既然我赶来找你,那也是做了一系列必要准备的。你方便的话请跟我来一趟吧,我带你去看样东西。"说完,锡金警察局副局长伸出右手,摆出,一个邀请的姿势。

见状,博士也急忙站起身来,与霍南进行了眼神交流。

二人随锡金警察局副局长直接进入主楼下方的一个小型地下车库。

由于地下车库灯光不是很强,所到之处皆有些昏暗。

霍南与博士相视一眼,同时抱紧手中的M16A4自动步枪,以应对任何突发状况。

不知不觉,霍南与博士默契地形成战术搜索前进队形,霍南在前,跟在锡金警察局副局长身后,而博士故意放缓脚步,与前面两个男人拉开三米左右的距离。

"咔!"

趁着霍南与锡金警察局副局长交谈之际,博士不声不响地打开枪支保险,右手食指扣在扳机上,警惕性十足地观察着四周。

在博士看来,锡金警察局副局长忽然趁着夜深人静之际,把自己带到这里来,肯定没安好心。

别看这个家伙长了一张国字脸,就冲他刚刚看自己时那色眯眯的眼神,在博士心目中就没有留下半点好印象。

霍南是个男人,没有博士那样细腻的心境,自然感受不到这些只有女人才会

子弹出膛

去在意的小细节。

走在最前面的锡金警察局副局长,脸上的微笑始终没有断过。他抵达一扇黑灰色的大铁门前,停住脚步。

"霍队长,这是我们锡金警察局的S级秘密弹药库,里面有两台从华夏购进的"剑齿虎"特警防暴车,一直都没有机会使用。另外还有大量重火力武器,足以装备一个加强班的警察。"锡金警察局副局长一边介绍着,一边从裤兜里摸出一个遥控器,脸上满是自豪的笑容。

此时,霍南对周边的情况也了如指掌,整个地下车库都空荡荡的,除了停车位之外,只有这里并排有三个车库。

而锡金警察局副局长要打开的是中间这个车库大门,从三个车库大门看,中间这个大门没有任何特别之处。

如果真像锡金警察局副局长说的那样,中间这个车库是警察局的S级秘密弹药库,理应使用更为牢固的防爆门才对,怎么会安装普通的卷帘门呢?

根据诸多疑点,霍南不得不更谨慎一点。

趁着锡金警察局副局长没有留意自己这边的时候,霍南按住左耳,细若蚊吟地命令道:"杰克、老鬼,地下车库!SOS!"

"吱……吱吱吱……"

一道刺耳的滑轮摩擦声响彻整个地下车库,锡金警察局副局长按下了遥控器。

隐约间,霍南从卷帘门与地面的夹缝里,看到了一丝光亮。

霍南立刻皱了皱眉头,利用余光瞅了瞅站在自己后方的博士。

"不管那么多了,先撤再说!"霍南心想。

紧接着,霍南端起枪开始往后跑,一边跑一边大声喊道:"撤退博士!Go!Go!Go!"

博士心里早就有所准备,一听到霍南的叫喊声,便知道他们俩极有可能中埋伏了。她二话不说抱着枪就跑。

两人分别冲向左右两侧的车位区,利用柱子来抵挡可能遭到的攻击。

"嘎吱……"

"轰……嗡……嗡嗡……"

恰巧此时,中间的车库卷帘门已经打开了大半。

第四十七章 "剑齿虎"特警防暴车

两辆早已开启大灯的黑色"剑齿虎"特警防暴车,猛轰着油门冲了出来。

似乎是没有想到霍南跟博士的警惕性会那么高,选择提前开溜,锡金警察局副局长再次按下手中的遥控器,左右两侧的车库卷帘门同时缓缓开启。

"嗡……"

"吱!"

其中一辆黑色"剑齿虎"特警防暴车上的驾驶员猛轰油门,径直追了出去。

另外一辆防暴车开到锡金警察局副局长的跟前,猛踩刹车停了下来。

副局长见状,立刻开启副驾驶那边的门钻了进去。

与此同时,有六辆骑着警用摩托的警察,从左右两侧车库里鱼贯而出,两边各三辆分别跟在霍南与博士身后。

坐上车的锡金警察局副局长怒目圆睁,拔出车载无线电通讯器,冲着里面声嘶力竭地命令道:"全部都有,给我拦住这两个家伙,千万别让他们跑出地下车库!预备队出动,堵住车库入口!"

"是!局长!"

"收到!"

不到十秒钟,车载无线电通讯器内,传来一道干脆利落的回复声:"预备队已就位!局长!"

"好的,给我盯住了!"锡金警察局副局长再次强调道。

"放心吧局长,保证连一只苍蝇都飞不出去!"

听到手下的承诺后,锡金警察局副局长一直没有放下手中的车载无线电通讯器,立刻冲着身边的驾驶员命令道:"追!"

"嗡……"

"剑齿虎"是基于福特 F-550 加强型 4×4 越野军用底盘改装而成的特种车辆,长 6.7 米、宽 2.36 米,高 3 米,满载 6.8 吨,采用 V10 发动机,功率非常大。

另外,"剑齿虎"特警防暴车采用后双胎设计,高速四轮驱动,适用于各种路况,最高时速 130 千米/小时。

霍南跟博士靠两条腿,是无论如何也跑不过"剑齿虎"特警防暴车的。

更何况他们身后还有六辆警用摩托车正在极速追赶中,形势瞬间变得十分危急。

**子弹
出膛**

"哒哒哒……"

终于，在迫不得已的情况下，霍南一边跑一边转身率先开枪进行还击。

"砰！咚……轰！"

一辆警用摩托车上的驾驶员躲闪不及，被子弹击中心脏部位，当场暴毙而亡。

失去控制的摩托车一头撞在立柱上，发出一记巨大的爆炸声，响彻整个地下车库。

摩托车残骸冒出滚滚黑烟，刚好为霍南等人提供了绝佳的视线掩护。

第四十八章　遭遇重重埋伏，患难见真情！

"嗡……嗡嗡……"

两辆警用摩托车先后突破黑烟的封锁，追向疲于奔命的霍南。

"哒哒哒……"

应该是听到霍南这边开枪了，博士在车库另外一头也进行武装抵抗。她击毁了两辆警用摩托车，至于驾驶员的下场则更加悲惨，一死一重伤！

不知不觉，两个人渐渐汇聚到一条逃跑线路上来。

当他们看见一排全副武装的锡金警察堵在车库入口时，霍南顿时倒吸了一口凉气。

博士一边向后方还击，一边大声喊道："怎么办？要不咱们硬闯过去？"

霍南当场否决道："肯定不行，还没等跑过去，咱们就会被打成筛子的，博士，你难道没有发现吗？那些人根本就不是警察！"

"啊？"刚刚报废了一辆警用摩托车的博士扭过头来，匆匆扫了一眼车库入口处的锡金警察，难以置信地反问道："你的意思……难道他们也是恐怖分子？"

"嗯……"

幸亏这个地下车库面积较小，而且车位之间的距离也比较狭窄，让霍南与博士有了更多的时间进行周旋。

两人对话间，霍南便将整个地下车库的布局看了个大概。他指着西北边喊道："往那边跑，那里有通风口，实在不行我们就躲进去，能撑一会儿算一会儿！"

"嗡……"

"轰轰！"

值此紧要关头，第一辆追出来的"剑齿虎"特警防暴车，在绕开那些被击毁

子弹出膛

的警用摩托车之后，终于追了上来，眼看就要撞上霍南跟博士两人。

与此同时，从"剑齿虎"特警防暴车正面的射击口内，探出来两只黑洞洞的枪口。

两名锡金警察瞄准霍南与博士，随时准备开枪。

位于"剑齿虎"特警防暴车左侧射击口的锡金警察，颤抖着声音问道："班长，真的要开枪吗？你看那些堵在车库入口处的人，根本就不是咱们的弟兄，万一……"

闻言，位于右侧的那个老警察皱了皱眉，没有出声，似乎也在考虑这件事情的严重性。

副局长什么都没有说，就率领他们来地下车库。

结果现在他们追赶的人，却是在白天刚刚救过他们的恩人，整件事情从头至尾都没有逻辑性可言。

还有局长莫名其妙的失踪，以及局里以前那些正义感十足的兄弟，或在这次暴乱中横死街头，或消失不见，所有发生的一切都像极了一次彻头彻尾的警察局内部大清洗行动。

而这一切的始作俑者，就是锡金警察局副局长！

见老警察一直沉默不语却又没有开枪，旁边的小警察激动地喊道："班长，让我亲手杀了咱们的救命恩人，我做不到！究竟发生了什么事情？大家都心知肚明，不要再助纣为虐了！"

开车的司机听到两人激烈的争执后，头也不回地大声催促道："副局下的命令，你们还在犹豫什么？开枪！开枪！都给老子开火啊……"

一听这话，老警察当时就火了，但却隐忍不发。

司机是锡金警察局副局长的心腹，自然是得听从主子的命令。但他那副张牙舞爪的模样，实在是让老警察无比反感。

小警察一听前边的司机对自己师傅恶言相向，随即强硬地呵斥道："你怎么说话呢？跟谁老子老子呢？告诉你，我师傅当警察抓坏人的时候，你还在娘胎里呢！"

正在驾驶"剑齿虎"特警防暴车的司机扭过头来，赤红着双眼质问道："废那么多话干什么？说！你们俩是不是想造反？"

第四十八章　遭遇重重埋伏，患难见真情！

原本，老警察对自己的忍功相当自信，可是，当他听到"造反"这个字眼儿的时候，再也忍不住的脾气当场爆发！

老警察指着驾驶员的鼻子破口大骂："造反？你还有脸在老子面前提造反？究竟是谁在浑水摸鱼？我相信大家心里都明白，只不过畏惧权势没有人敢站出来公然反抗罢了！"

"哈哈哈……老家伙挺聪明的啊，我还以为你们都被蒙在鼓里呢！没错！局长还有霍大队长的死，都是我们干的！谁让他们平时总是假清高，一副高高在上的模样，老子看着就来气，哼！"

既然挑明了，驾驶员索性威胁道："如果你们再不开枪，回去我就到局长面前告你们一个违抗命令，到时候……结果你们是知道的。嘿嘿……战乱时期，死一两个警察很正常，上头根本不会派人下来具体调查的。"

"别动！"蓦然，老警察调转枪口，顶在驾驶员的右侧太阳穴上。

冰凉的钢铁枪口让驾驶员瞬间感受到死亡的气息，死神正在一点一点逼近。他声音有些颤抖地问道："你们要干吗？"

小警察似乎也被师傅的举动吓到了，目瞪口呆地盯着老警察手中的枪。

只听，老警察严肃地命令道："停车！"

驾驶员不知从哪里来的勇气，双手死死握紧方向盘，脑袋上青筋暴起。他声嘶力竭地吼道："不能停车，如果违抗副局的命令，我回去不会有好果子吃的。"

"咔嚓！"

老警察果断打开枪械保险，使劲儿顶住驾驶员右侧太阳穴，神色威严地再次狠声命令道："停车！我不会再说第三次！"

"吱……"

知道老警察要动真格的了，驾驶员不敢再挑衅他的底线。他当场认尿，一脚将刹车踩到底，把"剑齿虎"特警防暴车停在路边。

车子刚刚停下，锡金警察局副局长便通过车载无线电通讯器询问道："怎么回事儿？为什么停车不追了？"

老警察握住枪的手使了使劲儿，示意道："告诉他车子坏了，正在检修故障。"

望了望老警察严厉的目光，驾驶员这才悻悻地拿起车载无线电通讯器，重复了一遍刚才老警察所说的话。

子弹出膛

对此，锡金警察局副局长倒是没有怀疑，一通大发雷霆后直接超车继续追赶霍南等人去了。他并没有要求停车，更没有看到车内剑拔弩张的一幕。

待所有追击的车辆都开过去之后，老警察一枪托砸在驾驶员后脖颈上，冲着徒弟命令道："把他绑起来，扔到后面！"

"是，师傅。"小警察推开车门，用两副手铐分别锁住驾驶员的手跟脚。在老警察的协助下，他将昏死过去的驾驶员丢到后排座位上。

待一切都办妥，老警察坐到副驾驶位置上，随口说道："你来开车，咱们跟在后边慢点跑，见机行事！"

"嗯……"小警察心里虽然也有点忐忑不安，但只要是师傅下达的命令，他从来都会坚定不移地执行。

"嗡……"

小警察轻轻踩了一脚油门，"剑齿虎"特警防暴车发出一记沉闷的咆哮声，可见它搭载的V10发动机功率有多大。

再看霍南与博士这边，一路上边打边撤。

除了锡金警察局副局长开的那辆"剑齿虎"特警防暴车之外，其他警用摩托车基本上都被打得报废了。

由于地下车库面积不是很大，霍南等人撤到通风口处便已经无路可退，他们只能利用两根立柱作为临时掩体进行抵抗。

锡金警察局副局长不知从哪里又调来了十几个全副武装的"警察"，从左右两侧迂回包抄，很快霍南及博士便陷入三面应敌的危险境地。

"铮！铮铮……"

霍南一梭子子弹打出去，"剑齿虎"特警防暴车表面只溅起几片火花，表面的漆掉了几块儿而已。

"剑齿虎"特警防暴车所有的玻璃都具有防弹功能，不用RPG等重火力武器，基本上无法攻破它的表面防御。

博士也在疯狂地射击，地面推进的警察怎么着都好说，只要弹药充足，他们就没有机会近身，但"剑齿虎"特警防暴车就不一样了。

眼瞅着搭载着锡金副局长的"剑齿虎"特警防暴车越来越逼近，博士当时就急了，既然打车身和玻璃没有效果，那就朝轮胎使劲儿。

第四十八章 遭遇重重埋伏,患难见真情!

"哒哒……哒哒哒……"

直至打完枪内的子弹,博士这才发现,"剑齿虎"特警防暴车并没有停止前进,只是速度有所减缓而已。

"怎么可能?我明明打中那辆车的轮胎了,为什么它还在移动?"博士一边倚在立柱后面更换弹夹,一边冲着正在开枪射击的霍南,满脸不解地大声问道。

"哒哒哒……"

一个标准的三点射,霍南放倒了一个企图从右侧偷偷摸过来的"警察",这才抽出工夫提醒道:"打轮胎是没用的,这是我们华夏造的"剑齿虎"特警防暴车,车胎内配置了先进的破胎继行器,即便瘪胎后仍然可以继续行驶80千米以上!"

"破胎继行器?乖乖……霍南,你们华夏的技术什么时候也这么先进了啊?"博士没好气地抱怨道。

不知为何,明明是句讽刺的话,在霍南听来,一股无比强烈的自豪感打心底里油然而生。

曾几何时,霍南走到哪里,都被人家笑话他的国家出山寨货,无论什么东西都没有自己的核心技术。

作为一个顶尖儿的科研人员,博士在军事武器研发领域,拥有绝对的话语权。连她都对当今华夏领先的军事技术叹为观止,霍南怎能不自豪、不高兴?

不过高兴归高兴,现在却让自己国家制造的武器装备追着屁股打,这种感觉也挺郁闷的……

"博士,你赶紧上去,我来掩护!"说着,霍南腾出左手,指了指身后头顶的通风管道入口。

博士摇摇头,咬牙坚持道:"我不走!说好了就是死也要死在一起,凭什么让我走?要走你走!"

"你……"

霍南被博士气得一时语塞。当他眼角的余光扫向博士时,忽然被她的侧面所深深吸引。

此时此刻,博士正单膝着地,呈标准射击姿势专心致志应敌,根本没有留意到霍南深情而又热辣的目光。

在霍南看来,处于战斗中的博士,浑身上下散发着一种非凡的气质,以致他

子弹出膛

被这种迷人的魅力深深吸引着。他不知不觉也充满了斗志,战斗值陡然增加数倍!

霍南换好一个新弹夹,疯狂地射向敌人!

霍南心中只有一个念头:无论如何,必须活下去!为自己,也为了博士……

第四十九章　闪光震撼眩晕弹

"哒哒哒！"

"砰！"

"砰砰……"

激战中，锡金警察局副局长乘坐的"剑齿虎"特警防暴车，开到距离两根立柱最近的地方停了下来。

"咔嚓！咔嚓！"

车门打开，两名警察一左一右拉动枪栓，开始向霍南射击进行火力压制。

与此同时，车内的射击孔也多出了一把手枪，正是锡金警察局副局长本人。

一辆"剑齿虎"特警防暴车，外加三个火力输出点，瞬间成了主力阵地，压得霍南跟博士都不敢露头，生怕被流弹击中。

正面无法还击，霍南与博士只能暂且先集中火力，对付从侧翼摸上来的"警察"。

"霍南，不是一共有两辆'剑齿虎'特警防暴车吗？为什么只有一辆追了上来？另外一辆呢？会不会还有什么阴谋？"博士一脸担忧地问道。

霍南摇摇头，不是很确定地回答道："应该不会，肯定是有什么变故。咱们的运气还不赖，如果这两辆车都追上来，恐怕你我就不会像现在这样说话，早就成为两具死尸了。"

"刺……刺啦……霍南，听到请回答……"

"呼叫博士，呼叫博士……"

纳米无线电通讯器同时响起了狼人跟吸血鬼的呼叫声，可能是因为地下车库信号不好的缘故，通话时断时续。

子弹出膛

"靠！你们几个怎么才来？等着给老子收尸啊？"霍南按住左耳，冲着纳米无线电通讯器兴奋地喊道。

狼人解释道："楼里有些蟑螂老鼠什么的挡路，都被弟兄们灭了，耽误了一点时间！撑住！队长……"

忽然，一道略显冷静的声音从纳米无线电通讯器传了出来，是杰克："霍南，我已经让刺客、尖刀跟吸血鬼从楼顶的通风管道爬进去支援了，狼人、绅士率领其他人从地下车库入口正面强攻进去！"

"收到！"虽然霍南的回答十分简短，但正是因为如此，才能表明他跟博士两人此刻的处境有多么危险。

杰克焦急地呼喊道："老鬼、老狼，汇报你们的位置！"

"已就位！"吸血鬼沉声回答道。

"，已到达指定位置！"狼人说话的时候气喘吁吁的，可能是抱着重机枪跑了一路，以他的体格也有点吃不消。

位于大楼楼顶的杰克，一边环顾四周，一边低头看着腕表上的时间。

确认锡金警察局四周没有其他险情后，杰克这才下达总攻的命令："现在开始校准时间，倒计时，三、二、一……出击！"

"Go！Go！Go！"

"咣当！"

霍南与博士身后头顶的通风管道排气扇，被人从里面一脚踹开。

吸血鬼第一个落到地面上，原地一个翻滚就势找到一根柱子，躲在后面开始观察周围的环境。

确认霍南与博士都没有生命危险后，吸血鬼这才冲着通风管道出口招了招手，示意里面的人出来。

尖刀与刺客相继钻了出来，每个人都身手矫健，动作无比迅速，根本不给敌人留下半点可乘之机！

"轰！"

"轰隆……隆！"

"咚咚咚……"

几乎在同一时间，车库入口那边也响起了激烈的枪声——狼人跟绅士率领天

第四十九章　闪光震撼眩晕弹

蝎、魔蝎兄弟二人从正面发起进攻，牵制那一排假警察的火力。

由于车库入口没有什么障碍物，再加上狼人等人是从背后偷袭，假警察上去就被放倒了一大片。

剩下的假警察们纷纷躲到两边，利用柱子以及墙面负隅顽抗。

狼人抱着美制 M240B 中型通用机枪疯狂地突突，有好几次都试图冲进地下车库，但都被假警察们时不时地反击给堵了回来，还差点中弹负伤。

见状不妙，绅士冲着一直待在大后方负责坚守最后一道防线的 zippo 求援道："拿几个闪光弹过来，Fuck！"

收到绅士的命令后，zippo 从一辆报废的警车底下钻了出来，一溜小跑冲向队友们。

拔足狂奔的同时，zippo 收起枪械，从武装备包内一连摸出三个闪光弹。他握在自己手中一个，另外两个分别丢给天蝎、魔蝎。

"天蝎、魔蝎，我数'一、二、三'，咱们同时掷弹！"zippo 命令道。

"是！"兄弟俩异口同声地确认道。

"Oh, My God！同时使用三颗闪光弹，会不会闪瞎他们的狗眼？"狼人惊讶地张大嘴巴。

闻言，绅士也颇为同情地耸耸肩膀，两只手摊开向后连退几步，生怕待会儿 zippo 等人投掷闪光弹的时候会波及自己。

因为 zippo 所使用的闪光弹，并不像游戏中那样只有强闪光，它的全称叫做闪光震撼眩晕弹。

弹体本身爆炸后不仅会产生强光，还会产生强声波及次声波，从而导致人体极度眩晕，暂时丧失战斗力。

绅士之所以会躲远一点，就是怕自己的耳朵会被强声波及次声波殃及。

"三！"

"二！"

"一！"

一声令下，三颗闪光震撼眩晕弹几乎在同一时间飞进车库。

"噗……噗噗……"

一连串的沉闷爆炸声响起，与普通步兵手雷有所不同的是，闪光弹是一种战

子弹出膛

术手雷,并不具备任何杀伤力。

"嗡……"

但是,伴随着假警察们发出一阵高过一阵的惨嚎声,便可以想象出来他们此时此刻究竟有多么痛苦。

"哈哈……"

狼人抱着重机枪便要往车库里冲,被zippo一把拦住:"放心,我计算着时间呢,等一会儿再进去也不迟。强声波跟次声波还没有散去,现在贸然冲进去咱们自己人也会受到很大影响。"

"哦,对了……差点忘记了,闪光弹的时效最短可以持续五分钟。"狼人不好意思地挠挠头憨笑道。一小撮黝黑茂密的护心毛,从他胸前的衣领间露了出来,彰显其彪悍的性格。

已经过去两分钟了,zippo觉得时机差不多成熟,便冲着站在楼顶上的杰克点了点头,同时做了个"OK"的手势,示意他可以进入地下车库了。

见状,杰克立即隔空下达进攻命令:"狼人、绅士,一起上!"

收到命令后,早就迫不及待的狼人端着枪就冲了出去,天蝎丝毫没有犹豫跟在他的身后,绅士则率领魔蝎沿着车库右侧墙面摸了进去。

那些假警察均痛苦地捂住脸,或蹲在地上痛苦地哀嚎着,或已经躺在地上昏迷过去,谁都没有注意到有人冲进来了。

由于绅士还没有确定这些假警察的身份,只好暂时命令道:"收缴他们的武器装备,天蝎、魔蝎,你们俩负责看守这些俘虏,等队长过来再另行处置。"

"是!"

天蝎端着枪瞄准假警察们,魔蝎则开始俯身挨个拿走他们的枪械跟弹药,不一会儿便完成任务,与哥哥一同看守俘虏。

老警察跟小警察坐在"剑齿虎"特警防暴车内,目睹了绅士等人制服一群假警察的全过程,心里十分激动。

小警察当即兴奋地问道:"师傅,我们要不要把车开过去,告诉他们事情的真相?"

"不!"老警察斩钉截铁否决道,"现在还不是时候,那些人身手了得,不是我们俩所能对抗的。万一他们不相信咱俩所说的话呢?更何况副局长还没死,

第四十九章　闪光震撼眩晕弹

鹿死谁手尚未可知。"

"那……该怎么办才好呢，师傅？"小警察心里有些发虚地追问道。

老警察低头思虑了片刻，命令道："慢一点，把车先开回车库再说。咱们尽量不要卷进他们的战斗中去，否则一定会死得很惨。"

老警察确定一点，只要他俩一直待在"剑齿虎"特警防暴车内，最起码生命安全还是能够有所保障的。

按照师傅交代的，小警察将"剑齿虎"特警防暴车小心翼翼地慢慢挪回车库里面。

由于没有遥控器，老警察只能任由卷帘门敞开着。

但是，即使小警察的动作再轻，"剑齿虎"特警防暴车的V10发动机都会发出一阵高过一阵的轰鸣声。

刚刚突破地下车库入口进入纵深地带的狼人跟绅士，都发现了正在后退中的"剑齿虎"特警防暴车。

"哈哈……还没开打就被老子手中的重机枪吓跑了？真是尿包一个！"

"呸！"，说着，狼人朝着地面吐了一口浓痰，脸上满是鄙夷的表情。

望着渐渐远去的"剑齿虎"特警防暴车，绅士摇摇头无所谓地说道："反正没有威胁到咱们的安全，暂时没必要去理会。还是先去帮队长他们吧，只有早点结束战斗才能查明原因！"

"好……"

跑了大概三四十米，终于在拐弯之后看到了另外一辆锡金警察局副局长乘坐的"剑齿虎"特警防暴车。

此时前边两扇车门完全敞开，两名警察正朝霍南等人疯狂地开枪射击。

在"剑齿虎"特警防暴车两侧，有不下十五人的警察预备队，从他们的警服来看，应该与车库入口处那些假警察是一伙儿的。

还有一些锡金警察局副局长的亲信，正在拼命围攻霍南等人。

但是，自从得到吸血鬼等人的支援后，这群负责围攻霍南的锡金警察也没什么好果子吃。他们被打得灰头土脸，双方一时陷入胶着战。

至于地下车库入口那边的阵地，锡金警察局副局长则完全没有担心。

除了最开始响起一阵枪声外，后来一直都比较安静，证明赶来支援霍南的小

子弹出膛

分队已经被挡在外面了。

殊不知，狼人、绅士等人早就像幽灵一般，趴在锡金警察局副局长身后，黑洞洞的枪口已经瞄准他身边的警察预备队队员。

"砰！"

"当当当……"

正当锡金警察局副局长考虑是不是要把最后一支预备队派出去，一鼓作气拿下霍南等人的时候，一阵密集的枪声忽然从背后响起。

"额……"

"啊！"

一连串的闷哼声过后，锡金警察局副局长左右两侧负责保护他的警察预备队队员，倒下去七八个，瞬间减员过半。

不仅如此，连锡金警察局副局长自己也身受重伤，一颗子弹从他的左侧肩胛骨处钻了进去。由于力道过大，子弹径直穿透身体飞了出去。

子弹速度之快，已经完全超出了人的反应能力，以至于锡金警察局副局长低头查看伤口的时候，才感觉到一阵撕心裂肺的疼痛。他瞬间咧开嘴号啕大叫起来，一边用手堵住流血不止的伤口，一边连滚带爬冲进停在身旁的"剑齿虎"特警防暴车里。

"呼……呼……啊！"

锡金警察局副局长大口大口地喘着粗气，时不时发出一记撕心裂肺的惨叫声。他的脑门渗出一片密密麻麻的汗珠，通过反光镜看向后面，一颗心顿时沉到了谷底，他想不通……

他想不通的事情实在太多了！

第五十章　木讷的zippo

见己方的领导都钻进车里躲避子弹，剩下的警察纷纷调转身形，开始就近寻找立柱隐蔽，或利用"剑齿虎"作为临时掩体进行还击。

霍南等人岂会错过此等良机？他们用最快的速度打光弹夹内剩下的子弹，然后抓紧时间更换了一个备用弹夹。

"尖刀、刺客左右进行掩护，老鬼，跟我来！"霍南的声音刚落，整个人便已经猫着腰蹿了出去。他一边躲避着两侧敌人的射击，一边冲向正对面的"剑齿虎"特警防暴车。

华夏有句俗话说的挺好，叫做：擒贼先擒王！

就算之前暗影组织的队员们已经联手消灭了一部分敌人，霍南粗略估算了一下，此时地下车库至少还有二十几个全副武装的警察。

暂且不论真假，这些警察都具有战斗力，而且在数量上仍旧占据绝对优势，至少是暗影组织队员的两倍。

如果再纠缠下去，一旦哪一个暗影组织队员受伤，或者战死沙场，必定会降低整个队伍的士气，从而影响明天对恐怖分子基地的武装侦察。

因此，霍南决定速战速决。他甘愿冒着枪林弹雨，也要配合绅士他们先将正面的敌人一举全歼，活捉锡金警察局副局长！

绅士一眼就看出霍南的意图，当即命令道："老狼，你那边悠着点打，快没有子弹的时候提前通知我们。天蝎、魔蝎立刻赶过来支援，随时准备加强火力输出，吸引敌人的注意力，为队长创造机会！"

"是！"正在看押俘虏的天蝎、魔蝎兄弟二人同时答应一声，分别将俘虏用枪托砸晕。

子弹出膛

"当当当……"

"换子弹！"狼人大吼一声，将剩下的子弹打光后，闪身躲到立柱后面。

刚刚抱着枪赶到狼人身后的天蝎、魔蝎兄弟二人相视点点头，分别从各自藏身的立柱后面站了出来，二话没说开枪就打。

"咚！咚咚咚……"

"哒哒哒……"

两把自动步枪的火力叠加在一起，勉强能与狼人手中的美制M240B中型通用机枪持平。

强大的火力压制得敌人抬不起头来，根本没有精力再去观察身后。

不到半分钟时间，霍南跟吸血鬼便已经突破左右两侧敌人组成的交叉火力封锁线。

"剑齿虎"特警防暴车周围的警察们，将后背暴露在霍南等人的枪口之下。

霍南与吸血鬼几乎在同一时间抬枪便射，由于敌人的注意力都被吸引到绅士那边，霍南跟吸血鬼不费吹灰之力，便将死守在"剑齿虎"特警防暴车周围的警察全部干掉。

"大家一起上，将'剑齿虎'特警防暴车包围，锡金警察局副局长还藏在里面。"霍南命令道。

说着，霍南率先从藏身的立柱后面走了出来，缓缓地向"剑齿虎"特警防暴车移动。

移动期间霍南一直保持着搜索前进的姿势，双腿弯曲，身体略微向前倾。

见此情景，吸血鬼在其身后有些不放心地提醒道："这样贸然上去会不会有点危险？那个家伙虽然中弹了，但不一定就意味着他丧失了战斗能力。"

看了看遍布整个"剑齿虎"特警防暴车车身的射击孔，霍南的脚步放缓了一些。他的动作变得更加轻柔，生怕惊动车内的锡金警察局副局长。

见霍南没有停下来的意思，吸血鬼索性把自动步枪收起来背到身后，以最快的速度换上他最得心应手的MK12狙击枪。他一边替霍南打掩护，一边通过瞄准镜来观察"剑齿虎"特警防暴车内部的情况。

可是，"剑齿虎"特警防暴车里面漆黑一片——经过特殊工艺处理的车窗玻璃，严重阻碍了吸血鬼的视线。

第五十章　木讷的 zippo

"砰！"

"哒哒哒……"

短短几十米的距离，霍南足足用了三分钟时间才走了一半，身后还时不时传来尖刀、刺客与敌人交战时发出的枪声。

越靠近"剑齿虎"特警防暴车，霍南心里承受的压力就越大，因为他离死神极有可能又近了一步。

忽然，霍南隐约看到了藏在天蝎、魔蝎兄弟二人身后的 zippo。他按住左耳没好气地问道："zippo，我咋看着你那么猥琐呢？"

不一会儿，zippo 有些木讷的声音从纳米无线电通讯器公共频道传入霍南耳内："队长，我……我又怎么了？"

"你这手雷炸弹什么的，玩得也太不专业了吧？赶紧扔个烟幕弹过来！让老子冒着生命危险跑了那么久，真是该死！"霍南命令道。

"噢！我咋把这件事情忘记了呢？不好意思啊队长，您稍等，烟幕弹马上就来了。"zippo 不好意思地笑道。

zippo 的答复，霍南怎么听怎么都觉得有点不对劲儿。他突然脑海中灵光一闪，旋即反应过来，一拍大腿强调道："zippo，我是让你把烟幕弹丢在'剑齿虎'特警防暴车底下，而不是扔到我这边来……"

谁承想，霍南紧赶慢赶还是没赶上——他话刚刚说了一多半，便眼睁睁看着一颗通体银白色的烟幕弹朝自己头顶这边飞了过来。

从烟幕弹的飞行轨迹以及力度来看，zippo 投掷的水平还是很高的，只可惜用错了地方。

"zippo，我要杀了你！"霍南头一次被自己队友差点逼疯了，破口大骂道。

"呃……"知道自己做错事的 zippo 立即从战术背包内取出第二颗烟幕弹，按照霍南下达的命令执行投掷任务。

"嘭……"

第二颗烟幕弹准确无误地命中目标！

弹体爆炸后，内置的白磷粉末遇到空气后，快速燃烧产生一道道滚滚的浓烟，将整辆"剑齿虎"特警防暴车都包裹在其中。

再看霍南，简直悲催之极……

子弹出膛

他的下场跟那辆"剑齿虎"特警防暴车一样,整个人都被浓密的白色烟雾笼罩。

当霍南从烟幕弹的爆炸范围冲出来,站在一片空地上的时候,一张嘴冒出一团白色烟雾,两个鼻孔也呼出不少白色烟雾。

更为夸张的是,霍南的头竟然还时不时散发出一缕一缕肉眼可见的白色烟雾……

此时此刻,霍南的眼神,都快要将 zippo 杀死了!

"一起上!抓活的!"暂时顾不上 zippo 的失误,确保锡金警察局副局长不会再有打冷枪的机会后,霍南果断下达了总攻命令。

"Wuha!"绅士率领天蝎、魔蝎兄弟二人一起冲了上去。

"Go!Go!Go!"

"剑齿虎"特警防暴车的车门没锁,第一个冲过去的魔蝎,一把拽开右侧驾驶室车门。

天蝎打开右侧后门,然后与魔蝎一起举枪瞄准车内。

锡金警察局副局长已经接近昏迷状态,就算他的伤口流了不少血,可却没有到致命的地步,很大程度上是被自己吓的。

盯着已经躺在车内束手就擒的锡金警察局副局长,狼人鄙夷地问道:"奇怪,这个家伙怎么连车门都不锁?"

狼人的疑惑不无道理,要知道"剑齿虎"特警防暴车本身的防御力超级"变态",就算丢两颗步兵手雷在底盘下面,也无法对车内的人员造成多大损伤。

因此,只要锡金警察局副局长在里面将车门反锁,霍南等人想要活捉他还真是挺不容易的。

低头观察了一圈车身状况,吸血鬼分析道:"或许这个老东西压根儿就没有想到,凭咱们暗影组织这点人手,能在如此短的时间内击垮他精心布置的陷阱吧?"

众人交谈间,霍南已经从副驾驶座位的工具箱内,找到几副备用的手铐。

估计手铐是锡金警察局副局长给霍南和博士俩人准备的,这下马上就要用在自己身上了。

只听,霍南狡黠地冷笑道:"天蝎,把这个家伙的手脚都给老子拷上!今天差点阴沟里翻船,老狐狸还真是深藏不露啊!"

第五十章 木讷的zippo

"呸！"

说完，霍南狠狠地吐了一口唾沫，刚好落在锡金警察局副局长的脸上。处于半昏迷状态的老家伙似乎是有点口渴了，竟然伸出舌头，将那一团唾沫吸进嘴里。

"Fuck……"

"Oh，My God！"

绅士跟吸血鬼，被映入眼帘的一幕恶心得够呛，连霍南也被锡金警察局副局长猥琐的嘴脸深深折服。

"啧啧！瞧瞧这副嘴脸，还真是要多猥琐有多猥琐的了……"霍南小声嘀咕道。

提到"猥琐"这两个字眼儿，霍南突然想起一个人，那就是zippo。刚刚他被第一颗烟幕弹误炸一事，还没来得及找这个家伙算账呢！

"奇怪，zippo人呢？刚才还在这里的……"霍南明知故问道。

狼人最实在了，丝毫没有意识到霍南要找zippo秋后算账，伸手指了指三个带卷帘门车库的方向，回答道："好像咱们刚刚冲过来，zippo就往那边去了。他说要调查一下另外一辆'剑齿虎'特警防暴车，到时候也好将功赎罪。"

经狼人提醒，众人这才想起来，冲进地下车库的时候，有一辆"剑齿虎"特警防暴车正在向里面撤退，霍南与博士曾经也谈论过它。

"哒哒哒……"

尖刀、刺客那边响起零星的枪声，表明还有几个敌人在负隅顽抗。

得知锡金警察局副局长被俘后，剩下的无论是真警察还是假警察都无心恋战，开始想办法撤离地下车库。

可是，经过一番浴血奋战的霍南，又怎会轻易放他们离开！他当即命令道："绅士、老狼，你们俩去帮帮刺客跟尖刀。我和天蝎、魔蝎去找zippo，防止他出什么意外。"

"好的。"绅士点头答应道。

狼人盯着躺在"剑齿虎"特警防暴车后排座椅上的锡金警察局副局长问道："那这个家伙怎么处理？"

霍南环视了一圈站在周围的暗影组织队员们，唯有博士一个人让他有点不太放心。

子弹出膛

接连两场恶战,博士在此期间只休息了不到一个小时。

身为目前队伍中唯一的女成员,博士的体能跟毅力都受到了极大的考验。

考虑到 zippo 那边还有许多不确定性因素,霍南果断命令道:"博士留下,其他人按照原计划行动!"

"是……"

一声令下,两支小分队各自散开,只剩下抱着粉红色 M16A4 自动步枪的博士站在原地。她不甘心地跺了跺脚,心中暗骂:哼!又在找借口甩掉本小姐!霍南……你给我等着……

第五十一章　以暴制暴才是王道！

半个小时后，暗影组织的队员们开着两辆"剑齿虎"特警防暴车，押着不到二十个俘虏从地下车库缓缓走了出来。

除了刚开始被围的霍南与博士看上去比较狼狈以外，其他人都有说有笑一脸轻松的样子，在他们看来，这些毫无战斗素养可言的警察根本不值得严加看管。

在弹药充足的前提下，暗影组织的高级雇佣兵成员们以一当十都不是问题。

离大老远，就有几个之前在暴乱中受伤的锡金警察在一旁围观，并时不时朝暗影小分队指指点点。

警花小珠也夹杂在人群之中，她整个人都惊呆了，瞪着一双美眸，满脸的疑惑。

为了稳定人心，霍南赶忙冲着博士说道："你去跟小珠讲一下在地下车库发生的事情。"

"嗯……"博士也认为很有必要澄清一下此事，答应一声端着枪直奔围观的锡金警察们。

望着博士渐渐远去的背影，霍南补充道："别忘了，主要强调副局长与恐怖分子勾结一事，这样最容易引起那些心存正义感的警察共鸣。"

博士回眸一笑，一甩柔顺丝滑的长发，柔声答道："知道啦……真啰唆！"

那么多俘虏总这样押着也不是回事儿，霍南想要腾出人手来，让暗影组织的队员们得到充分的休息。

想到这里，霍南的目光不断地从十几个俘虏身上扫过，挑选出一个货真价实的锡金警察。

只见，霍南来到此人身边，边走边问道："你们这里有没有关押犯人的房间？"

"有……在那边一共有三个临时看守室，一个用来关押女犯人，另外两个用

子弹出膛

来关押男犯人。"被霍南盯上的锡金警察不敢有半点拖延,立刻实话实说。

除了负责驾驶"剑齿虎"特警防暴车的绅士跟狼人外,其他人也都听得一清二楚。

霍南再次下达命令:"天蝎、尖刀,你们负责把这些俘虏关进临时看守室,然后两人一组轮流把守就可以了。其余的人抓紧时间休息!"

"是,队长!"四个刚刚加入暗影组织的新队员领命而去。

虽然天蝎、尖刀等人在数量上还不足俘虏的一半,但个个荷枪实弹,又属于顶尖儿高手,押送十几个敌人丝毫没有问题。

当所有俘虏都被押走之后,霍南看了看走在队伍最后的一老一小两个锡金警察,面带微笑地邀请道:"两位请跟我来,正好我还有点问题需要咨询一下。"

老警察听不懂英语,随即望向自己身边的小警察。

小警察略懂一点英语,大致弄懂了霍南话中的含义,领着师傅跟在他的身后默不做声。

"老狼、绅士,停好后检查一下车况,需要什么及时告诉我。"霍南冲着两辆"剑齿虎"特警防暴车驾驶室内的队员叮嘱道。

狼人打开车窗,一只胳膊搭在外面,大大咧咧地笑道:"没问题,包在我身上了。"

闻言,霍南皱了皱眉,对狼人他向来是一百个不放心,只好把希望寄托在绅士身上。他大声强调道:"这两辆'剑齿虎'特警防暴车很重要!一定要仔细点!"

刚才还浩浩荡荡的一支队伍,大多数去执行霍南的命令去了。

到最后只剩下四个人,霍南、吸血鬼,还有一老一少两个锡金警察局的警察。

瞅了瞅走在自己身边的吸血鬼,霍南"噗嗤"一下,差点没乐出声来。他好奇地问向吸血鬼:"zippo那个家伙还没有动静儿?"

吸血鬼摇了摇头,苦笑道:"没有,我用纳米无线电通讯器私人频道呼了他好几次,这个家伙只回复过一次,还不让我告诉你……"

"我估摸着zippo还藏在地下车库的通风管道里。"霍南推测道。

"嗯,整个地下车库一共有两个通风口,一个在我们刚才跳下来的地方,另外一个就在那三个小车库后边。zippo肯定是通过第二个通风口爬进去躲起来了。"

对于整个地下车库通风管道的结构,整个暗影组织内部没有人比吸血鬼更清

第五十一章 以暴制暴才是王道！

楚了，就是他率领尖刀、刺客从房顶的总通风口进入，一路摸索才找到霍南的。

霍南大手一挥，无奈地笑道："就让这个家伙在里面待一会儿吧，也让他长点记性！竟然把烟幕弹扔到老子头上来！正规军队行军打仗，他这样做严重点都可以被扣上延误战机的罪名，送上军事法庭了！"

其实，霍南说的一点都没错，zippo的行为可以总结为一句话——不怕神一样的敌人，就怕猪一样的队友。

吸血鬼深有同感地点点头，一脸愤慨地说道："别提了，去年大概也是这个时候，我在比利时情报处接了个活，陪他们一支小分队进行护送任务。其间遇袭后，一个比利时士兵投掷手榴弹竟然手滑了，把手榴弹掉在自己身后！幸亏老子发现得早，及时将那颗手榴弹一脚踹开了，否则……你恐怕就见不到我了。"

"我去……"霍南同情地看了看吸血鬼，心想，"啧啧……竟然有比我还惨的……"

霍南按住左耳调侃道："zippo，我们马上就要出发了，还不赶紧出来？"

"刺啦……刺……"

过了一会儿，zippo的声音从纳米无线电通讯器公用频道中悠悠响起："队长，你骗人，我都看见了，你们马上就要进入锡金警察局主体大楼了。"

"嘶……"霍南左右看了看，都没有找见zippo的影子。他不由得倒吸一口凉气，真是邪了门了。

站在大楼楼顶的杰克终于忍不住笑道："小白隼，别找了……zippo在我这里呢，你是怎么把他吓成这个德行的？"

闻听此言，霍南立即仰起脖子望向楼上，两道黑影正站在锡金警察局大楼顶层的天台边缘。但受夜色的影响，霍南看不清楚脸庞，只能大致看到两个人形的轮廓。

霍南没好气地回答道："这你就得问他自己了……"

说完，霍南率领其余三人走进锡金警察局大楼，没有再去理会楼顶的zippo。

此时，博士已经差不多将整件事情的原委向小珠等人说明，剩下那些负伤的警察们望向霍南的眼神也不再充满敌意。

警花小珠迎面走了过来，十分气愤地说道："如果霍大队长还活着，一定不会让这种事情发生的。"

子弹出膛

"唉……"霍南伤感地摇了摇头。

忽然，霍南怒目圆睁，恶狠狠地命令道："老鬼，麻烦你走一趟，去审讯室盯着锡金警察局副局长，我大哥的死说不定跟他有关系。千万别让他死了，我待会儿要去亲自审问！"

"嗯，只可惜我身上的急救装备不齐全，要是咱们能有一个专业的随队战地医生就好了。"吸血鬼小声嘀咕道。

殊不知，说者无意听者有心。

站在对面不远处的博士，在听到吸血鬼的提议后，心中立即浮现出一个拥有魔鬼身材的窈窕少女。

但博士觉得现在还不是最佳时机，便将到了嘴边的话又咽回去，打算找个合适的时间再说也不迟。

老警察察觉出警花小珠与霍南两人之间关系不一般，随即好奇地询问着霍南的真实身份。

当得知霍南是锡金警察局霍大队长的亲弟弟之后，老警察竟然激动得老泪纵横。

老警察紧紧地握住霍南的双手，不禁感慨道："真是老天有眼啊，霍大队长生平为人耿直，但终被奸人所害！没想到他的弟弟也这么有本事，在霍大队长尸骨未寒之际，就已经破案捉拿到元凶。好！好啊……但愿霍大队长在天之灵能够看到这一幕，保佑我们锡金警察局重回正道！不要再被那些败类搞得乌烟瘴气！"

跟在老警察身后的小警察，忍不住泪眼婆娑道："就是……为什么这个世界上好人都不长命？师傅他老人家一直教导我要匡扶正义！可一场暴乱之后，局长失踪，霍大队长死掉了，唯有那个叛徒还活着！为什么？这一切究竟是为什么啊？谁能告诉我？"

说着说着，小警察竟然蹲在地上。

看到小警察一脸痛苦受尽折磨的样子，霍南也不知该如何作答，心紧紧地揪在一起。

老警察轻轻地把小警察从地上扶起来，浑浊的眼睛看上去依旧炯炯有神，满是坚毅！

面对这爷俩，霍南也不知道该做些什么才好。他只得安慰道："你们俩先回

第五十一章 以暴制暴才是王道！

去休息吧，跟剩下的警察一起等候上面通知就行了。其余的事情不需要你们帮忙，我们明天就离开此地，不会给大家带来任何麻烦。至于我大哥的死，你们只需要如实汇报就好。这里暂时没有领导，我看不如就由您老代为管理吧。"

霍南说话的时候很是客气，尤其是在单独面对老警察的时候，言语之中充满了敬佩之情。

如果不是老警察冒着生命危险制服锡金警察局副局长的手下，控制了第一辆"剑齿虎"特警防暴车，霍南跟博士可能撑不了那么长时间。

老警察唏嘘不已，说道："眼睁睁看着那么多兄弟死去，我却无力去改变这一切！可恶的叛徒！我一定会向上级打报告说明这里的所有情况，让那些变节的垃圾得到应有惩罚！"

小警察攥紧拳头提议道："还打什么报告？要我说，咱们现在直接毙了这些人渣，也省得到时候他们钻空子，逃避法律的制裁。"

"不！"老警察当场否决道，"还是让法律来制裁他们吧，我们没有权力直接杀死他们！"

"可……可是……"

小警察刚想辩解，他们这样做而是匡扶正义，为冤死的弟兄们报仇雪恨。

但是，小警察还没来得及说出口，便被他的师傅用眼神瞪了回去。

只听见老警察停顿了片刻，拍着小警察的肩膀，意味深长地说道："你有没有想过，一旦双手沾满了鲜血，自己跟那些背叛国家、背叛人民的刽子手有什么区别？"

"哦……我知道了，师傅。"小警察若有所思地点点头。

"错！"

霍南本不想参与进来的，可他不愿意就这样看着小警察内心深处迸发出来的那一点血性被抹杀！

"有些人注定就是该死的，而且必须由你自己亲手杀死才解恨，怎么狠怎么杀！看着那一张张丑陋扭曲的嘴脸在你脚下哀嚎求饶！这个世界没有绝对的公平可言，唯有以暴制暴才是王道！"

第五十二章　打起精神，肃清内奸

　　曾几何时，老警察也有过相同的雄心壮志，却被岁月慢慢磨平了棱角，再也找不回那种热血的感觉。

　　老警察的情绪有些失控，激动地反驳道："不……不……以暴制暴的思维是错误的！本来就是不被政府所提倡的，只有在某些特定的情况下，对于十恶不赦的恶人，人们无法将之除掉时，就希望社会上有更多这样的警察，伸张正义，抚平社会伤痕。可是……在现实中，这样的警察真的存在吗？恐怕只有电影里才会出现吧！"

　　"真是不凑巧，我跟我的好兄弟们，刚好就是这样一支队伍，以打击恐怖分子为己任！毫不留情！"

　　说着，霍南端起手中的 M16A4 自动步枪，环视四周，朗声说道："我相信，在世界各地每一个角落，一定存在着许多跟我们有共同理想的和平斗士！为了同一个目标而进行杀戮，哪怕为之付出生命的代价也在所不惜！"

　　霍南的一番言论，将在场所有锡金警察的世界观颠覆了，大家目瞪口呆地盯着霍南。

　　对此，老警察不愿意再说太多，径自低头往大楼里面走去。他自言自语地絮叨道："杀戮太重，早晚会遭到报应的，唉……"

　　"师傅……等等我……"愣在原地的小警察见师傅走远，匆忙追了上去。

　　望着老警察渐渐远去，直至消失在楼梯尽头的背影，霍南突然感觉心跳速度加快。他心想："这个老警察该不会知道些什么，故意隐瞒不说吧？"

　　霍南暂时顾不了那么多，这一折腾就浪费了半宿的休息时间。

　　一想到天亮后还得对锡金郊外的恐怖分子基地进行武装侦察，霍南便感到有

第五十二章 打起精神，肃清内奸

点头疼。

"小珠、博士，你们两个跟我来一下。"

霍南随后抱着枪往二楼走去。剩下几个受伤的警察见没有什么事情了，该巡逻的巡逻，该回屋休息的休息。

当、小珠和博士上楼后，霍南转身问道："小珠，剩下的警察里面，有没有陌生面孔？"

漂亮女警花先是摇了摇头，紧接着又点点头，一副似是而非的样子让霍南彻底无语了。

"每个房间里都可能有人，我是个女的，又不方便挨个进去查看，肯定有我不认识的。从昨天晚上开始，就不断有新警察加入。我曾经还问过副局长，他说是总部从其他地方抽调过来支援锡金警方的，所以就没往心里去，现在想想……"

三人交谈之际，二楼西侧走廊的一间办公室被人从里面推开了，一个身穿崭新制服的警察从里面钻了出来。

由于霍南等人站在刚上楼梯的位置，有一堵墙刚好能挡住他们的身形，鬼鬼祟祟的人影并没有察觉出他们的存在。

"嘘……"

霍南的耳朵向来很好使，连一丝细微的响动都无法逃脱他敏锐的听觉，当即用手势提醒两位美女别再出声。

"咔哒……"

轻扣枪械保险，霍南端起枪保持射击姿势，将后背紧紧地倚在墙壁上。他右手食指紧扣在扳机上，随时做好开枪的准备。

"噔……噔噔噔……"

只听，那道人影的脚步声原本还很轻，显得十分谨慎，可能是觉得二楼没人，便一溜小跑了起来，脚步声也随之变得越来越密集。

"三……二……一！"霍南根据脚步声的频率，从而判断出他们两者之间的距离。他在心中默默地开始倒数，随时准备冲出去给对方一个"惊喜"。

就在脚步声快要抵达楼梯拐弯时，霍南就地一个翻滚，单膝着地呈标准射击姿势瞄准来人的眉头正中间。

一个小红点赫然出现在该"警察"的额头处，霍南冰冷无情的声音也同时响起。

子弹出膛

"不许动！举起手来！"

霍南的警告只有一遍，声音却回荡在深深的走廊里，久久未曾散去。

该"警察"被突然冒出来的三个人吓得够呛，愣在原地一动也没敢动。

"小珠，仔细看一下他的脸，你认识这个警察吗？"霍南头也不回地问道。

闻言，警花小珠上前一步仔细盯着站在对面的"警察"，即使灯光有些昏暗，她也被对方那张无比丑恶的嘴脸吓了一跳。

"不……我不认识他……"见小珠的反应有些过度，霍南更不敢大意了。他冲着博士命令道："博士，搜他的身，另外让他把证件都交出来。"

"是！"接到命令后，博士把枪口朝着地面稍微向下压了压，准备上前搜身。

孰料，博士刚刚走了没几步，原本还站在对面一脸坦然的"警察"忽然动了起来。

"啊……"

只见，该"警察"似乎意识到了自己想要顺利逃离此地，唯有将挡在面前的三个人干掉才行，随即向右侧身，虚晃了一下，两只手同时往腰间摸去。

"砰！"

见状不妙，霍南立刻扣动扳机，一枪正中该"警察"眉心处。

由于射击距离太近，从 M16A4 自动步枪内飞出来的子弹直接穿透嫌疑人的脑壳，以四十五度角斜插向上飞出。

并没有想象中脑瓜迸裂的场景出现，死者躯体轰然倒地的一刹那，鲜血才顺着枪口缓缓地流了出来。

"咔嚓！"

"啊……"

警花小珠似乎被枪声吓到了，愣了许久才尖叫出声，捂住耳朵蹲在地上。

霍南并没有被小珠的尖叫声干扰，因为在这之前，他明明又听到一记关门的声音。

"还有一个漏网的！"霍南用眼神示意博士。

两人暂时丢下小珠不管，开始端着枪，蹑手蹑脚地向死者刚才出来的那个房间摸了过去。

其间，或许是觉得 M16A4 自动步枪在走廊里近距离作战显得有些不方便，霍

第五十二章 打起精神，肃清内奸

南收起自动步枪，猫着腰轻放在地面上。他慢慢地拔出腰间配枪，抵达目标房间门口。

霍南的每一个动作都十分细微，跟在其身后的博士，也是连大气都不敢喘一口。

忽然，博士的眼神落在霍南腰间，在配枪后面竟然还挂着一把手枪。

而且，以博士的独特眼光，一眼就看出，那是一把女士专用的沃尔特PPK手枪。

从霍南对待沃尔特PPK女式手枪的态度就可以看出来，这把枪对他来说有多么重要。女人的直觉告诉博士，这一定是那个华夏女孩儿留给霍南的定情信物。

就算不是定情信物，也不是普通武器可以比拟的！

不知不觉，博士的心头泛起一丝醋意，导致精神受到了影响，因此她的注意力也有些分散，没有跟上霍南的进攻节奏。

"咣！"

担心迟则生变，霍南飞起势大力沉的一脚，直接踹开办公室的木质房门，然后握住手枪毫不犹豫地冲了进去。

首先映入眼帘的，是一张被风吹起的白色窗帘，其次是一扇完全打开的窗户。

"不好！敌人已经跳窗逃走了！"

霍南并没有打算就这样放弃，随即竖起胳膊枪口朝上，以最快的速度冲到窗前。

"扑通！"

此时，一名身穿新制服的"警察"，刚刚沿着落水管道攀爬至楼下，距离地面只剩下不到两米。见霍南露出头来，他二话没说纵身跳了下去。

"站住！"

见嫌疑人丝毫不理会自己的警告，霍南再次果断扣动扳机！

"砰！"

但是，这一次霍南没有下死手，专门挑不是要害的地方打，一枪打在那人的右腿小腿肚上。

不承想，目标人物的求生本能十分顽强，受了枪伤后他依旧在拼命地向黑暗地带跑去。

"砰砰……"

子弹出膛

为了防止到手的猎物跑了,霍南连开两枪,子弹百分之百命中目标人物左腿膝盖,膝盖骨直接被打烂。这创伤比粉碎性骨折还要严重得多,估计那"警察"就算今天大难不死,后半辈子也要靠轮椅度日了。

听到枪声,正在检查车辆的狼人跟绅士率先赶过来支援。他们连主武器都来不及拿,直接手握配枪出现在楼下。

见地上躺着一个断腿的已经昏死过去的警察,狼人抬起枪冲着二楼大声喊道:"队长,什么情况?"

霍南收起配枪,单手支撑身体,从窗台直接跳了下去。接近四米的高度,他并没有借助任何器具,整个动作都显得十分潇洒自如。

刹那间,锡金警察局大楼下方聚集了不少人,有正在附近放哨的警察,也有刚刚从楼里冲出来的负伤警察,先前已经进去的老警察也率领徒弟赶到事发现场。

霍南蹲在中枪者身前,探出右手食指试了下对方的鼻息,确定还没死且生命迹象平稳,这才站起身来。他一脸凝重地提议道:"这栋楼里面说不定还藏有奸细。小珠,我安排两个人跟着你,从最顶层开始挨个屋搜,遇到陌生警察先抓起来再说!"

"等等……"

听到霍南的安排之后,老警察自告奋勇站了出来,说道:"让我跟小珠一起吧。她毕竟还年轻,局里的人不一定全都认识,万一误伤了自己人怎么办?"

"求之不得,那你们几个一定要注意安全。"霍南叮嘱完老警察跟小珠之后,立即扭头命令道,"老狼、绅士,你们俩跟着走一趟吧,打起精神来,认真对待!"

狼人跟绅士点点头,转身回两辆"剑齿虎"特警防暴车内取出各自的主战武器。

待负责清除奸细的小分队出发后,杰克率领zippo刚好从楼顶下来会合。

只见,zippo一脸严肃的样子,平时兄弟们之间打打闹闹开个玩笑都无所谓,可一到了关键时刻就必须紧张起来。

刚才两人在楼顶听到枪声心都揪在一起了,生怕是暗影组织的队友们中枪受伤,所以在第一时间冲下楼查探情况。

第五十三章　活着，是一种奢求

"哟……zippo，你终于知道下来了，不怕我吃了你啊？"霍南调侃道。

"嘿嘿……"zippo挠挠头，关心地问道，"你没事儿吧？队长。"

霍南撇撇嘴数落道："废话！老子福大命大，能有什么事儿？"

就在zippo与霍南两人你一言我一语吹牛的时候，心思缜密的杰克却一直在摆弄昏迷过去的假警察。

"咦？"

忽然，杰克头也不抬地喊道："霍南……你们快过来看看，这个家伙身上有点不对劲儿。"

"哪里不对劲儿？"霍南一边走一边神色凝重地问道。

"刺啦……"

杰克双手稍一用力，便将假警察后脖领的衣服撕开，一脸疑惑地说道："这个人和我们在便利店附近击退的那些恐怖分子们，应该不是一伙儿的！"

"什么？"

在场所有人都异口同声地喊出来，将目光集中在假警察后背裸露在外的图案上……

一朵盛开的黑色郁金香，文在假警察背后左侧肩膀上，除此之外别无他物。

杰克实话实说："我记得好像以前在哪里见过类似的文身，隶属某一个组织，其工作性质跟我们差不多，但具体的信息却是记不清楚了。"

"博士，查一下！"霍南命令道。

"嗯……"博士点点头。她抬起右手露出手腕处的钻石表，对准假警察背后的文身连续拍了几张高清夜视照片。

子弹出膛

博士对着钻石表屏幕点了几下,便冲着霍南说道:"我已经将照片备份并且上传数据库进行分析对比,相信等会儿就能出结果。"

见霍南眉头紧皱陷入深思,杰克蹲下身子继续检查假警察,到最后索性当着众人的面,直接把此人的衣服剥个精光。

还别说,这个假警察除了脸是棕黄色的,脖子以下全部是白色的,怎么看都是一个地地道道的白种人。

"奇怪……怎么会这样?"

听到杰克的疑惑声,霍南立刻围了过来。

博士也并没有因为自己是女生就回避,反而毫不在意地盯着假警察两个白花花的屁股蛋。

"咳咳……"

博士不忌讳,霍南心里反倒有点酸溜溜的感觉,时不时咳嗽两声提醒博士。

可是,博士对此却丝毫不以为意,鼓着两个小腮帮子骂道:"霍南,你时不时咳嗽干吗?躲远点咳嗽去,烦不烦人呀?"

"你……"霍南气得肺都快炸了,却怎么也说不出憋在心里的那句话。

无奈,霍南只得放弃,快步跑向夜幕中。

"喂!你去哪儿?"博士还以为霍南真的生气了呢,跟在后面追了几步,扯开嗓子大声问道。

霍南嘴角上扬,故意装出生气的模样,头也不回地扔下一句话:"去看下刺客他们……"

博士有点疑惑地自言自语道:"这个紧要关头应该去找医生啊,找刺客干吗?"

"啪!"

只见,绅士一拍大腿随即反应过来:"我说嘛,这个假警察怎么看怎么觉得不对劲儿,一个人怎么可能拥有两种完全不同的肤色?"

"你的意思是……他有可能易容了?"博士有些难以置信地问道。

"不是有可能,他绝对易容了,只不过手段非常高明,我想这也是霍南去找刺客的原因吧。"杰克分析道。

果不其然,没多大一会儿,霍南便领着刺客大步返回事发现场。

刺客直接蹲在地上,摆弄了一会儿假警察的脸,霍南等人也都一脸好奇地在

第五十三章　活着，是一种奢求

一旁围观。因为刚才他们翻了好几圈，都没有发现什么猫腻，难道刺客一来事情就会有所突破？

"zippo！"刺客仔细观察了一会儿假警察的面庞之后，抬头喊道。

"嗯，什么事儿？"zippo立马凑了过去。

不知为何，尖嘴猴腮的刺客即便是露出最真诚的微笑，看上去也有点猥琐："把你的打火机给我用一下。"

闻言，zippo像变戏法一样，手上突然就多出一个zippo限量版打火机，递到刺客手中。

"咔！"

"咔咔！"

"嘭……"

只见，刺客控制着手中的zippo，围绕假警察侧脸不停地打火、熄火，这样既能利用到火源的热度，又不至于把假警察的皮肤烫坏。

刚开始还看不出什么效果来，可是随着时间的推移，当刺客转到第六圈的时候，假警察的面孔便出现了一丝细微的变化。

在假警察的颈部与下巴、耳根等处衔接的部位，出现了一条黑色的细纹，且呈不规则曲线不断向四周扩散。

"哇……"

初现端倪，众人均瞪大双眼，目不转睛地盯着假警察脸上的变化，生怕错过一丁点细节。如此大开眼界的时刻，任谁都不肯轻易错过。

"呃……"

随着黑色细纹的面积越来越大，刺客需要将打火机的火焰更加靠近才行。

或许是体表的高温给假警察带来了不适感，晕死过去的假警察竟然发出一声痛苦的呻吟，同时皱了皱眉头，却依旧没有醒过来。

不知不觉十几分钟过去了，几个围观的人觉得腿都有点麻了，纷纷开始活动四肢缓解疲劳。

见状，早就有点不耐烦的刺客抬头问霍南："队长，这个家伙重不重要？"

一开始霍南还没反应过来，但紧接着就叮嘱道："倒是不打紧，别弄死了就行，待会儿我还有些问题要审一下。"

子弹出膛

"成!保证死不了,就是他会有点痛苦。"

"嘿嘿……"

说着,刺客拍了拍假警察的脸,拔出插在军靴内的匕首,用最锋利的刀尖儿在其脸上轻轻划了一道。

鲜血顺着黑色细纹与伤口之间流了出来,只不过速度极其缓慢,可见刺客掌握的力度十分适中。

随后,刺客收回匕首,用两只手的大拇指跟食指捏住假警察脸上的伤口,反反复复揉搓起来。直至黑色细纹从皮肤的伤口处有所松动,他才停止揉搓。

刺客捏着黑色纹路竟然拽起一张人皮来,吓得博士直接扭过头去。霍南跟绅士则一眼就认出来,这是张人造皮。

打开一个缺口之后,刺客一不做二不休,索性双手一用力,直接将覆盖在假警察脸上的人造皮撕下来。

不得不承认,人造皮的质量非常好,韧性也超出霍南等人的预料。它非常薄,近乎透明。刺客使了那么大的劲儿,竟然都没有撕碎。

"我去……头一回遇到处理起来这么棘手的人造皮!给他施展易容术的人,绝对属于行业中的顶尖儿高手!水平不比我差。"刺客谦虚地介绍道。

杰克上前一步,拿过人造皮在手中端详了一会儿,揣测着:"那些假警察里面,应该也有不少人被使用了易容术进行伪装,目的就是为了防范白种人在锡金这种地方太容易暴露。"

"这么说来,此番袭击锡金城的不仅仅是驻扎在郊区的那一伙儿恐怖分子,还有可能混进来其他不明势力,那我的父亲极有可能是被他们抓走的!"霍南的目光已经定格在假警察那张布满血污的脸上,一想起惨死的大哥与失踪的父亲,他便气不打一处来。

被愤怒包围的霍南一脚踩在假警察左腿伤口上,并用力地踩了几下。

"啊……"

原本昏死过去的假警察,硬生生被伤口的剧痛疼醒了。他用沙哑而又虚弱的声音哀求道:"杀了我吧!求求你们,不要再折磨我了,赶快杀了我吧……"

此刻,假警察心中已经想明白了,对方既然能毫不犹豫打断自己两条腿,压根儿就没把自己身后的势力放在眼里,即使受尽折磨也难逃一死,倒不如来得爽

第五十三章 活着，是一种奢求

快一点！

见假警察醒了，霍南严肃地问道："你是谁的人？隶属于哪个组织？乔装成警察隐藏在锡金究竟要做什么？如实回答上述问题，我会让你死得痛快一点，或者找人治好你的双腿，也不是没有可能的事情。"

假警察刚刚心灰意冷打算抵抗到底的，一听霍南说自己还有活命的机会，立刻来了精神。他咬紧牙关强忍着双腿粉碎性骨折带来的剧痛，从牙缝里挤出一句话来：

"我想活着……家里还有老婆孩子在等着我，就这样走了我不甘心！"

"好！"

一个人有了希望，事情就好办多了，霍南怕的就是脚下的假警察无欲无求、无牵无挂，那样的话即使把最残忍的酷刑都用上，也未必能从此人嘴里撬出对自己有价值的线索。

霍南蹲下身子，直接命令道："那就把你知道的一切都说出来！"

"我现在还不能说。"假警察轻轻摇了摇头。

"为什么？"

停顿了片刻，假警察委婉地提出了自己的要求，道："你得保证不杀我才行，如果连生命都得不到保障，那我也没必要挣扎了。"

"哼！"霍南稍有不满，面色阴沉地强调道，"我早就说过，现在你落在我们手里，没有资格提要求。至于杀不杀你，那也得看你提供的线索值不值你自己这一条命了！"

"铮！"

说着，霍南拔出从先前敌人那里缴获来的"地狱守卫犬"战术双刃刀，狠声威胁道："不要再讨价还价来挑战我的底线了！一旦我改变主意，你连开口说话的机会都没有了！"

看着霍南架在自己脖子正中间的"地狱守卫犬"战术双刃刀，假警察瞬间感受到一丝凉意，甚至连腿部的剧痛都减轻了几分。

但是，假警察也经过特殊的训练，知道自己一旦轻易交出底牌，极有可能等待自己的下场就是死亡！

因此，假警察打算孤注一掷，再赌一把。他想加大筹码，尽可能为自己争取

子弹出膛

更有利的条件。

"队长,我们又活捉了一个奸细,哈哈……"孰料,计划赶不上变化,就在假警察心中打着如意算盘的时候,狼人从三楼推开一扇窗户,露出大脑袋放声喊道。

就在霍南进退维谷一筹莫展之际,狼人带来一个好消息。

"带下来!继续搜索剩下的楼层!"霍南仰起脖子说话声音非常大,就是故意喊给脚下受伤假警察听的。

"是!人马上送下去!"

"咣当!"狼人用力地关上窗户,消失在三楼。

第五十四章　SFG：比利时陆军特种作战大队

见霍南收起架在自己脖子上的刀并站了起来，缓缓地往警察局一楼大厅走去，不再搭理自己时，假警察立刻心慌了。

"等……等一下！"假警察喊了一嗓子，带动双腿下端的伤口，几乎抽干了体内最后一丝力气。

霍南心中一动，差点就没忍住转过身去，但现在是斗智斗勇的时候，他硬是头也不回地冷笑道："你已经没有存在的必要了……"

"咔嚓！"

zippo十分配合地拉动枪栓，居高临下瞄准假警察的脑袋——怎么说也是在一起共同经历过生死的好兄弟了，这点默契还是有的。

瞪大双眼死死盯住黑洞洞的枪口，那种来自精神上的巨大压力十分残酷，导致假警察因为过度激动而瑟瑟发抖。他的腿部中间似乎还有点潮湿，应该是失禁了。

终于，在霍南的背影即将脱离他的视线范围时，假警察几近崩溃地放声痛哭道："我说……我说……我把知道的全部告诉你们！求你们别杀我，我还有用……"

"呼……"背对着假警察的霍南，终于长长地出了一口气。

恰巧此时，狼人押着一个双手被反绑的假警察，从警察局大楼走了下来。

霍南担心这两个同伙儿见面以后起到反作用，随即冲着狼人命令道："这个人交给我就可以了，你上去继续帮忙搜查可疑人员，一定要保护好那三个警察的生命安全。"

"是，队长！"

狼人若有所思地点点头，直接把枪口顶在假警察后腰，瓮声瓮气地喊道："不

子弹出膛

许乱动!"

"是是是……"假警察唯唯诺诺地点头答应道。

在假警察看来,面前这个黄种人,要比身后的彪形大汉好对付多了。一旦狼人离开,说不定他还有一线机会逃跑。

可是,假警察显然打错了如意算盘。

狼人刚刚领命而去,霍南便绕到假警察身后。他抬起手中的M16A4自动步枪,一枪托砸在对方的后脖颈。

假警察只感到一阵剧痛袭来,眼前一黑,连叫喊都没来得及就一头栽倒在地昏死过去。

霍南在一楼随便找了个房间,将假警察拖了进去。他扯了一条窗帘布,将假警察捆得结结实实的,然后从外面把门锁死,这才走出锡金警察局大楼。

发现博士等人都围在双腿被打残的假警察身边,霍南觉得这样有点不好,待会儿说不定能影响到俘虏的情绪。

思虑了片刻,霍南提议道:"博士,你跟刺客一起去看守室,趁着这个空当先给他们四个新人把纳米无线电通讯器装上再说。队员之间没有统一的通讯方式,联络起来实在是太不方便了。"

"好的,刺客,咱们走吧……"临行之前,博士给霍南抛了个媚眼,挑逗意味儿十足。

霍南只觉得头皮有点发麻,浑身鸡皮疙瘩掉了一地。

要是只有两个人怎么着都好说,当着那么多人的面,身为一个思想有点保守的华夏男人,还是有点难以接受。

好不容易把热情似火的博士送走了,霍南瞅了瞅剩下的几个人,无奈地耸耸肩膀问道:"杰克,博士不会一直都是这个样子吧?"

杰克摇摇头,认真地回答道:"我也正纳闷儿呢,觉得这一切太不可思议了……"

"这话是什么意思?"霍南一脸疑惑。

似乎是觉得还有其他人在场,不太方便讨论有关博士隐私等问题,杰克提前命令道:"zippo,警戒!"

收到最新指令后,zippo磨蹭了半天,一步三回头,自言自语地嘟囔道:

第五十四章　SFG：比利时陆军特种作战大队

"切！一提到关键问题就让人走开，真烦人，也不知道博士这几年是怎么熬过来的？唉……"

zippo环顾四周，觉得没什么好去处，便抱着枪又按原路返回天台，路上还在二楼遇到了正在逐个搜查房间的狼人小分队。

见zippo走了，杰克这才详细说道："霍南，实话跟你讲，自从你走了，咱们的队伍也散了伙，这几年很少见到博士笑。她连话都很少说，经常把自己反锁在屋子里研究武器，偶尔才会出去接个任务。"

闻言，霍南忽然觉得心底涌起一股莫名的感动。

"那个华夏女孩儿我不知道是怎么一回事儿，我只知道博士这次来锡金就像变了一个人。她的脸上终于见到笑容了，所说的话比过去一个月加起来还要多，这一切全都是因为你！"

不知不觉，霍南缓缓放下手中的枪械，整个人望着博士离去的方向出神，脸上露出一丝微笑。

见此情景，杰克来到霍南面前，轻轻拍了拍他的肩膀，意味深长地叮嘱道："长点心吧小白隼，不要再让博士伤心了，千万别等失去她的时候才知道追悔莫及。我去大门那边转悠转悠，你来审问这个家伙吧。"

眼瞅着围在自己身边的人相继离开，只剩下霍南自己，大气都不敢喘一下的受伤假警察终于出声问道："大……大哥，我那个同伙呢？怎么没跟你一起出来？"

霍南狠狠地瞪了假警察一眼，强调道："还是那句话，一个阶下囚有什么资格问问题？识相的话，就赶紧把你知道的都说出来，我答应放你一条生路。"

先前已经用惯了威言恐吓，霍南觉得也是时候该给人家一颗小甜枣尝尝了，否则受伤的假警察连一点希望都看不见，说不定会搞砸整件事情。

"好……好好好，我说……我这就说。我跟混进锡金警察局的弟兄们只不过是他们花钱雇来的佣兵而已，真正的幕后操纵者另有其人。早知道这个任务有丧命危险，就算他们把佣金提高十倍，老子也不会接的。"假警察一边求饶一边小声嘀咕道。

"咚！"

假警察说话的声音十分微弱，以致霍南即使竖起耳朵来都没有办法完全听清楚。

子弹出膛

霍南没忍住，一脚踹在假警察的左屁股上，毫不客气地呵斥道："废话少说！继续讲，你嘴里所指的他们究竟是谁？"

看得出来，假警察的心里仍旧有点犹豫，可还是老老实实地回答道："S……F……G！"

"SFG？"

"没错，就是SFG。"假警察十分确信地点点头。

霍南并没有再次催促假警察，因为他所得到的这个消息实在太劲爆了，同时有点可怕——父亲什么时候跟比利时陆军特种作战大队扯上关系了？或者说的难听一点，是得罪了他们。

要不然，此次锡金恐怖分子攻城一事，比利时陆军特种作战大队怎么可能横插一脚？

"你们的人有没有袭击一间24小时营业的便利店，绑架了一名白发老者？"从霍南说话的语气当中，假警察感受不到一丝内心波动。

"不……不知道，我们这支佣兵队受雇于SFG其中一个中校，专门负责联络锡金警察局副局长，然后配合他控制锡金警察局。听说像我们这样的外籍雇佣兵队伍，最少还有两支，分别控制锡金的通信及电力等重要部门。"

假警察一提及"通信"这两个字眼儿，霍南的脑海中立刻浮现出梦露的身影。

从一开始，霍南就觉得梦露出现在锡金通信公司大楼内有点不太对劲儿，加上后期在便利店内，众人明明十分小心，偏偏遭受了恐怖分子的偷袭。

而且，那些恐怖分子中似乎夹杂了几个穿黑色作训服的人，他们所使用的武器也比那些普通恐怖分子要先进得多。

由于当时撤退的时候比较仓促，霍南担心队员们再被恐怖分子包围，就没仔细查看那几个黑衣人的装备，更别提检查他们的身份了。

现在看来，那些突然出现在便利店周围的恐怖分子，都是被外籍雇佣兵小队带过去的，他们很有可能是接收到了某种特殊讯号才赶过来狙杀霍南等人的。

所有的事件被一一理顺，并连贯出现在霍南的脑海中，就像一部幻灯片一样循环播放。

突然，霍南再次逼问道："那你知道驻扎在锡金城外的恐怖分子基地吗？"

"你是指那个连老人小孩手里都端着AK47的村庄？"很显然，假警察对恐

第五十四章 SFG：比利时陆军特种作战大队

怖分子的基地也很熟悉，而且有十分深刻的印象。

"对，没错。"

假警察点点头："当然知道，我们所有外籍雇佣兵小队成员，都必须先在那个村庄提前十天集合修整，接到SFG中校的命令后才趁天黑渗透进锡金城的。"

"你们闹出这么大的动静儿，杀了那么多人，目的是什么？"霍南几乎是咬牙切齿地问出这句话的。

似乎是被霍南的面部表情吓到了，假警察吞吞吐吐地答道："具体的我……我也不太清楚，只听说中校他们是为了来消灭一个很牛的地下组织，好像叫什么暗……暗影，对！没错，就是暗影组织。"

得到自己想要的答案，此时霍南的双手紧握成拳，因为用力过猛而发出一阵"嘎巴嘎巴"的声响。

"那你们跟另外几支行动的队伍相互之间有联系吗？"霍南细问道。

"之前有，但其中有两支外籍雇佣兵小队彻底失去了音信，其他也都撤退了。"

谈到撤退，霍南不禁有点疑惑："对了，那些驻扎在锡金郊外的恐怖分子们为什么突然就撤退了？你们为什么不撤？"

"Fuck！"

"呸！"

假警察一脸气愤地骂道："肯定是任务完成了，那些恐怖分子拿到酬金后自然就撤兵了。由于我们是必须完成任务之后才能获得酬金，所以占领锡金警察局后，一直在等待中校下达撤退的命令。可……唉……现在看来，是被这个家伙给出卖了！他根本就不顾我们这群兄弟的死活！"

"啊……"说着，假警察闭上双眼，满是痛苦的低吼声，显示出他的内心有多么无奈、愤怒，以及对死去队友的痛惜之情。

每一个尚有七情六欲的人，都会忍不住黯然神伤……

第五十五章　对敌人仁慈，就是对自己残忍！

一番简短的审问，不仅让霍南猜到了中校的大致行动方案，也令假警察看清了雇主的险恶用心！

可以想象得到，几支外籍雇佣兵小队的下场都很惨。

像锡金警察局这一队，除了死在完成任务之中的，剩下就是被霍南等人击毙、俘虏，没有一个人能在任务顺利完成后撤出锡金。

另外几支外籍雇佣兵小队，已经有两支在行动之初就彻底失去联系——想必都被中校派到了重要的地方，在经历了一场极为惨烈的战斗后，最终全军覆没！

以中校的处世作风来看，就算有哪支外籍雇佣兵小队能够活着走出锡金城，估计也会遭遇黑吃黑，被中校及其手下暗中杀害，从而可以节省一大笔佣金。

这其中，结果最好的算是驻扎在锡金郊外的恐怖分子们了，最起码他们还从中校那里得到了承诺的一半佣金。

而且因为人多势众，中校也拿他们没办法，只能留下十几名队员作为抵押，灰溜溜地离开了村庄。

SFG中校的作战方案其实很简单，先是利用驻扎在郊外的大量恐怖分子吸引注意力；然后派出几支装备精良的外籍雇佣兵小队占据主要位置，导致锡金的正常秩序彻底陷入瘫痪；最终派出自己的手下灭掉暗影地下组织，抓捕相关成员，坐收渔翁之利。

此时此刻，霍南几乎可以确定，SFG中校就是整个锡金暴乱事件的罪魁祸首，同时极有可能是绑架父亲、杀死大哥的元凶！

但是，这样说有点为时过早，霍南心里清楚，SFG中校未必就是最终的幕后Boss，说不定他也只是一颗受人摆布的棋子罢了……

第五十五章 对敌人仁慈，就是对自己残忍！

既然所有矛头已经指向SFG中校，霍南打算先让博士将比利时陆军特种大队的相关资料查一下再说。

俗话说得好，知己知彼，方能百战不殆！

沉默了好久，霍南望向假警察，平淡地说道："你和你的兄弟跟我们一样，都只是为了完成各自的任务，但华夏自古以来便崇尚成王败寇这条定律！所以……我会让你体面地离开这个世界，在你死后好好安葬。"

"咔嚓！"说着，霍南拔出了腰间的配枪，并且随手拧上了消音器。

"不！别……别别这样！Boss，您刚才不是答应过饶我一条狗命吗？怎么说反悔就反悔？"眼瞅着霍南的每一个动作都是真的，根本就不像在演戏，假警察整个人都有些痉挛了。

"求求你……真的求求你，别杀我，让我干什么都行……呜呜呜……"因为内心深处过度恐惧，假警察的情绪根本不受大脑控制，竟然在霍南面前痛哭流涕起来，还伴随着大量的失禁。

一股浓重的尿骚味儿扑鼻而来，惹得霍南频频皱眉。他随手把假警察掉在地上的外套捡起来，盖在他的脸上。

"噗……噗噗！"

霍南后退了几步，不再理会假警察的哀嚎，抬手瞄准对方的头部，扣动扳机连开三枪。

每一枪都击中假警察的头部，精准无比，盖在假警察头部的衣服瞬间被鲜血染透。

假警察连哼都没哼一声，便去另一个世界报到了。

收起配枪，霍南连看都没有多看一眼假警察的尸体，心中感慨万千。

在处理俘虏这件事情上霍南从不手软，他向来都是心狠手辣，从不会给敌人留下任何报复自己的机会。

战场上，对敌人的仁慈，就是对自己的残忍！

或许每个人知道的仅仅是这句话的前半部分，其实后边还有一句话——"更是对自己身边至亲之人的不负责任"！

早已抵达锡金警察局大楼顶层天台的杰克，亲眼目睹了整个霍南审讯并且击杀俘虏的过程。

子弹出膛

"霍南,下一步你打算怎么办?"杰克开启了纳米无线电通讯器内置私人频道。

听到杰克的声音后,马上就要走进锡金警察局大楼的霍南,立即停下脚步,仰起脖子与杰克隔空相望。

"暂时还没想好,我打算再去审一下另外一个俘虏,先确认一下消息的真实性再说。"霍南答道。

"嗯,调整好自己的心态,千万不要被别人影响你的情绪,队长。"杰克叮嘱道。

闻言,霍南点点头,随即抱着枪走进锡金警察局一楼大厅。

狼人、绅士率领的搜索小队,已经将楼上全部查看了一遍,此时刚好来到一楼。

见到霍南独自一人,情绪似乎也有点低落,绅士端着枪问道:"队长,需要帮忙吗?"

"不必了,你们继续搜,仔细点,千万别疏忽了。"霍南摆了摆手,接着嘱咐道。

"是!队长!"

目送警花小珠跟老警察等人远去之后,霍南一把推开之前用来软禁第二个俘虏的房间大门。

"咣当!"

大门重重地撞在墙上,霍南发现之前被他打晕的假警察已经醒了。他正背靠在床边,身体不停地上下左右挪动着,也不知道在搞什么鬼?

事先一点征兆都没有,以至于当霍南出现在门口,两人四目相对的时候,假警察仍在继续着未完的动作。

走进屋里转了几圈,霍南对假警察企图逃跑一事丝毫不以为意。他冷言道:"不必白费力气了,你的弟兄们死的死,伤的伤,都在我的掌控之中。现在我需要你来确认一些信息,你最好老老实实配合,否则……"

"噗!噗!噗!"

不到十分钟的时间,屋内再次响起三声枪声。

经过消音器的处理,除了霍南,无论是谁都听不见。

"咣!"

出来的时候,霍南顺手带上了房间的大门,若无其事地向楼梯走去,仿佛从未出现在这里一样。

第五十五章 对敌人仁慈，就是对自己残忍！

这是霍南一直以来养成的习惯：只要是自己认准的敌人，即使对方已经彻底丧失行动能力，也要补上三枪，且枪枪击中要害部位，根本不给对手任何反击的机会！

"队长，整个锡金警察局大楼搜索完毕。除了刚才抓获的那个奸细之外，再未发现可疑人物。"绅士如实汇报道。

霍南刚好与绅士等人打了个照面，点点头安排道："原地休息，等候命令。我上去跟杰克商量一下下一步的具体行动方案。"

"好，队长，博士呢？"狼人伸手抓了抓汗味十足的胳肢窝，瓮声瓮气地问道。

"我去……老狼，你这是多久没洗澡了？"霍南捏着鼻子皱了皱眉，接连退后几步。

对于霍南的反应，狼人丝毫不以为意，反而一脸憨笑地说道："才一个星期而已。大老爷们没事老洗什么澡啊，还是这样最自在。"

"博士与天蝎、魔蝎等人在一起，正往他们体内植入纳米无线电通讯器呢。"一边说着，霍南一边往楼梯走去。

闻言，狼人抱着机枪便往外走，大声嚷嚷道："那我找他们玩去了，在这里待着多没意思。"

绅士见状，跟老警察以及小珠等人打了个招呼，随后也一路小跑跟了上去。

"喂，老狼，你慢点走，等等我……"

看着绅士跟老狼有说有笑地离开锡金警察局大楼，霍南的心情也莫名舒畅了不少。他转而对老警察说道："我们走后，你们一定要做好安全防卫。实在不行就把所有人都集中到最顶层，等候上级支援就行。"

"我会安排的，小伙子，好样的！我从你身上看到了霍大队长的影子。"老警察不由得竖起大拇指。

霍南微笑着摇了摇头，突然发现警花小珠正在望着自己，两只水汪汪的大眼睛仿佛会说话一般。

原本，霍南还想再跟小珠聊聊有关大哥的事情，但一想到大哥已经离开这个世界了，不禁黯然神伤。他欲言又止，狠狠心转身迈步踏上通往楼顶的台阶。

所有的恐怖分子都已经撤出锡金，只剩下普通老百姓躲在家中瑟瑟发抖。

即便警察局刚才爆发出激烈的枪战声，也没有人敢到街上查看情况。他们顶

子弹出膛

多躲在窗户里面偷偷瞄一眼，生怕被坏人发现。

那些藏在报废汽车后面，正在执勤放哨的锡金警察们，到了天快亮的时候，终于熬不住了，纷纷昏昏沉沉地睡了过去。

见此情景，在霍南跟杰克的指挥下，整个锡金警察局的安全防务由暗影组织成员全面接管。

锡金警察局天台，霍南用一块石头蹲在地上，画出了那个位于郊外的恐怖分子基地地形图。他与杰克一起分析可能存在的明哨暗哨，以及各种暗堡及重火力输出点。

霍南说，杰克则用笔记下来，并在本子上做好标记，不知不觉过去了半个多小时。

杰克手绘的地图上，还多了两条带有红色箭头的实线，外加三条带有蓝色箭头的虚线。

红色实线为两套进攻方案，三条蓝色箭头代表三条可供暗影组织成员们随时安全撤离的路线。

"啪啪啪……"

觉得时间差不多了，霍南站起身来。他拍了拍手上的灰尘，俯身向楼下广场望去，布防在各个角落的暗影组织成员们一览无余，他们的一举一动都尽收眼底。

此时，清晨的第一缕阳光刚好射在霍南脸上。光线刺得他有些难受，霍南下意识地闭上了双眼。

当霍南再次睁开眼睛的时候，太阳已从地平面缓缓升起，霞光满天，给人一种十分温馨舒坦的感觉。

"杰克，快来看啊，多么惬意的清晨，太阳真的好美！"霍南轻声呼喊道。

"等一下，马上就好……"杰克一边答应着霍南，一边低头将刚绘制好的恐怖分子村落地形简图拍成照片。他利用暗影组织专属的卫星加密网络，传输到每一名队员佩戴的腕表上面。

"嗡……嗡……"

感受到手腕上传来的震动之后，霍南打开腕表，立即收到杰克传输过来的资料。他忽然想起什么，赶紧按住左耳问道："博士，我是不是忘记让你带几套多功能腕表来了？"

第五十五章 对敌人仁慈，就是对自己残忍！

"嘻嘻，这个还用你说呀？姐姐我早就带来了！老规矩，只要有资格被植入纳米无线电通讯器的兄弟，便同时获得佩戴专属腕表的荣耀！"博士的回答让霍南感到很欣慰。

因为这次有四个新队员加入，如果不及时植入纳米无线电通讯器并佩戴特质腕表的话，肯定会给暗影组织整体行动带来诸多不便。

当得知博士早已经做好相关准备后，霍南再次对这个平日里大大咧咧的乌克兰小妞刮目相看……

第五十六章　女扮男装，巾帼不让须眉

"怎么样？我没骗你吧，博士的变化是不是很大？"杰克用肩膀杵了霍南一下。

"嗯……"霍南点点头，并没有多说什么。

两个人沐浴在清晨的第一缕阳光下，肩并肩趴在天台上，只是这幅场景怎么看都觉得有点不太和谐。

过了一会儿，霍南开口问道："行动计划跟撤退路线都定好了，剩下的就是选时间了。杰克，你怎么看？"

杰克并没有立即回答霍南的问题，而是低头陷入沉思。

"按理说等到晚上去最好，不过我们现在有人有枪，而且多了两辆"剑齿虎"特警防暴车，行动更加灵活，所以白天可以进行武装侦察。条件允许的话，再利用夜幕的掩护发动突袭也未尝不可。"不得不说，杰克的建议很中肯，可实施度也非常高。

霍南点点头，表示赞同："其实这样能节省不少时间。一旦印度军方赶到锡金插手此事，我们行动起来就更不方便了。"

"那就这么定了，走，咱们下去吧……"说完，杰克拎起德国造 G36 自动步枪率先下楼去了。霍南似乎对温暖的阳光有些恋恋不舍，一步三回头。

依稀之间，霍南似乎在太阳中看到了父亲那慈祥的笑容，以及大哥俊朗的面孔。

半小时后，太阳已经完全升起来了。所有锡金警察也都自觉地回到各自的战斗岗位上。

"嘟……嘟嘟……"

第五十六章 女扮男装，巾帼不让须眉

但是，老警察却在此时吹响了集合的哨声。

十几个在外面把守大院的警察，外加警察局大楼内受伤的警察，纷纷汇聚到一起，足足有二十多人。

刚刚布置完武装火力侦察任务的暗影组织成员们，纷纷观望。他们好奇地望向警察队伍，不知道这些锡金警察们匆匆忙忙集合起来要做什么。

对于集合迅速的同事们，老警察感到十分欣慰。他一脸严肃地讲道："弟兄们，如果没有霍大队长的弟弟，我们此刻说不定早就被那些叛徒暗中杀害，连死都不知道是怎么死的。我们欠他一条命！对不对？"

"对！您老说的没错……"

"有什么需要我们去做的？您老尽管下命令吧！"

"就是啊，直接下命令！"

二十几个锡金警察你一言我一语，纷纷站出来响应老警察的号召。

老警察伸出双手向下压了压，示意大家保持安静，朗声说道："现在我们的恩人，就要对锡金郊外那个恐怖分子基地进行反击了，要报仇的就跟我走！不想报仇或者没有胆量的人，就请留在锡金警察局内，找好地方躲起来。"

一听到要跟盘踞在郊外多年的恐怖分子们打交道，当即便有几个警察退却了。他们接连后退几步，虽然没有说话，但也算间接表明了自己的态度。

见状，老警察数了数，仍有十八个人留在原地没有动，其中还包括两个伤势较重的警察，外加七个身受轻伤的警察。真正具有战斗力的警察仅有总数一半，警花小珠也赫然在列。

霍南与杰克对视了一眼，一起端着枪走向老警察。

"你们的好意，我代表我的弟兄们心领了。这次行动凶险万分，随时都有可能丧命。锡金警察局已经死了太多警察，你们必须留下把队伍重新建立起来，这样才能保一方平安，百姓才能过上安居乐业的生活。"霍南的每一句话都铿锵有力，说到了在场每一个警察的心坎儿上了。

发现老警察没有说话，站在警察队伍的一个中年人出声反驳道："不！我们要一起去！就算我们再怎么努力，警察局也会受到人员数量等编制限制，武器装备再不如人家，到时候恐怖分子们随时都会卷土重来。还不如趁此机会一举将其势力歼灭，这样才能永除后患！"

子弹出膛

沉默了许久，老警察终于也表态了，郑重地要求道："我们必须去！既为了我们自己，也为了那些死去的兄弟。"

"是啊，霍队长，就让我们一起去吧。"

"我一定要去！"

"我也是，我不怕死！"

原本，霍南还非常有决心坚持自己的初衷，可是当他看到面前这些锡金警察迸发出来的热情，当即被众人的真诚所打动，默许了这件事情。

"好吧，我对你们的整体作战实力还不清楚，所以此次武装火力侦察，由我的人打头阵。你们负责在集合地点接应我方队员，狙击有可能出现的恐怖分子。"

"这……"

闻言，老警察神色有点为难地审视了一下面前的锡金警察们，艰难地作出决定，点点头表示同意。

一直负责统管后勤的杰克，立即有点不好意思地问道："那两辆'剑齿虎'特警防暴车被我们开走了，那你们怎么办？"

老警察微笑道："没事，我们还有几辆能开的车，大不了去街上临时征用几辆。"

霍南的脸也臊成红色了，本来如果只是暗影组织的人去，开走两辆"剑齿虎"特警防暴车倒没有什么感觉，可现在……

管不了那么多了，霍南低头看了看腕表，索性一咬牙下达最新作战命令："给你们半个小时准备，带上武器装备。没有实战经验的最好留在这里，不要跟着去送死！"

其间，霍南的目光一直停留在站在自己面前的警察身上，美女警察小珠不停地左看右望，压根儿就没有意识到霍南是在说自己。

"咳咳……"霍南冲着美女警察小珠无奈地说道，"喂，嫂子，看谁呢？说的就是你！"

"啊？"美女警察小珠站在原地惊讶地捂住樱桃小嘴，一副不知所措的样子，煞是可爱。

"可……可是，我想去，我也会开枪，我还会……"

"不行！"还没等美女警察小珠把话说完，霍南便强行打断，语气坚决！

第五十六章 女扮男装，巾帼不让须眉

美女警察小珠气得一跺脚，径直转身离开队伍，走进锡金警察局大楼，不知道干什么。

"唉……我怎么竟干这些得罪人的事情呢？愁死个人了！大哥，您在天上看清楚了哈，我可没欺负嫂子，我是为了保护她……"霍南抬头仰望着蓝天，心中默默地说着。

殊不知，警花小珠并没有因此而放弃。她先是一溜小跑冲到顶层的活动室更衣柜，找了一套霍南大哥的警服，然后又急匆匆地返回自己的宿舍，二话没说把身上的女式警服脱了个精光。

尔后，警花小珠站在镜子前转了一圈，将自己前凸后翘的姣好身材展露无遗。

对着镜子的小珠一点都没闲着，开始捯饬自己的头发。一头长发最终被她盘起来，然后戴了一顶男式的警帽。

接下来就是着装。警花小珠里面只剩下一套较为保守的内衣，径直穿上霍南大哥的男式警服。

这套警服还是小珠亲手给霍南大哥洗出来的，没想到，如今却穿到了自己身上。

不知为何，警花小珠竟然觉得浑身都有点发烫，仿佛整个人都被霍南大哥拥在怀中一样，安全感十足。

换装完毕的警花小珠，在镜子前转了几圈。她觉得自己变得臃肿了不少，但是为了能够跟随霍南一起去执行任务，付出这点代价对她来说不算什么。

只是……

警花小珠怎么看都觉得有点不对劲儿，究竟是哪里呢？

找来找去，警花小珠的目光停留在某个部位。她惊呼一声，这才发现原来是胸前鼓鼓囊囊的，怪不得与男式警服搭配起来，怎么看都觉得不和谐。

不得已，警花小珠只得把上衣再脱下来，然后翻箱倒柜找出一件强力弹性束胸。

"呼……"

可能是好久没有穿这件强力弹性束胸了，警花小珠费了好大力气才拉上拉链。

几年时间，小珠已经发育成一个亭亭玉立的大姑娘。胸部自然也膨胀了不少，

子弹出膛

强烈的压迫感让这位美女警花有些喘不上气来。

强力弹性束胸至少将警花小珠的胸部压缩了近三分之二，她强忍着痛意穿上男式警服。这次效果就好很多，不仔细看根本看不出来她在女扮男装。

随后，警花小珠蹲在地上抹了一手灰，随意涂抹在自己的脸上，将最后一点女孩儿的秀气遮住。她俨然变成一个彻头彻尾的男警察，只是身子骨看起来略显单薄。

做完这一切准备，警花小珠来到窗前。她透过窗帘的缝隙向下面的广场望去，锡金警察们都已经散去，开始准备各自的武器装备去了，只剩下霍南及暗影组织的队员们，已经集结在两辆"剑齿虎"特警防暴车周围，整装待发！

见此情景，警花小珠轻轻推开房门。她见所在的楼层没人，便蹑手蹑脚地溜了出去，直奔楼下的武器弹药存放间。

当警花小珠抵达相应楼层后，六七个警察正围在武器弹药存放间门口，排队领取各自擅长使用的枪械及备用弹夹。

还有几个已经领完武器弹药的警察，正蹲在地上摆弄着手中的枪械。每个人都忙得不亦乐乎，根本没有人留意到身后突然间多出来的警花小珠。

因为整栋大楼都在老警察的监督下严格排查过一遍，肯定不会再有奸细藏在其中，这也是众警察降低警惕性的原因。

警花小珠硬着头皮排到队伍最末尾，跟随众人一起领取了枪支弹药。她简单地检查了一遍之后，便跟着其他人一起往楼下广场走去，其间，她竟然没有露出任何破绽，也没有被这些朝夕相处的同事们识破。

在锡金警察局广场，霍南与暗影组织的成员们待在一起，默默地抽着烟，彼此很少交流。

天蝎、魔蝎兄弟二人，以及刺客、尖刀这对好搭档，不停地试用腕表。他们初次安装纳米无线电通讯器和腕表，如此高科技含量的装备，让这几个加入暗影组织的新成员感到兴奋之极。

闲暇之余，博士开始逐个给暗影组织的老队员们进行纳米无线电通讯器系统升级。

当轮到霍南时，博士终于有机会近距离接触心上人。她在其耳旁轻轻吹了一口气，悠悠地问道："把那个小警花扔在这里，你放心吗？"

第五十六章 女扮男装，巾帼不让须眉

"带上她我更不放心，有你一个女人就够让我闹心的了……"霍南随口调侃道。

孰料，博士竟然被这一句话打动，刹那间沦陷，情不自禁地在霍南左脸颊留下一个淡淡的唇印……

第五十七章 引领世界潮流的华夏高科技军工行业

感受到左脸颊传来的温热湿气后，霍南整个人都为之一愣，随即一脸惊愕地扭头望向博士。

不承想，一个细微的动作，促成了更加激情澎湃的一幕。

亲过霍南之后，博士并没有后撤多少，而是继续着手上的动作。她利用一个精密的电子仪器，给植入心上人左耳的纳米无线电通讯器进行升级。

结果，霍南这一扭头，嘴巴竟然刚好对准博士那两片薄薄的粉唇。

就这样，博士在毫无心理准备的情况下，被霍南"强吻"了。

博士的娇躯时而热情似火，时而颤抖不已，两只明亮的眼眸透露出内心的激动之情。

当两人的嘴唇分开时，博士竟然差点被突如其来的幸福感电晕过去。她脸上挂着喜悦的微笑，看上去都有点痴了……

霍南的第一反应则是环顾四周，心里更是不停地责怪自己，希望这一幕没有被别人看到才好。

现实是很残酷的，几乎所有暗影组织的成员都因为过度惊讶而张大嘴巴，目瞪口呆地盯着霍南跟博士两个人。

暗影组织成员们的反应，足以证明该看的都看到了，不该看的一点也没落下。

"哇塞！队长简直就是我的偶像啊！"魔蝎率先惊叹道。

闻言，蹲在一旁的刺客也忍不住猥琐地笑道："就是就是，没想到队长表面上看起来有点不近人情，实际上还是个把妹高手啊！队长，什么时候给弟兄们也传授传授相关方面的经验啊？哈哈……"

正在挠痒痒的狼人，因为看得过于入神，不知何时手中多了一小撮黑黑的护

第五十七章 引领世界潮流的华夏高科技军工行业

心毛,连疼痛都忘记了。

绅士也不忘起哄道:"队长,反正博士都是你的女人了,不如把那个华夏女孩介绍给哥几个认识认识啊?弟兄们各凭本事,谁有能耐谁追到手,大家说怎么样啊?"

似乎是察觉出绅士玩笑开得有点过火,大家都没敢接他的话茬。

唯有大脑反应总是慢半拍的狼人傻乎乎地笑道:"就是……队长,老子……"

狼人话刚刚说了一半,便被霍南那快要杀人的眼神噎了回去。他"咕嘟"咽了一口唾沫,这才意识到问题的严重性。

"嘿嘿……"狼人挠了挠脑袋,讪笑道,"队长,我的意思是,你一表人才,就该脚踏两只船。这里面根本没我们啥事。"

"啪!"

待狼人话音落下,站在一旁的绅士紧跟着就是一巴掌,拍在对方的脑袋上。他没好气地呵斥道:"傻大个,你赶快闭嘴吧!"

再看霍南,被狼人跟绅士俩人气得脸都绿了。他胸口的肌肉不断上下快速起伏着,就差没当场"大暴走"了!

而博士也被那个华夏女孩儿刺伤,一颗心在不停地滴血,更别提再能有好脸色给霍南看了。

一直都保持沉默的吸血鬼,也终于看不下去了。他走到绅士跟狼人近前,无奈地摇摇头数落道:"你们俩呀,真是哪壶不开提哪壶……"

恰巧此时,老警察率领全副武装的锡金警察赶过来集合。

三辆破旧的汽车停在大门口,没有一辆是警车,也不知道他们是从哪里搞来的。

见状,为了缓解尴尬的气氛,杰克立即下达了上车的命令。

暗影组织一共有十一名队员,霍南上了第一辆"剑齿虎"特警防暴车。他坐在副驾驶位置上,天蝎、魔蝎、博士坐在后面,吸血鬼负责开车。

而第二辆,杰克坐在副驾驶位置上,绅士负责开车,狼人跟zippo、尖刀、刺客四个人挤在后排座位上,场面看上去十分滑稽。

在霍南的指挥下,第一辆"剑齿虎"特警防暴车径直冲向小门。

"嗡!"

子弹出膛

吸血鬼一脚将油门踩到底,撞向挡在门口的两辆报废警车。

"轰!咣当……"

两辆报废的警车被撞到了一边,"剑齿虎"特警防暴车硬是靠自身变态的防御力冲出一条路来。它拐了个弯直奔正门而去,杰克见状也指挥第二辆"剑齿虎"特警防暴车跟了上去。

绅士一边驾驶着第二辆"剑齿虎"特警防暴车,一边面露兴奋的神色,惊叹道:"哇塞,华夏什么时候造出这么好的步兵战车了?性能比我来锡金时开的那辆悍马军用越野车还要好得多!真是不可思议!"

"华夏就像霍南一样,每隔一段时间再见之时,都会让我们刮目相看!相信在不久的将来,华夏的军工行业一定会领先全球,成为高科技的代名词。"杰克坐在一旁发自肺腑地说道。

再看锡金警察局大门口,十八名全副武装的警察,汽车却只有三辆。每辆车需要塞六个人,前面两个,后排四个。

警花小珠二话不说抢先打开第三辆汽车副驾驶车门,却被一个身材魁梧的警察拦住了:"喂……你这么瘦去后排吧,跑前边不是浪费资源嘛!"

紧接着,警花小珠又跑向另外两辆汽车,但均无功而返,于是便站在原地有些不知所措。

让警花小珠坐后排,她自己有些委屈——跟三个大老爷们挤在一起,免不了要被吃豆腐;就算他们是无意的,她心理上也接受不了。

霍南也看见了这一幕,随即打开车窗,打算把这个小警察叫到自己车上来。

可是,还没等霍南开口,警花小珠竟然硬着头皮随便冲进一辆汽车。

幸运的是,这辆汽车后排座位上,坐着老警察的徒弟,外加两个眉清目秀的小伙。

大家都很谦让,主动给小珠腾出一块地方,不至于太拥挤。

在上车之前,老警察分别给了霍南跟杰克每人一个步话机,专门用来指挥两个队伍之间协同作战的。

见所有警察已经上车,霍南拿起步话机命令道:"出发!"

"嗡!"

"嗡嗡……"

第五十七章　引领世界潮流的华夏高科技军工行业

一阵阵汽车发动机的轰鸣声，响彻锡金警察局门前的整条街道，似乎在向世人声明，正义的力量永远不会磨灭，有一群斗志高昂的人，正在不畏死亡向恐怖分子发起冲锋！

车队所经之处，居住在锡金城内的普通老百姓们，都会趴在自家窗户上向外面张望。

由于行驶在最前方的两辆"剑齿虎"特警防暴车车身上印有警徽等标志，直接亮明了身份，让普通市民们消除了恐惧的心理，以为整个锡金的秩序再次被警察所掌控。

有了车子代步就是方便不少，最起码行军速度提高数倍。

想当初，霍南徒步从郊外跑进锡金城内，足足用了半宿的时间。

这次开车只用了不到一个小时的时间，便已经抵达恐怖分子基地外围五公里处。

"全体都有，停车！"为了安全起见，霍南及时喊停了车队。再向前开的话，说不定会遭遇恐怖分子散布在外面的巡逻小队。

老警察与霍南、杰克一起，对周围的地形进行了简单的分析，随即决定将三辆普通汽车藏在附近的一座小山包后面。留下三名会开车的警察负责看守车辆，把守最后一道防线。

剩余的十五名警察，跟随在两辆"剑齿虎"特警防暴车后面，小心翼翼地往恐怖分子基地摸了过去。

为了减少发动机产生的噪音，霍南要求吸血鬼跟绅士必须挂一挡利用离合器缓慢行驶，不得轰踩油门。

等到众人出现在一条三岔路口时，霍南接过老警察手中的地图看了看，随即安排道："留三个警察在这里，随时准备接应从东西两侧撤回来的队员们。"

老警察点点头，冲着身后的人群随便点了三个人："你……还有你、你，出列！"

三名警察按照霍南的要求，就地卧倒。他们隐藏在草丛中，只露出黑洞洞的枪口。

此时，还剩下十二名警察可以调派。霍南命令道："杰克，是时候该分头行动了。你东我西，每人各率车内的队员完成侦察任务，然后到这里集合。"

子弹出膛

杰克冲着老警察要求道："给我六个人，我需要他们看守车辆，并掩护我们撤退。"

在老警察的安排下，六名全副武装的警察跟在第二辆"剑齿虎"特警防暴车后面，缓缓向恐怖分子基地东侧驶去，并在距离村庄还有三公里的时候停了下来。

按照原定计划，杰克命令六个警察将"剑齿虎"特警防暴车藏好，并在附近设立防守阵地，时刻准备接应暗影组织的队员们。

霍南那边也在进行着相同的部署，老警察及其徒弟，还有警花小珠，都在他身后的警察队伍里。

对于小珠女扮男装混入行动小分队一事，霍南至今毫无察觉，这可能也跟他的注意力全部集中在此次武装侦察行动上有关系。

西侧侦察小队的火力配置很简单，吸血鬼跟魔蝎两人相互配合，负责在前面开路，充当尖兵的角色。

而霍南则跟魔蝎组成中坚力量，掩护唯一一个手中持有重火力武器的博士。

因为霍南这一队没有机枪手，博士特地带上了出自她手的改进型MGL-140枪榴弹发射器，在关键时刻能派上大用场。

东侧侦察小队的火力配备则明显要强于霍南等人，尖刀跟刺客负责在前面开路，狼人抱着重机枪，绅士手持轻机枪，杰克跟zippo殿后，可谓万无一失。

距离恐怖分子基地还有不到两公里的时候，霍南率领的西侧侦察小队，连续遭遇了两支恐怖分子散布在外面的巡逻小队。

幸亏吸血鬼察觉得早，霍南等人这才有足够的时间隐藏起来，没有被敌人发现。

可是，五人猫在草丛里藏了不到十分钟，便有三支恐怖分子巡逻小队先后经过此地。连最外围的防御都如此严密，侦察小队越往里面走形势估计会更加严峻。

"队长，你确定你曾经摸进去一次？"天蝎趴在霍南左后方，低声问道。

霍南并没有回答天蝎的问题，而是神色凝重地说道："看来我们想要悄无声息地潜伏进去是不太可能了。"

"你打算怎么办？队长……"吸血鬼忍不住问道。

只见，霍南竖起右臂握掌成拳，命令道："再等等，我正在精确计算恐怖分子的巡逻间隙。咱们利用时间差干掉其中两支巡逻小队，就可以神不知鬼不觉地

第五十七章 引领世界潮流的华夏高科技军工行业

摸进村子。"

其间,霍南一直在低头盯着自己的腕表。当第四支恐怖分子巡逻小队出现在道路尽头之时,霍南果断下达了攻击命令。

"准备,全体都有,一律使用带消音器的枪支!我负责倒数第二个跟倒数第三个,老鬼干掉最后一个,博士解决走在最前面的那个恐怖分子,天蝎、魔蝎打剩下那两个。"霍南具体安排道。

"收到!"

"Yes,Sir!"

"Roger that!"

……

第五十八章 背道而驰，不按常理出牌

霍南之所以这样部署作战任务，是因为恐怖分子的巡逻小队由六个人组成，而他们只有五名队员。

吸血鬼用狙击枪打最远的自然有优势，博士的枪法相对来说最差，只好把最近的敌人留给她。

至于天蝎、魔蝎兄弟二人，霍南接触的时间还比较短，对他们的实力不怎么了解，暂时不敢委以重任，只能让他们各自寻找一个目标射击。留下两个走位较远的恐怖分子，自己亲手解决！

就这样，五名暗影组织成员匍匐在茂密的草丛中，虎视眈眈地盯着一步一步慢慢逼近的"猎物"。

觉得时间差不多了，霍南稍微抬起一点头来，目测了一下双方之间的直线距离。彼此相差最多还有一百米时，他毫不犹豫地命令道："开枪！"

"噗噗……"霍南的话音刚落，早已准备就绪的右手食指立刻连续扣动扳机。

"噗！"

"噗！"

"……"

一连串的闷响过后，第四支恐怖分子巡逻小队当场被歼灭。每个人的脑门正中央，都赫然出现了一个鲜红色的血窟窿，面积虽然不大，但却足以致命！

消灭敌人后，在霍南的示意下，众人均没有轻举妄动，等待吸血鬼的最终确认。

再看吸血鬼，通过MK12狙击步枪的瞄准镜仔细观察后，得出了结论："安全！"

"快！出去把这些恐怖分子的尸体处理掉！博士，你负责打扫战场，掩盖痕

第五十八章 背道而驰，不按常理出牌

迹。所有人都动起来，Go！Go！Go！"

霍南第一个抱着枪冲了出去，连战术搜索队形都顾不上了。

每一支恐怖分子巡逻小队之间的时差只有三分多钟，从第四支巡逻小队出现在道路尽头，到霍南等人开枪将所有敌人击毙，已经过了一分半多钟。

这也就意味着，留给霍南等人的时间，不多了……

如果在下一支恐怖分子巡逻小队赶到此地之前，霍南等人还没有处理完尸体，那就很有可能暴露目标，造成整个武装侦察任务功亏一篑。

来不及想太多，天蝎、魔蝎兄弟二人一组，霍南、吸血鬼一组，疯狂地搬运恐怖分子巡逻小队成员的尸体，丢进道路旁侧的草丛中。

博士在道路上清除可能被敌人发现的所有"证据"，包括从恐怖分子手中掉落的武器装备，以及从伤口流出来的鲜血等等。

霍南低头看了看腕表，已经过去两分四十五秒钟了，他又抬头环顾四周，觉得没什么大问题了，立刻下令撤退收队。

值此紧要关头，就算有什么没处理完的也来不及补救了，下一支恐怖分子巡逻小队马上就到，因此霍南只能选择保全大局。

当下一支恐怖分子巡逻小队经过事发地点时，竟然连半点可疑之处都没有察觉出来，这让霍南逐渐放下心来。

接下来，霍南率领手下的队员们如法炮制，先后解决掉三支恐怖分子巡逻小队，终于创造出一段更长的时间差。

"老鬼，刚才干掉的第一支巡逻小队，在它前面那支你还记得吗？"霍南拍了拍吸血鬼的肩膀低声问道。

"嗯……差不多能认出来，怎么了？"吸血鬼扭头追问道。

霍南说出了自己心中的想法："接下来不必杀人了，等到那一支巡逻小队过去之后，我们就以最快的速度冲出去。十分钟的安全时间，就算下一道防线无法通过，我们也有时间撤回来，而不被敌人发现。"

"好。"吸血鬼紧盯着MK12狙击步枪上的瞄准镜，一刻都不敢懈怠。

大约过了不到五分钟，吸血鬼低声提醒道："来了……"

闻言，霍南立刻抬起头，往道路尽头望去，追问道："是我说的那一支恐怖分子巡逻小队吗？"

子弹出膛

"没错!"吸血鬼确认道。

霍南立即命令道:"准备……"

当恐怖分子巡逻小队走过去之后,霍南低声喊道:"跑!"

"Go!Go!Go!"一行五个人呈战术搜索队形快速突进。他们一口气跑了大概有一公里,再次遇到恐怖分子的巡逻队。

只不过,这一次恐怖分子巡逻队的规模可不是小队了,人数由六个增加到十二个,直接翻了一番。

好在经过一段时间的观察之后,霍南发现恐怖分子巡逻队虽然人数增加了,但巡逻队分布的密度却稀疏了许多,平均能有五分钟的安全间隙。

"怎么办,队长?"吸血鬼问道。

霍南眉头紧皱,分析道:"这道关卡只能智取,不可强攻!"

博士试探性地问道:"霍南,你的意思是,我们直接冲过去?"

"聪明。"霍南不由得多看了博士两眼。

"哼!"博士忍不住白了霍南一眼。

就在博士刚想张嘴反驳几句的时候,霍南突然站起身来,抱着枪喊道:"冲!"

"Go!Go!Go!"

天蝎、魔蝎的眼睛时刻紧盯着霍南,见状后他俩一边叫喊着提醒身边的队友,一边拎起枪跟在霍南后边快速移动着。

唯有博士愣在原地,成为最后一个反应过来的人。她起身的时候还被草根绊了一脚,一个踉跄差点没栽倒在地。

"喂……等等人家呀!"博士娇嗔地跺了跺脚,抱起武器追了上去。

越过第二道防御圈,霍南等人已经抵达距离恐怖分子基地不到一公里的位置,用肉眼就能看到村庄建筑物的房顶。

此时,恐怖分子基地东侧的暗影武装侦察小分队在杰克的带领下,也刚刚突破第二道封锁线。

东西两侧的暗影武装侦察小分队均没有暴露行踪,那些死去的恐怖分子由于级别太低,而且现在也没有任何行动,身上都没有配备无线通讯步话机,自然也没人关心他们的死活。

霍南等人刚刚找到藏身之地,纳米无线电通讯器便传来杰克的询问声:"队长,

第五十八章　背道而驰，不按常理出牌

你们那边情况怎么样了？进展顺利吗？"

低头按住左耳，霍南沉声说道："西侧已经连续突破两道封锁线，估计后面的路会更加难走，随时都有暴露的可能。你呢？有没有人受伤？"

杰克有些惊讶地问道："你……你们也杀人了？"

"废话！不杀几队恐怖分子，怎么可能在不暴露的前提下摸进来？"霍南明确地回复道。

杰克如实汇报道："我们这边一共灭掉四支恐怖分子巡逻小队，共计二十四人。"

与霍南交流期间，杰克一直在观察前方的具体情况，忧心忡忡地问道："队长，下一步你打算怎么办？如果再这样继续侦察下去，我们极有可能被恐怖分子布置的暗哨狙击，出现人员伤亡。不如直接改为火力侦察，这样一来还可以确保队员们的安全。"

不得不承认，杰克说的很有道理，继续前进很危险。如果改为直接用火力侦察，确实能让一些藏在暗中的岗哨提前暴露位置，但却不利于以后的进攻。

"哒哒哒……"

正当霍南犹豫不决之际，纳米无线电通讯器突然响起一阵枪声。

霍南心中"咯噔"一下，立刻按住左耳，冲着纳米无线电通讯器低声询问道："发生什么事情了？杰克，报告你们的情况！速度！"

"呼……"

"呼哧……"

"哒哒哒……"

"砰！"

纳米无线电通讯器并没有响起杰克的声音，霍南等来的只有一阵杂乱的脚步声，以及无比粗重的喘息声，伴随着零星的射击声。

此刻，就算杰克不说，霍南的脑海中也形成了一幅画面，杰克等人的处境一定很危险。

忽然，吸血鬼似乎察觉出周边的环境发生了一丝异样的变化，他不禁扭头张望了一眼。

吸血鬼的动作幅度非常小，根本不敢活动身体。

子弹出膛

"不好，队长……"吸血鬼惊呼道。

霍南的两只眼睛，正死死地盯着刚从正面跑过去的一支恐怖分子巡逻大队。他匍匐在草丛中的身体纹丝不动，头也不回地问道："怎么了？"

"隐蔽！"吸血鬼刚刚出言提醒，五名暗影组织成员全部面朝下趴在草丛中。

六个抱着枪的恐怖分子从暗影组织成员右后方的树林里钻了出来，朝东边看了看，尾随刚刚那支恐怖分子巡逻大队直奔基地而去。

"这些人肯定是赶过去对付杰克他们的……糟糕！"霍南心想。

吸血鬼也一脸焦急地催问道："队长，怎么办？老狼他们肯定会被包围的！"

趴在两人身后的博士忍不住提醒道："别忘了，咱们现在也夹在两层防御圈中间，弄不好随时都有可能暴露。"

霍南当机立断说道："管不了那么多了，再有恐怖分子从咱们这里经过，全部消灭掉，不能让他们再冲过去了！我相信杰克一定有办法率领绅士、老狼他们全身而退的。"

"但愿吧……"吸血鬼默默地在胸前画了一个大大的十字，心中早已替杰克等人祈祷了好几遍。

三人交流之际，天蝎跟魔蝎主动承担起防务。

"队长，有人朝咱们这边跑过来了。"魔蝎在第一时间发出预警。

"咔嚓……"

"咔……咔咔……"

一连串拉动枪栓的声音过后，霍南等人全部抱紧主战武器准备就绪，严阵以待。

出乎众人预料的是，一下子从身后的树林里钻出来三支恐怖分子的巡逻小队，共计十八人。

更加糟糕的是，霍南等人还没来得及出手解决掉这十八个恐怖分子，竟然从西北侧的森林里再次冒出了一支全副武装的恐怖分子巡逻大队。

此时此刻，五名暗影组织队员身陷险境，可谓前有强敌，后有追兵。

两拨恐怖分子加起来足足有三十人，这还是粗略估算的，实际数字有可能比这多得多。

而且，从他们的行进速度来看，这两拨恐怖分子刚好会在霍南等人藏身的地

第五十八章 背道而驰，不按常理出牌

方汇聚到一起，这直接给暗影组织成员的伏击行动增加了数十倍的难度。

"靠！真是见鬼了……"霍南在心中暗骂道。

不管怎样，现在只能先暂时按兵不动。他们只能等敌人全部汇聚到一起再下手，否则提前开枪只会让自己人陷入腹背受敌的险境。

"西侧火力侦察小分队的队员们听着，没有我的命令，千万不要开枪，更不允许轻举妄动！"霍南利用纳米无线电通讯器公共频道下达了最新指令。

按照常理来说，趁着距离远提前动手，尽可能多地射杀敌方有生力量，局势才会对他们越有利，可霍南的指令却恰恰与之相反。

天蝎、魔蝎心中十分纳闷儿，彼此对视一眼，纷纷望向霍南的后背，他们的眼神充满了迷惑……

第五十九章 兵者，诡道也！

"簌簌……"

一阵密集的脚步声从霍南等人身边经过。

不得不说，霍南这个决定非常危险，有一丝运气成分夹杂其中：如果有一个队员暴露，将会导致整个西侧暗影武装侦察小队陷入万劫不复之地。

在心中默默地计算着时间，待恐怖分子们渐行渐远，脚步声越来越弱之际，霍南开口问道："都准备好了吗？我喊三、二、一，大家同时站起来开火！自由射击，注意寻找掩体，尽量避免己方出现伤亡。"

"准备好了。"众人同时回答道。

"Fire！"霍南率先站起来，用英语大声命令身后的队员们开火。

天蝎、魔蝎兄弟二人几乎在同一时间站起身来，端着枪扣动扳机，朝面前的恐怖分子们疯狂扫射。

吸血鬼则单膝着地，利用狙击步枪进行精确打击，专门射那些跑得比较远、自动步枪不好瞄准的目标。

再看博士，先是打光了粉红色 M16A4 自动步枪内的子弹，她似乎觉得还有点不过瘾，又从身后取出改进型 MGL-140 枪榴弹发射器，准备用大杀器来消灭面前的数十个恐怖分子。

枪声一响，三十几个刚刚汇聚到一起的恐怖分子，瞬间被秒杀一小半。

还有几个恐怖分子中枪后倒地不起，叫喊声、求救声以及此起彼伏的呻吟声响彻整片树林，让人听上去便觉得头皮发麻。

剩下的恐怖分子被打蒙了，他们站在原地四处张望，竟然不知道枪声是从他们身后传来的。

第五十九章 兵者，诡道也！

"砰！"

"咔嚓！"

"轰！咔嚓！轰隆……隆！"

此时，博士手中的改进型MGL-140枪榴弹发射器展现出无与伦比的巨大威力。

博士扣动扳机后立刻切换子弹，中间几乎没有半点停顿，不一会儿便将预装好的几发榴弹全部打光。

这一次，恐怖分子们连惨嚎声都没来得及发出，就被枪榴弹爆炸后产生的能量波轰死。他们的躯体四分五裂，断臂残肢散落在草丛中，焦黑得像木炭一样，空气中弥漫着一股烤肉的香味儿。

但这股香味却让博士忍不住有点想吐，就连久经沙场的天蝎、魔蝎兄弟二人也频频作呕。

没办法，由于射击距离太近，改进型MGL-140枪榴弹发射器又是专门对付装甲车辆的大杀器，用来杀人，结果……

"咔嚓！"

霍南刚换好一个新弹夹，抬起头端着枪瞄准的时候，却发现连一个可以站立的目标都找不到了。

所有的恐怖分子都躺在草丛中，能留个全尸的已经算是祖上积德了，因为大部分恐怖分子的尸体都是半截半截、一块一块的，恐怕拼都拼不齐全。

"我的天……"霍南端着枪走出藏身之地，望着眼前犹如人间炼狱般的场景一脸惊讶。

吸血鬼、天蝎、魔蝎、博士也纷纷走了出来。四个男人不禁面面相觑，纷纷把目光投向现场唯一的女性身上。

博士被霍南等人看得浑身不自在，一脸无辜地问道："你们干吗用这种眼神盯着我？"

一直都不怎么发表言论的吸血鬼竟然头一个开口抱怨道："大姐，拜托你下一次能不能温柔一点？明明两枪就可以把敌人全部搞定，你可倒好……不把子弹打光誓不罢休，都吓着我的小宝贝们了……"

"吱吱……"吸血鬼的话音刚落，那几只藏在斗篷里面的吸血蝙蝠，竟然听懂了似的，十分配合地发出几声尖叫。

子弹出膛

五人里面，霍南不可能去主动招惹博士，唯有吸血鬼这个老队员才能口无遮拦。

天蝎、魔蝎兄弟二人作为新加入暗影组织的队员，只能端着枪站在一旁傻笑。

"好啦，人家也不是故意的啦……下次会注意的。"被吸血鬼这样一说，博士也意识到自己的做法有点变态。尤其霍南还在跟前，这样做确实会影响到自己在其心目中的形象，她立刻开始装淑女，连说话声听起来都很嗲。

吸血鬼下意识地退后一步，不停地搓着胳膊上突然冒出来的鸡皮疙瘩，还以为博士接下来会搞个"突然袭击"来报复自己呢。

"博士，你能不能好好说话？这么温柔怪吓人的……"吸血鬼讪笑着问道。

"你……"博士几乎是下意识地露出粉拳，打算好好收拾一顿吸血鬼，可她一看到霍南，瞬间把亮出来的拳头收了回去。

就在暗影组织的几名队员疏于防范之际，霍南忽然大声喊道："小心！"

吸血鬼的反应最为迅速，立刻就地卧倒，天蝎、魔蝎兄弟二人也紧随其后趴在草丛中。

唯有博士站在原地，反应速度愣是慢了半拍。

不得不说，女人的反应就是不如男人快，这可能也跟博士以前不怎么上战场，总是待在幕后有关系。

在战场上，时机转瞬即逝。

哪怕只有短暂的一秒钟，也有可能让死神降临，带走一条鲜活的生命。

霍南在喊过之后，身体立刻启动，几乎是原地起跳直接跃向博士，一把将博士扑倒在地。

向下倒之前，霍南还故意将博士柔弱无骨的娇躯死死搂在怀中，将自己的背部暴露在空中。

"砰！"

枪声最终还是响了。紧接着，从众人身后的树林中陆陆续续钻出六个武器装备较为简陋的恐怖分子。

"哒哒哒……"

吸血鬼在第一时间收起自己的MK12狙击步枪，迅速拔出背在身后的M16A4自动步枪，朝着面前的敌人疯狂扫射，天蝎、魔蝎也相继开枪还击。

第五十九章　兵者，诡道也！

当场便有三个恐怖分子被击毙，另外有两个人中弹负伤，但都不致命，依旧在利用树木充当临时掩体负隅顽抗。

可能这支恐怖分子小分队的队长，没想到霍南等人这么难缠。

在占据人数优势，己方又是先出手偷袭的情况下，竟然被打了个稀里哗啦。他立刻丢下两个伤员、三具尸体逃之夭夭，连枪都顾不上要了，顺手丢在草丛中。

"都给我回来！"天蝎、魔蝎兄弟二人刚要提枪去追，被吸血鬼的呵斥声喊了回来。

原来，霍南跟博士出事了！两人自从跌倒在草丛中之后，便没有再爬起来继续参加战斗！

从恐怖分子发起偷袭到被吸血鬼等人打退，整个过程都非常快，电光石火之间，谁都没有留意霍南与博士。

待战斗结束后，一向心思缜密的吸血鬼才察觉出霍南跟博士有一丝异样……

"队长！"

"队长……队长中弹了！"

听到天蝎、魔蝎兄弟二人的呼喊声，受到惊吓的博士率先从霍南怀中挣脱开来，捎带着把心上人从草丛中扶了起来。

可能是不小心触摸到了伤口，博士的手上沾满了猩红色的鲜血。

"霍南！霍南……你受伤了……呜呜……都是我不好，连累了你……呜……"

看着围成一团的几名队员，吸血鬼皱了皱眉。他随即厉声命令道："天蝎、魔蝎，注意警戒！"

"是！"，天蝎、魔蝎立刻从地上站了起来，双手持枪一左一右散开，但仍旧会时不时扭头望向霍南这边，脸上满是关切之情。

此时此刻，霍南终于睁开双眼。他面色有些苍白，并略显虚弱地安慰道："没事，死不了！打在肩膀上而已！"

说着，霍南撩起外套，露出里面那件完好无损的防弹背心。

"呼……"

看到鲜血的确是从左肩膀上流下来的，吸血鬼这才长出了一口气。他二话没说单膝着地取下身后的装备包，将里面的东西一股脑倒了出来。

只见，吸血鬼从中捡起一个战地急救包，取出一包止血粉便打算往霍南左肩

子弹出膛

膀的伤口上倒。

博士忧心忡忡地问道:"不需要先把子弹取出来吗?"

"已经打穿了,我能感觉得到,子弹不在体内。"霍南悠悠地说道。

闻言,吸血鬼那双愣在半空中的手开始活动起来,但整个上药、包扎过程看起来却显得十分笨拙。有好几次他都不小心触碰到伤口,疼得霍南龇牙咧嘴,只是强忍着才没有叫出声来。

"我有个朋友是专业的战地医生,下次执行任务的时候,把她一起带上吧。"博士终于忍不住提议道。

"我擦!"

霍南一边忍受着杰克拙劣的包扎技术,一边抱怨道:"真是的……博士,下次有这种好人选你早点推荐啊?"

两人说话间,吸血鬼已经将霍南的伤口包扎好。他急切地问道:"能走吗?要不要我背你?"

"不用。"霍南摇了摇头。

吸血鬼看上去有些焦虑,开始征求霍南的意见:"目前局势对我们相当不利。我建议通知杰克,按照原定路线撤退至锡金城内,等你养好伤后再另作打算。"

霍南嘴上没有说什么,两只眼睛转了几圈,不知道打心里又冒出什么鬼主意来了。

只听,霍南按住左耳,有些虚弱地问道:"杰克,你那边能顶得住吗?"

不一会儿,杰克大声吼道:"还能顶一会儿,是不是要撤退了?"

"不!计划有变,我要你率领狼人、绅士继续坚守阵地,最多能守多久?"霍南开门见山问道。

"什么?"杰克先是惊讶地问了一句,随后强调道,"如果把那些警察调派给我,坚持半个小时不成问题。"

低头思虑了片刻,霍南终于咬牙决定道:"好!我这就让他们全部过去支援你!杰克,保重!"

"哒哒哒……"

纳米无线电通讯器先是传来一阵枪声,紧接着杰克试探性地问道:"能告诉我你临时改变行动计划的意图吗?"

第五十九章 兵者，诡道也！

"斩首行动！"霍南低声回答道，每一个字都铿锵有力！

都是配合多年的老搭档了，只此一句，杰克立即明白了霍南的下一步行动计划，连解释都用不着。

"Fire！Fire！Fire！"

杰克一连大声喊了三次开火，随后冲着纳米无线电通讯器说道："我会尽量把恐怖分子的火力都吸引过来，剩下的就靠你们几个了。"

在博士的搀扶下，霍南挣扎着从草丛中站起来，凝望着东方的天际，目光中充满坚毅！

"对了，该保重的应该是你！霍南，我的好兄弟！"杰克忽然补充了一句，却让原本就已经感触颇多的霍南，眼中泛起一片泪花。

抬起右臂擦了一下眼睛，霍南拔出插在腰间的警用步话机，毅然决然道："所有锡金警察，请向东侧集结！打起精神来，接下来我们有一场硬仗要打……"

"Copy that，！"

"Roger that！"

"Roger……"

几支负责接应暗影组织成员的锡金警察小分队，接到命令后从不同的方向，快速向杰克靠拢……

第六十章　大杀器开路，神挡弑神！

不到十分钟，第一梯队锡金警察支援到位。

在杰克的部署下，他们负责防守以暗影组织成员为主的左侧阵地，扼守进出村庄东侧的必经之路，借助地势易守难攻。

其他几支锡金警察小分队也陆陆续续到达指定位置，迅速投入战斗中，与恐怖分子交火。

有了十八名锡金警察的协防，一时间杰克等人压力骤减，终于获得一丝喘息之机。

杰克躲在一棵树后，及时利用纳米无线电通讯器向霍南汇报战况，道："我们这边已经站稳脚跟，如果恐怖分子们不加强进攻的话，固守到天黑也没问题。"

闻言，霍南一脸欣慰地命令道："坚守到下午四点钟，如果我们还没有出来的话，就撤退！"

整个纳米无线电通讯器顿时鸦雀无声，没有得到回复的霍南再次按住左耳问道："杰克，听明白了没有？"

"哒哒哒……"

一阵枪声过后，杰克大声喊道："队长，在你们出来之前我是不会下令撤退的，直至坚守到最后一个人！"

"胡闹！"霍南也急了，严肃地威胁道，"违抗军令信不信我现在就过去毙了你？不说了，就这样，四点钟准时撤退！"

说完，霍南主动屏蔽了杰克那边的信号源，根本不给对方任何反驳的机会。

"老鬼，你注意监听一下杰克那边的动静，有什么风吹草动及时告诉我。"霍南扭头冲着吸血鬼说道。

第六十章 大杀器开路，神挡弑神！

暗影组织小分队刚刚向村庄里面移动了不到三十米，便有恐怖分子开始从周边的建筑物里打冷枪，天蝎右胳膊被流弹擦伤。

鲜血瞬间浸湿了外套，但天蝎硬是咬紧牙关一声不吭。他连伤口都来不及处理，跟在队伍后面继续向前快速推进。

因为，暗影组织小分队的成员们心里都十分清楚，在这个处处充满枪林弹雨的战场上，落单就意味着死亡！

子弹
出膛

第六十一章 斩首行动遭遇 T-95 主战坦克

"哒哒哒……"

"博士！七点钟方向，开火！"霍南冲在最前面，发现一挺藏在左手边不远处的重机枪。他一边向右侧快速翻滚躲闪，一边冲着博士大声喊道。

"噗噗噗……"

大口径子弹紧追霍南的身影，在地面上留下一排弹孔，溅起一片泥土。

霍南之所以这样做，也是为了掩护身后的队友们，一个人躲避起来总要比集体行动灵活得多。

见霍南有好几次都差点被大口径子弹打中，博士有些无心恋战，她开了一枪竟然偏离目标半米多，但爆炸的余威，还是令机枪手丧失了战斗力。

天蝎右臂受伤后，双手持枪都显得有些吃力，只能临时更换一下战斗位置，在队伍后方进行掩护射击。

吸血鬼跟魔蝎一左一右疯狂射击，除了更换备用弹夹的时候，扳机几乎扣到底就没有松开过。

暗影组织小分队仅仅停留了不到十秒钟的时间，顶在最前方的霍南便感到压力骤增。他根本不敢再有半点停顿，立刻从地上爬起来向村子核心地带跑过去。

忽然，几个手持 AK47 自动步枪的小孩从右前方的一间草房里冲了出来。

"哒哒哒……"

原本霍南还是有点迟疑的，不忍心对一群孩子开枪。

可谁承想，小孩们竟然先出手了！

但他们枪法太差，突突了半天也没打中暗影组织小分队的成员们。

见此情景，霍南果断扣动扳机，枪枪打在那些孩子的手腕上。他并没有要他们的小命，只是让这些小孩丧失战斗力。不过这些小孩们的手腕也废了，因为总归是要付出一点代价的。

吃过一次亏后，霍南出言提醒道："不管老弱妇孺，只要手中有武器的统统解决掉，跟恐怖分子没有什么道义可讲！"

霍南率领四个暗影组织小分队成员冲进村庄中心地带，找了一间铁匠铺作为依托。他们一边朝从四面八方涌来的恐怖分子射击，一边寻找目标人物可能居住的房屋。

通常情况下，作为恐怖分子的首领居住的房屋，理应是村庄内最高最豪华的建筑。

可是……

放眼望去，霍南发现整个村庄的建筑物都是破破烂烂的，从外表看上去几乎一模一样，唯一的区别就是功能不同、面积不同，仅此而已。

"RPG！"天蝎狂喊着从自己的防守位置上撤了下来，就地卧倒在一堵土墙后面。

其他几个暗影组织队员根本来不及查看具体情况，全部停止射击躲在各自掩体后面护住要害部位。

"砰！"

"轰……"

"轰隆！"

一切都发生在电光石火之间，RPG击中铁匠铺外面的金属支柱瞬间爆炸！

巨大的气浪夹杂着常人难以忍受的高温，以及足以致命的弹片，冲向暗影组织成员们。

由于天蝎距离爆炸中心最近，受到的伤害最为严重。他的整个眉毛都被气浪给烤焦了，头发也受损一部分，左侧大腿、背部插了一排密密麻麻的弹片，整个人侧卧在地上，头晕目眩，还时不时耳鸣，根本听不到队友们的呼唤。

博士跟魔蝎也受到了不小的冲击，或多或少都挂了点彩，但都不影响战斗力，稍稍修整一下拎起武器开始继续战斗。

此时此刻，五名队员中，唯一一个没有受伤的就是吸血鬼了，不得不说他的运气实在是太好了。

子弹出膛

霍南利用眼角的余光扫到躺在地上的天蝎，一边开枪还击，一边冲着吸血鬼喊道："老鬼，你过去检查一下天蝎的身体状况，这里交给我。"

"好，你自己小心一点。"说完，吸血鬼卧倒在地，抱着枪向天蝎匍匐着挪了过去。

"啪啪啪……"

把天蝎从地上扶起来，吸血鬼不停地拍打着对方的脸，关心地问道："兄弟，怎么样了？撑住啊！"

天蝎缓缓地睁开眼睛，但却一脸迷茫，根本听不清吸血鬼在说些什么。他的脑袋时不时一阵眩晕袭来，难受得要死。

"呼……呼……"天蝎喘着粗气，似乎下一秒钟就要停止呼吸了一般，显得无比艰难。

终于，天蝎聚集全身的力量，勉强从嘴里挤出一句话来："鬼哥，给……给我口水喝，渴……渴死老子了……"

吸血鬼赶紧从腰间摘下自己的水壶，扶住天蝎的脖子，轻声喊道："张嘴。"

接连喝了几口水，天蝎的神志也清醒了不少。从吸血鬼手中接过水壶，抿了抿皲裂的嘴唇，疼得龇牙咧嘴的。

"忍着点啊兄弟，我要先取出弹片，帮你包扎伤口。"吸血鬼话还没说完呢，一小块弹片已经出现在他手中。

"吱吱……吱吱吱……"

似乎是嗅到了鲜血的味道，隐藏在斗篷内的吸血蝙蝠开始变得躁动不安，时不时发出阵阵尖利的叫声，吸血鬼并没有理会它们。

再看天蝎，疼得差点没把水壶摔了，大喊一嗓子："等一下！"

在吸血鬼疑惑的目光注视下，天蝎从军靴内抽出一柄匕首，将刀锋朝外刀刃向内直接咬在嘴中，随后朝吸血鬼点点头，示意对方可以继续进行。

"呃……"伴随着痛苦的呻吟声，天蝎身上的衣服都被汗水浸透了，面色苍白如纸。

当天蝎感到自己都快疼晕过去的时候，吸血鬼终于站起身来。他一边擦拭着手中的鲜血，一边安慰道："伤口已经处理好了，你试试能不能动？"

望着散落一地的止血粉包装袋，天蝎皱了皱眉，尔后轻轻挪动了一下受伤的

第六十一章　斩首行动遭遇 T-95 主战坦克

大腿跟胳膊。

归根结底，除了吸血鬼救治及时，主要还是刚才那壶水对天蝎的帮助最大——如果没有补充足够的水，天蝎也不可能恢复得这么快。

天蝎颇为欣喜地说道："走路没问题，只不过待会儿撤退的时候恐怕……"

"别担心，大不了我背你。"见天蝎没什么大事了，吸血鬼拎起自己的 MK12 狙击步枪，开始专门寻找那些隐藏得比较深的目标打。

缓了一会儿，天蝎也挣扎着跪在地上，从土墙后面露出小半个头来，用手中的 M16A4 自动步枪开始射击。

以铁匠铺为中心方圆百米的街道上，已经堆满了死尸。

霍南粗略瞄了一眼，最少也得有四五十具，仍有不少恐怖分子朝他们这边拥过来。

救治天蝎已经耽误了太长时间，可现在想要离开铁匠铺，再去寻找恐怖分子首领的下落却难比登天。

一时间，霍南等人陷入绝境——被大量恐怖分子围困在村落里，只等随身携带的弹药消耗完毕，便会沦落到任人宰割的地步。

"嘎吱……吱……"

伴随着履带刺耳的声音，一辆坦克出现在村庄东侧的道路上，正在缓缓地向铁匠铺这边开过来。

精通各种武器装备的博士一眼就认出该坦克的型号，尖叫道："这是一辆俄罗斯造的 T-95 主战坦克，千万别被它锁定，否则一炮就能把咱们几个人轰成渣。"

"Fuck！这些恐怖分子手里怎么什么都有！"霍南暗骂一声，怒吼道，"检查装备，随时准备撤离。"

此时，俄罗斯造 T-95 主战坦克已经停在道路正中央，炮塔开始快速旋转企图锁定铁匠铺。

"砰！"

"咚咚咚……"

"哒哒！"

千钧一发之际，左前方的小木屋里突然爆发出一阵激烈的枪战声，随后屋里陆陆续续冲出八九个身穿特种作训服的黑衣人。

子弹出膛

这些黑衣人个个装备齐全,手里的枪一点都不比霍南等人差。他们可能没发现躲在铁匠铺中的暗影组织成员,直奔村庄东头而去。

黑衣人小组的突然出现,把原本包围霍南等人的恐怖分子们打了个措手不及。一大部分恐怖分子都调转身形,开始追杀黑衣人小组,包括刚刚出现的那辆俄罗斯造 T-95 主战坦克。

看着移动起来略显笨拙的俄罗斯 T-95 主战坦克,博士轻叹道:"那辆俄罗斯 T-95 主战坦克的驾驶员应该是个新手,不然我们早就完蛋了。"

对此,霍南则没有多大感觉,他最在意的就是那队黑衣人——如果没有猜错的话,应该就是 SFG——比利时陆军特种作战大队的成员。

可是,从锡金假警察那里得到的情报,SFG 中校不应该跟恐怖分子是合作关系吗?为什么这两方人也打起来了?

带着一连串的疑问,霍南陷入深思之中。

其他几个暗影组织队员按兵不动,继续躲在各自的掩体后面狙击恐怖分子。

忽然,吸血鬼大声喊道:"队长,你快看那边,11 点钟方向房子。"

霍南应声望去,刚巧捕捉到一个镜头:一小队全副武装的恐怖分子从一座房子里冲出来,但他们并没有直接冲向铁匠铺,而是在建筑物周围警戒布防;而且每一个恐怖分子的脸上都十分紧张,似乎在保护某种重要的东西。

又或者……

是一个地位显赫的人?

"大家注意,我们要找的人应该就在那里!天蝎跟吸血鬼留下,博士、魔蝎跟我走!"霍南的大脑极速运转,形成一系列的作战方案,并且下达相关命令。

由于黑衣人小组吸引了一大部分恐怖分子的火力,铁匠铺又刚刚遭受了 RPG 等重火力打击,霍南等人的压力小了许多,他们放倒了三个敌人后便成功突围。

"咚!"

"砰砰砰……"

趁着霍南率领魔蝎、博士两人迂回前进之际,吸血鬼取出配枪放在一旁,然后用手中的 MK12 狙击步枪开始射杀守在目标建筑物外面的恐怖分子。

吸血鬼一边扣动扳机,一边喊道:"天蝎,你行动不方便,替我守好身后就行。"

"没问题,包在我身上了。"天蝎从腰间取出两个备用弹夹,直接一字排开

第六十一章　斩首行动遭遇 T-95 主战坦克

摆在身边，防止出现意外状况。

不一会儿，霍南等人就位，发现门前的守卫已经基本上被吸血鬼收拾干净了。

还剩下五个恐怖分子，两个躲在油桶后面，一个躲在墙后，另外两个趴在地上，利用同伴的尸体作掩护。

由于这五个恐怖分子彼此之间的距离都很近，霍南压低声音说道："老鬼，待会儿你瞄准那个油桶开枪，明白了吗？"

"收到。"吸血鬼立即停止射击。

突然间安静下来，令那些躲起来的敌人感到更加恐怖。

此时，去建筑物后方侦察的魔蝎也撤了回来，汇报道："后边一共有十几个人，也都聚集在一起，而且配备两挺重机枪。"

"咱们就不怕人多，对不对，博士？"霍南的脸上，露出一抹自信的笑容。

第六十二章　全身而退，去向成谜

观察了一下周围的地形及环境，霍南安排道："博士，你负责用微型枪榴弹轰飞把守在后门的恐怖分子，我跟魔蝎冲进去抓人。得手后立刻向我靠拢，都听明白了吗？"

"准备！"

身处铁匠铺中的吸血鬼，从瞄准镜中看到霍南伸出右手三个指头开始倒数。

"开火！"

"砰！"

"轰隆……隆！"

吸血鬼一枪命中目标，油桶当场爆炸，将藏在附近的五个恐怖分子炸上了天。

"咚咚……"

"轰隆……"

为了保险起见，博士连开两枪，两发微型枪榴弹在人群中爆炸，位于建筑物后方的恐怖分子们非死即伤。

在霍南的示意下，魔蝎持枪快速接近建筑物，顺便给那些没死的恐怖分子补上一枪。

此时，建筑物内一片狼藉，前后同时爆炸震得屋里的人全都蒙了，以至霍南踹开门冲进去的那一刻，竟然没有一个人反抗。

恐怖分子首领——也就是之前与SFG中校交易的那个黑人大汉，正跪在地上划拉金条，即使被霍南用枪指着脑袋也没有停下手中的动作。

霍南目露精光，不禁咧开嘴笑道："哎，还有意外收获啊！博士，抓紧时间把你那个医生朋友请过来，咱们有钱了。"

第六十二章 全身而退，去向成谜

"队长，这两个人怎么处理？"魔蝎请示道。

瞅了瞅两个跪在地上已经举起双手投降的恐怖分子，一想到大哥的死跟他们有直接关系，霍南便冷言回复道："押到外面毙了，免除后患！"

"是！"魔蝎跟博士一人押着一个恐怖分子推开正门，走了出去。

与此同时，一股烤肉的香味儿弥漫在空中。

霍南往门外的空地望去，却看见一片血淋淋、黑漆漆的断臂、烂脚、残骸。

两个刚刚被押出去的恐怖分子看到这副惨相，被吓得当场瘫软在地，甚至连求饶都忘记了。

"砰！砰！"

博士、魔蝎分别拔出腰间配枪，瞄准两个恐怖分子的后脑勺就是一枪。

"哒哒哒……"

突然，一阵枪声响起，从正前方的路口冲出一大片全副武装的恐怖分子。

博士初步估算了一下，最少也得有四五十人。

其中有十几个恐怖分子往铁匠铺那边去了，剩下的则全部直奔霍南等人所处的建筑物拔足狂奔，他们边跑边向博士等人开枪。

"咔……咔咔……"

"哒哒哒……"

已经来不及请示霍南了，博士双手端起改进型 MGL-140 枪榴弹发射器，连续扣动三次扳机。

"轰……轰隆……"

但是，这一次恐怖分子的走位比较分散，微型枪榴弹爆炸后虽然也炸死几个人，但总体来说效果不是很理想。

魔蝎也打光了一梭子子弹，趁着博士填充微型枪榴弹的时候，一把拽住她的手腕拉进屋里。

"博士，别浪费微型枪榴弹了，省着点用，等放近一点再打！"魔蝎提醒道。

殊不知，由于博士过早地暴露了己方的重火力配置，那些恐怖分子们又不傻，在小头目的指挥下队形变得更加分散。

不仅仅是前门，就连后边也多出数十个端着枪的恐怖分子。他们像一张巨大的网，将霍南等人层层包围，根本没有撤退的机会。

子弹出膛

霍南早已经将恐怖分子首领的双手绑在身后，又把散落一地的金条装进密码箱内，反正这东西也不是很沉，能拎走最好就别留下来。

"哒哒哒……"

"老鬼，你那边怎么样了？"听着不远处传来的枪声，霍南有些担忧地问道。

仓促间，吸血鬼断断续续地回答着："快要撑不住了，主要是敌人数量太多，弹药消耗的速度太快了……"

计划赶不上变化，霍南这边刚刚俘获恐怖分子首领，吸血鬼跟天蝎还没来得及挪窝呢，就又被大量恐怖分子们围住了。

闻言，霍南叮嘱道："一定要撑住！如果有机会的话就突围，撤退到集合地点。我们有人质在手里，应该问题不大。"

"收到！"吸血鬼已经顾不上说话了，简单地回应了一句，与冲进铁匠铺内的恐怖分子展开了白刃战。

"噗……"

"哒哒哒……"

天蝎那边还在防守另外一个入口，吸血鬼这边白刀子进红刀子出，已经接连捅死两个恐怖分子。

连躲在斗篷中的吸血蝙蝠也飞出来助阵，偷袭那些没有防范的恐怖分子。

"吱吱……"

幸亏有吸血蝙蝠帮忙，吸血鬼这才得以喘息，重新换了个备用弹夹，堵住了缺口。

此时此刻，吸血鬼真是算名副其实了，他浑身上下都是猩红色的鲜血，就连它自己养的小宠物都有点不受控制了，有好几次都差点忍不住咬到主人。

吸血鬼一边开枪射击，一边利用眼角的余光观察那些被自己放倒的恐怖分子。他这样做是防止有人没死，在自己身后放冷枪。

这一看不要紧，恐怖分子掉在地上的枪械，以及身上装备的弹药，让吸血鬼眼前一亮。他立刻通过纳米无线电通讯器汇报道："队长，不用担心我们了，现在弹药储备充足。"

"呃……"霍南先是一愣，旋即明白过来，会心地笑道，"老鬼，真有你的！"

随后，霍南命令道："博士、魔蝎，把前后门都打开。"

第六十二章 全身而退，去向成谜

"啊？"

"你疯了吧？"魔蝎愣在原地，博士更是直接质疑霍南的命令。

霍南大声吼道："执行命令！"

带着深深的疑惑与不解，魔蝎一把推开前门后迅速躲到墙后，避免暴露在敌人的枪口下，博士也在同一时间一脚踹开后门。

只见霍南用枪指着恐怖分子首领，在其面前向右前方晃了晃，示意他跪到门口去，让所有包围圈里的恐怖分子看到。

恐怖分子首领虽然有些害怕，但并没有表现得那么慌张，他跪在地上慢悠悠地挪动到门口。

"哒哒哒……"

"砰！"

看到有人出现，恐怖分子们下意识地扣动扳机，结果一枪打在首领的大腿上。

"啊……"

结果，恐怖分子首领没被霍南等人吓着，却差点被自己人打死。他根本顾不上霍南的威胁，屁滚尿流地爬进屋里。

而那些将建筑物包围的恐怖分子们听到首领的惨叫后，似乎也知道打错人了，纷纷停止射击，一个个面面相觑。

"博士，把我的话翻译给他听。"霍南示意道。

博士点点头，往中间凑了凑，一边观察后门的情况，防止有恐怖分子偷袭，一边侧耳倾听。

"问你几个问题，你必须如实回答，否则就把你扔出去，到时你就等着被子弹打成马蜂窝吧！"

等博士翻译完了之后，霍南继续问道："我在找 SFG 的人，你们之间是否有过合作？"

恐怖分子首领捂着大腿上的伤口，虚弱地点点头。

"如果我没有猜错的话，那队黑衣人就是比利时陆军特种作战大队的成员吧？既然你们认识，为什么相互之间还开火？"

"……"

子弹出膛

不到五分钟的时间,霍南已经把整个事情的来龙去脉摸清楚了,他随后陷入深思。

父亲的确在村子里待过一段时间,但已经在几个小时以前被SFG的人带走了。

既然恐怖分子们因为黄金的事情跟SFG闹翻了,想利用他们搭上中校那条线显然行不通了。

忽然,霍南脑海中灵光一闪,立即按住左耳大声喊道:"杰克,杰克,听到请回答。"

"哒哒哒……"

伴随着一阵密集的枪声,杰克仓促地问道:"霍南,你们几个没事吧?要不要派人到村西头接应一下?"

霍南心中涌起一丝暖流,随即正色命令道:"待会儿可能会有一队黑衣人从你们那边突围,一定要想办法拦截他们。"

"要活口吗?"杰克利落地问道。

"最少留下一到两个。其他的如果不听从劝阻,可以当场击毙!"霍南说出了自己的底线。

"没问题……等等……我好像看见你说的那几个黑衣人了。"紧接着,杰克冲着周围的队员们重复了一遍霍南下达的命令。一时间,杰克率领的所有暗影组织成员们的注意力全部汇聚到一起。

刚刚率领手下杀出一条血路的SFG中校副手突然觉得浑身一阵战栗,他总觉得自己好像被什么人盯上了,但是环顾四周始终没有找出可疑目标。殊不知,在村庄东门外面,有十几双眼睛正同时盯着他。

"隆隆……"

"轰隆……轰隆隆……"

突然,整个大地都在微微颤抖,各种大功率柴油发动机的轰鸣声响彻天际,占据制高点的杰克赶忙用望远镜四处观察。

"队长,西南方向出现大量直升机、坦克及各种装甲车辆,目测建制最少有一个装甲师,应该是印度军方派出的平乱先遣队。"杰克不慌不忙地分析道。

"我靠!"霍南无语地低声骂道,"一个装甲师还是先遣队?大个子,瞅

第六十二章　全身而退，去向成谜

瞅你为了这点黄金，彻底把军方惹怒了！现在你必须跟我们配合，否则就是死路一条。"

从博士那里大致了解外面发生的事情之后，恐怖分子首领立刻跪在地上不停地磕头，直至脑门子上都磕出血来了也不敢停。他一边磕头嘴里一直在不停地念叨着。

霍南满脸疑惑地问道："博士，这家伙在说什么呢？"

"嘘……"博士靠近恐怖分子首领，弯腰时不经意间露出胸前一大片美好的风景。

霍南顿时大饱眼福，尴尬的双手都不知道该往哪里放才好了。

"我终于听懂了……"

博士霍地一下子站直身子，却刚好与霍南的目光撞到一起。她低头看看自己敞开的衣领，顿时意识到刚才发生了什么，脸颊浮起两朵红晕。

"我……我什么都没有看到，博士……"霍南赶忙解释道。

"噗嗤！"博士忍不住笑道，"就算看到了又怎样？人家又没有要责怪你的意思。对了，这个黑大个说他早就在这个房间的地下挖了一条通道，我们可以通过这条密道逃走。"

对此，霍南颇感意外，这可真是"山重水复疑无路，柳暗花明又一村"啊。

"老鬼，我这边有条地下密道,你们俩赶紧过来，魔蝎、博士会进行掩护，快！"霍南大声命令道。

"是，队长！"

几分钟后，霍南一行人在恐怖分子首领的指引下，消失在地下秘道中……

杰克这边在活捉了SFG中校副手之后，也果断下达了撤退的命令。他们在印度正规军赶来之前，匆匆离开村子。剩下几百号乱成一团的恐怖分子，还企图用手中的AK47，去抵挡印度军方的先遣队——王牌装甲师。

结果可想而知，恐怖分子们无异于以卵击石，被装备精良、训练有素的正规军消灭殆尽。

至于霍南、杰克等人的去向，却成了一个谜……

但不管怎样，霍南一定会为了国际反恐这个伟大的理想而继续拼杀下去！即使找到失踪的老父亲，也不会轻言放弃！

子弹
出膛

　　相信霍南率领暗影组织的精英成员们，一定会在接下来的职业佣兵生涯中，缔造出更加辉煌的战争神话！
　　让我们拭目以待吧……

（第一卷完）